OMNIBUS

Lisa Gardner

VIENI A CERCARMI

Traduzione di Stefano Massaron

MONDADORI

Questo libro è un'opera di fantasia. Personaggi e luoghi citati sono invenzioni dell'autrice e hanno lo scopo di conferire veridicità alla narrazione. Qualsiasi analogia con fatti, luoghi e persone, vive o scomparse, è assolutamente casuale.

librimondadori.it
anobii.com

ISBN 978-88-04-70939-8

Originally published by Dutton,
an imprint of Penguin Random House LLC, New York

Titolo dell'opera originale
Look for me
I edizione aprile 2019

VIENI A CERCARMI

Per la mia perfetta famiglia imperfetta.
Non vorrei che fosse in nessun altro modo.

Prologo

Un anno dopo, ciò che Sarah ricordava meglio era di essersi svegliata al suono delle risatine.

«Shh. Non così forte! Le mie coinquiline detestano quando porto i ragazzi a casa. Le guastafeste hanno bisogno del loro sonno ristoratore.»

«Quindi, niente rumori? Tipo questo?» Un ululato lupesco oltre la porta della camera da letto di Sarah.

Altre risatine. Poi tonfi sordi mentre qualcuno, probabilmente Heidi, sbatteva contro il tavolino da caffè, il divano, la lampada.

«Oh be'» diceva Heidi «il silenzio non ci sarà mai. Io sono una che urla, e ne vado fiera.»

Una voce maschile: «Sapevo di aver scelto la ragazza giusta, al bar. Mi piacciono quelle che strillano. Mi sono sempre piaciute».

Altre risatine, altri tonfi.

Sarah si era lasciata sfuggire un gemito, girandosi a faccia in giù sul suo minuscolo materasso, e si era calcata il cuscino sopra la testa. Dall'altra parte della parete, senza dubbio Christy e Kelly stavano facendo la stessa cosa. Heidi Raepuro era stata un'aggiunta dell'ultima ora al loro appartamento. L'amica di un'amica di un'amica, qualificata per lo più dal fatto che era disposta a pagare un extra per avere una camera tutta sua, e Sarah, Christy e Kelly, che si conoscevano fin dal primo anno, volevano davvero tanto quell'appartamento con tre camere. Vicino al Boston College tanto da poterlo raggiungere a piedi, finestre panoramiche, pavimenti in legno, cornici ai soffitti. Quando Sarah ci era entrata la prima volta, si era sentita come un'adulta. Non più mini frigorifero, non più stanze da dormitorio con spazio solo per stare in piedi. Non più materassi nudi condivisi con due sorelle più giovani nel sovraffollato paradiso di qualche padrone di catapecchie.

Le lunghe notti passate a studiare, mentre le sue amiche erano fuori a divertirsi o a ripetere gli errori indotti dalla droga dei loro genitori, erano finalmente state ripagate.

Si era innamorata subito di quell'appartamento luminoso, anche perché, dopo aver passato tutta la sua vita a condividere, condividere, condividere, quel posto le offriva il più grande lusso immaginabile: una stanza tutta per sé. Ovvio, aveva appena le dimensioni di un materasso matrimoniale, più un ripostiglio che una camera da letto, molto probabilmente convertita da un padrone di casa intraprendente che in questo modo faceva pagare l'affitto di tre camere per un appartamento che in origine ne aveva solo due, ma a Sarah non importava. Piccolo si accordava con il budget a sua disposizione. E con Christy e Kelly a dividersi la stanza più grande, e la stupida, insulsa Heidi che pagava in contanti la camera principale, tutti erano contenti. Specialmente Sarah, sistemata nella sua minuscola fetta di paradiso.

A parte per notti come quella.

Altri rumori, e poi gemiti. Buon Dio, ma Heidi non ne ha mai abbastanza?

Uno strano rumore raschiante.

«Ehi, che fai adesso?» La voce di Heidi, leggermente singhiozzante mentre ansimava per lo sforzo.

Sarah aveva roteato gli occhi e si era premuta ancora più forte il cuscino sulle orecchie.

«Aspetta... non voglio... No!»

Sarah si era sollevata a sedere sul letto proprio mentre Heidi gridava. Un grido acuto, lacerante, e...

Le grida hanno un sapore? Fuoco? Cenere? Caramelle alla cannella bollenti, che da bambina Sarah amava lasciar sciogliere sulla punta della lingua?

O è più come se le grida avessero un colore? Risatine verdi e dorate, sghignazzate viola e blu? Oppure quello? Un bianco incandescente. Un bianco abbagliante, da farti fondere i bulbi oculari, da bruciacchiarti i peli delle braccia? Un colore troppo brillante per esistere in natura, che brucia dritto fino al nucleo.

Era così che Heidi aveva gridato. Un bianco incandescente.

Aveva lacerato le pareti sottili, minacciando di far saltare le finestre. Aveva fatto sussultare Sarah, seduta rigida sul letto.

E completamente, totalmente incapace di muoversi.

Quella era la parte che ancora non ricordava bene. Nemmeno un anno dopo. La polizia le aveva chiesto i dettagli, naturalmente. I detective, l'infermiera forense, e in seguito altri investigatori e specialisti delle scene del crimine.

Tutto quello che era stata in grado di dire era che la notte era iniziata con risatine verdi e dorate ed era terminata con grida di un bianco incandescente. Le grida di Heidi le più bianche e le più luminose, ma anche misericordiosamente brevi.

Christy e Kelly. Due ragazze in una stanza. Migliori amiche, giocatrici nella squadra di lacrosse. Preavvertite, preallarmate, avevano combattuto. Avevano scagliato trofei. Il rumore del metallo che sbatte è un gusto o un colore? No, è solo un fragore. Seguito da grida, di tutti i colori e di tutti i sapori. Rabbia, paura, angoscia. Determinazione, quando una l'aveva colpito con un bastone da lacrosse. Orrore quando lui aveva reagito con il coltello.

Aveva preso Kelly proprio al ventre (Sarah aveva letto il rapporto in seguito), ma Kelly l'aveva afferrato per le caviglie. Gli era rotolata contro, avvoltolandosi intorno a lui, come un armadillo umano. E lui colpiva e colpiva, pugnalate che schizzavano via sulle costole di Kelly, dando il tempo a Christy di afferrare il piumino dal letto e gettarglielo addosso, ingarbugliandogli le braccia.

«Sarah!» stavano gridando. «Aiuto, Sarah! Nove uno uno, chiama il nove uno uno!»

E Sarah aveva chiamato. Un'altra di quelle cose che non riusciva a ricordare, ma in seguito, dietro sua stessa richiesta, aveva riascoltato la telefonata. Una registrazione della sua voce, tremante, poco più di un sussurro, mentre contattava la centrale di smistamento delle chiamate: «Aiutateci, per favore, per favore aiutateci, le sta uccidendo. Ci ucciderà tutte».

Era uscita dalla sua camera. Doveva farlo. Nella sua minuscola cameretta non avrebbe avuto scampo, un topo in trappola. Doveva uscire allo scoperto.

Per proteggere se stessa?

Per salvare le sue coinquiline?

Non lo sapeva. Una domanda per tutte le notti insonni che sarebbero arrivate.

Era uscita dalla sua camera.

Era andata verso quella delle sue coinquiline. Aveva visto una mano aperta appena oltre la porta, le dita spalancate di Kelly, e senza pen-

sarci Sarah l'aveva afferrata. Avrebbe tirato in salvo la sua coinquilina? Si sarebbe fatta coraggio e le avrebbe portate tutte fuori nell'atrio? Non c'era tempo per pensare. Così aveva afferrato la mano di Kelly e aveva tirato forte.

E si era ritrovata a tenere in mano un braccio. Solo... un braccio.

Perché, a quanto pareva, quando una ragazza si armadillava intorno alle caviglie di un folle, prima o poi il folle si stancava di pugnalare la sua vittima e invece, semplicemente, la smantellava.

Grida davanti a lei: Christy, che ancora lottava. Seguite da una supplica alle sue spalle.

«Sarah...»

Non sapeva da che parte voltarsi. Quei suoni, quelle immagini, quella notte non riuscivano a entrarle nel cervello. Non potevano farlo.

Lentamente, si era girata verso la voce dietro di lei, tenendosi il braccio di Kelly, il braccio caldo e umido di Kelly, contro il petto. Si era ritrovata faccia a faccia con Heidi. La ragazza era strisciata fuori dalla sua stanza. La pelle delle sue spalle nude sembrava argentea al bagliore delle luci che filtravano dalle finestre. Intatte, senza alcun segno. Ma la bionda era piegata in avanti in modo strano, tenendosi lo stomaco, e già Sarah riusciva ad avvertire la zaffata degli intestini perforati.

Altri strilli dalla camera. Non più bianco incandescenti. Rossi come lava. Pura collera proveniente da un'atleta che si rifiutava di essere falciata nel pieno della vita.

E a quel punto Sarah aveva saputo cosa fare. Si era allontanata dalla bellissima, stupida, sventrata Heidi. Aveva serrato la presa sul braccio della povera Kelly, e si era unita alla lotta.

Christy, intrappolata in un angolo contro il letto singolo, armata con il suo bastone da lacrosse. Il pazzo, liberatosi dal piumino, danzava intorno al corpo riverso ai suoi piedi, godendosela, prendendosi il suo tempo.

«Scusami» aveva detto Sarah.

Lui si era avventato verso Christy. Lei aveva abbassato il bastone, rapida, con forza. All'ultimo istante lui si era spostato sulla sinistra e aveva conficcato la lama nel punto morbido sotto le costole di lei. Un rumore bagnato, viscido, seguito dal gemito soffocato di Christy. Lei aveva tirato indietro il bastone e l'aveva colpito sul lato della testa. Non forte, no, ma lui era indietreggiato.

Non più grida, ora. Solo il rumore dello sforzo. Tutti che respiravano affannosamente.

«Scusami» aveva detto di nuovo Sarah.

Per la prima volta, l'uomo con il coltello si era fermato. Si era voltato leggermente, con un'espressione perplessa sulla sua faccia macchiata di sangue. Sarah l'aveva fissato. Aveva la sensazione di avere bisogno di vederlo. Di registrare la sua immagine nel cervello. Altrimenti nulla di tutto quello sarebbe stato reale. Specialmente non quel momento, quando lei protese le mani in avanti offrendo il braccio mozzato della sua amica all'uomo che l'aveva assassinata.

Capelli scuri. Zigomi alti. Faccia scolpita. Esattamente il tipo di uomo che Heidi poteva portarsi a casa da un bar. Esattamente il tipo che non avrebbe mai degnato Sarah di uno sguardo.

«Hai dimenticato questo» aveva detto, sempre tenendo il braccio tagliato.

(«Cosa?» l'aveva interrotta la prima poliziotta. «Hai detto cosa?»

«Dovevo.» Sarah aveva tentato di spiegarlo alla donna.

Se non che, forse, non c'era modo di spiegare una cosa del genere. Sarah sapeva solo che doveva fare qualcosa. Fermarlo. Interromperlo. Far andare via tutte quelle grida bianche e rosse. Così era entrata nella stanza e gli aveva offerto l'unica cosa che aveva: il braccio insanguinato di Kelly.)

Lui allora si era avventato su di lei. Si era voltato completamente, con la lama che sgocciolava sangue lungo il fianco, le labbra tirate indietro sui denti digrignati.

Lei l'aveva osservato avanzare. Non si era mossa. Non aveva strillato. Si era sentita come da bambina, in piedi in cucina mentre suo padre prendeva dai fornelli la teiera bollente. "E che cazzo, stupida donna? Quando ti chiedo i miei soldi, tu mi dai i miei soldi! Sono io che comando, qui. Adesso fa' quello che ti dico, altrimenti ti butto questa pentola su quella tua brutta faccia da puttana. E poi vedremo chi si prenderà cura di te, dopo!"

Non distogliere lo sguardo. Non fare un fiato. Era questo ciò che aveva imparato da sua madre nel corso degli anni. Se stanno per farti del male, fagliele fare mentre li guardi dritto negli occhi.

Il pazzo si era fermato proprio davanti a lei, con il coltello lungo il fianco. Sarah riusciva a sentire l'odore del sangue sulle sue guance, quello del whiskey nel suo fiato.

Lui le aveva detto: «Grida».

E lentamente, tanto lentamente, aveva sollevato la lama. Su, su, sempre più su.

Dietro di lui, Christy stava armeggiando con il suo bastone da lacrosse. Aveva tentato di muoversi, di prendere un vantaggio. Ma il bastone le era caduto dalle dita tremanti. Aveva fatto rumore scivolando sul muro e poi sul pavimento. Un sospiro lontano: non più rabbia, dalla bella atleta, solo accettazione. Così, è questo ciò che si prova quando si muore.

«Grida» aveva sussurrato di nuovo.

Sarah lo fissava, e nel suo sguardo vedeva esattamente che cosa stava per fare. Non era quel perdente di suo padre. Non era vittima di rapide esplosioni di collera o di rabbie da ubriaco. A lui piaceva. Non provava vergogna, non provava rimorso. Le grida di Heidi, la lotta di Christy, il suo atteggiamento silenzioso erano la cosa più divertente che gli era capitata da anni.

«Quand'anche camminassi nella valle dell'ombra della morte» aveva sentito se stessa bisbigliare «io non temerei alcun male.»

Poi aveva chiuso gli occhi e si era stretta forte addosso quell'ultimo pezzo di Kelly, mentre con una risata, un ghigno di gioia, lui abbatteva il coltello sul suo petto.

Un'esplosione. Due, tre, quattro, cinque. Altro dolore, alla sua spalla, al suo petto, alla sua gola. L'aveva pugnalata, aveva pensato mentre crollava a terra. No, le aveva sparato. Ma quello non aveva senso...

Un singhiozzo rauco dietro di lei, seguito dal fetore della morte che diventava sempre più vicino. Heidi si trascinava sul pavimento in legno massiccio.

Con in mano una piccola pistola, si era accorta Sarah. Heidi aveva una pistola.

«Mi dispiace» aveva sussurrato Heidi. Stava piangendo, e le lacrime si mescolavano al sangue che aveva sulle guance, sbaffandolo. «Non avrei mai... dovuto...»

«Shh» le aveva risposto Sarah.

Heidi aveva posato la testa sulla sua spalla. Sarah aveva avuto un sussulto: Heidi aveva colpito anche lei, mentre sparava a lui. Ma ormai non aveva molta importanza. Con il sangue che le si raccoglieva nel collo, sangue che le gocciolava dalla schiena, così tanto dolore, tutto sembrava lontanissimo, astratto.

Il pazzo era immobile. Le grida incandescenti erano cessate. C'era soltanto questo. Un momento finale.

Sarah e Heidi posarono, entrambe, le mani sul braccio di Kelly.

«Mi dispiace» aveva borbottato ancora Heidi.

Mentre Sarah ascoltava il suo ultimo respiro gorgogliante.

«Non temerò alcun male» aveva sussurrato nel silenzio che era seguito. «Non temerò alcun male, non temerò alcun male, non temerò alcun male.»

Alla fine la polizia aveva sfondato la porta di casa. I paramedici erano andati in loro soccorso.

«Gesù Cristo» aveva detto la prima agente sulla scena, fermandosi di botto in mezzo all'appartamento.

«Non temerò alcun male» aveva detto Sarah alla donna.

E, ancora una volta, aveva profferto il braccio reciso di Kelly.

Un anno dopo, ciò che Sarah ricordava meglio era di essersi svegliata al suono delle risatine.

Le grida hanno un sapore? Fuoco? Cenere? Caramelle alla cannella bollenti, che da bambina Sarah amava lasciar sciogliere sulla punta della lingua?

«Scusami. Hai dimenticato questo.»

Il suono delle risatine. Grida di un bianco incandescente.

Non temerò alcun male...

Un anno dopo, un anno dopo, un anno dopo...

Qualcuno bussò alla porta. Forte. E poi ancora.

Sarah si svegliò di soprassalto nel suo minuscolo monolocale. Fradicia di sudore, con il respiro affannoso. Rimase perfettamente immobile, aguzzando le orecchie. Poi il rumore arrivò di nuovo. Forte. Ritmato. Qualcuno che pretendeva di entrare.

Lentamente, allungò la mano verso il primo cassetto del comodino. Nessun coltello. Non riusciva nemmeno a guardare una lama. Nessuna pistola. Aveva provato, ma le sue mani tremavano troppo. Quindi, una bomboletta di spray al peperoncino. Pensata per allontanare gli orsi quando si passeggia nei boschi e disponibile in ogni negozio sportivo tra gli articoli da campeggio. Sarah aveva le bombolette sparse per tutto il monolocale, e in ogni borsa che portava.

Tirò fuori la bomboletta, scivolando giù dal materasso mentre da fuori ricominciavano a bussare.

Puzzava. Poteva sentire l'odore del suo sudore. Della sua paura. Notte dopo notte, dopo notte.

Le grida *avevano* un colore. Era l'unica cosa che riusciva ancora a comprendere. Le grida avevano un colore, e ora lei era intimamente familiare con tutte le gradazioni della disperazione.

«Non temerò alcun male» disse a se stessa mentre appoggiava l'occhio allo spioncino e sbirciava nel corridoio male illuminato.

Una donna sola. Intorno ai trenta, anno più anno meno. Vestita casual, con jeans e maglietta, somigliava a qualcuno che Sarah avrebbe dovuto conoscere. Forse una volta l'aveva incontrata. Ciò nonostante, le due del mattino erano un orario strano per una visita di cortesia.

«È tutto okay» disse la donna, senza dubbio avvertendo lo sguardo di Sarah su di sé. Sollevò entrambe le mani, come a dimostrare che non era armata. «Non ti farò del male.»

«Chi sei?»

«Onestamente? Dovrai aprire la porta, per scoprirlo. Fa parte dell'accordo. Sono qui per aiutarti, ma tu devi fare il primo passo.»

«Non temerò alcun male» disse Sarah, stringendo forte la sua bomboletta spray.

«Questo è stupido» disse la donna. «Il mondo è pieno di male. La paura è ciò che ci tiene al sicuro.»

«Chi *sei*?»

«Qualcuno che non rimarrà qui fuori in eterno. Fai la tua scelta, Sarah. Nasconditi dietro le tue banalità oppure rendi il mondo un posto migliore.»

Sarah esitò. Ma poi le sue dita si appoggiarono sul primo chiavistello. Poi sul secondo. E sul terzo. C'era qualcosa, in quella donna. Non tanto quello che diceva, ma il modo in cui se ne stava lì.

Christy, si ritrovò a pensare. Quella donna aveva lo stesso atteggiamento che un tempo aveva avuto Christy. Una persona che sfidava, pronta a conquistare il mondo.

Lentamente, molto lentamente, Sarah aprì la porta finché non si ritrovò faccia a faccia con la sua ospite inattesa.

«Bello spray al peperoncino» commentò la donna. Poi entrò

a grandi passi nel minuscolo appartamento. Girò su se stessa, guardandosi intorno. Annuì una volta, tra sé, come se quello che vedeva fosse proprio ciò che si aspettava.

Poi si voltò, fronteggiando Sarah direttamente, e protese la mano.

«Mi chiamo Flora Dane» annunciò. «Un anno fa, sei sopravvissuta. Adesso ti insegnerò come ricominciare a vivere.»

1

Una perfetta giornata autunnale. Questo era il problema. Il sergente investigativo della polizia di Boston D.D. Warren sapeva per esperienza che non ci si doveva mai fidare delle giornate perfette. Eppure, con il figlio di cinque anni Jack che ridacchiava eccitato mentre si metteva la felpa, e il marito Alex, membro della polizia scientifica, tutto sorrisi mentre tirava fuori una borsa di tela L.L.Bean dall'armadio, era difficile non entrare nello spirito della cosa. Raccogliere mele. Una di quelle folli cose domestiche che facevano le altre famiglie, e che ora avrebbe fatto anche lei con la sua famiglia. Raccogliere mele come prima cosa di quella mattina tersa e frizzante, e poi, da lungo tempo attesa, la visita al rifugio per animali.

Cane.

Con la C maiuscola.

Jack supplicava di poter averne uno fin da quando aveva imparato a parlare. Negli ultimi sei mesi, all'improvviso, Alex si era schierato dalla sua parte.

«I cuccioli sono positivi per i bambini» aveva spiegato pazientemente a D.D. «Insegnano loro la responsabilità.»

«Ma noi non siamo mai a casa. Quanto possiamo essere responsabili, se non siamo mai a casa?»

«Correzione. *Tu* non sei mai a casa. Jack e io, d'altro canto...»

Colpo basso, aveva pensato D.D. all'epoca. Anche se la verità spesso era proprio quella. Quindi: Progetto Cane. Per l'eccitatissimo, bellissimo bambino. E per il marito decisamente affascinante e che ancora sapeva come muoversi. Scritto in piccolo: dovevano essere tutti d'accordo sul botolo in questione.

Personalmente, D.D. non aveva alcun interesse per un cucciolo carino e squittente che avrebbe mangiato qualsiasi cosa gli fosse capitata a tiro. Un maturo, solenne pitbull, invece... ne ammirava la lealtà e lo spirito battagliero. Una pitbull femmina, tra i due e i tre anni d'età, aveva già deciso. Abbastanza giovane da giocare con Jack e legarsi alla famiglia, e abbastanza anziana da comprendere i propri doveri: servire e proteggere. D.D. immaginava se stessa e quell'ipotetico pitbull che raggiungevano un tacito accordo su come fare la guardia al bambino ventiquattro ore su ventiquattro.

Una perfetta giornata autunnale. Raccolta di mele a cui sarebbe seguita l'adozione di un cane a cui sarebbero seguiti la follia e il casino più totali, il che era perfetto, appunto, per una famiglia con un bambino di cinque anni.

Non aveva ancora fatto in tempo a mettere le mani sul suo amato giubbotto di pelle color caramello che il cellulare del dipartimento di polizia di Boston cominciò a squillare. Poi anche il suo telefono personale. Prima diede un'occhiata a quello di lavoro, poi al proprio.

«Mer...» Si trattenne appena in tempo. «Meraviglia.»

Jack si immobilizzò nel piccolo atrio, con il labbro inferiore che già si protendeva nella smorfia dell'ammutinamento. Lo sguardo di Alex fu più comprensivo.

«Palla rossa» gli disse sottovoce. Era il messaggio ricevuto sul suo cellulare lavorativo: gergo della squadra omicidi equivalente a "tutti in coperta". Il che voleva dire che qualsiasi cosa brutta fosse accaduta all'indirizzo comunicato al suo cellulare richiedeva la presenza immediata di ogni singolo detective della omicidi di Boston.

Con i tempi che correvano, il suo primo pensiero andò al terrorismo. Il suo ex compagno di pattuglia e ora detective, Phil, però, aveva inviato un messaggio di testo anche al suo telefono personale. Un caloroso messaggio di comprensione da un genitore a un altro.

"Domestico" aveva scritto. Poi, in modo più pertinente: "Bambini".

Una perfetta giornata autunnale.

C'era da aspettarselo.

D.D. mandò Alex e Jack a raccogliere mele e a scegliere il Cane. Il quale, naturalmente, sarebbe andato ad aggiungersi a una famiglia che non era mai stata del tutto sua. Infatti, anche dopo essersi innamorata e poi, sorpresa delle sorprese, aver dato alla luce Jack, D.D. rimaneva, nel profondo, la donna che era sempre stata: una detective della squadra omicidi, sposata al proprio lavoro.

Alex, più vecchio e saggio di lei quando si erano conosciuti, le aveva giurato che capiva. Diceva che la amava ugualmente. I ragazzini – D.D. stava iniziando a impararlo – erano più difficili da convincere. Jack non aveva anni di esperienza su cui basarsi. Aveva cinque anni, amava la sua mamma e odiava quando lei se ne andava.

La promessa del Cane aveva deviato la maggior parte dei suoi capricci, cosa che avrebbe dovuto far sentire meglio D.D., ma in realtà la faceva sentire peggio. Le faceva pensare che poteva essere rimpiazzata con facilità. Che quel sabato sarebbe stato un altro giorno che suo marito e suo figlio avrebbero trascorso insieme, e di cui lei avrebbe guardato le fotografie.

Chiunque avesse detto che non si poteva avere tutto avrebbe detto la verità.

Eppure...

Eppure sentì il battito cardiaco accelerare mentre si dirigeva, con i lampeggianti in funzione, verso Brighton, Massachussetts. C'era la paura, sì, perché ora che era madre tutto ciò che coinvolgeva i bambini era molto più difficile da gestire. Ma era una palla rossa. Una chiamata che richiedeva la presenza di tutte le forze disponibili, cosa che, per definizione, significava che doveva trattarsi di qualcosa di più di un potenziale annichilimento familiare o omicidio-suicidio, quale che fosse l'espressione che preferivano usare i criminologi. Palla rossa significava evento di grossa portata, massima urgenza. Una crisi ancora in atto.

Non poteva farne a meno. Come Alex sapeva comprendere e apprezzare, lei *viveva* per questo genere di cose.

Il traffico del sabato a Boston era notoriamente intenso. Uscire dalla Mass Pike per immettersi nelle tortuose stradine della densamente popolata Brighton richiese un uso massiccio di clacson e lampeggiante per convincere gli altri a spostarsi. Anche così, molti degli altri guidatori (Stronzussets, li chiamavano, giustamente) le mostrarono il medio.

D.D. oltrepassò svariate strade costeggiate di file compatte di villette a schiera e condomini. Un tempo Brighton era conosciuta come la Piccola Cambridge di Boston. Anche ora era per lo più bianca, abbastanza giovane, e ben educata. Eppure, come tutti gli ambienti urbani sovraffollati, era anche un microclima di vincenti e di perdenti. Dalle strade alberate costellate di case ristrutturate che valevano somme a sette cifre, si passava a diroccate ville a tre piani che affondavano sulle fondamenta, suddivise in appartamenti che ancora adesso, probabilmente, venivano affittati al doppio o al triplo del mutuo che D.D. pagava nel suo sobborgo.

Il cuore della zona era il St Elizabeth Medical Center, verso cui D.D. stava guidando in quel momento. Un'altra svolta a sinistra e poi l'ammasso di autopattuglie e di macchine prive di contrassegni dei detective segnalò la sua destinazione. Un agente in uniforme era già all'incrocio a dirigere il traffico. Lei accostò, mostrando il distintivo.

«Il prossimo isolato» rispose il poliziotto. «Occupi il marciapiede dove trova posto.»

D.D. annuì. Parcheggiare sul marciapiede era una tradizione onorevole per i poliziotti di Boston.

Imboccò la strada successiva, si incuneò tra due autopattuglie, poi si prese un ultimo istante. Inspirazione profonda, espirazione lenta.

Qualsiasi cosa stesse per vedere, non era il suo lavoro provare qualcosa. Il suo lavoro era sistemare le cose.

Aprì la portiera e iniziò a lavorare.

La casa in questione era facile da trovare: un indizio era il nastro giallo che delimitava la scena del crimine. Un altro indizio era il veicolo del medico legale parcheggiato direttamente di fronte. Nella lotta tra vincenti e perdenti, la casa non aveva avuto la meglio. Una piccola villetta a due piani, con pareti esterne di PVC verde, era sovrastata su entrambi i lati da case ben più notevoli. La proprietà era circondata da una recinzione in maglia metallica, una rarità da quelle parti considerando i giardini microscopici. Il recinto presentava diversi cartelli di ATTENTI AL CANE.

Grandioso, pensò: ora la giornata aveva un tema.

Dovette farsi largo in mezzo a una folla di curiosi, quindi presentò le proprie credenziali una seconda volta a un agente in uniforme stazionato al di fuori del recinto arrugginito. Lui trascrisse diligentemente le sue generalità nel registro. Phil la stava già aspettando, in piedi appena dentro la porta d'ingresso aperta.

«Famiglia di cinque elementi» annunciò non appena lei fu abbastanza vicina da sentirlo. «Due adulti, tre bambini, due cani. La chiamata è arrivata poco dopo le nove, riferendo di colpi di arma da fuoco. Gli agenti intervenuti hanno trovato quattro corpi. La figlia più grande, una ragazza di sedici anni, e i due cani ancora non sono stati trovati.»

«Forse la ragazza ha portato i cani a fare una passeggiata?» domandò D.D. inarcando un sopracciglio. «È per questo che non ci sono?»

«Possibile, anche se ormai è passato un bel po' per una passeggiatina di una ragazza con due cani. Ho emesso un ordine di ricerca per la ragazza, Roxanna Baez, un metro e cinquantacinque, ispanica, capelli lunghi castano scuro. E che diavolo, anche per i due cani: razza épagneul breton, anziani e che, tanto per rendere le cose interessanti, ci dicono essere entrambi ciechi.»

D.D. batté le palpebre. «Okay.» Guardò l'orologio. Erano quasi le dieci del mattino, quasi un'ora da quando erano stati uditi i primi spari. Sembrava un tempo piuttosto lungo per un'adolescente e due cani ciechi per starsene in giro. Inoltre, si poteva ragionevolmente pensare che tutte le autopattuglie e le luci lampeggianti avrebbero attirato l'attenzione della ragazza.

«I poliziotti stanno perlustrando le strade» continuò Phil «in cerca della ragazza e dei cani, mentre tutti i detective sono stati assegnati al porta-a-porta. Sai come funziona.»

D.D. lo sapeva. In una situazione come quella, con una giovane dispersa che poteva semplicemente essere uscita o poteva essere stata rapita, dovevano coprire immediatamente tutte le possibilità. I poliziotti in uniforme sarebbero stati la loro fanteria sul campo, avrebbero cercato una teenager che poteva essere a spasso con i suoi cani, o in giro con gli amici, o chissà che altro. Mentre i detective avevano il compito più delicato di bussare alle porte dei vicini e chiedere, con educata fermezza, di poter entrare per effettuare un rapido esame visivo. Chiunque si fosse rifiutato sarebbe stato segnalato per ulteriori indagini in seguito. Assumendo, naturalmente, che la ragazza non ricomparisse come per magia, chiedendosi che cosa ci facesse tutta quella polizia davanti a casa sua.

E il lavoro di D.D. in tutta quella follia? Valutare la situazione ed elaborare una strategia. Avevano una situazione circoscritta, dove quattro membri di una famiglia erano stati tragicamente assassinati mentre il quinto era riuscito fortunosamente a fuggire? Oppure avevano una crisi in corso, quattro morti, una rapita? Nel qual caso il "Rimanete all'erta" di Phil sarebbe diventato un Allarme minori scomparsi, e ogni agente di polizia del New England si sarebbe unito alla caccia.

La scena era vecchia di un'ora. Ovvero, D.D. era già indietro di sessanta minuti.

Seguì Phil all'interno della casa. L'atrio era profondo tre metri e ingombrato da una panca rosso scuro coperta da una pila di cappotti e scarpe. Altri cappotti erano appesi alla parete, mentre un alto scaffale reggeva canestri di vimini molto probabilmente pieni di guanti e cappelli. Una casa piccola per una famiglia così grande, e l'ingresso ne era la testimonianza. D.D. dovette scavalcare un paio di sneakers da bambino, blu scuro, di quelle con le lucine lampeggianti di lato. Jack le avrebbe adorate.

Non era quello il genere di cose a cui pensare in quel momento.

Entrarono in un'ampia zona soggiorno poco più avanti. D.D. notò i pavimenti scintillanti di legno massiccio – chiaramente lucidati di recente – un televisore a schermo piatto abbastanza nuovo, e un divano ad angolo costellato da cuscini rossi. Seduto sul divano c'era un uomo di mezza età, con la testa ripiegata in avanti e tre fiori rossi sul torace a fare da macabro complemento ai cuscini decorativi.

Un fotografo della scientifica era alla loro sinistra, e scattava a raffica. D.D. sollevò una mano in segno di saluto. Il fotografo annuì una volta e continuò a lavorare.

«Charlie Boyd» la informò Phil, indicando il corpo. «Quarantacinque anni, imprenditore edile locale e attuale proprietario della casa. Stando ai vicini, ha comprato la casa un paio di anni fa e la stava risistemando.»

«Questo spiega i pavimenti» disse D.D. Si avvicinò abbastanza da controllare se ci fossero segni di polvere da sparo bruciata intorno alle ferite, mentre tentava di non impacciare il lavoro del fotografo. Non c'erano macchie puntiformi sulla pelle, e nessuna pistola pendeva dalle dita del morto. E poi, per quanto ne sapeva lei, era piuttosto difficile suicidarsi sparandosi tre volte al petto.

Phil continuò a camminare, lei continuò a seguirlo. Passarono attraverso un arco in una piccola cucina, piena di pensili dipinti di bianco e con poco spazio sul bancone. Dovettero stringersi a fatica per passare intorno a un tavolo rettangolare decisamente troppo grosso per la cucina e forse troppo piccolo per una famiglia di cinque persone. Il tavolo era coperto da una sgargiante tovaglia a fiori e da cumuli di confezioni di cibo.

E arrivarono al corpo numero due. Donna sulla quarantina, abbattuta dagli spari sulla sinistra del tavolo, proprio davanti a un armadietto aperto. Era caduta su un fianco, con una lattina di zuppa di funghi a pochi centimetri dalle dita. Anche qui fori d'ingresso multipli, e nessun segno di bruciature di polvere da sparo, quindi non le avevano sparato da vicino.

«Juanita Baez, trentotto anni, lavorava come infermiera al turno di notte al St Elizabeth» elencò Phil. «Si è trasferita a vivere con Charlie l'anno scorso. Madre dei tre figli.»

D.D. annuì. Annotò una serie di dettagli senza alcun ordine particolare. Che, anche da morta, Juanita Baez aveva quel tipo di capelli neri lucidi e la struttura ossea che la identificavano come una bella donna. Che la casa aveva una portafinestra sul retro, con il vetro nella parte superiore, dotata di un chiavistello che al momento era aperto. Che le ferite di Juanita erano al petto, non alla schiena, come se all'ultimo istante si fosse voltata dall'armadietto aperto, con in mano la lattina di zuppa, e avesse guardato il suo assassino.

E anche che la borsa di pelle nera della donna era posata accanto agli articoli sul tavolo, chiusa e presumibilmente non toccata. Proprio come la collezione di apparecchi elettronici di fascia alta in soggiorno.

Phil le indicò un punto alla loro destra, dove una rampa di scale conduceva al secondo piano. Ricominciarono il giro della casa.

«A un certo punto» la informò Phil mentre stavano salendo

«la residenza era stata divisa in due monolocali, uno di sopra e uno di sotto. La prima cosa che Boyd deve aver fatto è stata farla tornare a essere una casa unica. Per ovvie ragioni di comodità, dato che aveva una relazione con una donna con tre bambini.»

D.D. annuì. Doveva respirare con la bocca, ora: l'odore era più forte quando finirono di salire le scale. E non era solo odore di sangue, che era spesso e soffocante, ma anche una punta di ammoniaca. Urina. Perché quando la gente dice cose come "ero tanto spaventato da farmela sotto" dice il vero. D.D. aveva lavorato su un numero sufficiente di scene del crimine per saperlo.

Di sopra c'era più attività. Il suono di voci sommesse da una delle camere che davano sul retro: il medico legale, Ben Whitely; oppure i due partner di Phil, Neil e Carol; o qualche tecnico della polizia scientifica. La scena era tranquilla, tutto considerato, anche se D.D. sospettava che non era stato facile, per Phil, renderla tale. In uno spazio tanto angusto, con quattro cadaveri e innumerevoli questioni da risolvere alla svelta, era facile mettere subito al lavoro tutti gli uomini a disposizione; il che, però, di norma comporta il rischio di contaminare la scena.

La prima porta aperta rivelò un letto matrimoniale sormontato da una montagna di coperte. Lampade su entrambi i lati, un cassettone ingombro proprio di fronte. La camera dei genitori, immaginò D.D., considerando il fatto che Phil passò subito oltre.

Quindi, un bagno modesto, anch'esso risistemato da poco, e poi altre due porte. Il suono delle voci si fece più forte. La voce di una donna. La detective Carol Manley, immaginò D.D., che aveva preso il suo posto nel terzetto quando D.D. era rimasta ferita in servizio ed era stata confinata al management. Il braccio sinistro di D.D. pulsò al ricordo, e lei sentì la mascella contrarsi per riflesso. Manley era una bravissima detective. Eppure, date le circostanze, D.D. sapeva che non le sarebbe mai piaciuta.

Phil saltò la porta sulla destra. D.D. lanciò una rapida occhiata: letti gemelli, copriletto azzurro aggrovigliato, vestiti, macchinine giocattolo.

Poi, la fine del corridoio. Stanza più grande, chiaramente condivisa da due ragazze, con uno stretto letto rosa spinto contro la parete dello stesso colore sulla destra, e un altro letto uguale, ma viola, contro la parete viola sulla sinistra. L'odore di sangue e urina era più forte, lì dentro.

Neil sollevò lo sguardo quando D.D. entrò. Carol alzò una mano in segno di saluto. Nessuno parlò.

All'inizio D.D. non riuscì a capire. Dov'erano gli altri due corpi? Poi notò quella che sembrava biancheria sporca in fondo al letto rosa. Solo che non si trattava di una pila di vestiti, ma di un corpo piegato intorno a un altro.

Una ragazzina, giovane, abbracciava un bambino, ancora più piccolo.

«Lola Baez, tredici anni» disse Phil a voce bassa. «Manny Baez, nove.»

«Stiamo aspettando il fotografo» disse Neil. «Non volevamo spostarli fino al suo arrivo. Ben è già stato su per valutare. Sta tentando di capire qual è il modo migliore per portare via i corpi senza scatenare un circo mediatico.»

D.D. annuì. Considerata la natura del crimine e la folla di curiosi fuori dalla casa, il lavoro del medico legale non sarebbe stato affatto facile. Aveva già la sensazione che niente, in quel caso, sarebbe stato facile.

Carol si schiarì la voce. «L'altra metà della stanza appartiene alla sedicenne Roxanna Baez.» Indicò il lato viola, dove sulla parete spiccava un poster del *Meraviglioso mondo dei libri* e un calendario di cagnolini. Razza épagneul breton, pensò D.D., basandosi sul manto a chiazze bianche e marroni del cane del mese.

In contrasto, la parete dipinta di rosa della metà di Lola Baez era coperta da poster teatrali; di tutto, da *Wicked* a *Romeo e Giulietta*, a *Annie*.

«C'è un portatile sulla scrivania» disse Neil. «Non è protetto da password. La cronologia del browser mostra Instagram, Tumblr, le solite cose. L'ultima persona che si è connessa l'ha usato intorno alle otto e mezza di stamattina per guardare qualche video su YouTube. Nessun messaggio recente da familiari o amici. Di sicuro nessuno che invitava Roxanna a incontrarsi da qualche parte.»

«Cellulare?» domandò D.D.

«C'è un cellulare sulla scrivania, ma serve il codice PIN. Non sappiamo ancora se appartiene a Roxanna o Lola. Dovrebbe essere abbastanza facile capire qual è l'operatore e inoltrare richiesta dei tabulati.»

D.D. annuì. Al giorno d'oggi, sembrava che ogni ragazzino

avesse un telefono, quindi si aspettava che due ragazze avessero due cellulari. Dato che ne era presente soltanto uno, forse Roxanna aveva portato il suo con sé. Se solo fossero stati tanto fortunati.

«Dov'è la roba dei cani?» domandò. «Avete detto due cani anziani, ciechi. Gli épagneul breton non sono così piccoli. Dovrebbero esserci cucce, ciotole, guinzagli.»

«Abbiamo trovato le ciotole dei cani fuori dalla porta sul retro. A quanto pare gli davano da mangiare là» disse Carol.

«Guinzagli?»

I tre detective si strinsero nelle spalle.

«In altre parole» disse D.D. a voce alta «Roxanna potrebbe aver preso i guinzagli. È davvero fuori a portare a spasso i cani.»

Phil guardò l'orologio. «Da un'ora e un quarto?» domandò a bassa voce. «E ancora non è stata vista da decine di agenti di pattuglia?»

Aveva ragione. Nemmeno a D.D. la cosa tornava.

«I cani potrebbero essere fuggiti» suggerì Neil. «Spaventati dagli spari. Essendo ciechi e tutto il resto, forse si sono accovacciati sotto il portico di qualcuno, nascosti.»

«E la sedicenne?» domandò D.D.

Ancora una volta, nessuno aveva una risposta per lei.

«D'accordo.» D.D. si guardò intorno. Stava ancora valutando la scena, tentando ancora di capire. «Otto volte su dieci, in casi come questo, è una situazione domestica sfuggita di mano. Il padre uccide la moglie e i bambini e poi si spara. Considerando i tre colpi al petto, però, credo che possiamo tranquillamente escludere che Charlie Boyd si sia suicidato.»

I detective annuirono.

«Nel nono caso, è un crimine commesso da un estraneo. Diciamo un ladro che viene colto sul fatto mentre tenta di entrare e che spara alla famiglia per coprire le sue tracce. Ma qui non sembra mancare niente.»

«Inoltre non ci sono segni di effrazione» aggiunse Phil. «Gli agenti che sono intervenuti dopo la chiamata hanno trovato la porta d'ingresso aperta. Lo stesso con la porta sul retro. Anche se i vicini dicono di non aver visto nessuno uscire dalla casa, dopo il rumore degli spari. Quindi possiamo ragionevolmente credere che, anche se chi ha sparato è entrato dalla porta principale, poi sia uscito dal retro.»

«Droghe?» domandò D.D. «Qualche prova, o diceria, che Charlie Boyd o Juanita Baez fossero coinvolti in attività illegali?»

«Juanita ha dei precedenti per guida in stato di ebbrezza, ed è stata obbligata dal tribunale a disintossicarsi cinque anni fa. Alcol» disse Neil. «La fedina penale di Charlie Boyd è pulita.»

«Nessuna scorta nascosta di droga o di denaro» aggiunse Carol. «Inoltre, niente alcolici in cucina, il che potrebbe indicare che Juanita fosse ancora sobria.»

D.D. sospirò e guardò di nuovo l'orologio. Era ora di prendere una decisione.

«C'è un altro scenario» disse. «Non altrettanto comune, ma succede. L'intera famiglia viene assassinata; la figlia adolescente scompare. Qualche volta questo significa che la figlia è il bersaglio: il colpevole uccide la famiglia in modo da poter rapire la ragazza.»

«E le altre volte?» domandò Neil.

«Le altre volte il colpevole è la figlia» disse D.D. in tono secco. «Vittima di abusi, incazzata, non ha molta importanza. Ma a un certo punto la ragazza decide che l'unica soluzione è ucciderli tutti e scappare.»

I loro sguardi tornarono ai poveri resti di Lola e Manny Baez, con la ragazza che teneva tra le braccia il corpo del fratellino.

Phil, padre di quattro figli, si schiarì la gola con forza. D.D. lo capiva.

«In ogni caso» disse D.D. a bassa voce «la chiave di questo enigma è Roxanna Baez. Se troviamo lei, troviamo anche le nostre risposte. Emettete l'Allarme minori scomparsi. Poi preparatevi alla follia totale. In casi come questo i media impazziscono del tutto!»

2

Una luminosa mattina di sole di una bellissima giornata autunnale. Una di quelle giornate, a Boston, in cui la gente se ne sta seduta ai tavolini fuori dai caffè, o passeggia lungo il fiume Charles, o osserva con occhi adoranti i figli che giocano nel parco.

Non ho mai padroneggiato l'arte del bighellonare, anche prima che quello che mi è successo... succedesse. Così correvo. Lungo le strade, nei vicoli, finché non arrivavo al Charles e alle piste dedicate. Al contrario di molti che fanno jogging, non indossavo mai le cuffie per ascoltare musica. Il suono è una delle nostre prime linee di difese. Il rumore di un'automobile che sbanda fuori controllo proprio mentre stai per scendere dal marciapiede all'incrocio. Il rumore di passi pesanti che si avvicinano troppo alla svelta, troppo concentrati, alle tue spalle.

Quella notte non indossavo le cuffie. Invece, ero smarrita nei deliri ubriachi della mia mente.

Portavo sempre un marsupio, quando facevo esercizio. Bottiglia d'acqua. Crema solare. Coltellino. Barretta energetica. Chiavi universali per manette. E, infine, una bomboletta della mia ricetta personale di peperoncino spray; il Massachussetts regolava l'acquisto del Mace e io sono il tipo di ragazza che apprezza la sua privacy, e così mi ero inventata il mio miscuglio personale. No, agente, non ho il Mace. Che cosa vuol dire che il mio aggressore è diventato cieco? Ah. Allora spero che il suo avvocato d'ufficio sappia come preparare i documenti in Braille.

È possibile che il mio senso dell'umorismo sia un po' più macabro del normale.

Torniamo alla corsa. Torniamo a pensare senza pensare, concentrata sull'impatto dei miei piedi che schiaffeggiano la pista da jogging. Sul movimento forte delle mie braccia che si muovono a ritmo con le gambe. Il mio respiro, lento, efficiente, pronto per la prossima salita, il prossimo chilometro, il prossimo tutto.

Correre era una delle poche attività che riuscivano a calmare la mia mente sempre attiva e ad attenuare la mia ipervigilanza quel tanto che bastava per darmi una speranza minima di introspezione generale. Quattrocentosettantadue giorni e sei anni dopo, chi ero io?

Un tempo ero stata una ragazza che amava le volpi. Ero cresciuta nella fattoria biologica di mia madre nella parte selvaggia del Maine, correndo sui sentieri battuti dai cervi nei boschi, raccogliendo mirtilli scaldati dal sole direttamente dai cespugli, e facendo dispetti al mio fratello maggiore, Darwin, che persino allora odiava tutto della vita delle piccole città, a parte me e mia madre.

Solo che poi ero andata al college a Boston. Giovane, innocente, tutta sogni sulla grande metropoli e senza un solo obiettivo tangibile. Mi ero laureata? Il college era stato solo per andarmene e starmene lontano, non perché non volessi bene a mia madre o non amassi la sua fattoria o i cuccioli di volpe che nascevano ogni primavera, ma perché avevo diciotto anni e, quando si hanno diciotto anni, chiaramente non si può volere ciò che già si ha. Si deve provare per forza qualsiasi cosa ci sia dietro quell'altra porta laggiù.

Stupida.

Ero stata bellissima. Mia mamma ha ancora delle fotografie di quei giorni. In ogni immagine irradio quella bellezza stile L.L.Bean di chi ama stare all'aria aperta, il tipo di bellezza che le persone associano al Maine. Capelli lunghi e biondi, lisci. Occhi grigio chiaro fissi dritti davanti a me, gli angoli della bocca appena incurvati all'insù, come se stessi ridendo per qualche battuta che solo io potevo sentire. Non avevo problemi a farmi degli amici o ad avere un invito al ballo o a sopravvivere a uno qualsiasi di quei rituali del liceo che lasciavano le ragazze meno belle a rimuginare sulle pagine di *Carrie*.

Ero felice.

Ecco cosa notavo di più quando guardavo quelle fotografie.

Vedevo una ragazza che credeva davvero di poter diventare e di poter avere tutto ciò che desiderava. Vedevo una persona che era naturalmente, abbondantemente felice.

Non mi capacitavo di come mia madre riuscisse a tenere ancora quei ricordi.

Perché quella ragazza è scomparsa sette anni e mezzo fa. Ballando ubriaca su una spiaggia in Florida durante le vacanze di primavera. Quattrocentosettantadue giorni dopo, quello che la mia famiglia si è vista restituire ero io.

Uno degli aspetti più surreali del tornare a casa è stata la frenesia mediatica che ne è seguita. Il mondo reale era già abbastanza sconcertante senza avere produttori televisivi, agenti di Hollywood e avvocati dell'industria dell'intrattenimento accampati sulla veranda di casa di mia madre. Ognuno che pretendeva diritti immediati ed esclusivi. Ognuno che giurava che lui – o lei – era l'unica persona in grado di rendere giustizia alla mia storia.

E poi c'erano le promesse di denaro. Somme che ti cambiano la vita, milioni di dollari che potevano essere tutti miei. Dovevo soltanto condividere ogni più sordido dettaglio del mio rapimento a opera di Jacob Ness, e più erano raccapriccianti, meglio era.

Onestamente, non riuscivo a capirlo. Le persone volevano davvero leggere tutte le descrizioni orrende della mia vittimizzazione nelle mani di uno stupratore e assassino seriale? Volevano sapere esattamente com'era vivere in una scatola delle dimensioni di una bara soltanto per esserne tirata fuori e scoprire che quello che mi aspettava dall'altra parte era anche peggio?

«Non vederla a questo modo» mi disse il primo produttore televisivo. «Non è la vittimizzazione, quello che farà vendere. È la tua storia. Tu, la sopravvissuta. Come ce l'hai fatta. È questo che gli spettatori vogliono riuscire a capire.»

Non ne ero convinta allora, e ho continuato a non esserne convinta poi. Mi sembrava che per ogni persona che tanti secoli fa si presentava al Colosseo per guardare il gladiatore vincere, ce ne fosse almeno un'altra che ci andava per vederlo perdere. È semplicemente la natura umana.

Mi furono offerte interviste televisive. Contratti per libri. Diritti cinematografici. Forse avrei dovuto prendere i soldi e scappare. Ma non l'ho fatto. Semplicemente... non potevo. La mia famiglia aveva già perso abbastanza della sua privacy nel corso degli sforzi disperati per tentare di ritrovarmi. Non potevo prendere altro, da loro. Inoltre, è venuto fuori che facevo parte di quei sopravvissuti che, una volta a casa, pensano di essere al sicuro, di poter gettarsi tutto alle spalle e non guardarsi più indietro. E non pronunciare mai più il nome di Jacob.

Tutti quei momenti, ore, giorni in cui promettevo a me stessa: Se solo potessi andarmene da qui, non mi lamenterò mai più di niente. Sarò sempre felice. Non dimenticherò mai la sensazione del sole sulla mia faccia. Sarò la figlia perfetta, la sorella più amorevole del mondo. Non darò mai più la vita per scontata.

Se solo potessi andarmene da qui...

Tornare a casa.

Sopravvivere.

Quattrocentosettantadue giorni e sei anni dopo, chi ero io?

Mio fratello se ne era andato. Aveva gestito lui la pagina Facebook "Troviamo Flora", quando ero scomparsa. Uno dei suoi compiti era stato quello di postare quotidianamente fotografie, frammenti di vita familiare per ricordare al mio rapitore ancora ignoto che ero una sorella, figlia, amica di cui tanti sentivano la mancanza. Non ne abbiamo mai parlato quando sono tornata. Io per non traumatizzarlo, lui nel tentativo di non traumatizzare me.

Ma, ancora prima di mia madre, Darwin si era reso conto della verità: i suoi sforzi avevano salvato una ragazza, solo che non era la sorella che un tempo aveva amato. Se ne era andato in Europa per un viaggio di scoperta di sé. A volte mi chiedo se correva ogni giorno lungo il Tamigi. Se quelli erano gli unici momenti in cui poteva pensare, se la domanda che poneva a se stesso più di ogni altra era: chi sono io, chi sono io, chi sono io?

Scale. Su, su, su fino al ponte che attraversa il fiume Charles. Amavo il rapido scalpiccio delle mie scarpe da corsa sui gradini di metallo. Muovermi così alla svelta che nessuno poteva raggiungermi. Nemmeno i miei pensieri confusi.

L'anno prima avevo fatto qualcosa che non mi aspettavo di fare: avevo salvato una ragazza. Un'altra studentessa universitaria rapita. E, in un attimo, i media erano tornati. Solo che, a quel punto, non volevano più soltanto la storia di Jacob Ness e dei quattrocentosettantadue giorni di cui non avevo mai parlato; ora volevano la storia di Flora. La combattente. Flora che si era trasformata da vittima in vigilante.

Hanno chiesto, e insistito, preteso e supplicato.

E ancora io non rispondevo. Forse era solo che non mi piaceva parlare. O, più probabilmente, che ancora odiavo la stampa.

Ma cosa dovevo fare?

C'è stata una volta, tanto tempo fa, in cui ho pensato di tentare di tornare a scuola. Scegliere una carriera, trovarmi un lavoro vero, diventare di nuovo una persona normale. Ma, grazie al mio disturbo post traumatico da stress, avevo ancora problemi a stare in mezzo alla folla, in stanze con vie d'uscita limitate e – oh sì – a concentrarmi su qualsiasi cosa.

Per non parlare del fatto che, la maggior parte dei giorni, non mi sentivo affatto normale.

Alcuni possono farcela. Ho letto le loro storie. Le ho esaminate, riesaminate, iperanalizzate.

Si può rimanere traumatizzati e riuscire ugualmente a rimettere insieme i pezzi della propria vita.

Solo che poi ci sono gli altri, i sopravvissuti come me. Che hanno aspettato troppo tempo prima di essere salvati e, nel frattempo, hanno rinunciato a troppe cose.

I miei punti di forza? Scassinare le serrature, autodifesa, analisi delle minacce potenziali, e armi davvero divertenti che si possono fare con oggetti trovati nella spazzatura. Per non parlare delle ricette casalinghe per lo spray urticante. E correre. Amavo correre. Mattina, pomeriggio e sera. Qualsiasi cosa pur di mettere a tacere i pensieri nella mia testa, ma anche per sentire il vento, la pioggia, la neve sulla faccia.

Non in una scatola, non in una scatola, non in una scatola. Era così che suonavano i miei passi mentre correvo attraverso il ponte fino a Cambridge. Non in una scatola.

Chi ero io?

Una sopravvissuta.

Il mio difensore della vittima, Samuel Keynes, mi chiamò così il primo giorno che ci vedemmo. All'epoca la parola suonava bene. Forte. Definita. Un tempo ero una vittima. Ora ero una sopravvissuta. Una che correva come un ghepardo e aveva uno strano zainetto a marsupio pieno di oggetti sufficienti ad assicurare che non sarebbe mai più stata una vittima.

Ma anche ora, aumentando il passo, avvicinandomi alla fine del ponte e al mio scatto finale, potevo ancora sentire gli altri pensieri che avevano accompagnato quello.

Essere una sopravvissuta non significava soltanto essere forte. Significava essere sola. Sinceramente, davvero sola. Sapendo cose che le altre persone non avrebbero dovuto sapere. Portando con me ricordi che desideravo disperatamente dimenticare eppure non riuscivo a cancellare dalla mia mente.

E il senso di colpa. Per così tante cose. Tutti gli avrei potuto, avrei dovuto, avrei voluto.

C'era una volta una bella ragazza che ballava su una spiaggia...

E non posso più tornare indietro.

La fine del ponte. Più veloce, più veloce, più veloce. Finché il mio petto non scoppiava, il cuore martellante, sempre più veloce...

Chi sono io chi sono io chi sono io?

Attraversai la mia autoimposta linea del traguardo, raggiungendo la fine del ponte ed entrando a Cambridge. Mi fermai. Piegata in due. Respirai profondamente due, tre volte, respiri rapidi, poi ricominciai a muovermi prima che mi venissero i crampi. Avevo un chilometro e mezzo di camminata per rientrare nel mio monolocale coperto di chiavistelli e serrature, che i miei anziani padroni di casa mi concedevano gentilmente a un affitto inferiore ai prezzi di mercato. Avevano seguito il mio caso sui notiziari, mi dissero quando ci incontrammo la prima volta. E non lo dissero con uno scintillio voyeuristico nello sguardo, ma con sincera compassione. Ancora non mi fidavo di molte persone, ma ho imparato che a loro potevo credere.

Era arrivato il momento per spostare la mia attenzione alla giornata che avevo davanti. Nonostante tutti i miei sforzi, ero riuscita a raccattare la sembianza di una vita. Lavoravo in una pizzeria. Mi ero fatta anche degli amici, più o meno. Un gruppo di altri sopravvissuti, alcuni che mi avevano cercato nei giorni dopo la missione di soccorso a Stacey Summers, altri che mi ero trovata da sola. Tutti noi avevamo una cosa in comune: una volta, eravamo sopravvissuti. E ora volevamo vivere di nuovo.

Il che, forse, era un frammento della risposta che ancora stavo cercando.

Non ero una figlia perfetta. A quanto pareva, ero soltanto l'ombra di una sorella. Ancora non sapevo come rilassarmi quando mia madre mi abbracciava, o come dormire tutta la notte, o andare in qualche posto senza portarmi dietro una mezza dozzina di attrezzi per l'autodifesa.

Ma per qualcuno, là fuori...

Se ogni cosa della tua vita è andata male. Se il peggio è appena successo, e un predatore ora ti ha preso di mira...

Be', allora io ero la ragazza che volevi avere al tuo fianco.

Ero la persona che sapeva esattamente cosa stavi passando, e che non si sarebbe mai arresa finché tu non fossi tornata a casa.

3

D.D. aveva un sacco di cose da fare, e molto alla svelta. Per prima scelse di telefonare al suo capo, il vice sovrintendente della squadra omicidi Cal Horgan. Gli descrisse minuziosamente la scena.

«Abbiamo bisogno di un Allarme minori scomparsi. Sono passati novanta minuti da quando sono stati sentiti gli spari e ancora non c'è traccia della figlia di sedici anni, Roxanna Baez, né dei cani della famiglia.»

«Cani?» domandò Horgan.

«Due. Razza épagneul breton, entrambi ciechi. Si chiamano Blaze e Rosie. Dovremmo diffondere anche la loro descrizione alla stampa. Alcune persone potrebbero non aver voglia di immischiarsi con la storia di un'adolescente scomparsa. Ma due vecchi cani...»

«Hanno il chip?» chiese Horgan.

«Non lo sappiamo. La detective Manley sta guardando tra le ricevute proprio in questo momento, cercandone qualcuna di qualche veterinario locale. Si metterà in contatto con loro, per vedere cosa può scoprire sui chip identificativi, temperamento, bisogni speciali. Se la ragazza è scappata, è possibile che si sia portata dietro i cani, il che la renderebbe molto più facile da rintracciare. Ma è anche possibile che i cani siano fuggiti al rumore degli spari e che al momento siano nascosti sotto il portico di qualcuno.»

«I vicini?»

«Abbiamo pattuglie a piedi che stanno setacciando il quartiere in un raggio di due chilometri, in cerca di tracce della ragazza e/o dei cani. Mentre i detective stanno andando porta a porta, richiedendo accesso immediato e prendendo nota di chiunque voglia un mandato per farli entrare.»

«Ti occuperai personalmente di questi?»

«Probabilmente sì.»

«Hai già contattato Laskin?» Horgan aveva cambiato marcia: Chip Laskin era l'agente di raccordo tra il dipartimento di polizia e i media. Chip stava per avere una giornata molto piena.

«È la mia prossima telefonata» lo rassicurò D.D. «Phil ha diramato un bollettino di ricerca subito dopo essere arrivato sulla scena, fornendo ai media locali la descrizione della ragazza scomparsa. Ci serve che Chip dia una foto della ragazza e dei cani ai canali statali e nazionali, e che la metta anche su Internet.»

Nel corso degli ultimi anni, il dipartimento di polizia di Boston si era unito al resto del pianeta e aveva abbracciato i social media. Pagina Facebook, account Twitter, un proprio sito di notizie: BPDNews.com. E, cosa ancora più incredibile, sembrava funzionare. Metti in rete una ripresa video sgranata di un'effrazione e, nel giro di mezz'ora, sulla pagina del dipartimento arrivavano tre o quattro post con il nome del sospettato. Perché mandare detective a bussare alle porte dei vicini quando un agente di collegamento con i media poteva trasmettere la stessa informazione direttamente nel soggiorno di ogni singola persona in molto meno tempo e con molta meno fatica? D.D. aveva il sospetto che fossero a un passo da *RoboCop*.

Ma quel giorno non era ancora arrivato, quindi aveva ancora il suo lavoro da svolgere.

«Dentro la residenza abbiamo due computer e quattro cellulari. Phil sta lavorando con Facebook, ora, richiedendo l'accesso all'account della madre. Poi contatterà la Apple.»

Facebook consentiva alla polizia l'accesso di emergenza alla pagina di una persona, a patto che la compagnia ricevesse un affidavit firmato in cui si prometteva la produzione di un mandato entro ventiquattro ore. Molto conveniente, di questi tempi, quando un movente o persino un sospettato di omicidio era spesso a solo un post di distanza.

Apple, d'altro canto, richiedeva più tempo. Mentre il provider telefonico della famiglia poteva rilasciare i messaggi della segreteria telefonica e i messaggi di testo dei cellulari, quelle informazioni non comprendevano gli iMessages, cioè i testi inviati da un apparecchio Apple all'altro. Considerando quanta gente possedeva un iPhone, questo significava che un numero considerevole di messaggi poteva rimanere sconosciuto. I detective più saggi iniziavano subito a compilare i moduli quando avevano bisogno di ottenere informazioni da Apple, specialmente in una situazione in cui il tempismo era fondamentale, come quella di una ragazzina scomparsa.

«Parenti? Vicini ficcanaso?» domandò Horgan.

«Ci stiamo lavorando. Ho chiesto al detective Manley di contattare la scuola della ragazza, quando avrà finito con i veterinari. Con un po' di fortuna, la ricerca di Phil tra i post sui social media e il contatto di Carol con la scuola ci forniranno qualche nominativo comune: la cerchia di amici intimi di Roxanna. È da loro che andremo subito dopo.»

«Non dimenticare i nemici» la avvisò Horgan. «Gli amici si coprono l'un l'altro. Mentre la ragazza perfida su Snapchat ti darà tutte le informazioni peggiori, che sono proprio ciò di cui abbiamo bisogno.»

«Sì, sì, amiche, amiche-nemiche, ho capito.»

«Cugine» continuò lui. «Specialmente se della stessa età o quasi. Zie e zii possono pensare di dover coprire i loro figli. I cugini sono più mercenari.»

«Wow, non avrei mai pensato di essere felice di non averne nessuno.»

«Il passato della famiglia?»

«La madre, Juanita, lavorava come infermiera, e ha una storia di alcolismo. Il suo uomo, Charlie, era un imprenditore edile senza nemmeno una multa per divieto di sosta. Nessuna traccia di droghe o di uno stile di vita ad alto rischio. Non saprei. Al momento... sembrano una famiglia. I figli di lei, i cani di lui. Gente che lavora duro oggi sperando in un domani migliore.»

«Tutte le famiglie hanno dei segreti» la informò Horgan. «Ecco perché ci pagano così tanto.»

«Aspetta un attimo, tu sei pagato bene? Perché l'ultima volta che ho controllato la mia busta paga...»

Lei e Horgan finirono di sistemare i dettagli. Sulla task force che sarebbe stata messa assieme. Sulla linea telefonica dedicata che doveva essere aperta per gestire la pioggia di chiamate dopo la diffusione dell'Allarme minori scomparsi. Sulla conferenza stampa che Horgan avrebbe tenuto insieme all'agente di raccordo Chip Laskin, perché non era proprio possibile che D.D. avesse il tempo di fare anche quella. Sul bisogno di avere altri uomini. Una squadra per seguire i trasporti pubblici, dato il numero di linee dell'autobus e di fermate a poca distanza dalla casa dei Baez. Altri detective per parlare con i negozi locali e le case più vicine alla ricerca di possibili riprese di telecamere di sorveglianza; fossero riuscite a catturare Roxanna che portava a spasso i cani vicino a un bancomat, o che scappava da qualcuno in una via laterale, o che rideva con un gruppo di amiche a una fermata dell'autobus...

Molte opzioni per piste eventuali, molte strade che valeva la pena investigare in un'area densamente popolata come Brighton. D.D. non aveva bisogno di altre idee per riuscire a localizzare una teenager scomparsa, aveva bisogno di giornate con più ore.

Chiuse la comunicazione e si rimise al lavoro.

La prima svolta arrivò qualche minuto dopo, ma non nel modo che sarebbe piaciuto a D.D.

«Manny! Mio figlio, mio figlio! Manny, dov'è Manny! Cos'è successo a mio figlio! Maaaanny!»

D.D. arrivò alla porta appena in tempo per vedere un uomo alto e grosso con i capelli neri e una cicatrice minacciosa lungo la guancia sinistra che girava intorno a due agenti e si avventava contro il poliziotto in uniforme con il registro in mano. Entrambi caddero a terra mentre gli altri poliziotti arrivavano in aiuto.

Altri strilli, qualche grido e voci dai vicini. «Hector, calmati!»

«Non fategli male!»

«Ehi, quello è il papà di Manny. Lasciatelo andare. Vuole soltanto sapere di suo figlio!»

D.D. si fece largo tra i poliziotti. Poteva anche non avere il fisico dalla sua parte, avendo uno di quei metabolismi iperattivi che la mantenevano asciutta nei momenti buoni e smagrita in quelli brutti, ma era pur sempre una madre. L'esperienza passata le aveva insegnato che chiunque, persino i bruti oversize, erano stati educati fin dalla nascita a obbedire alla mamma.

Afferrò l'uomo per un orecchio e lo trascinò fuori dall'assembramento. «Ehi! Come si chiama, signore?»

«Manny!» gridò lui, gli occhi ancora fuori dalle orbite. «Mio figlio! La signora Sanchez mi ha chiamato. Mi ha detto che hanno sparato. Mi ha detto che sono morti. Manny!»

«Il nome, signore. Qual è il suo nome?»

«Hector Alvalos!» gridò uno dei vicini mentre l'uomo annuiva freneticamente.

«Lei è il padre di Manny? Conosceva Juanita Baez?»

«Mio figlio!»

«D'accordo, d'accordo. Andiamo in un posto più tranquillo, dove possiamo parlare.»

D.D. annuì in direzione del poliziotto con il registro, che nel frattempo si era rimesso in piedi e si stava spolverando l'uniforme. Tenne lo sguardo fisso su Hector Alvalos, ma non sembrava messo male. Date le circostanze, l'agente avrebbe avuto il diritto di sporgere denuncia, ma si limitò a indicarle con un cenno del capo il retro della proprietà, l'opzione migliore a disposizione di D.D. per un luogo sgombro da curiosi e da tecnici della scientifica.

Tenendo in una morsa il grosso braccio di Hector, D.D. condusse l'uomo intorno alla casa, sentendolo contrarre le spalle per riuscire a entrare nello spazio angusto tra la piccola casetta e la torreggiante villa vicina. Si fermò nel cortile sul retro, poco più di un francobollo di terra, notando per la prima volta l'orto rialzato ingombro dei rimasugli delle piante di pomodoro e di erbe aromatiche che stavano cedendo al tardo autunno. Phil era già sulla veranda posteriore, posizionato vicino a due grosse ciotole di metallo. Li stava aspettando.

«Mi ripeta il suo nome» disse D.D. con fermezza. Hector sembrava più calmo, ora: respirava profondamente mentre Phil accendeva il registratore.

«Hector Alvalos» borbottò.

«E qual è il suo rapporto con la famiglia Baez?»

«Juanita e io vivevamo insieme. Manny è mio figlio.»

«Cominci dall'inizio, signor Alvalos. Ci dica tutto.»

Venne fuori che Hector era un barista. Aveva conosciuto Juanita dieci anni prima in un bar del posto. Erano usciti insieme un paio di volte, poi erano andati a convivere quando Juanita aveva scoperto di essere incinta di Manny. Fin dall'inizio, la loro era stata una relazione turbolenta. Una famiglia che presto sarebbe stata composta da cinque elementi compressi in una casa con una sola camera. Le ragazze che dormivano nella stanza comune. Una Juanita incinta incuneata nell'unica camera da letto con Hector.

La pazienza era labile. Il loro hobby principale era la tequila. Il che aveva portato a liti, e poi a lacrime, seguite da altre liti e altre lacrime.

«Bevevamo troppo tutti e due» disse Hector con voce pesante. «Non era un bene. Adesso lo so.»

«Che cos'è successo?» domandò D.D.

L'uomo si strinse nelle spalle. Indossava una camicia di flanella a quadri rossi e neri sopra una T-shirt azzurra macchiata e un paio di jeans. A D.D. sembrava si fosse appena alzato dal letto. Se faceva ancora i turni serali come barista, forse era proprio così.

«Poi è nato Manny. La casa era sempre più affollata. Dormivamo di meno. Juanita... lei era sempre arrabbiata. Sembrava che io non riuscissi a fare mai la cosa giusta. Così lavoravo di più. Bevevo di più. Poi, cinque anni fa... non ce la facevo più. Abbiamo litigato, di brutto. Juanita gridava. I ragazzi gridavano. Io... io ho dato un pugno in un muro. La mia mano è passata attraverso.» Hector si strofinò le nocche in un gesto involontario. «Sapevo di aver sbagliato. Potevo vederlo sulla faccia del mio ragazzo. Aveva paura di me. Me ne sono andato. Sono sceso dalle scale e ho continuato a correre.»

D.D. aspettò.

«Dopo ho sentito dire... Juanita non l'aveva presa bene. Beveva ancora di più. C'erano state delle scenate. Avevano chiamato i servizi sociali, ma non sono sicuro di cos'è successo. Avevo lasciato la città, e Manny non ricorda molto bene. Ma Juanita ha perso la custodia dei ragazzi. Ha dovuto fare una terapia, ordinata dal tribunale, e unirsi agli alcolisti anonimi. Poi ha riavuto i ragazzi...»

«Aveva perso i bambini» lo interruppe D.D.

«Sì. Juanita dà la colpa a me per l'alcol, per tutti i problemi che avevamo allora. E non è giusto. Lei beveva già parecchio prima di conoscermi. Ma insieme... eravamo così *locos*. Stare separati è meglio, per noi. Adesso lei è sobria, va agli alcolisti anonimi tutte le settimane. Così dice Manny. E anche io mi sono dato una sistemata. Per Manny. Lui è il mio ragazzo. Ogni domenica vengo a prenderlo ed è la nostra giornata insieme. Io e Juanita possiamo anche avere il diavolo dentro. Ma Manny... lui è perfetto. In tutti i sensi. *Perfecto*.»

D.D. annuì. La sua mano era ancora posata sul braccio di Hector. La sua stretta si rilassò. Ma tenne lo sguardo fisso sul volto dell'uomo, e la voce ferma.

«Sta dicendo che Juanita era un'alcolizzata quando vi siete conosciuti, ma che adesso è sobria?»

«Sì.»

«E del nuovo uomo, Charlie Boyd, cosa mi dice?»

«Mmh, si sono incontrati forse un anno fa? Juanita fa l'infermiera al St Elizabeth. Charlie è andato lì per farsi mettere dei punti. Si era tagliato sul lavoro.»

«È un imprenditore edile?»

«Sì.»

«Le piace? Andate d'accordo?»

Hector si strinse nelle spalle. «A Manny piace. Sta aiutando Charlie a lavorare su questa casa. A sistemarla, imparare un po' di cose. Questo mi piace. Forse anche Manny diventerà un imprenditore edile. Si guadagna meglio che a fare il barista.»

«Sembra che Charlie passi molto tempo con suo figlio.»

Hector si irrigidì, ma non abboccò all'amo. «Io non piaccio a Charlie. Come ho già detto, Juanita dà la colpa a me per il suo problema con l'alcol, così anche Charlie la pensa allo stesso modo. Ma ho chiesto in giro. Nemmeno Charlie è perfetto. Una volta gli piaceva molto la birra. Manny, però, dice che ora va tutto bene. Charlie ha smesso di bere per Juanita, va anche con lei alle riunioni, a volte. La vita è più tranquilla. Juanita... è più felice. E questo è un bene. Un tempo amavo Juanita. È la madre di mio figlio. Voglio che sia felice.»

«E le ragazze?» domandò D.D. «Roxanna e Lola? Chi sono i loro padri?»

«Non lo so. Juanita non parlava mai di loro.»

«Un uomo solo? O due padri separati?»

«Due uomini diversi. Ma non sono in contatto. Gliel'ho detto, Juanita beveva già prima di conoscermi.»

«Cosa ci può dire delle ragazze? Andavano d'accordo? E con Manny?»

«Roxanna e Lola? Sì, certo. Manny è il loro fratellino. Lo adorano. Forse lo viziano anche. Non è poi così male che Juanita sia andata a vivere con Charlie. Altrimenti il povero Manny sarebbe cresciuto in una famiglia di ragazze.»

«Roxy ha sedici anni. È carina?»

Hector si strinse nelle spalle. «Certo» disse, in un modo che D.D. interpretò come la volontà di essere cortese. «Ma, uh... forse non come sua madre e sua sorella. Juanita, *muy guapa*! E Lola... è figlia di sua madre. Un concentrato di guai, quella ragazzina.»

In altre parole, pensò D.D., Roxanna era il brutto anatroccolo della famiglia. Interessante. «Frequenta già dei ragazzi?»

«Roxanna? No! Roxy è tranquilla, timida. Legge, prende i suoi studi molto sul serio. Quando io e Juanita vivevamo insieme... Roxy dava da mangiare ai suoi fratelli, li faceva vestire e poi andavano a scuola, dove c'era anche l'asilo di Manny. Si prendeva cura di loro molto bene.»

«Roxy è quella responsabile, allora?»

«Sì.»

«Ha un lavoro?»

«Non credo.»

«Vuole bene ai cani? Forse è lei quella che li porta a spasso?»

«Blaze e Rosie? Manny adora quei cani! Charlie li ha presi da qualche allevatore. I ragazzi, prima ancora di voler bene a Charlie, hanno voluto bene ai suoi cani. Roxy e Manny spesso li portano a spasso insieme. Manny dice che sono molto bravi. Quando erano cuccioli non potevano mai uscire, quindi adesso gli piace stare sulla veranda sul retro, starsene sdraiati al sole. Quando vanno a passeggio, trotterellano tranquilli. Nessuno direbbe mai che sono ciechi.»

«I cani passano la maggior parte del tempo fuori?»

«Quando c'è bel tempo, sì.»

D.D. sollevò lo sguardo sul cielo azzurro, e pensò che quel giorno aveva le caratteristiche giuste.

«E Lola?» domandò.

Hector esitò. «Mmh. Lola è molto carina. Troppo carina, per avere tredici anni. E focosa, come sua madre. Non prende la scuola molto sul serio. E decisamente le piacciono i ragazzi.

Manny dice che lei e Juanita litigano. Di continuo. Le cose non sono state facili, ultimamente.»

«Manny ha parlato di qualche ragazzo in particolare su cui sua madre e sua sorella possono aver litigato?»

«Manny ha nove anni. Pensa che la sua sorella di tredici anni sia stupida; non presta molta attenzione a tutto il resto.»

«Ma Manny vuole bene alle sue sorelle, e loro vogliono bene a lui?»

Hector sorrise. Tutto il suo volto si ammorbidì, e il segno frastagliato sulla sua guancia diventò meno minaccioso, più simile a una ferita di guerra. E il cuore di D.D. si spezzò all'idea di quello che avrebbe dovuto dirgli di lì a pochissimo.

«Quelle ragazze... farebbero di tutto per Manny. E anche lui le adora. È dolce, e gentile. Non è per niente come me. Posso vederlo, adesso? Mio figlio?»

«Mi dispiace, signor Alvalos...»

«È all'ospedale?»

«Mi dispiace, signor Alvalos...»

Poi non ebbe più bisogno di dire il resto. Lui lo capì. Dalle reazioni dei vicini, dal nastro giallo della scena del crimine, dai detective che non l'avevano lasciato entrare in casa.

O forse un genitore, semplicemente, certe cose le capisce. Le avverte, come una luce che si spegne all'improvviso.

Le ginocchia di Hector cedettero. Cadde, con la mano di D.D. ancora appoggiata sulla spalla. Lei la tenne lì mentre lui chinava la testa e scoppiava a piangere.

4

Dopo la mia corsa mattutina, mi feci la doccia – all'infinito – e poi mi misi un paio di vecchi pantaloni della tuta grigi e una T-shirt bianca della mia palestra di kickboxing preferita. Entrai nella mia piccola cucina e rimasi lì, occhi fissi, tentando di identificare qualsiasi cosa potessi mangiare. Mia madre quando era sotto stress era una cuoca compulsiva. Ancora dopo tanti anni, il tempo che passavamo insieme continuava a essere strano. Il fatto che mi scrutasse ansiosamente la faccia in cerca di segni di nuovi lividi e abrasioni. Io che fingevo che no, non ero andata in giro per le strade di Boston alle tre del mattino tentando di allentare la pressione facendo da esca per i predatori e poi picchiandoli. Ma almeno quando mia madre arrivava dalla sua fattoria nel Maine mi portava del cibo e, mentre era qui, cucinava ancora di più.

Stando al mio frigorifero, era da un po' che non veniva. Avrei dovuto rimediare. Prendere il telefono. Fare lo sforzo. Essere la figlia che lei meritava.

Quello che io e mia madre avevamo in comune era il senso di colpa. Da parte sua perché ero stata rapita, anche se non era per niente colpa sua. Da parte mia perché il mio rapimento le aveva fatto passare quattrocentosettantadue giorni di inferno, anche se non era per niente colpa mia. Jacob Ness. Era stato lui. Aveva fatto male a entrambe. E noi lo odiavamo, con veemenza. Era questo il vero problema. Avevamo entrambe bisogno di lasciarlo perdere. Samuel me lo diceva di continuo. Avrei superato davvero il mio trauma quando fossi stata in grado di passare un'ora, un giorno, una settimana senza nemmeno pensare al nome di Jacob.

Non ci ero ancora arrivata.

Rinunciai all'idea di mangiare e, invece, mi versai una tazza gigante di caffè. Poi attraversai il metro che separava la cucina dal soggiorno e mi sedetti sul divano, con il portatile in bilico sulle ginocchia e la tazza di caffè a portata di mano. La luce entrava dalle finestre del mio appartamento al secondo piano. Tenevo le finestre coperte con un tessuto leggero, quasi garza, abbastanza da garantirmi un po' di privacy nel bel mezzo di un'area urbana e contemporaneamente permettendo alla luce del sole di filtrare nella stanza. Inutile dirlo, ancora non me la cavavo bene negli spazi angusti.

Un sabato mattina così luminoso e soleggiato. Così tante cose normali che le persone fanno in un giorno come questo. In quanto a me...

Accesi il portatile. Mi misi al lavoro. Anche se non ho mai venduto la mia storia a nessuno dei produttori o degli agenti che hanno bussato alla mia porta, ultimamente avevo cominciato a condividerla. A piccoli pezzi, piccoli frammenti. Con un gruppo selezionato di spiriti affini, altre sopravvissute come me, che cercavano anch'esse di trovare la loro strada.

Un anno prima avevo creato una chat room privata dove potevamo incontrarci. A volte soltanto per sfogarci o per sostenerci l'un l'altra in una giornata particolarmente brutta. Ma era anche un luogo dove, di tanto in tanto, condividevamo ricordi più dettagliati delle nostre esperienze.

Non sapevo che cosa pensare, di questo. Uno, il tentativo di fare da mentore ad altri. Due, mettere finalmente insieme piccoli pezzi della mia storia in parole. Eppure...

Con quelle donne potevo parlare. Quelle sopravvissute mi avevano presa.

E questo faceva davvero la differenza.

Trassi un respiro profondo, poi cominciai.

Il mio difensore della vittima, Samuel, dice che la chiave di questa storia della sopravvivenza non è quella di ripetere a te stessa che il mondo è un posto sicuro. O di tentare di convincerti che non hai nulla di cui avere paura. Il mondo è molto pericoloso, e tutti dovremmo essere un po' spaventati. L'antidoto all'ansia è la forza. Ricordare a te stessa che la prima volta sei riuscita a sopravvivere. Che hai preso le decisioni giuste, che hai compiuto le azioni giuste, anche se in realtà voleva dire non fare assolutamente niente. Sei sopravvissuta. E nessuno, nemmeno il defunto eppure in qualche modo ancora presente Jacob Ness, può portarmi via questo.

Se solo potessi crederci davvero.

Di ritorno a casa dopo il mio rapimento, non mi svegliavo in piena notte ricordandomi che ero forte, o sognando la seconda, la terza o la centesima volta che avevo convinto Jacob a non uccidermi. Avevo incubi terribili in cui c'erano casse grandi come bare, alligatori giganti, e le mani di Jacob che si chiudevano intorno alla mia gola.

Dovevo accendere ogni luce della mia cameretta di bambina. Dovevo studiare il disegno del mio copriletto. Dovevo sforzarmi di inspirare profondamente ed espirare lentamente.

Mi sono iscritta al primo corso di autodifesa dopo una notte particolarmente brutta. Una notte in cui ogni volta che chiudevo gli occhi mi allontanavo dalla sicurezza della casa di mia madre e finivo intrappolata di nuovo nella grande tana di Jacob. Se l'antidoto al terrore è la forza, allora dovevo trovare un po' di muscoli, perché non sarei riuscita a sopportare molte altre notti come quella.

Non direi che fossi portata per natura al combattimento corpo a corpo. Ero sottopeso, dormivo poco, ero un fascio di nervi tesi. Ma l'istruttore mi diede la concentrazione. «Colpisci il pupazzo!» Così semplice, così complicato.

La prima volta che sono salita in pedana, volevo davvero pestare a morte quella versione oversize del Ken della Barbie. Cancellargli quel sorriso compiaciuto dalla sua faccia da manichino.

Più ci provavo, però, più fallivo, il che, semplicemente, mi faceva venire voglia di provarci con più impegno. Se fossi riuscita a stringere la mia mano a pugno nel modo giusto, se fossi riuscita a far sì che quel pugno colpisse la testa del manichino, allora forse non sarei più stata tanto spaventata. Forse finalmente la notte sarei riuscita a dormire.

Mi ci sono volute quattro lezioni. Nel frattempo cominciavo a mangiare un poco più del cibo accuratamente preparato da mia madre e cominciavo a correre su e giù per le scale di casa perché ancora non ero in grado di uscire o di correre nelle stradine di campagna – e non solo a causa del mio terrore, ma anche per le paure di mia madre.

Poi: il momento in cui finalmente sono riuscita a picchiare Ken. Un colpo solido. L'ho sentito irradiarsi su per tutto il braccio, dalle nocche ai polsi su fino alla spalla.

Ho pianto.

Ho colpito un manichino e sono crollata. Ho frignato e pianto sul materassino blu della palestra. Tirando su con il naso, asciugandomi gli occhi, spargendomi muco sul dorso della mano. L'istruttore non ha detto niente. Ha semplicemente rimesso in piedi Ken e mi ha ordinato di provarci di nuovo.

Ho trovato qualcosa, in quelle lezioni. Una bestia piccola ma selvaggia che stava solo aspettando di essere lasciata uscire dalla sua gabbia.

La verità è che sono sopravvissuta a Jacob, ma non ho mai lottato contro di lui. In spiaggia, quando mi ha rapita? Quella notte non me la ricordo nemmeno. Forse ero davvero tanto ubriaca. Forse mi ha teso un'imboscata davvero perfetta. Non lo so.

Il mio primo ricordo è di essermi svegliata da sola in una scatola grande come una bara, dove ho fatto come le sciacquette dei film horror e ho strillato e strillato. Non è successo niente. Nessuno è arrivato come per magia a liberarmi.

Picchiavo con le mani contro il coperchio chiuso. Mi sono fatta sanguinare i talloni contro il fondo di legno. Niente. Non so nemmeno per quanto tempo Jacob mi ha lasciata a rosolare là dentro senza cibo né acqua. Tanto a lungo che, quando finalmente è apparso, non mi sono lanciata su di lui come un animale rabbioso. Non ho tentato di cavargli gli occhi o di avventarmi sulla sua gola o sulle sue palle. Ho pianto per la gratitudine. Ho levato le mie dita insanguinate verso di lui in completa, totale implorazione.

Queste sono le cose che poi non riesci più a toglierti dalla testa. Questi sono i commenti che ancora mi fa malissimo leggere sui social media, anche adesso. Perché non ho lottato di più? Perché non mi sono liberata le mani dalle corde quando mi lasciava legata nelle camere dei motel? Perché non me ne sono andata dal suo grosso rimorchio la prima volta che si è fermato in una piazzola di sosta per camionisti? Perché non ho fatto qualcosa di più, qualsiasi cosa di più?

Perché non ho lottato?

Non conosco queste risposte. Non le conoscerò mai.

Samuel dice che questo è il fardello più grande che tutti i sopravvissuti si portano dietro. Avrei potuto, avrei dovuto, avrei voluto. Secondo lui non è questo il punto. Io sono scappata da Jacob Ness. Io sono sopravvissuta. Ragionare sulle mie azioni con il senno di poi è soltanto stupido.

Eppure, notte dopo notte dopo notte...

Ho fatto il primo corso di autodifesa sperando di alleviare i miei terrori notturni. Poi ho frequentato i corsi al poligono perché picchiare un Ken formato gigante non era abbastanza. Guardare video su come scassinare le serrature e fuggire da varie immobilizzazioni, be', che cos'altro può fare una ragazza quando ancora non riesce a chiudere occhio la notte?

Non sto dicendo che ho già tutte le risposte, ma ho imparato a cavarmela. A trovare la mia strada verso una nuova specie di normalità, dove non sono la persona che ero un tempo, ma non sono neanche la vittima che Jacob ha tentato di addestrarmi a essere.

Forse questo potrà aiutarvi. Forse no. Se c'è una cosa che ho imparato in questi ultimi anni è che non c'è un modo giusto per affrontare il trauma. Ognuno di voi dovrà trovare i suoi trucchi per riuscirci, proprio come ho fatto io. E alcuni giorni sarà impossibile farlo, tanto impossibile che vi chiederete come potrete andare avanti.

In quei giorni, spero che vi ricorderete di questo blog. Spero che verrete qui a cercarci. Non siete sole. Il mondo è pieno di sopravvissute.

E stiamo tutte solo tentando di trovare la luce.

Smisi di digitare. Rilessi le mie parole. Mi chiesi che cosa avrebbero pensato le altre, specialmente Sarah, quando avessero letto quella parte. Posizionai le mani di nuovo sulla tastiera. Poi rinunciai.

Mi alzai dal divano e, a piedi nudi, andai in cucina a prendere altro caffè. Ormai erano le dieci passate. Tarda mattinata, l'avrebbe chiamata mia madre. Di solito lei si alzava alle quattro. Anch'io, ma non per le stesse ragioni.

Versai altro caffè nella tazza. Aggiunsi panna e zucchero. Da una debole promessa di telefonare a mia madre mi spostai, invece, all'idea di telefonare a Stacey Summers. Era la studentessa universitaria che avevo aiutato l'anno prima. Ci tenevamo in contatto. Le avevo detto che ci sarei stata, per lei, dopo quella notte orribile, e non avevo mentito. Avevo creduto, all'epoca, che questo avrebbe significato darle dei consigli, ma invece, guardando i suoi progressi...

Dopo il trauma, Stacey aveva fatto un balzo in avanti. Si era rivolta verso i suoi genitori, non dall'altra parte. Aveva cercato la sua fede invece della mia bibbia di autodifesa. Aveva ascoltato tutto ciò che avevo da dirle, e poi aveva fatto tutto... meglio.

Avrebbe dovuto essere lei a scrivere un libro di memorie, non io. Non era solo una sopravvissuta. Come dice – quasi – il proverbio, l'avevo mezza avvisata e lei si era salvata intera.

Io, invece, rimanevo un'opera in attesa di completamento, una sopravvissuta a un rapimento che abitava in un monolocale più cucina le cui pareti erano coperte di resoconti di altre persone scomparse. Ancora una volta, Stacey aveva la sua fede in Dio; io avevo la mia determinazione a non essere mai più debole. Come mi piaceva dire al gruppo, qualsiasi cosa funzioni per te, va bene.

Uscii dalla cucina e accesi il televisore. Notiziario.

La prima cosa che vidi fu la striscia rossa che scorreva sul fondo dello schermo.

Allarme minori scomparsi.

Era scomparsa una ragazza adolescente.

Mi feci forza, come mi succedeva sempre quando ricevevo notizie simili. Un nuovo caso, un nuovo oltraggio. Non ero più una vittima di rapimento sotto shock appena uscita dall'ospedale. Dopo gli eventi dell'ultimo anno, di sicuro mi ero guadagnata il diritto di definirmi una professionista.

Ma poi vidi il nome della ragazza scomparsa.

Roxanna Baez.

La tazza di caffè quasi mi cadde di mano.

Sarah, pensai.

E mi resi conto, al di là di ogni possibile dubbio, che tutto era ricominciato.

5

«Sappiamo chi ha fatto la prima telefonata al nove uno uno?» domandò D.D. a Phil dopo che Hector Alvalos se ne era andato.

«La signora Sanchez, che ha anche informato Hector della sparatoria. Due agenti in uniforme si sono già messi in contatto. Ha detto che era in piedi in cucina a preparare la colazione quando ha sentito quelli che le sembravano spari. Stava convincendosi che non era così quando ne ha sentiti altri. Allora ha preso il telefono e ha chiamato.»

«Dove abita?»

«Dall'altra parte della strada. Prima che tu lo chieda: la cucina è sul retro dell'appartamento, quindi dice che non poteva vedere niente.»

«Mmh-mmh.» D.D. era già insospettita. «Qualche altra chiamata arrivata al nove uno uno intorno a quell'ora?»

«Altre due.»

«D'accordo, identifichiamo questi altri due vicini, separiamoli dal gregge per interrogarli meglio, compresa la signora Sanchez. Voglio sapere esattamente cos'hanno sentito e visto – o magari non visto – in modo da riuscire a mettere insieme una cronologia degli eventi. La detective Manley ha avuto fortuna con i veterinari?»

«Sì.» Phil scartabellò il suo taccuino a spirale. «Una certa dottoressa Jo, che ha una clinica veterinaria vicino al St Elizabeth. Stando ai suoi registri, entrambi i cani sono a posto con le vaccinazioni e tutto il resto. Boyd non gli ha fatto mettere chip visto che, data l'età e il fatto che sono ciechi, non se ne vanno in giro da soli. Cani molto buoni, dice. Timidi e sensibili ai rumori. Rosie è la leader; ha perso la vista solo di recente. Blaze ha l'abitudine di seguirla. Quindi, se qualcosa avesse spaventato Rosie...»

«Degli spari, per esempio.»

«... lei sarebbe fuggita, e Blaze le sarebbe andato dietro.»

«Come fanno dei cani ciechi a scappare?» domandò D.D. «Voglio dire, come fanno a sapere dove correre?»

«A quanto pare, sul loro territorio, non riusciresti mai a capire che sono ciechi. E, dando per scontato che i bambini portassero i cani a passeggiare nel quartiere...»

«Seguirebbero una pista che già conoscono. Il cancello principale dovrebbe essere aperto per permettere loro di fuggire dal giardino, però.»

D.D. diede un'occhiata alla recinzione che delimitava il retro della proprietà. Vecchio e malridotto, il recinto era alto quasi due metri e riempito di solide assi di legno, senza dubbio costruito per la privacy. Due anziani épagneul breton non sarebbero mai stati in grado di superarlo, per quanto potessero essere spaventati. In confronto, la recinzione metallica che circondava i lati e la parte anteriore della piccola casetta era alta soltanto fino alla vita; probabilmente era stata installata da Charlie Boyd soltanto per i cani. Di nuovo, D.D. dubitava che due vecchi cani potessero saltarla, ma il cancelletto non aveva una serratura. Se era stato lasciato socchiuso dall'assassino mentre andava verso la porta d'ingresso...

Si chiese come se la stessero cavando Alex e Jack con la loro missione. Erano già, in quel momento, proprietari di un cucciolo? Il cane avrebbe preferito restarsene fuori sulla veranda posteriore, nei giorni di sole? O si sarebbe accontentato di rimanere in casa, mangiando, tanto per fare un esempio, la costosa collezione di scarpe di D.D.?

«Inizio a pensare che chi ha sparato sia entrato dalla porta principale» stava dicendo Phil. «È entrato dritto in soggiorno, ha ucciso Charlie Boyd per primo, tre colpi al petto.»

D.D. annuì. Data la posizione del corpo di Charlie Boyd, aveva senso. Il pover'uomo non era nemmeno riuscito ad alzarsi dal divano. Un attimo prima stava guardando la televisione e subito dopo...

«L'assassino entra dal cancelletto anteriore.» Era d'accordo con Phil. «Non si preoccupa di chiuderlo dietro di sé.»

«Perché sarà tutto molto veloce» assentì Phil.

«La porta di casa non è chiusa a chiave? O qualcuno ha fatto entrare l'assassino?»

«Non lo sappiamo. In questo quartiere, la maggior parte della gente probabilmente chiude a chiave la porta. Ma, in un sabato mattina di sole, forse Roxy era appena uscita con i cani...»

«Ancora da dimostrare» disse D.D. E anche molto importante, da dimostrare; almeno quanto la mancanza di segni di effrazione che, combinata alla posizione seduta di Charlie, poteva implicare che l'assassino è entrato dritto in casa, senza incontrare ostacoli. Un amico o un membro della famiglia che entra, come niente fosse, in soggiorno. Ehi, Charlie...

Aveva molte domande per i vicini radunati in strada.

Ma, per il momento, continuò. «Dopo che Charlie viene ucciso...»

«L'assassino si dirige in cucina. Fa fuori Juanita Baez, che sta togliendo la spesa dalle borse e sta avendo uno di quei classici momenti tipo "Ho davvero sentito quello che penso di aver sentito?", quando boom, boom, va giù anche lei.»

«Rimangono due bersagli» disse D.D. a bassa voce.

Phil sospirò pesantemente. Padre di quattro figli, sposato con la fidanzatina del liceo: quel genere di casi fa sempre molto effetto. «Chiaramente Lola e Manny hanno abbastanza tempo per capire cosa sta succedendo e superare la fase di negazione.»

«Il fratellino si precipita nella camera delle sorelle più grandi.»

«Cercano di nascondersi.»

«Non funziona» mormorò D.D., poi si accigliò. «L'assassino non deve salire al piano di sopra. In questo scenario, i bambini non hanno visto niente. L'assassino potrebbe proseguire dritto verso la porta sul retro: via di fuga più sgombra, più vantaggio prima che arrivi la polizia.»

«Forse uno dei bambini era sulle scale e ha visto qualcosa. Allora l'assassino non ha avuto altra scelta se non dargli la caccia.»

«O forse ha sentito qualcosa» tentò D.D. «Diciamo, la voce di Roxanna che parlava con il suo complice.»

«Sempre che qualcuno l'abbia aiutata.»

«In situazioni in cui la figlia adolescente è coinvolta nell'uccisione della sua famiglia, è raro che la ragazza agisca da sola. Ha un ragazzo drogato, poco di buono, mamma e papà lo odiano, ma lui è l'unico che sia mai riuscito a capirla davvero. Oppure un'amica sadica a cui dice che farà cose orribili solo per dimostrare di essere all'altezza. O forse in casa c'era della droga.» D.D. si strinse nelle spalle. «Gli amici lo sapevano e volevano prenderla, ecco perché uccidono i genitori, poi i fratelli di Roxy perché vedono o sentono troppo. A questo punto, tutto quello che abbiamo sono le impressioni di Hector Alvalos su Roxanna Baez, e negli ultimi cinque anni non ha nemmeno fatto parte della famiglia. I ragazzini nascondono molte cose ai genitori con cui vivono. Non ci sarebbe voluto niente a Roxy per tenere Hector all'oscuro di qualcosa.»

«Roxy non ha un'impronta social» disse Phil.

«Cosa?»

«Niente Instagram, niente Snapchat, niente Twitter, niente app di incontri. Lola Baez, lei sì. Ma non riusciamo a trovare nessuna prova di una vita sui social da parte di Roxy.»

D.D. si accigliò. «Non è normale.»

«Per complicare le cose ancora di più, ho appena fatto un rapido controllo: la cronologia del browser del computer è stata cancellata alle due di ieri notte, e lo stesso vale per ampie parti dell'hard disk. Quindi, mentre possiamo vedere i post su Internet di Lola Baez, l'unica attività è a partire da stamattina.»

«Qualcuno sta tentando di coprire le sue tracce.» D.D. guardò Phil. «Molto probabilmente Roxanna Baez, la cui mancanza di account sui social indica un certo livello di paranoia.» E portò il ragionamento un passo più avanti: «È successo qualcosa, venerdì notte. Qualcosa di abbastanza grave da far sì che Roxanna facesse del suo meglio per cancellare tutte le tracce dalla memoria del computer. E poi? Per prima cosa, la mattina dopo, si mette al lavoro per cancellare la sua famiglia dalla faccia della terra? Chi è questa ragazza?».

Phil non poté fare altro che stringersi nelle spalle. «Andiamo al di là delle mie capacità tecniche, qui. I ragazzi dei computer dovranno prendere in mano la cosa.»

D.D. sospirò. Non aveva niente contro i tecnici informatici, che erano brillanti e intelligenti, ma più tecnici significava più tempo, l'unica risorsa che al momento non avevano a disposizione.

«Qualche altro apparecchio di cui dovremmo essere a conoscenza?» domandò D.D.

D.D. e Phil di recente avevano partecipato a una lezione sull'elettronica domestica e su come poteva essere usata per aiutare un'indagine per omicidio. Dal misuratore digitale dell'acqua che indicava che qualcuno aveva usato centinaia di litri alle tre del mattino – fornendo una stampella all'argomentazione del procuratore secondo cui la persona in questione stava lavando via il sangue dalla sua veranda sul retro – ai cosiddetti elettrodomestici intelligenti come frigoriferi, o apparecchi Echo di Amazon eccetera eccetera che registrano brevi periodi di tempo durante la giornata, di fatto le famiglie si erano messe volontariamente sotto sorveglianza più di quanto la maggior parte di esse riuscisse a capire. Per esempio, la fotografia che il frigorifero smart scatta per aiutarti a capire quale frutta comprare può includere nell'inquadratura anche il corpo senza vita del tuo ex marito, che magari avevi intenzione di seppellire più tardi nel pomeriggio con la vanga che Alexa aveva ordinato per te su Amazon.

Ogni volta che D.D. pensava che il suo lavoro non potesse diventare più strano di così, lo diventava.

«Niente di troppo hi-tech» riferì Phil. «Soltanto gli smartphone, due computer e una XBox.»

D.D. inarcò un sopracciglio alla menzione della consolle per videogame.

«Sono già sulla cosa» la assicurò. I pedofili amavano nascondere file digitali – per esempio foto incriminanti – come allegati ai giochi per computer, i cui file sono già tanto enormi e così pieni di elementi grafici che era difficile riuscire a scoprire gli intrusi. Gli altoparlanti degli stereo erano un altro posto preferito per nascondere le chiavette USB. In quella casa, considerata la scena del crimine, non potevano permettersi di dare niente per scontato.

«Parlerò con i tre che hanno chiamato il nove uno uno» disse D.D. «Vediamo se riesco a capire a che ora esattamente è stato sparato il primo colpo, e poi chi di loro potrebbe aver visto qualcosa in strada. Data la posizione del corpo di Charlie Boyd, chi ha sparato dev'essere entrato dalla porta principale, il che significa che dovremmo riuscire a trovare un testimone.»

«Oppure Roxy Baez ha fatto tutto da sola.»

«Sarà una lunga giornata» disse D.D.

«E probabilmente una nottata ancora più lunga» assentì Phil.

Phil tornò dentro la casa mentre D.D. raddrizzava la schiena e si dirigeva verso il rumore e il caos della strada antistante. Pronta ad affrontare i testimoni oculari, con tutte le loro debolezze e i loro punti di forza.

La sessantatreenne signora Sanchez aveva il tipo di sguardo diretto e la voce ferma che a D.D. piacevano in un testimone. Sì, aveva sentito gli spari. Era al lavandino della cucina a lavare le stoviglie della colazione quando aveva sentito un distinto *pop, pop, pop*. Non terribilmente forte, ma non c'era modo di confonderlo con un altro rumore. Aveva appena posato il piatto e stava cercando di capire cosa fare quando ne aveva uditi altri.

Allora aveva preso il telefono e aveva chiamato il nove uno uno immediatamente. Sei minuti dopo le nove. Aveva guardato l'orologio per prendere nota dell'ora.

No, non aveva sentito grida o rumori di lotta. Soltanto gli spari e poi... niente. Non era nemmeno sicura di dove provenissero. Dall'altra parte della strada, aveva pensato. Ma, considerate le opzioni, un'intera fila di case, la maggior parte delle quali era stata suddivisa in unità multiple...

Sì, aveva sbirciato fuori dalla finestra del secondo piano. Ma no, non aveva visto nessuno scappare lungo la strada. In effetti, i marciapiedi erano molto tranquilli per una mattina così soleggiata.

Aveva sentito una lite o qualche altra cosa, quella mattina presto? Prima degli spari?

No, ma aveva passato quasi tutto il tempo in cucina, mettendosi in pari con le faccende di casa mentre guardava i suoi programmi in TV. Non c'era molto che potesse sentire da là dentro.

Quanto bene conosceva la famiglia di fronte?

Abbastanza bene. Charlie era andato da lei l'anno prima quando si era accorto che la ringhiera della piccola scala che portava all'ingresso era instabile. Tecnicamente era il suo padrone di casa ad avere la responsabilità delle riparazioni, ma Charlie si era offerto di sistemargliela lui, considerando quanto tempo potevano metterci i padroni di casa a risolvere questioni del genere. Aveva portato con sé Manny, un bambinetto chiacchierone e simpatico. Un ragazzino davvero dolce. La signora Sanchez gli aveva offerto dei biscotti, e in seguito Manny aveva preso l'abitudine di andare a trovarla da solo, nel caso avesse altri dolci che le avanzavano.

Nelle belle giornate le piaceva starsene seduta fuori, ed era così che aveva conosciuto Hector: Manny aveva trascinato suo padre da lei per presentargliela. Anche la ragazzina più giovane aveva cominciato ad andare a trovarla, specialmente se c'era la possibilità di mangiucchiare qualcosa. Quella più grande era timida, o almeno era quello che le aveva detto Manny. Roxanna poteva salutare con la mano o con un cenno del capo quando era fuori a giocare con i cani, ma raramente attraversava la strada.

Sembravano una bella famiglia. E no, la signora Sanchez non aveva mai notato qualche sconosciuto che andava e veniva in orari strani o macchine che rimanevano parcheggiate per poco tempo prima di andarsene alla svelta. Cosa che già rendeva la famiglia dirimpetto molto migliore dei precedenti proprietari: quelli che avevano perso la casa per bancarotta, quelli che la signora Sanchez aveva denunciato due volte come possibili spacciatori di droga.

Erano davvero morti? Tutti? Una disgrazia. Una terribile, terribile disgrazia. Chi potrebbe mai fare una cosa del genere?

Questa volta fu D.D. a non avere una risposta. Se ne andò dopo aver lasciato alla signora Sanchez il suo biglietto da visita, chiedendole di chiamarla se le fosse venuta in mente qualsiasi altra cosa. Poi D.D. andò dalla seconda persona che aveva chiamato il nove uno uno.

Il signor Richards viveva nell'edificio accanto a quello della famiglia Baez. Si trovava in cantina e stava facendo partire la lavatrice quando aveva sentito gli spari. All'inizio aveva pensato che fosse il rumore del tubo di scappamento di un'auto. Ma poi, quando ne aveva sentiti altri...

Aveva capito subito che provenivano dalla casa accanto. Quando era corso di sopra, però, e aveva sbirciato dalla finestra, non aveva visto nulla. Non in strada e non nel cortile, che dalla sua casa di tre piani poteva vedere bene.

«E i cani?» domandò D.D.

Lui ci pensò su. Il signor Richards conosceva bene la famiglia, ma era abituato alla vista dei due cani bianchi e marroni che dormivano sulla veranda posteriore. Ora che gli veniva in mente, no, quella mattina non li aveva visti. Non che ci avesse prestato molta attenzione, si affrettò ad aggiungere.

Aveva sentito rumori di una lite, qualche suono strano, magari mentre stava facendo colazione? Il suo appartamento era molto più vicino di quello della signora Sanchez.

Il signor Richards scosse la testa. Stava raccogliendo la biancheria sporca, e poi l'aveva portata giù fino alla lavatrice nello scantinato. La mattina era tranquilla, proprio come tutte le altre mattine, riferì. E poi... Si strinse nelle spalle e allargò le braccia. Come testimone, aveva sentito più di quanto avesse visto, e quello era tutto.

D.D. lo ringraziò per il suo tempo e andò dal chiamante numero tre.

Barb Campbell era un'insegnante di inglese di ventotto anni che al momento stava badando all'appartamento dei suoi genitori sul retro del secondo piano dell'edificio sulla sinistra della casa in ristrutturazione di Charlie Boyd. Stava leggendo quando aveva sentito gli spari. Abbastanza vicini e abbastanza forti, tanto che il suo primo istinto era stato quello di mettersi al riparo. Le ci erano voluti diversi secondi per rendersi conto che gli spari provenivano dal fianco del suo appartamento e non dal davanti.

Aveva strisciato fino a una finestra e aveva guardato fuori. La maggior parte della vista era bloccata dal fianco della residenza dei Boyd-Baez. Ma, guardando in diagonale, riusciva a vedere appena una piccola fetta del cortile sul retro. E un piede che scompariva oltre la staccionata di legno.

«Di che misura?» domandò immediatamente D.D. «Maschio, femmina? Adulto, ragazzo?»

«Non lo so. Un piede. Più che altro la suola. Nera? Forse la suola di uno stivale?»

«Con il tacco? Diciamo... alla moda oppure una di quelle più funzionali?»

«Io... io non saprei proprio. Forse una scarpa da tennis? Ero molto scossa. Non avevo mai sentito degli spari, prima. Specialmente così vicini. Non sapevo bene cosa fare.»

«Per quanto tempo è rimasta a guardare?»

«Probabilmente alcuni minuti. Sa, nel caso che la persona fosse tornata.»

«E...»

«Niente.»

«Nessun rumore di lotta dall'abitazione dall'altra parte del recinto, la proprietà dietro la casa dei Boyd-Baez?»

«Non è un'abitazione. È un palazzo di uffici. Forse una clinica odontoiatrica, o un'agenzia immobiliare. Qualcosa del genere.»

«E cosa mi dice di poco prima del rumore degli spari? Che cosa ha sentito?»

Barb Campbell arrossì. «Stavo leggendo. E non sento molto di quello che mi circonda quando sono persa in un buon libro.»

«Cani che abbaiavano?»

Lei scosse la testa.

«Voci che litigavano? Grida?»

Di nuovo segno di no con la testa.

«Ha notato niente di strano che stava succedendo nella casa? Forse ha guardato fuori mentre si stava versando una tazza di caffè, prima di prendere il suo romanzo?»

«Uh, i cani. Ho sentito il tintinnio dei loro collari quando sono passati dal giardino, di lato.»

«Stavano correndo o giocando?»

«No, erano con la ragazza. Pareva che li stesse portando fuori.»

D.D. fissò Barb Campbell.

«Ha visto qualcuno uscire con i cani?»

«La ragazza più alta. Capelli lunghi e scuri. Forse diciotto anni? Si è fermata proprio sotto questa finestra per prendere il suo zaino.»

«Il suo zaino?»

«Sì, uno zaino azzurro messo male. Sembrava che lo stesse recuperando da dietro un cespuglio.»

«Che ore erano?» domandò bruscamente D.D.

«Non lo so. Forse le otto e mezza? Stavo per mettermi a leggere.»

«Che cosa indossava la ragazza? Il colore della maglietta? O forse aveva un giubbotto?»

«Uh, non stavo prestando molta attenzione. Una maglietta rossa, forse? Sì, ricordo qualcosa di rosso. E un paio di jeans, credo. Non lo so. Niente di speciale.»

«L'ha vista uscire dal cancello principale?»

«No. L'ho vista solo camminare nello spazio di fianco alla casa. Ma aveva tutti e due i cani al guinzaglio, e dopo ha preso lo zaino. Dove altro potrebbe essere passata, se non dal cancello sul davanti?»

«Sembrava agitata, sconvolta? Qualcosa?»

«Onestamente non ne ho idea.»

«E un telefono? Aveva il cellulare in mano? L'ha sentita parlare con qualcuno?»

Barb Campbell scosse la testa.

D.D. porse alla donna il suo biglietto da visita, ma la sua mente era già da un'altra parte.

Alle otto e mezza del mattino, più o meno quaranta minuti prima degli spari, Roxy Baez era uscita di casa non solo con i due cani, ma anche con uno zaino che aveva nascosto da qualche parte. Pieno delle cose che aveva rubato alla sua famiglia? O di scorte di cui sapeva già che avrebbe avuto bisogno per la sua imminente vita da fuggitiva?

L'elemento dello zaino turbava D.D. Sembrava indicare una sorta di pianificazione anticipata. Ma quale sedicenne scappa con due cani? O, peggio ancora, esce di casa e poi torna per sparare alla sua famiglia uccidendo tutti?

Che cosa diavolo succedeva in quella casa?

Chi erano i membri di quella famiglia?

6

Nome: Roxanna Baez
Classe: terza superiore
Insegnante: sig.ra Chula
Categoria: narrativa personale

Cos'è la famiglia perfetta? Parte I

Quando arrivano i poliziotti, il mio fratellino corre via e si va a nascondere sotto il letto. Con gli agenti c'è una donna. È arrivata con la sua macchina, una piccola automobile economica. L'abbiamo già vista. È lei che arriva per prima alla porta, e bussa forte.

«Non aprite!» dice la mia sorellina. Ha otto anni. È quasi alta come me, con lunghi capelli scuri e grossi occhi scuri. Come una bambola. A volte, quando viene con me al mercato, gli uomini la guardano. Non la porto più al mercato con me tanto spesso.

Io non ho di questi problemi.

La signora bussa ancora. Indossa un paio di pantaloni belli, neri, e una camicetta viola. Abiti di lusso, credo. Ma non si adattano alla sua faccia, che è tutta schiacciata. Non molto bella, no.

È già venuta due volte nel nostro appartamento. Non pensiamo che le piacciano i bambini. Forse, con il lavoro che fa, non possono piacerle.

«Shh» dice Lola. «Facciamo finta che non ci siamo!»

Essendo più grande e più saggia, so già che non funzionerà. La signora entrerà. È sempre entrata. E adesso, con i poliziotti dietro di lei, in attesa...

Ho undici anni. Sono la più grande e queste cose sono una mia responsabilità. Lentamente, apro la porta. Io e la signora ci guardiamo negli occhi.

«Questa non è colpa tua» dice, poi mi sposta di lato ed entra nell'appartamento.

Io tento di pulire. Tento di fare la spesa, di mettere insieme i pasti, di lavare i vestiti. Ma quest'ultimo periodo... è durato più di tutti gli altri. Ho frugato nella borsa di mia madre, poi ho preso i soldi che teniamo nel freezer, e poi i fondi di emergenza che lei tiene sotto il materasso e che non sa che io so che ci sono. Solo che penso che ci sia arrivata prima lei, a prendere la maggior parte di quei soldi.

Credo che abbia usato quegli ultimi pochi dollari per le bottiglie di tequila che adesso rotolano sul pavimento della casa.

Sono il motivo per cui la signora è venuta a bussare alla nostra porta.

Si guarda in giro. So già che vede tutto. L'ultima volta mi ha chiesto del frigorifero vuoto, dei piatti sporchi nel lavello, della puzza nel bagno. Così tante domande. Io facevo del mio meglio. Sono la più grande. È il mio compito. Ci ho provato. Ci ho provato. Ci ho provato.

Più tardi, mia madre mi ha sgridata. Piangeva, ed era arrabbiata. «Vi porteranno via!» ha detto. «Non capite? Vi porteranno via da me!!!»

Il mio fratellino si è agitato così tanto che quella notte ho dovuto dormire insieme a lui. Noi due raggomitolati stretti sul divano. Lola sul pavimento. Mia madre svenuta sul letto.

«Non voglio andare via» singhiozzava Manny.

«È tutto okay» gli ho detto allora. «Siamo una famiglia. Nessuno ci dividerà.»

Io sono la più grande, il che significa che sono quella che sa meglio come dire le bugie.

«Dov'è la tua mamma?» mi chiede ora la donna con la faccia schiacciata.

«L'ha mancata di pochissimo» rispondo educatamente. Di fianco a me, Lola annuisce. Può anche avere solo otto anni, ma queste domande le abbiamo già sentite tutte e due.

Dal fondo del corridoio viene un rumore di pianto. Povero Manny, nascosto sotto il letto per sfuggire al mostro con la faccia schiacciata.

La signora guarda verso la camera da letto.

«Tuo fratello?» domanda.

«È piccolo. Queste visite gli fanno paura.»

«Io sono qui per la sua protezione.»

Io non dico niente. Me l'ha già detto altre volte. Come si dice, siamo d'accordo nell'essere in disaccordo, su questo argomento.

«Tua madre è in camera?»

«È fuori.»

«Roxy, so che è a casa. Posso sentire fin da qui l'odore del liquore.»

Io guardo da un'altra parte. Ci sono molte cose che posso sistemare. Molte cose che posso fare. Pulire questo, organizzare quest'altro. Manny, è ora di fare la doccia! Lola, mettiti dei vestiti puliti! Forza, andiamo tutti a scuola! Ma ci sono cose che non posso controllare. Come mia madre, ogni volta che geme pronunciando il nome di Hector e tira fuori un'altra bottiglia di alcol.

«Questo ambiente non è salutare» dice la donna.

Io e Lola fissiamo il pavimento.

«Mi dispiace, Roxy. So che a te importa. So che ci stai provando. Devi fidarti di me, su questa cosa. A lungo andare, questo è ciò che è meglio per voi.»

A quel punto entra la polizia. Oltrepassano Lola e me e si dirigono in fondo al corridoio.

Uno strillo. Un lamento, un pianto. Non so cosa

fare. Posso sentire mia madre, ubriaca, arrabbiata, che biascica le parole.

«Non... tenete giù le mani da... maledizione... figli di puttana. Ehi. Fermatevi. Maledizione...»

Poi altre grida, adesso più concitate, seguite da un'imprecazione a mezza voce.

Manny esce correndo dalla porta. Io ho appena il tempo di vedere il sangue sulla sua bocca – quando è stressato, Manny morde – e poi lui si getta su di me. Io lo afferro, lo sollevo, anche se, a quattro anni, sta diventando troppo pesante per questo. Lui mi stringe forte. Io lo stringo altrettanto forte. Poi Lola si butta su di me anche lei, stringendomi.

Posso sentire l'odore del mio fratellino. Sudore, lacrime, cracker. Tutto quello che avevo da dargli da mangiare a pranzo. E posso sentire Lola, le sue braccia forti e troppo magre che mi stringono. Voglio chiudere gli occhi. Voglio cristallizzare questo momento. Io, mio fratello, mia sorella. Così tante sere ho promesso che li avrei tenuti al sicuro. Così tante mattine ho detto loro che tutto sarebbe andato bene.

Non so più che cosa dire. Non so più che cosa fare.

La signora mi sta guardando. «Questa non è colpa tua» dice di nuovo.

Ma io non le credo, e lei lo sa.

Trascinano mia madre fuori dalla stanza. Uno dei poliziotti le sta leggendo le accuse. Violazione di questo, negligenza di quello. Lei sta imprecando e bestemmiando, con indosso niente a parte una T-shirt gialla tutta macchiata. Si volta e vomita. I due poliziotti fanno un balzo all'indietro. Lei vede l'opportunità e si precipita verso la porta. L'unica cosa tra lei e la libertà è la solida colonna formata da tre bambini ancora abbracciati.

All'ultimo momento, i nostri sguardi si incontrano. Lei mi fissa. Occhi pazzi, selvaggi. Per un attimo, penso che mi veda. Che mi veda davvero. Perché il suo sguardo diventa triste. La sua faccia ha un'espressione addolorata.

Poi sbatte contro di noi, buttandoci a terra. Spinge da una parte la signora con la faccia schiacciata e continua a correre.

Riesce a malapena ad aprire la porta prima che un altro poliziotto compaia sul portico, piazzandosi proprio di fronte a lei. Lei strilla. Intrappolata, incollerita, furiosa. Vomita ancora.

Sul pavimento, Manny piange più forte e seppellisce la sua faccina contro la mia spalla. Poi il poliziotto tiene mia madre per un braccio. La trascina attraverso la pozza di vomito fuori dalla casa, giù dal portico. La porta via. E mia madre, che una volta ci leggeva storie e ci cantava canzoni della buonanotte e ci faceva i Crazy Tacos, non c'è più.

I poliziotti che sono rimasti stanno ancora imprecando a bassa voce. Una di loro ha del vomito sulle scarpe.

«Dovete venire con me» dice la signora.

Noi tre guardiamo in su dal pavimento. Ma non ci muoviamo.

«Mi dispiace. Ho tentato di tutto.» La voce della donna si incrina leggermente. «È molto difficile trovare una casa che può accogliere tre bambini» dice alla fine. «Ma posso tenere voi due insieme.» Guarda me e Lola. «Manny ha una famiglia affidataria diversa.»

Mi ci vuole un attimo per capire che cosa sta dicendo. Quando lo capisco, posso sentire il cuore che salta un battito al centro del mio petto. Poi tutto diventa freddo. Io non, non posso... tengo Manny ancora più stretto, proprio mentre Lola si raggomitola intorno a noi.

La donna ha la mano tesa. La donna sta aspettando.

Uno dei poliziotti, riluttante, fa un passo avanti. «Shh» dice con gentilezza. Poi protende le braccia per portare via mio fratello.

Cos'è la famiglia perfetta? Il mio nome è Roxanna Baez. Ho sedici anni, e quando la mia insegnante ha fatto questa domanda e ha detto che era quello di cui dovevamo scrivere, quasi mi sono messa a ridere. Non esiste niente del genere, ho pensato. A questo punto, perché non far scrivere a un gruppo di liceali della fatina dei denti, o di Babbo Natale?

Ma, ultimamente, ci sto pensando molto. Penso che una famiglia perfetta non è una cosa che succede e basta. Una famiglia perfetta deve essere costruita. Errori. Rimpianti. Riparazioni. Bisogna lavorarci.

Questa è la storia della mia famiglia. Per favore, continuate a leggere.

7

Non persi tempo. Dopo aver visto l'Allarme minori scomparsi per Roxanna Baez, chiamai immediatamente Sarah e mi accordai con lei per vederci nel suo appartamento. Lei iniziò a camminare avanti e indietro non appena mi fece entrare, un animale selvatico a malapena sotto controllo.

Mi chiusi la porta alle spalle. Mi fermai per serrare tutti e tre i chiavistelli. Poi portai la mia offerta di pace al minuscolo tavolo della cucina, senza dire una parola.

Sarah era stata l'unica sopravvissuta a una follia omicida risalente a quasi due anni prima: una coinquilina ubriaca aveva portato a casa uno psicopatico da un bar del quartiere. Lo psicopatico si era avventato sulle quattro ragazze con un coltello da caccia. Sarah era riuscita a farcela, le altre tre no.

Il caso aveva generato titoli in prima pagina a livello nazionale e attirato molta attenzione, compresa la mia. Ogni fotografia in televisione della sua faccia pallida e traumatizzata. Tutti quei giornalisti che gridavano domande del tutto ridicole, troppo personali, mentre lei continuava a fissare le telecamere con i suoi occhi vuoti, una donna ancora insicura di dove fosse o se fosse riuscita a uscirne viva.

L'avevo tenuta d'occhio per un po', rimanendo nell'ombra. In ricognizione in cerca di feriti. Poi... non lo so. Mi ricordava me stessa. Dove ero stata all'inizio. Così avevo bussato alla sua porta. In piena notte. E lei mi aveva aperto, proprio come sapevo avrebbe fatto, con l'aria di una specie di creatura idrofoba, sul punto di esplodere fuori dalla sua stessa pelle.

Avevamo parlato. Le avevo fatto promesse che non avevo idea se io o chiunque altro avremmo mai potuto mantenere. Poi lei aveva pianto, anche se continuava a ripetermi quanto odiasse le lacrime. E così era cominciato. Il mio progetto. Individuare altre anime spezzate e tentare di insegnare a tutte noi come vivere di nuovo. Un gruppo di sostegno per chi era stato all'inferno ed era tornato, e stava ancora cercando di capire il cambiamento nello scenario.

Era stato quello a portarmi lì.

Il monolocale di Sarah aveva un aspetto migliore. Dietro mio suggerimento (rendi casa tua un posto in cui puoi sentirti al sicuro!) aveva dipinto le pareti in color pesca e aveva appeso un poster enorme di una grafica in tonalità brillanti di blu, verde e rosso. L'opera era troppo sofisticata per i miei gusti, ma lei diceva che le dava qualcosa su cui concentrarsi nel bel mezzo della notte.

Il che era proprio il punto del nostro piccolo gruppo, dopo tutto: scambiarci trucchi per riuscire a cacciare via i nostri demoni.

«Quanto bene la conosci?» le chiesi.

Tolsi le due tazze del caffè di Dunkin' Donuts dal vassoio da asporto, con tanta panna e tanto zucchero per entrambe, poi aprii una scatola di Munchkin. Un'altra dritta: non esiste problema che un bel po' di caffeina e ancora più di zucchero non possano gestire. Anche se alcuni membri del gruppo preferivano la cioccolata calda al caffè. Gusti.

«Non la conosco davvero. Non ancora. È questo il vero problema!»

Sarah si voltò. Le lanciai un Munchkin di gelatina verso la testa e applaudii dentro di me quando lei lo afferrò al volo. I suoi riflessi erano migliorati notevolmente, negli ultimi mesi.

«Comincia dall'inizio» la avvisai. Un altro sorso di caffè. Un'altra ciambella.

«Era fuori dallo studio. Dove avevo cominciato a fare kickboxing, come mi avevi suggerito tu.»

Annuii. «Che cosa hai notato? Che cosa, di lei, ha attirato la tua attenzione? L'avevi già vista prima?»

Sarah aggrottò la fronte. Smise di camminare avanti e indietro quel tanto che bastava per mettersi in bocca un morso di ciambella. Un altro dei compiti che le avevo assegnato: osservare. Lavorare sulla transizione dall'ipervigilanza alla dovuta diligenza.

«Non credo che l'avessi mai vista prima. Ma era... nervosa. Iperattiva. Come se fosse preoccupata che qualcuno la vedesse.»

Studiai Sarah dal tavolo malandato.

«Ti ha ricordato te stessa» dissi.

«Sì. Sembrava... sembrava che avesse tutto il peso del mondo sulle spalle. E stava fissando da dietro il vetro quelli che facevano kickboxing, come se desiderasse essere forte come loro.»

«Che cosa le hai detto?»

«Le ho chiesto se voleva entrare. È indietreggiata immediatamente. Sembrava quasi spaventata dal fatto che l'avessi notata. Ha cominciato ad allontanarsi e io...» Sarah mi guardò. «Mi hai detto di fidarmi del mio istinto. Hai detto che l'istinto è lì per proteggerci.»

Annuii.

«Aveva bisogno di aiuto. Quello è stato il mio primo istinto.»

Non dissi nulla.

«Così, uh... ho detto che me ne stavo andando. Che andavo all'angolo a prendere una tazza di caffè. E che forse, magari le sarebbe piaciuto unirsi a me.» Sarah si strinse nelle spalle. «Non penso che all'inizio abbia capito. Aveva in spalla questo zainetto conciato male, azzurro, e si teneva aggrappata alle spalline dello zaino come se la sua vita dipendesse da quello. Poi, all'improvviso, si è rilassata e ha detto okay. E siamo andate insieme alla caffetteria.»

«Dove ti ha raccontato della sua amica.»

«Sì. Ha un'amica. Era preoccupata per lei. E si chiedeva se il kickboxing avrebbe potuto aiutarla a sentirsi più forte.» Sarah si strinse nelle spalle ossute. «Ho fatto quello che mi hai suggerito: non ho tentato di dirle che cosa avrebbe dovuto fare, ma le ho solo parlato di me. Le ho raccontato che una volta ero sopravvissuta a qualcosa di terribile. Una cosa tanto brutta che non credevo di potermi mai più sentire al sicuro. Ma adesso facevo cose tipo il kickboxing, e mi facevano sentire bene. Più forte. E, quando ti senti più forte, agisci in modo più forte; un sacco dei tuoi problemi se ne vanno. I cattivi non vogliono avere a che fare con le persone forti. Le loro prede sono i deboli.»

«E lei cosa ha detto?»

«Più che altro se ne è rimasta lì a fissare il tavolo. Non avevamo ancora ordinato il caffè, e lei si era tenuta lo zaino addosso. Ho pensato che da un momento all'altro sarebbe scappata via. Le ho chiesto se dormiva la notte. Lei ha fatto di no con la testa. Le ho chiesto se in quel momento c'era qualcuno che le stava facendo del male. Voglio dire, una ragazzina...» Sarah si strinse nelle spalle. «Ti viene spontaneo chiedertelo.»

Annuii.

«È diventata nervosa. Mi ha accusato di essere una poliziotta. Le ho assicurato che non lo ero. Che ero solo una che ci era passata anche lei. Ma ho dovuto tirarmi indietro, lei era così nervosa. Le ho detto che avrebbe dovuto tornare alla palestra. Che la settimana dopo c'era una lezione per principianti. Forse avrebbe potuto dare un'occhiata, provarci.»

«E le hai parlato del nostro gruppo.» Non volevo sembrare accusatoria, ma forse non ci riuscii.

«Non pensavo che sarebbe andata alla lezione. Ho immaginato che se ne sarebbe uscita dal locale e che sarebbe finita lì. E io...» Sarah esitò, agitando le mani. «Senti, io sono nuova, con queste cose. Ma tu mi hai detto di fidarmi del mio istinto. E questa ragazza... provavo qualcosa per lei. Sembrava terrorizzata. Sembrava... sembrava come ero io non molto tempo fa.»

Annuii. Non ero davvero arrabbiata con Sarah. E non solo perché ero stata io a dirle di fidarsi del proprio istinto, ma perché anche io ero nuova nel ruolo della sopravvissuta-mentore. È solo che io riuscivo a presentare una facciata migliore.

«Da quella sera si è collegata alla chat room» dissi, e le raccontai il resto. I nuovi possono accedere alle bacheche soltanto usando la password di un membro già conosciuto. E a quel punto Roxanna Baez aveva chiesto il permesso di unirsi al gruppo. Il che, in sostanza, voleva dire che avevo seguito le indicazioni del membro che l'aveva sponsorizzata, Sarah, la quale aveva garantito personalmente per lei. Il sistema era tutt'altro che rigoroso o a prova di idiota. Ne avevo discusso diverse volte, aumentando le richieste di informazioni personali con lo scopo di una maggiore sicurezza, con il rischio però di inibire persone che avevano appena cominciato a trovare il coraggio di parlare. Alla fine avevo scelto la via più semplice, ovvero: Roxy Baez si era unita al nostro gruppo esclusivamente sulla base della parola di Sarah.

«Ho tolto le trascrizioni delle ultime settimane» continuai. Prima di cancellare l'intero forum, ma quello non c'era nemmeno bisogno di dirlo. «Non ha postato molto. È rimasta più che altro a guardare.»

Non era una cosa insolita. La maggior parte delle sopravvissute non si fidano per natura. Devono capire come funziona la cosa prima di procedere. Avevo scoperto quasi subito che ci sono molte sopravvissute, là fuori. Ma che soltanto alcune di noi vogliono o possono connettersi alle altre. Proprio come è nella vita reale, credo. Non tutti sono in grado di capirti. E non è che chiunque sia in grado di aiutarti.

Guardai la pila di fogli. «Non parla della sua vita a casa. Di sicuro non parla di una mamma, di un patrigno, di due fratelli più piccoli o di due cani. Parla soltanto di questa amica. Ha bisogno di aiuto per un'amica.»

«Non avrei mai potuto prevederlo» disse Sarah.

«Nessuno ti sta dando la colpa. Tantomeno io.»

Per la prima volta da quando ero arrivata, le sue spalle si rilassarono.

«Che cosa facciamo? Sto ascoltando i bollettini della polizia da tutta la mattina. Non c'è ancora nessuna traccia di lei. Credi che qualcuno l'abbia presa? Che sia questo il problema? Forse la persona che sta facendo del male alla sua amica ha capito che Roxy sta tentando di aiutarla e ha deciso di agire?»

«Non ne ho idea.»

«O forse lei... Non può averli uccisi lei, giusto? Voglio dire, perché mai questa ragazza, Roxanna, dovrebbe sparare a tutta la sua famiglia? Voglio dire, certo, ha fatto qualche domanda sulle pistole, sulle leggi sull'autodifesa, ma sai, se sta cercando la sua amica...»

«Che cosa le hai detto?»

«Uh... un po' di autodifesa di base. Le bombolette di spray anti orso. Perché sono piene di spray al peperoncino e sono facili da trovare in qualsiasi negozio di campeggio, di sport.»

«Sai se ha comprato dello spray anti orso?» domandai. «Per la sua amica.»

«No.»

«Hai idea di cos'è che la spaventa di più? Qualcosa a casa? O forse a scuola?»

Sarah scosse la testa.

«Potrebbe essere una cosa semplice come una storia di droga?» Stavo pensando a voce alta. «La sua famiglia spacciava, o forse il delinquente del quartiere le stava facendo pressioni per unirsi al suo traffico?»

«Non credo.» Sarah esitò. «Non mi sembrava quel tipo di ragazza. Roxanna era tranquilla, timida. Non lo so. Non mi sembrava abbastanza dura per quel genere di vita. Sai, non aveva quello sguardo.»

Non dissi nulla. Alcune delle ragazze che avevo conosciuto con Jacob... nessuna di loro sembrava abbastanza dura per quel genere di vita. O, almeno, non avrebbero dovuto.

«Ha parlato di qualche cosa particolare che aveva già fatto?» domandai. «Passi che aveva intrapreso per... aiutare la sua amica?»

Sarah scosse la testa. «Mi dispiace.»

«E questa amica? Non ha mai dato nessun nome, qualche dettaglio? Un'amica di scuola, una collega di lavoro, un'amica di famiglia?»

Sarah esitò. «No.»

«Tu non credi che ci sia un'amica» dissi io al posto suo.

Lei si strinse nelle spalle. «Un classico, vero? Io non ho bisogno di nessun aiuto. Ma, adesso che me lo dici, ho un'amica che...»

Annuii. Esattamente quello che pensavo anch'io. «La sua famiglia? Qualche informazione?»

«Niente. Come ti ho già detto, non sapevo neppure che avesse una sorella e un fratello, o dei cani. Flora, che cosa facciamo adesso?»

Sospirai, sorseggiando il mio caffè. «Come ti senti al momento?»

«Impotente. E ho la nausea.»

«Ti piace questa sensazione?»

«No! Per niente.»

«Nemmeno a me. Quindi è deciso. Niente sensazione di impotenza, per noi. Ci metteremo al lavoro.»

«E come?»

«Useremo le nostre abilità, useremo la nostra testa per localizzare Roxanna Baez. Forse è lei, o forse è la sua amica, ma qualcuno è nei guai, e noi non riusciremo a sentirci meglio finché non capiremo. Quindi cerchiamo di capire.»

Sarah mi fissò. «Come hai fatto con la studentessa del college? Voglio dire, ci mettiamo in pericolo? Flora...»

«Non stavo pensando a niente di così drammatico.»

«Io non sono così forte! Flora...»

«Niente del genere. Usiamo le nostre capacità. Usiamo le nostre teste. E poi, capita che conosco la detective responsabile dell'indagine.»

«Andremo alla polizia?»

«Troviamo Roxanna Baez. Poi possiamo trovare le risposte alle nostre domande. E poi riusciremo a dormire la notte.»

Sarah sembrava meno convinta. Ma alla fine si sedette, prese una ciambella e se la ficcò in bocca.

«Mi dispiace molto per tutto questo» disse.

«Per favore, dillo a Roxanna Baez.»

8

D.D. trovò la pistola. Era stata semplicemente questione di ricostruire il percorso dell'assassino, una volta saputo che era uscito dal retro e aveva scavalcato la staccionata per riuscire a fuggire. L'informazione aveva portato D.D. nel minuscolo cortile sul retro e nell'orto sommerso di erbacce. Per prima cosa aveva cercato lungo la staccionata: gettare via l'arma del delitto era un trucco radicato nel tempo per i criminali più scafati o chiunque avesse visto i film del *Padrino*: lascia la pistola, prendi i cannoli.

Era uscita a mani vuote dalla perlustrazione della staccionata, ma alla fine, nell'orto, seppellita in tutta fretta sotto un cespuglio di coriandolo, aveva scoperto una calibro ventidue a canna corta avvolta in un panno, perfetta per sparare a quattro persone in un ambiente urbano sovraffollato dove il rumore e il poco tempo per fuggire sarebbero stati fattori molto importanti.

Il numero di serie era stato raschiato via. Quindi un'arma che scottava, molto probabilmente comprata in strada da un killer intelligente. I tecnici di laboratorio avrebbero determinato *quanto* intelligente: c'erano dei trucchi per recuperare i numeri di serie, interi kit chimici progettati proprio per quel tipo di situazione.

Per il momento, D.D. era più interessata alle sue prime impressioni. La pistola sembrava vecchia, ruvida sul bordo della canna. Non una calibro ventidue che era stata pulita diligentemente dopo ogni uso e poi rimessa in una custodia appropriata. No, D.D. l'aveva identificata come un'arma di strada anche prima di accorgersi che il numero di serie era stato cancellato.

Il che significava, molto probabilmente, che l'assassino si era portato la pistola con sé. Era arrivato con un piano ben preciso e l'equipaggiamento necessario. E questo si accordava alla cronologia che avevano ricostruito fino a quel momento. Nessuna visita di cortesia sfociata in una lite finita poi a colpi di pistola. Soltanto una mattina calma e tranquilla. Tanto calma e tanto tranquilla che Charlie Boyd non si era nemmeno alzato dal divano.

A D.D. la scena sembrava sempre meno una situazione domestica che era degenerata, e sempre più un'esecuzione. Ma perché? Che cosa poteva mai aver fatto una famiglia per provocare una cosa del genere?

Phil apparve sul portico accanto a lei. Senza parlare, D.D. gli mostrò la pistola. Lui la prese, la mise in una busta e la etichettò.

«Avuto fortuna con la videocamera di sicurezza della proprietà dietro di noi?» disse indicando il palazzo di uffici alto tre piani che torreggiava sopra la staccionata.

«Il palazzo ha quattro telecamere che coprono il davanti, il retro, e entrambi i lati. Sono state tutte smantellate.»

Lei si voltò, scrutando Phil. «Quanto spesso controllano le telecamere, in quel palazzo?»

«Ogni giorno. Vuol dire che sono state messe fuori uso stamattina presto.»

D.D. annuì. Ora aveva un'idea ben precisa. «È stata una cosa pianificata. La pistola, le telecamere di sorveglianza. Non è stato un atto impulsivo di rabbia, ma un crimine calcolato. Il cellulare di Roxanna?»

«La compagnia telefonica sta tentando di rintracciarlo. Niente. Ma abbiamo fatto una scoperta. Una specie. I cani, Rosie e Blaze. Li abbiamo trovati.»

I cani erano a dieci isolati da casa. Una distanza ragguardevole, considerando la lunghezza delle strade. Entrambi erano stati legati in un boschetto, vicino a una caffetteria che occupava un angolo tra due vie. Molta ombra, notò D.D. quando si avvicinò. Ed erano stati lasciati con una ciotola d'acqua.

Quando lei e Phil si avvicinarono i cani sollevarono le teste. Un agente in uniforme era già di guardia, attirando l'attenzione dei passanti che si chiedevano perché mai due cani avevano bisogno della scorta della polizia.

I due épagneul breton erano accovacciati. La prima, con un manto più lungo e arruffato a chiazze bianche e marroni, si mise a scodinzolare al rumore di D.D. che si avvicinava. Le puntava addosso due grandi occhi castani, guaendo piano.

D.D. prima allungò una mano e poi, quando il cane vi strofinò il muso in segno di saluto, le accarezzò le lunghe orecchie. Rosie – era la femmina – chiuse gli occhi mentre il suo compagno, Blaze, si alzava faticosamente sulle zampe e si avvicinava a sua volta. Altri annusamenti di mani e orecchie accarezzate. Il secondo cane aveva il manto più corto, ma sembrava altrettanto buono di carattere. D.D. si chiese come stesse andando la ricerca del cane da parte di Alex e Jack.

«È stata la barista della caffetteria a telefonare» disse il poliziotto. Agente Jenko, lesse D.D. sulla sua uniforme. «Ha visto le fotografie al notiziario e si è resa conto che corrispondevano ai due cani fuori dal locale. Stando a quanto dice, non li ha mai visti prima e non sa nulla della famiglia Baez.»

D.D. annuì, mantenendo l'attenzione concentrata sui cani. Si inginocchiò, avvicinandosi. Entrambi gli animali sembravano ben tenuti e in buone condizioni. Nessun segno di ferite o macchie di sangue. Con delicatezza, sollevò la zampa di Rosie. La bestia non sembrò infastidita, tenne in alto la zampa, obbediente. I cuscinetti erano ruvidi, ma nemmeno lì c'erano segni di sangue o di traumi. Doveva imbustare le zampe come prova? Ecco una delle cose di cui non le avevano mai parlato all'accademia di polizia. In ogni caso, dato che i cani avevano camminato dalla scena del crimine fino a lì, ogni prova che poteva essere rinvenuta sulle loro zampe sarebbe stata contaminata, del tutto inutilizzabile in un'aula di tribunale.

D.D. abbassò la zampa del cane e si rimise ad accarezzarle le orecchie. Poteva sentire l'animale tremare leggermente sotto le sue dita, premere contro la sua mano. Era ansiosa, pensò D.D. Il cambio nella routine, un giorno che non era come il giorno prima. I cani sapevano che stava succedendo qualcosa, solo che ancora non sapevano quanto fosse brutta la situazione.

«Stiamo perlustrando la zona in cerca di testimoni» disse Phil alle sue spalle.

«Aspetta un attimo.» D.D. l'aveva appena trovato. Un foglio di carta ripiegato stretto e infilato sotto il collare di Rosie. Lo estrasse con cautela e lo dispiegò.

«Mi chiamo Rosie» lesse a voce alta. Il cane sollevò le orecchie al suono del suo nome. «Sono una épagneul breton di dodici anni. Sono cieca ma gentile. Mi piace stare all'aperto quando c'è il sole ad ascoltare gli uccelli. Per favore non separatemi dal mio amico Blaze. Se mi trovate, potete telefonare a...»

D.D. lesse il numero di telefono, poi aggrottò la fronte e guardò Phil.

Lui compose il numero mentre D.D. ispezionava il collare del secondo cane. E, naturalmente: «Mi chiamo Blaze» lesse «un épagneul breton di dieci anni. Sono cieco, ma sono davvero un bravo cane. Mi piace stare all'aperto con la mia amica Rosie. Se mi trovate...».

«Il numero appartiene a Hector Alvalos» riferì Phil, abbassando il telefono.

D.D. si rialzò lentamente. Entrambi i cani si avvicinarono, premendosi contro le sue gambe. E buonanotte ai suoi jeans scuri, che ora sarebbero stati ricoperti di peli bianchi e marroni. Doveva cominciare ad abituarsi a quel genere di cose, pensò.

«Perché Hector Alvalos?» domandò.

«Non lo so. Non risponde al telefono.» Phil fece una pausa. «Conosce i cani, va alla casa tutti i fine settimana a prendere Manny. Forse ogni tanto li porta con sé.»

«La maggior parte delle persone mette il proprio numero di casa sui collari dei cani» ribatté D.D. «O il cellulare. Dato che Roxanna non l'ha fatto...»

«È come se sapesse già che non avrebbero più avuto una casa a cui tornare» terminò Phil per lei.

«Qualcuno sa esattamente a che ora sono arrivati i cani?»

«La stima migliore è intorno alle dieci. Ma la maggior parte dei clienti che erano qui a quell'ora ormai se ne sono andati.»

«Avremo bisogno di tutte le ricevute dalle nove e mezza in poi. Poi telefonate ai clienti e fateli tornare per interrogarli. Qualcuno ha visto qualcosa, e noi dobbiamo sapere cosa.»

«Oppure» replicò Phil «potremmo guardare le riprese della telecamera di sorveglianza. La signora Schuepp le sta caricando per noi.»

«Oppure» annuì D.D. «facciamo così.»

Phil indicò la caffetteria. D.D. si incamminò dietro di lui, lasciando l'agente Jenko, tornato in servizio, a montare la guardia ai due bellissimi cani.

Lynda Schuepp gestiva la caffetteria da otto anni. Era una donna dai modi spicci con capelli castani ondulati e mani che si muovevano ancora più velocemente di quanto parlava. Li portò in una stanza sul retro e sistemò il monitor della sorveglianza in pochi minuti. D.D. si chiese quanto caffè bevesse sul lavoro quella donna. E desiderò poter avere un po' di quel caffè.

Un attimo dopo, lo ottenne. Quella Lynda Schuepp le piaceva davvero.

Dopo aver portato due tazze, la donna lasciò D.D. e Phil al loro compito. Aveva un locale pieno di caffeinomani in un sabato mattina di sole. Con le mani sempre in movimento, uscì dalla porta della stanzetta sul retro.

D.D. si prese un momento per sorseggiare il suo caffè e rimettersi in sesto. «Porta un Fitbit» sussurrò a Phil. «Mi chiedo quale sia la sua frequenza cardiaca normale.»

«Per favore. Io mi chiedo quante decine di migliaia di passi registrerà quel coso ogni giorno.»

«Una quantità spaventosa» disse D.D. Si chinò in avanti ed entrambi rivolsero la loro attenzione al sistema di sorveglianza. La riproduzione sembrava abbastanza facile. Phil iniziò dalle nove del mattino, poi avanzò con incrementi di cinque minuti. Nove e quarantacinque, ancora non c'era nessun cane. Alle nove e cinquanta, i cani apparvero. Tornò indietro alle nove e quarantanove. Sorseggiarono i loro caffè e guardarono lo schermo.

Alle nove e quarantasei Roxanna Baez compariva all'improvviso nel raggio della telecamera di sicurezza, tenendo due guinzagli. Era già concentrata sugli alberi. Non correva, ma camminava molto alla svelta. Appena arrivata sul piccolo spiazzo verde, si inginocchiò e si mise al lavoro sui guinzagli, avvolgendoli intorno alla base dell'albero.

La ragazza indossava un paio di jeans, una camicia a maniche lunghe che poteva essere rossa e, naturalmente, lo zaino. Le telecamere di sorveglianza registravano in bianco e nero, ma D.D. pensò che lo zaino potesse essere azzurro, come aveva detto la vicina di casa. Le tracolle erano consumate e lo zaino vestiva stretto, come se fosse a dimensione di bambino. Lo zainetto di Manny? O un rimasuglio dell'infanzia di Roxy?

La caffetteria disponeva già di una ciotola d'acqua sul marciapiede per i clienti che venivano con i cani. La ragazza la prese, la avvicinò ai suoi breton. Ora potevano vedere il lato della faccia di Roxy. Sembrava lucido. Bagnato di sudore, di lacrime? Le mani della ragazza tremavano visibilmente mentre posava a terra la ciotola d'acqua.

«Sembra terrorizzata» mormorò Phil.

D.D. era d'accordo.

La ragazza si tolse lo zaino, sempre muovendosi alla svelta. Penna, foglio di carta. Scribacchiò i due biglietti, li ripiegò stretti e li mise sotto i collari dei due cani. I cani andavano avanti e indietro, limitati dai guinzagli ma chiaramente agitati.

Roxy si guardò alle spalle, prima da una parte e poi dall'altra. Ci fu una breve pausa. Poi gettò le braccia intorno al primo cane. Rosie, pensò D.D. Poi al secondo, Blaze.

La ragazza non aspettò oltre. Afferrò lo zaino malconcio, se lo mise sulle spalle e, dopo un'ultima occhiata nervosa in giro, se ne andò.

«Sta scappando» disse Phil.

«Da quello che ha fatto a casa della sua famiglia o da quello che ha visto?»

Si appoggiarono entrambi allo schienale e bevvero altro caffè. Phil fece ripartire il video dall'inizio. Lo guardarono una seconda volta, poi una terza. Poi Phil fece avanzare il nastro, questa volta a intervalli di un minuto, in cerca di qualche segno che mostrasse che Roxy Baez era tornata sui suoi passi, magari dall'altra parte della strada. Niente da fare. Allora concentrarono l'attenzione sul mare di passanti catturati dal raggio d'azione della telecamera, persone che erano transitate sul marciapiede dopo Roxanna Baez. Magari inseguendola. Forse un vicino o una faccia familiare già vista sulla scena del crimine quella mattina. Non individuarono nessuno in particolare. D.D. guardò Phil, che scosse la testa.

«Cronologia» disse D.D. «Sappiamo che Roxy è uscita di casa con il suo zaino e i cani intorno alle otto e trenta. Diversi testimoni collocano il rumore degli spari poco dopo le nove. E questo» la registrazione aveva la data e l'ora impresse nell'angolo in alto a destra «colloca Roxy e i cani qui alle nove e quarantasei.» Guardò Phil. «Pensi che ci voglia un'ora e un quarto per un'adolescente e i suoi cani per percorrere dieci isolati?»

«Direi più una mezz'ora.»

«Quindi dov'è stata nel tempo che manca?»

«Ci sono dei parchi nella zona? Qualche posto in cui potrebbe logicamente essere andata per portare i cani a giocare?»

«O per incontrarsi con qualcuno? O legare i cani in modo da poter tornare a casa a fare quello che aveva pianificato di fare stamattina? E cosa c'è dentro lo zaino?» D.D. borbottò. «Voglio sapere cosa c'è in quello zaino.»

Phil sembrava inquieto. «A me continua a sembrare terrorizzata. E poi, il modo in cui si prende cura dei cani. Si assicura che siano all'ombra, gli porta dell'acqua, scrive i biglietti. Credi che una ragazza che si prende cura così dei suoi cani possa essere la stessa ragazza che spara a tutta la sua famiglia? A suo fratello e a sua sorella?»

D.D. sapeva cosa voleva dire. La vista di Lola e Manny, raggomitolati stretti l'una all'altro nell'angolo della camera da letto... non se la sarebbe mai dimenticata.

«Abbiamo bisogno di altre riprese» disse D.D. «Abbiamo bisogno di ricostruire il percorso di questa ragazza minuto per minuto a partire dalle otto e mezza di stamattina. Dove è andata? Chi ha incontrato? Che cosa ha fatto?»

«Ci stiamo lavorando.»

«Dove è andata dopo essere stata qui?» D.D. riportò indietro la registrazione. Osservò Roxanna infilare i bigliettini nei collari dei cani e poi fermarsi per dire loro addio. «Qui, ecco. Va verso nord. Cosa c'è a nord di questo locale?»

Phil si strinse nelle spalle. «Non è il mio quartiere.»

D.D. aveva già preso il telefono e stava caricando le mappe della zona. «Fermata dell'autobus» annunciò. «Il che darebbe alla ragazza diverse opzioni per fuggire. Aspetta, ci siamo: qualche isolato più avanti c'è il St Elizabeth Medical. Non è lì che lavorava la madre di Roxy, Juanita?»

Phil annuì.

«D'accordo. Manda un detective a contattare l'azienda dei trasporti pubblici. La MBTA. Il loro reparto sicurezza. Linee degli autobus cinquantasette e sessantacinque. Dobbiamo chiedere ai conducenti, cominciare a mostrare in giro la foto di Roxanna, vedere se qualcuno si ricorda di averla vista salire su un autobus. Ha un abbonamento? Ecco un'altra domanda a cui rispondere.»

Phil annuì, prendendo appunti.

«Tu e io» continuò D.D. «ce ne andiamo al St Elizabeth a parlare con i colleghi di Juanita. Scopriamo se aveva qualche nemico, se di recente ha confidato a qualcuno qualche timore, qualche paura. Meglio ancora: forse aveva un'amica, al lavoro, qualcuno che conosceva la famiglia e Roxanna abbastanza bene e a cui Roxanna potrebbe rivolgersi per chiedere aiuto.»

«E i cani?» domandò Phil.

D.D. esitò. Avrebbe dovuto chiamare la protezione animali. Far prelevare i cani e farli mettere in quarantena. Poteva ancora sentire i corpi tremanti di Rosie e Blaze premuti contro le sue gambe in cerca di conforto.

«Lascia un messaggio per Hector» disse. «Se lui è disposto a prenderli, andrà bene così. Per non parlare del fatto che ci darà una scusa per andare a fare una visita al suo appartamento più tardi, per controllare i cani.»

Phil non si fece ingannare nemmeno per un attimo. «E tenere i cani in un ambiente domestico. Molto sentimentale.»

Lei fece una smorfia. Phil rise.

Finirono i loro caffè, presero una copia del video di sorveglianza e lasciarono la caffetteria.

E si ritrovarono faccia a faccia con nientemeno che Flora Dane.

D.D. non aveva bisogno di nessun'altra spiegazione. Disse semplicemente: «Merda».

9

Avevo già incontrato il sergente detective della polizia di Boston D.D. Warren diverse volte. La prima comprendeva una scena del crimine in cui c'era uno stupratore seriale morto carbonizzato; e io, nuda, con i polsi legati, in piedi sopra i suoi resti ancora fumanti.

Non era stata entusiasta del mio approccio, all'epoca. Quando avevo deciso di farmi coinvolgere personalmente nel caso di una studentessa universitaria scomparsa, era stata altrettanto scontenta di me. Eppure, in una casa sbarrata e buia, quando mi ero trovata con le spalle al muro e armata di nient'altro che una cannuccia di plastica, D.D. Warren era stata la persona che mi aveva salvata.

D.D. era una dura. La rispettavo, per questo. E io avevo trovato la ragazza scomparsa, cosa che – mi piaceva pensare – mi aveva fatto guadagnare il rispetto di D.D.

Ciò nonostante, mi ero data da fare per l'incontro di quel pomeriggio. A causa della frenesia mediatica che era seguita al caso di Stacey Summers, ero diventata più riconoscibile per le strade di Boston. La gente sembra essere attratta dai sopravvissuti. Siamo eroici e al tempo stesso accessibili. Vicini di casa che vale la pena ammirare, ma di cui si può anche parlare male. Da lì, le continue pressioni perché scrivessi del mio calvario con Jacob. La gente voleva sapere, a prescindere dal fatto che io volessi o meno che loro sapessero.

Dopo aver parlato con Sarah avevo cominciato ad ascoltare

gli scanner radio della polizia. Non mi ci era voluto molto per sentire che i due cani della famiglia erano stati localizzati vicino a una caffetteria a Brighton.

Naturalmente D.D. avrebbe voluto controllare i cani di persona, il che rendeva quello il posto perfetto per incontrarla.

Per l'occasione indossavo una giacca a vento oversize blu scuro che mi faceva sembrare più grossa di quello che ero. Inoltre, contribuiva a nascondere i miei svariati strumenti di autodifesa: attrezzi da scasso in plastica, un utensile multifunzione Leatherman, la mia mini bomboletta di spray al peperoncino e una penna da combattimento che aveva più funzioni di quelle che si potevano immaginare. In un braccialetto c'era una bussola, un altro nascondeva un fischietto e una pietra focaia. Incredibile quello che si può trovare su Internet oggi. Specialmente considerato che i braccialetti intrecciati erano popolari tra i ragazzini e reperibili praticamente dappertutto a Boston.

Come tocco finale, mi ero calcata un berretto blu dei Patriots per nascondere i miei capelli biondi. Visto che eravamo nella terra di Tom Brady, sarebbe stato più strano andarsene in giro per strada senza portarne uno.

Ora D.D. e il suo collega si fermarono davanti a me. D.D. indossava un paio di jeans scuri, al momento coperti di peli di cane bianchi, e una giacca di pelle color caramello. Mi piaceva la giacca, ma per i jeans con i peli di cane avevo un vero e proprio rispetto: ecco una detective che non aveva paura di sporcarsi.

Si guardò intorno, proprio come me, consapevole di essere in un luogo pubblico potenzialmente abitato da occhi indiscreti. Il suo lavoro la rendeva un bersaglio per i media. Il mio passato mi rendeva coccolata dai media. Viste insieme, eravamo il sogno bagnato di ogni reporter ambizioso.

«Immagino che tu non passassi di qui per caso, vero?» disse D.D. L'altro detective se ne andò, avvicinandosi al poliziotto di guardia ai due cani e mormorandogli qualcosa all'orecchio.

«Sono i suoi cani?» chiesi. Domanda stupida, ma dovevo pur cominciare da qualche parte.

«I cani di chi?»

Le rivolsi un'occhiata spazientita. «Di Roxy.»

D.D. si voltò e cominciò a camminare, dirigendosi verso la fine dell'isolato. Mi misi a camminare accanto a lei. Quando oltrepassammo i cani, il suo collega – Phil, credo fosse il suo nome – si unì alla nostra piccola processione.

«Ho detto all'agente di rimanere con i cani per un'altra ora» mormorò Phil a D.D. «Speriamo di avere notizie di Hector per allora. Altrimenti...»

«I cani staranno bene?» chiesi bruscamente. Con la famiglia uccisa e Roxy scomparsa... non avevo nemmeno pensato ai due breton.

D.D. scosse la testa. «Prima parla» ordinò, senza rallentare il passo. «Dopo vedremo se sono dell'umore giusto per condividere qualche informazione.»

Feci un respiro profondo e sbuffai fuori il fiato. D'accordo. Avevo fatto trenta, tanto valeva fare trentuno. «Non l'ho mai conosciuta» disse. «Almeno non di persona.»

«Non mi sei di aiuto.»

«Ho un gruppo.» Mi strinsi nelle spalle, sentendomi improvvisamente a disagio. «Non sono l'unica sopravvissuta che c'è a Boston.»

D.D. mi lanciò un'occhiata, sempre senza mai rallentare. «Okay.»

«Dopo il caso di Stacey Summers sono rimasta per un po' di tempo sotto i riflettori.»

«Okay.»

«La cosa ha attirato futuri mariti, produttori televisivi e tutto il resto dei pazzi che ci sono in giro.»

«Quando ho detto di parlare, mi riferivo a qualcosa di rilevante per il caso.»

«Ho anche cominciato a ricevere lettere da altri sopravvissuti. Donne... e anche qualche uomo. Ognuno con la sua storia. Visto come avevo aiutato a salvare Stacey, si chiedevano se il mio approccio...»

«Dare la caccia ai predatori sessuali, mettendo in pericolo te stessa e gli altri?» mi interruppe freddamente D.D.

«... potesse funzionare anche per loro. E così... ho cominciato a tenere delle riunioni.»

D.D. si fermò. Colta di sorpresa a metà di un passo, barcollai un poco e dovetti rimettermi in equilibrio. Phil invece si fermò facilmente, con un'espressione per nulla preoccupata, mentre D.D. mi affrontava in mezzo all'isolato affollato. «Tu tieni delle riunioni? Tipo che sei una leader? Una specie di Peter Pan con il tuo gruppo di Ragazzi Perduti? O Robin Hood con la sua simpatica banda di ladri?»

«O un gruppo di sostegno, dove magari tentiamo di risolvere il problema di ricominciare a vivere nel mondo reale.»

D.D. mi fissò. Occhi azzurri cristallini. Mi ricordavo quel particolare di lei. Una faccia irremovibile per accompagnare una donna irremovibile. Era troppo magra, come me. Tutta angoli e spigoli. Ma con i suoi riccioli biondi corti e i suoi penetranti occhi azzurri, se voleva poteva essere bellissima. Solo che non pensavo che lo volesse. La forza era più importante, per lei. Lo era per tutte e due.

E facevamo le nostre scelte di conseguenza.

«Che cosa pensa Samuel di tutto questo?» mi chiese bruscamente, riferendosi al mio difensore designato dall'FBI e probabilmente una delle pochissime persone al mondo di cui mi fidavo davvero.

Esitai. «Pensa che un gruppo di sostegno sia una buona idea. Trovare la forza e tutto il resto.»

«E tua madre?»

«Dal momento che è decisamente contenta con Samuel...»

«Stanno insieme?» D.D. fu colta di sorpresa quel tanto che bastava da porre fine alla gara di sguardi. «Alleluia. Be', questo spiega un po' di cose.»

Era il mio turno di essere sconvolta. «Lo sapevi?»

D.D. si strinse nelle spalle. «Spiega un po' di cose» ripeté. «Eh.»

«Cosa?»

«Non lo so. Sto ancora cercando di capirti.»

«Siamo in due, allora.»

Fece roteare gli occhi. «Parlami di Roxanna Baez» disse. «Perché sei qui?»

«Ho visto l'Allarme minori scomparsi stamattina e ho riconosciuto subito il suo nome. Era già stata portata alla mia attenzione.»

«Fa parte della tua banda di sopravvissuti?»

«Più o meno. Roxanna Baez ultimamente ha parlato con uno degli altri membri del mio gruppo. In cerca di aiuto. Non per sé, ma per un amica.»

«Sul serio?»

«Sì. Lo so. Il trucchetto più vecchio del mondo. Mi spingerò fino a dire che probabilmente stava cercando aiuto per se stessa.»

«Che genere di aiuto?»

«Se ti va, puoi giudicarlo da sola. Vengo portando doni. Trascrizioni. Di una chat room.»

Ci fermammo dall'altra parte della strada rispetto a una struttura medica, il St Elizabeth. D.D. lanciò un'occhiata all'edificio, poi a Phil. Poi si guardarono tra loro.

«Sul computer della ragazza non abbiamo trovato traccia che si sia collegata a una chat room» disse D.D.

«E non ne troverete. Questa chat room non esiste. Almeno, non più.» Mi voltai verso Phil, porgendogli un mazzo di fogli di carta.

«E tu questo come lo sai?» domandò Phil, secco.

«Perché sono il leader della chat room, e sono brava a far apparire e scomparire le cose.»

D.D. annuì, tutt'altro che sorpresa e già un passo avanti.

«È ora di bere altro caffè» annunciò. «Buone notizie: ti unirai a noi.»

«Dove?»

«Dev'essere la caffetteria del centro medico. E, finché saremo lì...» Lei e Phil si scambiarono di nuovo quello sguardo. Probabilmente ero nei guai. Non sarebbe certo stata la prima volta.

«Io mi siedo spalle al muro» dissi subito.

«Chissà come mai, ma non avevo dubbi che l'avresti detto.»

10

Trovarono subito la caffetteria dell'ospedale, ma persino D.D. poteva gestire soltanto un tot di caffeina. Prese dell'acqua e poi, ripensandoci, aggiunse un bagel con crema di formaggio. Dio solo sapeva quando sarebbe riuscita a mangiare di nuovo. Phil si unì a lei. Flora declinò ogni offerta. Quella donna probabilmente non mangiava niente che non si preparava da sola, o che non avesse passato i controlli dell'antiveleni.

«Stai sanguinando» disse D.D. a Flora quando furono tutti seduti. Indicò la mano di Flora con un cenno del capo.

La donna sollevò il braccio sinistro, imbarazzata. Aveva una benda che le copriva la parte più grossa del palmo. E, in effetti, macchioline rosse erano comparse sulla superficie bianca. Flora si strinse nelle spalle e riabbassò il braccio.

«Che cosa hai fatto?» domandò D.D.

«Sai com'è. Tutti gli allenamenti di combattimento corpo a corpo. Difficile andarsene senza almeno uno o due ricordini del tempo che hai passato sul materassino.»

D.D. annuì, anche se, per la sua esperienza, i corsi di autodifesa provocavano lividi, a volte qualche abrasione. Una ferita che sanguinava ancora a quel modo le faceva pensare a un taglio. Si chiese quale genere di addestramento stesse affrontando Flora negli ultimi tempi.

Phil aveva preso le trascrizioni della chat room, e ora sparpagliò i fogli sul tavolo. «Niente URL, niente indirizzo IP.» Guardò Flora con scetticismo. «Qui siamo oltre la prudenza. Per quanto ne sappiamo, potresti averlo scritto tu. Una sceneggiatura.»

D.D. capiva il suo punto di vista. Le pagine più che altro contenevano righe di dialogo attribuite a vari username. Non c'era modo di autenticarle. Come prova, erano del tutto inutili.

«Sono l'amministratrice della chat room» disse Flora, come se avesse letto loro nella mente. «Se non altro, avete la mia testimonianza, come quella di un qualsiasi altro testimone, che questo è ciò che ho sentito.»

«Quindi chi sono queste persone?» domandò D.D.

Flora indicò un punto a metà della pagina, un utente identificato come BFF123. «Questa è Roxanna Baez.»

«E tu come lo sai?»

«Perché la chat room è solo a inviti. Privata. Come amministratrice, registro i nuovi membri. E accettiamo le persone solo dietro raccomandazione personale.»

«Vuol dire che qualcuno del tuo gruppo ha incontrato Roxy di persona?»

Flora non disse nulla.

«Sai che avremo bisogno di parlare con questa persona. Direttamente. Non tutto è vero soltanto perché lo dice la grande survivalista Flora Dane.»

Flora si limitò a inarcare un sopracciglio.

Persino Phil era esasperato. «Ci stai aiutando, o ci stai aiutando?»

«Leggete le trascrizioni di questa chat in particolare» disse Flora freddamente «e vi renderete conto dell'argomento.»

«La legge del castello del Massachussetts» lesse D.D. La cosiddetta legge del castello si riferiva ai diritti dei proprietari di casa all'interno della loro abitazione, in particolar modo al diritto di difendere la loro vita e la loro proprietà in detta abitazione. Le leggi variavano a seconda dello Stato, cosa che, in una regione sovraffollata di Stati come il New England, poteva portare a un po' di confusione.

«È stata Roxy a tirarla fuori. Riferendosi alla sua "amica". Nel Massachussetts qual è la legge sulle armi riguardo la difesa personale?»

«FoxGirl» lesse D.D. Questa sei tu, vero?»

Flora annuì.

«Be', stando a quanto dici *tu*, allora, la legge del castello del Massachussetts consente l'impiego di forza potenzialmente mortale da parte di un proprietario di casa contro un intruso soltanto nei casi di concreta minaccia di lesioni corporee.»

«Non si può sparare a uno che ti sta rubando il televisore» disse Flora. «Ma si può sparare a uno che ti sta aggredendo con un'arma. I pugni rimangono una zona grigia: alcuni potrebbero affermare che un avversario disarmato che tira pugni non sia un pericolo immediato. Anche se, nel caso di una ragazza adolescente, lei potrebbe dire, per esempio, che un adulto che le si avventa contro a mani nude rappresenti una concreta minaccia di lesioni corporee.»

D.D. non aveva bisogno di una lezione sulle leggi sulle armi del Massachussetts. Lo Stato, notoriamente liberale, non era esattamente una roccaforte della National Rifle Association, e non lo sarebbe stato mai. Il New Hampshire, a nord, d'altra parte, con il suo motto "Vivi libero o muori"...

Phil fece la domanda successiva. «Sembrano esserci quattro persone diverse che commentano la cosa. Hai cancellato gli altri nomi.»

«Tutti hanno diritto alla privacy.»

«Perché quando sei stata tu una vittima non ne hai mai avuta?» chiese D.D. seccamente.

«In parte. Ma anche perché la sopravvivenza ci ha trasformati tutti in celebrità, all'istante. E chi vuole diventare famoso per questo?»

D.D. sollevò lo sguardo. «Hai chiesto se l'amica di Roxy avesse una pistola. Hai consigliato di non averla.» Indicò le righe della trascrizione che parlavano della cosa. «Un consiglio interessante, venendo da te.»

«Statisticamente parlando, le armi da fuoco non sono una strategia efficace di autodifesa per le donne. A meno che non investano in un addestramento specifico e si sentano a proprio agio con la loro arma, la maggior parte delle donne esiterà a tirare il grilletto, oppure sparerà alla cieca, mancando il bersaglio. E a quel punto perderanno la pistola e questa verrà usata contro di loro. Come leader del gruppo, sapevo che Roxanna era una ragazza di sedici anni. Do per scontato che anche la sua amica sia un'adolescente. Il che vuol dire che l'arma da fuoco è molto probabilmente un'arma di strada, e che c'è stato un po' di addestramento.»

«Che cosa raccomandi alle donne?»
«Un cane. Specialmente alcune razze che nessuno, nemmeno un intruso armato, vorrebbe affrontare.»
«Tu non hai un cane.»
«Abito in un minuscolo appartamento di Boston. Non esattamente l'ambiente ideale.»
«Roxanna aveva due cani» disse D.D.
«Due vecchi épagneul breton. Che paura volete che facciano?»
La cameriera portò l'acqua e i bagel. D.D. e Phil ci si buttarono sopra. Flora rimase a fissare il tavolo. «Non credo che Roxy avesse un'amica» disse all'improvviso. «E non solo perché è la scusa più vecchia del mondo.»
«Pensi che fosse minacciata personalmente.»
«La nostra comune conoscente» disse Flora accentuando la parola «quella che ha raccomandato Roxy al gruppo... lei pensava che la ragazza sembrava stressata ed esausta. Chi si porta il peso del mondo sulle spalle per un'amica?»
«Un'amica del cuore per sempre? Best Friends Forever?» Il nickname sulla trascrizione era proprio BFF-qualcosa.
«Leggi le domande che fa. Sono tutte relative all'autodifesa. Non all'offesa. E, in particolare, l'autodifesa a casa propria. Chi è che vive con la sua migliore amica?»
D.D. si strinse nelle spalle. «Forse hai ragione. Forse sta solo cercando il modo migliore per inquadrare una sparatoria allo scopo di riuscire a cavarsela.»
«Secondo questa logica, stamattina sarebbe dovuta rimanere a casa. E dire che qualcuno in casa l'aveva aggredita e lei l'aveva ucciso per autodifesa. Questo si accorderebbe con i suggerimenti che le sono stati dati nella chat.»
D.D. inarcò un sopracciglio. «Ha ucciso tutta la sua famiglia per autodifesa? Compreso il fratellino di nove anni?»
«Siete sicuri che a sparare sia stata solo una persona? Una persona li ha uccisi tutti quanti?»
«E quale sarebbe l'altra ipotesi? Un assalitore ha ucciso la famiglia e poi Roxanna ha ucciso l'assalitore?»
«Perché no?»
D.D. non era sorpresa dalla domanda. Nessun dettaglio degli omicidi era stato diffuso alla stampa, com'era prassi in casi come quello.

«Ti dirò questo» disse D.D. infine. «Non ci sono prove di discussioni, liti o scambio di colpi d'arma da fuoco. Tutti i segni portano a un solo assalitore che coglie di sorpresa quattro bersagli. Freddo, cinico, controllato. È stata una cosa pianificata e portata avanti.»

«Un'esecuzione» sussurrò Flora.

«Molto probabilmente.»

Flora si accigliò. «Pensate davvero che Roxanna potrebbe fare una cosa simile? Voglio dire, questa è una sedicenne sotto pressione, che chiede consigli...»

«Sulle leggi sulle armi del Massachussetts.»

«Ma far fuori tutta la sua famiglia, compresi il fratellino e la sorella più piccola... no, non me la bevo. Non la Roxanna che conoscevo. Non esiste proprio.»

«Solo che, tue parole, l'avevi appena conosciuta. Il che vuol dire che non la conoscevi affatto.»

«L'Allarme minori scomparsi diceva di cercare una ragazza che portava a spasso due cani. Questo non implica che fosse già fuori al momento della sparatoria?»

«Stando ai vicini di casa, se ne è andata con i cani. Ma questo non vuol dire che non sia tornata indietro.»

Flora si accigliò di nuovo e scosse la testa. Non parlò subito. D.D. colse l'opportunità per addentare il suo bagel.

«Il nostro gruppo è piccolo» disse infine Flora. «E non siamo stupidi. Se affronti le situazioni che abbiamo dovuto passare noi, e poi affronti tutto quello che viene dopo – i giornalisti che fingono di essere i tuoi migliori amici solo perché vogliono i diritti in esclusiva della tua storia; le persone che all'improvviso ti amano ma in realtà vogliono solo crogiolarsi nella luce riflessa della tua celebrità – impari a giudicare bene le persone. Non permettiamo a molti di entrare nel gruppo, e tutti devono presentarsi con la raccomandazione personale di qualcun altro. Roxy ha avuto questa fortuna. Ha convinto almeno una donna intelligente di avere un disperato bisogno di aiuto.»

«Forse.» D.D. si strinse nelle spalle e prese un altro morso dal bagel. «Ma, stando alle tue parole, lei parlava sempre di un'amica, cosa che tutti sapevano essere una bugia. Quindi voi credete che la sua paura fosse genuina anche se lei vi ha mentito?»

«Credevamo che mentisse perché aveva paura.»

«Una teoria insidiosa. Ha rivelato niente di personale? Ha confidato a qualcuno di voi qualche dettaglio intimo della sua vita? Che diavolo, il nome della sua presunta migliore amica? O, meglio ancora, il nome del suo peggior nemico?»

«Non ancora. Ma era nuova nel gruppo. Condividere richiede tempo e fiducia.»

D.D. fece roteare gli occhi. «In altre parole, non sai nulla. E hai passato gli ultimi venti minuti a non dirci nulla. Grazie davvero.»

«Non sapevamo molto della sua vita familiare» disse Flora d'un tratto. «Ma so che era stata in affido, una volta.»

D.D. si fermò a metà di un boccone, ricordando quello che aveva raccontato Hector, dell'anno in cui l'alcolismo di Juanita aveva preso il sopravvento e lei aveva perso la custodia dei figli. «Che cosa te lo fa dire?»

«Una volta ha parlato della sua tutrice della CASA, l'associazione di volontari che segue i bambini in affido. Dei consigli che aveva ricevuto dalla donna su come gestire le situazioni difficili. In pratica, addestramento all'identificazione di possibili minacce per un bambino in affido che entra in un nuovo ambiente familiare. Chiaramente Roxanna aveva qualche esperienza.»

«Che altro?»

«Dimmelo tu. Quando Roxy è andata a fare la sua passeggiata, ha portato niente con sé? Per esempio uno zaino?»

«Forse.»

Flora annuì, come se la cosa avesse perfettamente senso. «Una borsa di emergenza. Si stava preparando. Teneva le cose essenziali sempre con sé. A volte i bambini in affido imparano a farlo.»

«Solo che Roxy era tornata a casa con sua madre e i suoi fratelli da diversi anni, ormai. Sembra un momento un po' strano per aspettarsi che all'improvviso un assistente sociale o un volontario della CASA si presenti di nuovo.»

«O forse era questo che rendeva Roxy così tesa: qualcosa era cambiato a casa sua negli ultimi tempi. Di recente. Roxy ha riconosciuto i segnali dall'esperienza passata e questo è quello che l'ha messa in allarme.»

D.D. si accigliò. Era una teoria interessante, ma non aveva alcun modo di capire fino a che punto lo fosse, perché, trattandosi della famiglia Baez, semplicemente non ne sapevano ancora abbastanza.

«Immagino che la tua piccola banda di disadattati le abbia dato consigli su cosa mettere in una borsa di emergenza?» domandò D.D.

«Siamo dei grandi fan del denaro contante, dello spray anti orso, dei vestiti che non danno nell'occhio e del nastro adesivo» disse Flora.

«E consigli su come acquistare armi per strada?»

«Come ho già detto, non raccomando l'uso di armi in queste situazioni.»

«E qual è la situazione?» domandò D.D., esasperata.

«Qualcuno che teme per la sua vita.»

«Teme chi? Perché, se avesse avuto paura dell'uomo di sua madre, allora lui dovrebbe essere morto sul pavimento della camera da letto di Roxy con lei che dice di averlo steso per legittima difesa. Ma cosa diavolo può giustificare sparare all'intera famiglia?»

«Dimostra soltanto che è stato un estraneo a farlo. Forse qualcuno che era lì per dare la caccia a Roxy. O, in mancanza di meglio, che voleva farla sentire sola e vulnerabile.»

«Tu o qualcun altro del tuo gruppo avete avuto sue notizie? L'avete sentita? Raccontami una palla e ti arresto. Anzi, vi arresto. Tutti.»

«Non abbiamo avuto nessun contatto.»

«Ma non appena capiterà me lo dirai.»

Flora rimase muta.

«Ci stai aiutando o ci stai aiutando?» domandò D.D., tesa.

«Stiamo aiutando *lei*.»

«Grandioso. Dimmi dove andrebbe in una situazione di stress. Forse un luogo che il tuo gruppo ha identificato proprio per circostanze simili.»

«Se hai paura di essere seguita, io raccomando di andare in qualche posto pubblico. Dove ci sono molti testimoni.»

D.D. emise un ringhio gutturale.

«Roxanna era una grande lettrice. Potreste prendere in considerazione la biblioteca.»

Il ringhio si attenuò.

«Non so che cosa sta succedendo, qui» disse Flora. «Davvero non lo so. Ma sono preoccupata per lei. Dubito che Roxy sia un'assassina. Credo che sia una vittima.»

«E questo basandoti sul tempo di qualità che avete passato insieme in una chat room che non esiste nemmeno più?»

«Sì.»

«Vuoi sapere cosa ne ricavo da tutto questo?» D.D. sollevò le pagine della trascrizione. «Ne ricavo che ho una ragazza di sedici anni al momento irreperibile che faceva domande sulle armi da fuoco. Il che mi fa credere che, da qualche parte in quel suo zaino, potrebbe tranquillamente avere una pistola. E ne ricavo anche che ha fatto le sue ricerche su come usarla.»

Flora si sporse in avanti. «Si è presa cura dei suoi cani. Li ha legati a un albero, all'ombra, con molta acqua a disposizione. Una ragazza senza cuore lo farebbe? Un'assassina a sangue freddo? Ha fatto tutto quello che poteva per tenerli al sicuro. Forse, se fosse stata a casa quando è arrivato il killer, avrebbe tenuto al sicuro anche la sua famiglia.»

«Perché questo è quello che fai tu? Lei non è te, Flora. In realtà, non sappiamo proprio chi è. Ancora una volta, se si mette in contatto...»

«Sarò la prima ad aiutarla.»

«Allora che Dio aiuti me.»

Ma Flora si stava già alzando dal tavolo. Ancora una volta, lo sguardo di D.D. cadde sulla fasciatura insanguinata sulla sua mano sinistra.

«Tu fai quello che devi fare, detective, e io farò quello che devo fare. E forse, se siamo entrambe fortunate, Roxanna Baez salterà fuori sana e salva. Poi potrete catturare la persona che ha ucciso la sua famiglia mentre io la aiuto a superare le conseguenze.»

«Non sarà così semplice.»

«Non è mai semplice.»

«Flora...»

«Se scopro qualcosa di interessante te lo farò sapere. È un buon accordo, perché entrambe sappiamo che tu non farai lo stesso.»

Flora si voltò e se ne andò. D.D. e Phil rimasero a guardarla finché non scomparve tra la folla.

«Non ti fidare di quella ragazza» disse Phil.

«Tu credi?»

Lui prese la copia della trascrizione della chat room.

«C'è qualcosa lì che puoi usare?» domandò D.D., dal momento che Phil era il nerd della squadra.

«C'è sempre qualcosa. Solo che non so ancora cosa.»

«Ma ne hai almeno un'idea?» domandò D.D., speranzosa.

Phil annuì lentamente. «Flora può aver ripulito tutto dalla sua parte, ma noi abbiamo il computer di Roxy, ricordi? E la cosa, dei computer, è che amano i dati. Anche quelli che un utente crede di aver cancellato, sono tutti immagazzinati da qualche parte nell'hard disk. Ecco cosa dico: gira le trascrizioni agli esperti e lascia che ci pensino loro. Se riescono a far corrispondere queste righe con qualsiasi cosa nella cronologia del browser del computer di Roxy, file di download temporanei, specialmente, per esempio se Roxy ha copiato qualcosa dal gruppo per consultarlo in seguito...»

«Grande idea! E grazie a Dio. Perché, Phil...»

«Il tempo a nostra disposizione sta finendo» concluse lui al posto suo.

«Esatto. E con una ragazza di sedici anni che se ne va in giro per Brighton con una possibile pistola nello zaino...»

«La sparatoria di stamattina è stata la fine o soltanto l'inizio?»

«Esattamente.»

11

Quando è sotto stress, mia madre fa i dolci. Muffin ai mirtilli, brownie con gocce di cioccolato, cupcake alla marmellata di fragole. La maggior parte dei miei ricordi d'infanzia mi vedono seduta in una cucina troppo calda mentre mia madre si dà da fare in giro, mescolando questo e versando quello. E poi gli odori. Associavo le mattine con il profumo dei pancake ai mirtilli e dei rivoli di sciroppo d'acero caldo. Dopo scuola era pane fresco o, se io e mio fratello eravamo davvero fortunati, biscotti spolverati di zucchero e cannella.

Mi è stato raccontato che, durante i quattrocentosettantadue giorni in cui sono stata via, l'intera comunità è ingrassata per tutti i biscotti, i cupcake, il pane, i brownies che mia madre sfornava a getto continuo dalla sua cucina. Sarei pronta a scommettere che lo facesse perché aveva bisogno di quella concentrazione. Il ritmo tranquillizzante del mescolare questo e aggiungere quello. La semplice equazione di questi sette ingredienti produrrà queste cose buone, volta dopo volta, dopo volta.

Cuocendo dolci, mia madre ha sotto controllo quello che accadrà dopo. Non ci sono molte cose, nella vita, in grado di offrire questo.

Quando sono tornata a casa dopo il rapimento, lei si è concentrata nel preparare tutti i miei cibi preferiti. Tentando di farmi ingrassare, ha pensato probabilmente, ma non l'ha mai detto a voce alta. Nutrire le prigioniere non era certo il primo pensiero di Jacob. Soffrivo la fame per giorni; poi lui arrivava all'improvviso con sacchetti su sacchetti di cibo spazzatura. Qualsiasi cosa gli saltasse per la mente, pollo fritto, biscotti e salsa, patatine fritte e milkshake. Era un uomo molto impulsivo, spinto a soddisfare i suoi appetiti immediati, e il suo ventre rigonfio e le membra sottili come bastoncini erano lì a dimostrarlo.

Il mio primo giorno a casa, seduta di nuovo nella cucina di mia madre, mordendo lentamente uno dei suoi muffin ai mirtilli...

Piansi. Lo mangiai con le lacrime che mi rotolavano sulle guance. Lei si sedette accanto a me. Mi tenne la mano. Mio fratello era ancora in giro. In piedi sulla porta. Mi ricordo che ci guardava. Ricordo di essermi sentita imbarazzata e grata e sopraffatta. Ricordo di aver pensato: Sono a casa.

È questo il sapore di casa.

Credo che fossi felice, in quel momento. Non capivo ancora quanto fugace sarebbe stata quell'emozione. Che i giorni da cuoca di mia madre erano lontani dall'essere finiti. Che il guardare a distanza di mio fratello alla fine l'avrebbe portato ad abbandonarci del tutto.

Vogliamo sempre generalizzare le nostre esperienze. Essere rapita e tenuta prigioniera, questo era brutto. Essere a casa al sicuro, questo era un bene. Ma la verità è che ogni situazione contiene i suoi alti e bassi. Jacob e io che giocavamo al gioco delle targhe nel suo grosso camion sulle interstatali. Quello era buono. Io che mi svegliavo gridando a casa mia. Quello era un male. Non si può separare ogni cosa.

Ho avuto la superstite di uno stupro che mi ha detto che pensava alle sue emozioni post trauma come a vecchie tubazioni idrauliche europee. Da una parte del lavandino c'è un rubinetto per l'acqua fredda. Dall'altra parte c'è un rubinetto per l'acqua calda. Puoi aprirli tutti e due, ma i getti non si mescolano. Sono separati per sempre, due metà di un sistema intero.

Mi piaceva quell'analogia. Avevo un rubinetto per tutte le emozioni del mio trauma e uno per la mia vita reale. Esistevano l'uno accanto all'altro, ma non si mescolavano. E, alcuni giorni, aprivo di più un rubinetto piuttosto che l'altro. E, altri giorni ancora, passavo dall'uno all'altro: tesa e insonne, eppure pronta a scoppiare in una risata spontanea per qualcosa che vedevo alla TV. Un rubinetto aperto, e l'altro che si apriva all'improvviso. Proprio come ci sono volte in cui puoi essere felice, avere una bella giornata, e al tempo stesso c'è un'ombra intorno al tuo campo visivo, la sensazione strisciante che non può durare, che il peggio deve ancora venire.

Io non cucino, quando sono sotto stress. Non pulisco. Ho provato la meditazione e l'attenzione cosciente e un po' di altre cose per calmare il mio cervello instancabile e strapparmi almeno un minuto o due in cui non sono presa a valutare l'ultima possibile minaccia o ad alimentare nuovi sospetti.

Ma non mi è riuscito bene nulla di tutto ciò.

Mi piaceva combattere. Mi piaceva correre. E mi piaceva leggere. Ore e ore passate a studiare altri casi, ad analizzare altre denunce di persone scomparse. Se avessi esaminato ogni caso con sufficiente attenzione, forse avrei potuto essere io a trovare la chiave del rompicapo che avrebbe riportato di nuovo a casa quella persona.

Era così che ero rimasta coinvolta con la studentessa del Boston College scomparsa. E questo era il motivo per cui mi interessai sempre più a Roxanna Baez.

Mia madre cucina per tenere le cose sotto controllo.

Io, invece, sto ancora tentando di salvare il mondo.

Così mi incontrai con il sergente D.D. Warren e quell'altro, Phil. Gli raccontai che cosa sapevo di Roxy Baez. E poi, dopo che loro mi avevano educatamente ma fermamente estromessa dall'indagine, feci quello che so fare meglio.

Andai a caccia.

Non avevo l'autorità di un poliziotto per fare domande a potenziali testimoni o sospettati. Ma avevo una rete di contatti come sopravvissuta ed ero molto brava a mentire.

Tutto questo mi portò sull'uscio di Tricia Lobdell Cass, consulente scolastica alla Brighton High School, poco dopo l'una del pomeriggio di sabato. Mi rispose subito non appena bussai, aprendo la porta a sufficienza per esporre una gamba e una spalla. Il mezzo benvenuto che viene dato a una persona sconosciuta ma non minacciosa che si presenta sulla veranda di casa. Mi chiesi di cosa la gente avesse più paura, agenti in uniforme o venditori porta a porta?

«Mi chiamo Florence» dissi, dal momento che il nome Flora Dane era ben conosciuto a Boston. «Sono un'amica della famiglia Baez. Una vicina. Speravo che potesse aiutarmi con i cani.»

Gli occhi della consulente scolastica si spalancarono nell'udire il nome Baez. Chiaramente aveva sentito i notiziari. Ma la mia domanda sui cani l'aveva mandata in confusione. Il che era proprio quello che speravo. Non sapevo se i consulenti scolastici avevano l'obbligo della riservatezza medico-paziente con i loro studenti, ma immaginai che, come minimo, sentissero l'obbligo di proteggere la privacy di una ragazza. Quindi non le chiesi di Roxanna. Perché andare diritti verso un no quando si può raggiungere di traverso un forse?

«Non sono sicura di capire» cominciò.

«La polizia ha trovato i cani della famiglia. Rosie e Blaze, ha presente? I cani più dolci del mondo. Sono sicura che ha sentito Roxanna parlare di loro.»

«Sì.»

«E al momento non possono esattamente tornare a casa.»

«Oh, be', certo che no.»

«E noi pensiamo che sarebbe terribile se finissero alla protezione animali. Rinchiusi in una gabbia in qualche canile, a dormire su un pavimento di cemento, abbandonati.»

«Oh...»

«Così mi sono offerta volontaria per vedere se riuscivo a trovare qualcuno che potesse prenderli. Tutti e due. Una vicina mi ha fatto il suo nome come consulente scolastica del liceo. Ho pensato che potesse conoscere qualcuno degli amici di Roxy. Forse uno di loro potrebbe essere disposto a tenere i cani per un po'?»

«Uh, okay. Non so quanto potrò essere di aiuto, ma posso provarci.»

La donna mi aprì la porta. E io entrai. Così, semplicemente.

Mi chiesi se era così che si sentiva Jacob ogni volta che una nuova vittima gli permetteva di entrare.

Tricia Lobdell Cass abitava al pianterreno di una palazzina di tre piani. Finestre panoramiche, cornici ai soffitti, pavimenti in legno. Aveva la passione delle piante in vaso, edera e felci raggruppate di fronte alle finestre, sopra i tavoli, negli angoli più luminosi. Il soggiorno presentava anche pile di libri e un divano azzurro coperto da cuscini arancioni, rossi e rosa acceso.

«La casa è bellissima» dissi, e questa volta era la verità.

Tricia camminò fino al divano. Mi fece un cenno a indicarmi che potevo sedermi, ma lei rimase in piedi. Sembrava ansiosa, come se non sapesse bene cosa fare. Era la prima volta che aveva a che fare con una studentessa scomparsa, immaginai. O c'era qualcos'altro?

«Acqua?» domandò in ritardo.

«No, grazie.»

Dal momento che rimaneva in piedi, feci lo stesso.

«Uh, qualche notizia di Roxy?» chiese.

«Non che io sappia.»

«E i cani?»

«Sono stati lasciati legati fuori da una caffetteria. Sembra che stiano benissimo tutti e due.»

«Ma il resto della famiglia. Non stanno dando molti dettagli, ai notiziari, ma sembra proprio che... che siano tutti morti.»

Sollevò lo sguardo su di me. Non vidi alcuna paura negli occhi della consulente scolastica. Soltanto dolore.

«Sì» dissi.

Lei espirò con forza e si sedette. Così, come se una corda dentro di lei fosse stata tagliata, facendola collassare. Le sedetti accanto. La donna sembrava più giovane di quanto mi fossi aspettata. Tra i ventotto e i trentadue anni. Capelli scuri lunghi. Carina.

«Credo che la polizia sospetti di Roxy» mormorai a voce bassa. Da amica ad amica. «Solo perché non c'era quando è successo tutto quanto...»

«Cosa? Ma è ridicolo! Roxy non farebbe male a una mosca. E fidati di me, come consulente scolastica in un liceo, so bene che genere di parata di sociopatici sono i teenager americani, al giorno d'oggi. Ma... Roxy? Mai.»

«L'ho sempre vista fuori con i cani» dissi. «Sembrava molto buona con loro.»

«Per favore... Roxy ha praticamente allevato la sua sorellina e il suo fratellino da sola. È una delle studentesse più responsabili che abbiamo in tutta la scuola. Chiedi a qualunque insegnante. Se potessero clonare altre cento Roxy, lo farebbero.»

Abbassai la voce. «I genitori... non sono così coinvolti?»

«Non lo so. Li ho visti solo una volta. Lavorano tutt'e due un sacco. Lei è infermiera di notte al centro medico, lui un imprenditore edile che lavora tanto. La mia impressione è che sono molto occupati a gestire le esigenze quotidiane. Se a questo ci aggiungi tre figli in tre scuole diverse...» Si strinse nelle spalle.

«Roxy stava facendo del suo meglio per dare una mano, anche se a volte a discapito di se stessa. L'anno scorso abbiamo avuto un problema, con lei, perché era arrivata in ritardo per diversi giorni di fila. È saltato fuori che stava avendo delle difficoltà ad accompagnare in tempo la sorellina alla scuola media. Quando abbiamo capito, io mi sono messa in contatto con sua madre, ma la verità è che a quell'ora Juanita non è ancora tornata a casa dal turno di notte, e Charlie è già in cantiere. Il che significa che il casino del mattino è responsabilità di Roxy e che lei è grande abbastanza da essere legalmente responsabile. Alla fine ho fatto una chiacchierata con gli insegnanti di Roxy. Dato che non è mai in ritardo con i compiti e che quando è in classe è sempre attenta, hanno acconsentito a lasciar perdere i ritardi. È tutto quello che possiamo fare per aiutare una famiglia che sta facendo del suo meglio.»

Non sapevo nulla di quel genere di situazioni, ma annuii per dimostrare empatia. «Sembra che lei sia molto comprensiva.»

Un'altra stretta di spalle. «È il mio lavoro. Aiutare i ragazzi a gestire la scuola e la casa e la vita reale. C'è molta pressione sugli adolescenti, oggigiorno.»

«Roxy ha molti amici?» chiesi. «Sembra una persona molto gentile.»

«Vuoi dire se è popolare? No. È tranquilla. Più che altro, a pranzo la vedi seduta con un libro.»

BFF123, pensai, per nulla sorpresa dall'inganno di Roxy. Tanto più che me ne stavo lì seduta e continuavo a mentire io stessa. «Una grande lettrice?»

«Decisamente.»

«Brava studentessa?»

«Sopra la media. Leggere e scrivere sono la sua passione. So che sta lavorando a una serie di temi che la signora Chula, l'insegnante di letteratura, non smette mai di lodare. Vuole che Roxy sottoponga i suoi scritti a un concorso nazionale, ma Roxy si è rifiutata.»

«Davvero? E di cosa parlano questi temi?»

«Non ne sono sicura. Qualcosa sulla famiglia perfetta. So che le prime due parti hanno fatto piangere la signora Chula.»

«Che cosa legge Roxy?» domandai, più che altro perché ero curiosa.

«Oh, tutti quei libri fantasy, quelli in cui i ragazzini nella media, quelli normali, si scopre che hanno poteri nascosti da guerrieri e sono gli unici in grado di salvare il mondo. Tipica narrativa eroica.»

La cosa mi intrigava. Io e Roxy ci saremmo piaciute, se avessimo avuto modo di passare più tempo insieme? Lei, la protettrice della famiglia; io, autonominata vigilante? Io non leggevo molto. Forse lei l'avrebbe usato contro di me. Inoltre, nei libri, ne sono quasi sicura, le eroine sono tutte bellissime, mentre io sono una stracciona con le guance incavate e le unghie tutte spezzate. Eppure...

«Ho una preoccupazione» stava dicendo la consulente scolastica.

«Sì?»

«Abbiamo questo gruppo di ragazze ispaniche. Ho sentito dire che sono una specie di gang. Hanno tutte un neo sulla faccia e portano jeans strappati. Stando ai pettegolezzi, la sorella di Roxy, Lola, si era già unita al gruppo delle scuole medie. Roxy invece è messa sotto pressione dalle ragazze del liceo. Sto tenendo d'occhio la situazione: ancora non è successo niente di strano, riguardo a questo. La mia impressione è che Roxy se la stia giocando a suo modo: non dice mai direttamente di no a nessuno, continua solo a dire più tardi, un'altra volta, che adesso deve andare a prendere sua sorella, o il suo fratellino, o portare a spasso i cani, qualsiasi cosa. E così le tiene a bada.»

«Per ora» dissi.

«Sì.»

«E se non riesce a continuare a farlo...?»

Si strinse di nuovo nelle spalle. «Ragazze? Specialmente in gruppo? Possono rendere la vita di Roxy un inferno.»

«E come? Minacce fisiche, o proprio botte vere e proprie? Ho sentito che le gang femminili possono essere peggio di quelle dei ragazzi.»

«Oh, fidati di me, una volta le ragazze si scambiavano insulti e i ragazzi facevano a pugni. Adesso invece le ragazze ci vanno giù pesante allo stesso modo, spesso addirittura con taglierini, rasoi, fai un po' tu. È proprio per questo che a scuola non è permesso portare nemmeno un coltellino da burro.»

«Ma, dopo la scuola, fuori dal terreno scolastico...?»

Tricia mi guardò negli occhi. «Non posso controllare tutto. E sì, fai arrabbiare il gruppo sbagliato di ragazzi e la vita di qualsiasi liceale diventa impossibile. Ho sentito storie di risse con catene, cinture con le borchie, mazze da baseball. Quando dico ai genitori che i loro figli sono sottoposti a un grande stress non sto mentendo affatto.»

«Roxy era una outsider. Una solitaria» dissi.

«Sì.»

«Il che vuol dire che aveva quel tipo di stress.»

«Sì.»

«E nessun amico che potesse aiutarla?»

Tricia esitò. «C'è un ragazzo. Al momento è l'unica persona con cui riesco a immaginarla. Un tipo solitario anche lui. A volte li vedi che se ne stanno seduti insieme nelle zone comuni.»

«È il suo ragazzo?»

«Non lo so.»

«Come si chiama?»

«Mike. Mike Davis. Lui è... be', è un po' diverso. Ma lui e Roxy sembrano andare d'accordo. Francamente, ero contenta di vederli insieme. Lui è un altro studente per cui la vita scolastica può essere molto difficile.»

«Ha il suo indirizzo?»

«Sì, ma non ho intenzione di dartelo.»

Mi immobilizzai, guardando la consulente scolastica.

«Flora Dane» disse lei in tono tranquillo. «Mi ci è voluto un po'. Quando sei arrivata, ho avuto una sensazione di déjà-vu. Ti ho vista in televisione. Hai contribuito a salvare quella studentessa universitaria lo scorso autunno.»

«Sì.»

«Non abiti vicino a Roxy.»

«Mi preoccupo dei cani» tentai, perché dovevo pur dire qualcosa.

«Qual è il vero motivo per cui sei qui?»

«Conosco Roxy. Fa parte di un... gruppo di sostegno di cui faccio parte anch'io. Siamo preoccupati per lei.»

«Un gruppo di sostegno?»

Non le diedi altri dettagli. Dopo un altro istante, la consulente scolastica annuì brevemente. «Cos'è successo alla famiglia di Roxy?» domandò.

«Non lo so.»
«Ma non pensi che sia stata lei?»
«Penso sia nei guai. Ha notato dei cambiamenti nelle ultime settimane? È arrivata in ritardo più spesso del solito? Era stressata, ha saltato i compiti, ha parlato di qualcosa con qualcuno?»
«No. Ma è una scuola molto grande. Possono passare giorni senza che io veda uno studente. A meno che non succeda qualcosa di specifico che viene portato alla mia attenzione...»
Annuii.
«Non posso darti le informazioni personali di uno studente» disse infine la consulente. «Ma, se vuoi darmi il tuo numero di cellulare, posso chiedere all'amico di Roxy di chiamarti.»
«Mi sembra corretto.»
«I cani sono stati trovati davvero?»
«Sì. E hanno davvero bisogno di un posto dove stare.»
«D'accordo. Posso lavorare anche su questo.»
Mi alzai. «Grazie.»
All'ultimo momento, mentre Tricia apriva la porta, esitò. «Ricordi cosa ti stavo dicendo di questo gruppo di ragazze ispaniche che stanno tentando di reclutare Roxy?»
Annuii.
«Mi è stato detto che la sorella minore di Roxy, Lola, è più che semplicemente coinvolta nella cosa. Non so se hai mai conosciuto Lola, ma è molto bella. In modo pericoloso, addirittura, per una ragazza di tredici anni.»
Aspettai.
«È anche, stando a quello che mi hanno detto, molto consapevole del suo aspetto fisico.»
«È una manipolatrice» dissi.
«Non credo che si sia unita al gruppo solo per bighellonare. Da quello che ho visto e sentito, Roxy è il membro responsabile della famiglia, mentre dove va sua sorella di solito i guai la seguono da vicino.»
«Stiamo parlando di droga, di violenza?»
«Non ne sono sicura. Ma parliamo di un gruppo di ragazze adolescenti incazzate. Tutto è possibile.»

12

Nome: Roxanna Baez
Classe: terza superiore
Insegnante: sig.ra Chula
Categoria: narrativa personale

Cos'è la famiglia perfetta? Parte II

Io e la mia sorellina siamo in piedi nel soggiorno fatiscente. Con noi c'è la donna con la faccia schiacciata. Mi tiene stretta forte la spalla, come se credesse che io possa improvvisamente scappare. Sotto l'altra spalla, Lola si è incuneata così stretta che posso sentirla tremare.

La mamma se ne è andata. Non riesco nemmeno a pensarci. Lola non la smette di piangere. La polizia porta Manny fuori della porta, e lì c'è un'altra signora. Niente camicetta viola, ma una camicia bianca e la stessa espressione decisa e dispiaciuta. In qualche modo, sono riuscite ad aggirarci. Mi sento tradita, ma non so bene perché. Forse sono solo delusa di me stessa, perché, nonostante tutto il mio duro lavoro, non avevo previsto che succedesse.

Fate le valigie, ci ha detto la signora con la faccia schiacciata. In che senso, fare le valigie? Lola mi fissava, così l'ho allontanata. Avevamo i nostri zaini di scuola: nient'altro. Ho tirato giù i nostri due dai ganci, rifiutandomi di guardare la cartella rossa di Iron Man di Manny. Non gli avevano nemmeno permesso di vestirsi. O la sua macchinina preferita. Perché non gli avevano permesso di prendere niente?

Il mio zaino è azzurro. Mi andava bene quando avevo otto anni. Adesso mi va stretto sulle spalle, ma fa comunque il suo lavoro. Lola ne ha uno rosa shocking. Più nuovo. Il padre di Manny, Hector, gliel'ha comprato prima di andarsene. Era sempre gentile con me e Lola. È rimasto insieme a nostra madre per cinque anni, che sono cinque anni in più di quanti ne abbiamo passati con i nostri veri padri.

Vestiti. I soldi della lavanderia sono finiti da settimane. Stavo lavando mutande e calzini nel lavandino. Erano ancora umidi, stesi sopra i caloriferi, sui davanzali delle finestre, in qualsiasi posto riuscivo a trovare. Senza dire una parola, ho passato a Lola i suoi, poi ho preso i miei. Lola aveva un cane di pezza azzurro. Ho trovato i nostri spazzolini da denti.

All'ultimo momento ho visto un calzino. Piccolo, nero. Uno di quelli di Manny, conficcato sotto l'anta di un armadio. L'ho raccolto. Aveva un odore di piedini di bambino sudati. Me lo sono infilato nella tasca davanti dello zaino.

Poi ce ne siamo andate.

E adesso siamo qui.

La donna affidataria è enorme, larga quanto è alta, con un doppio doppio mento. Un mento quadruplo? Ha indosso una veste da casa azzurra, e i suoi capelli sono una massa di brillantina nera e grigia intorno alla sua faccia rotonda. In piedi dietro di lei ci sono quattro bambini. Tre maschi e una femmina. Mi fissano tutti. Poi, come uno solo, rivolgono la loro attenzione a Lola.

Il ragazzino più grande fa una smorfia, un sogghigno. Dà di gomito alla ragazza, una biondina, in un modo che non mi piace. Accanto a loro, un bambino più basso e magrolino saltella e dondola sui piedi piantati a terra. Non incrocia il mio sguardo, continua a spostarlo da un'altra parte.

«Lei è Roxanna» ci presenta la donna con la faccia schiacciata, scuotendomi una spalla «e ha undici anni. E lei è la sua sorellina più piccola, Lola, che ne ha otto.»

«Chiamatemi Madre Del» ci dice la donna enorme.

Io e Lola annuiamo lentamente. La donna enorme ci porge la mano. Gliela stringiamo.

«Lui è Roberto.» Spinge in avanti il ragazzo più grosso. «Tredici anni. Anya, dodici. Sam, dieci. E questo qui...» Dà un colpetto al ragazzino saltellante e magrolino. «Ha undici anni, la tua stessa età, Roxanna. Noi lo chiamiamo Mike.»

Lui solleva lo sguardo di scatto, incrocia il mio per un istante. Il suo corpo si immobilizza. Poi i suoi occhi se ne vanno da un'altra parte, e ricomincia a saltellare.

«Non abbiamo molte ragazze, come puoi vedere. Roxanna...»

«Roxy.»

«Roxy, puoi dormire su una brandina in camera di Anya. Lola, visto che sei una delle più giovani, ti metteremo con i piccoli.»

Ci sono dei bambini piccoli in questa casa?

Dietro la donna, posso vedere Mike che si muove di nuovo. Lentamente, ma con sicurezza, scuote la testa.

«No, grazie» sento dire a me stessa. «Rimarrò anch'io insieme a Lola nella stanza dei bambini. Posso essere di grande aiuto.»

«Stupidaggini. Non c'è abbastanza spazio. Se vuoi davvero dare una mano con i bambini, allora puoi avere tu quella stanza, e invece Lola starà insieme ad Anya.»

Il bambino saltellante scuote la testa ancora di più. Accorgendosi di quello che sta facendo, il ragazzo più grande, Roberto, gli dà un pugno su una spalla.

«Rimarrò con mia sorella» dico di nuovo.

«Non c'è abbastanza...»

«Dormiremo tutte e due sul pavimento con i bambini piccoli. E aiuteremo tutte e due. Siamo brave, in questo. Abbiamo... avevamo... un fratellino.»

La donna grassa mi guarda accigliata, le pieghe della sua faccia si fanno più profonde. Non sa cosa fare con me. Dall'altro lato, Lola sta ancora tremando incontrollabilmente. Mi tiene la mano in una morsa mortale. Posso sentire le sue unghie che mi entrano nella pelle.

Per un attimo, mi sembra di poter vedere ancora Manny. Lui che strilla. «Roxy, Roxy, Roxy! No...»

Un tremito mi passa per il corpo. Lo fermo. Devo essere coraggiosa.

Lola e io non abbiamo i papà. Solo la nostra mamma, e lei non c'è più. Ma Manny ha Hector. Lui voleva bene a Manny. Prima di quell'ultima lite, con il pugno di Hector che ha sfondato il muro, prima che se ne andasse tuonando fuori dalla porta e non tornasse più...

Se solo riuscissi a pensare a un modo per mettermi in contatto con lui. Dirgli di Manny. So che andrà a prenderlo. E forse, se glielo chiedo davvero gentilmente, prenderà anche Lola e me. Io sono di grande aiuto. Lo giuro. Posso davvero essere di grande aiuto.

«Falle rimanere insieme ai piccoli per un po'» sta dicendo la donna con la faccia schiacciata. Finalmente ha allentato la presa sulla mia spalla. «Almeno finché le ragazze non si saranno sistemate.»

«Capisco.»

Non c'è molto da dire, dopo quello. La donna con la faccia schiacciata se ne va. Io e Lola veniamo accompagnate al piano di sopra dalla ragazza, Anya, che ha lunghi capelli biondi e gli occhi di un verde strano, esotico. Sarebbe bellissima, solo che ha un modo di sorriderci che non è proprio un vero sorriso. Mi ricorda il ghigno di un gatto, felice di avere nuovi giocattoli con cui divertirsi.

Ci sono dei bambini piccoli. Tre. Conficcati in una stanza grande abbastanza per una sola culla. Non so proprio come pensavano di far sistemare Lola qui dentro, considerate le tre culle. Di sicuro non so come potremo sistemarci tutte e due. Ma lo faremo. Perché non possiamo restare da sole. Sto cominciando a capirlo. Qualsiasi cosa succeda in questa casa, mai farsi sorprendere da soli.

La camera di Anya è di fronte a quella dei bambini. Ha un materasso grande sul pavimento. C'è spazio per un altro materasso, ma io rimango della mia idea di stare nella nursery. Accanto alla sua c'è una stanza più grande. Tre brandine per i tre ragazzi.

Manny ci sarebbe stato, penso. Ma, all'improvviso, sono contenta che non sia qui.

Un rumore dal piano di sotto, metallico.

«La campana della cena» dice Anya. E ancora quel sogghigno. Ci riporta giù in cucina.

Ci sono due tavoli. Uno per i ragazzi, uno per le ragazze. Una nuova sistemazione, solo per noi. Diciamo la preghiera e ci passiamo l'un l'altro una grossa insalatiera di pasta e salsa rossa. È semplice, ma è il primo pasto caldo che io e Lola facciamo da un po'. Cominciamo a spazzolare la pasta prima di riuscire a controllarci. Gli altri ci stanno fissando, persino Madre Del.

«Un piatto per ogni bambino» dice. «E mangerete quello che prendete. Non si spreca il cibo, in questa casa.»

Io e Lola facciamo di sì con la testa, e tentiamo di mangiare più lentamente. Dopo, lavo i piatti insieme ad Anya. Lola e i ragazzi li asciugano. Il bambino che saltella, Mike, continua ad avvicinarsi sempre più a me. Sento qualcosa premuto contro la mia coscia. Un piccolo coltellino da burro.

«Stanotte» sussurra in modo sinistro; poi la sua

mano trasferisce il coltello nella mia. Se ne va, ballonzolando, a impilare i piatti appena asciugati.

Io e Lola otteniamo un cuscino e due coperte. Nella nursery, i bambini stanno piangendo. Faccio vedere a Lola come si cambiano i pannolini. Madre Del ci dà i biberon. Quando c'è una pausa, tutte e due ci laviamo i denti. Ma, più che altro, rimaniamo nella nursery. Teniamo stretti i bambini.

Otto di sera. Luci spente. Dovremmo metterci il pigiama, ma non lo facciamo. Invece, spostiamo le culle, creando un piccolo spazio per noi. Dobbiamo sdraiarci su un fianco sulla moquette bucherellata per riuscire a starci. Non ci importa. Abbiamo dormito in posti più piccoli di questo.

Brevemente, mi concedo di rilassarmi. Sento il respiro di mia sorella sulla nuca, come è capitato tante altre volte prima. La casa è vecchia. Scricchiola, sussurra, ma non ci sono grida, nessun rumore di bottiglie rotte, nessun pugno che sbatte contro la parete. È addirittura troppo silenziosa per me.

I piccoli si muovono, fanno rumori gorgoglianti, emettono tenui lamenti di bambino.

Io comincio a addormentarmi.

La porta si apre. Illuminata da dietro dal bagliore del corridoio, riesco a distinguere la sagoma del ragazzo più grande, Roberto, con la testa dorata di Anya accanto a sé. Lei sta ridacchiando. Non è un bel suono.

«Ehi, novelline» sussurra il ragazzo. «È ora di uscire a giocare...»

Dietro di me, Lola piagnucola.

Io sono la più grande. Queste cose sono responsabilità mia.

Stringo le dita sul coltellino da burro.

Mi alzo in piedi.

Mi metto in guardia davanti a loro.

So questo: le famiglie perfette non succedono e basta. Devono essere costruite. Errori. Rimpianti. Riparazioni. Una madre beve, i bambini vengono portati via. Un bambino viene separato, due devono lavorare per riuscire a stare insieme. La sorella minore viene minacciata, la maggiore la difende.

Errori. Rimpianti. Riparazioni. Questa è la storia della mia famiglia. E ancora non abbiamo finito.

13

Dato che all'ospedale era un sabato pomeriggio molto pieno, ci volle un po' di tempo perché D.D. e Phil trovassero un supervisore che conoscesse Juanita Baez e potesse indirizzarli nella giusta direzione. Ma, mezz'ora dopo, erano nella saletta del personale in compagnia di Nancy Corbin, un'infermiera del pronto soccorso che si diceva essere intima della vittima.

«Allora è vero?» chiese l'infermiera. Era una donna di mezza età con capelli biondi tagliati corti e occhi di un azzurro profondo. Le sue mani tremavano mentre sollevava la tazza di caffè, ma il suo viso rimase impassibile: una donna che aveva già comunicato e ricevuto cattive notizie nella sua vita. D.D. apprezzava la compostezza dell'infermiera. Non aveva tempo per le sceneggiate, al momento. Cinque ore dopo la prima denuncia degli spari, il tempo non giocava certo a loro favore.

«Abbiamo sentito la cosa al notiziario. La famiglia è morta e Roxy è scomparsa?» continuò l'infermiera.

«Conosceva la famiglia di Juanita?»

«I ragazzi? Certo. Parlava di loro di continuo. La sua famiglia era tutta la sua vita.»

«E Roxanna? L'ha vista oggi?»

«No. Ma il pronto soccorso è stato molto affollato. Teniamo la televisione accesa in sala d'aspetto, è così che abbiamo saputo dell'Allarme minori scomparsi. Se Roxy si fosse fatta viva... qualcuno se ne sarebbe accorto.»

«Quando è stata l'ultima volta che ha visto Juanita?» domandò Phil.

«Mmh. Abbiamo fatto tutte e due il turno di notte, mercoledì. Juanita lo fa sempre. Fa la notte dal lunedì al giovedì, ed è libera nei weekend. Io sono più irregolare, a volte faccio il giorno, a volte la notte.»

«Ma l'orario di Juanita è sempre quello?» insistette Phil. «Non è insolito, per un'infermiera?»

«Sì, ma Juanita ha l'anzianità, e poi non tutti vogliono fare il turno di notte. Per lei, però, significava più tempo da passare con i ragazzi. Lavorava dalle undici di sera alle sette del mattino, che poi alla fine diventano sempre le otto o le nove. Poi andava a una riunione... sapete che è un'alcolista, vero?»

«Sì.»

«Dopo il turno, subito a una riunione. Era molto importante per lei. E poi finalmente riusciva a tornare a casa, dormire dalle tre alle sei ore, dipende, e svegliarsi quando i ragazzi tornavano da scuola. Passava tutto il pomeriggio e la sera con loro prima di tornare al lavoro.»

«Un ritmo terrificante» osservò D.D. Le andava bene che fosse Phil a fare le domande. Considerava Phil lo yin del suo yang: quanto lei era intensa e spigolosa, la presenza di Phil era calorosa, persino confortante. Tra i suoi capelli castani radi e i pantaloni comodi, sembrava esattamente ciò che era: un padre di quattro figli felicemente sposato, cosa che, per i testimoni nervosi o i sospettati arroganti, era perfetta. Di sicuro Nancy Corbin si era rivolta a lui fin dal primo istante in cui si erano seduti. Probabilmente non guastava il fatto che, nonostante i pochi capelli, Phil conservasse un certo fascino maturo.

«Per favore» disse ora l'infermiera. «Questa è solo metà della battaglia. Al venerdì, praticamente Juanita doveva rimanere sveglia tutto il giorno, così da essere abbastanza stanca da dormire venerdì notte e tornare agli orari normali il sabato e la domenica prima di tornare al lavoro il lunedì. Date retta a me, questo genere di orari incasinati non diventa mai facile, nemmeno con il tempo. Ma per Juanita aveva senso. Il turno di notte è pagato bene, e poi così poteva essere a casa quando i suoi figli erano svegli, anche se a discapito delle sue ore di sonno.»

«Sembrerebbe una madre molto attenta» disse Phil.

«Assolutamente. Aveva perso i figli, una volta. Sono sicura che l'avete già saputo. Lei è molto aperta sull'argomento.

Come alcolista, il momento in cui ha toccato il fondo è stato il giorno in cui i servizi sociali le hanno portato via i ragazzi. Ha dovuto lottare contro la dipendenza, la depressione e l'intero sistema per riavere indietro i suoi bambini. Vi dirà che conta ogni giorno passato con loro come una benedizione.» L'espressione dell'infermiera si alterò e poi si ruppe. Abbassò lo sguardo sulla sua tazza, poi la sollevò con le mani tremanti per bere un altro sorso di caffè. «Sapete chi è stato?» domandò quasi sottovoce.

«Juanita ha qualche nemico? Magari di recente ha perso un paziente, e una famiglia le dà la colpa della cosa?»

Nancy scosse la testa.

«E cosa mi dice delle sue colleghe, dei medici?» insistette Phil.

«Juanita piaceva a tutti. È valida e affidabile sotto pressione, non è una che si lamenta o che piagnucola. E poi ha un senso dell'umorismo fantastico. Se fai il turno di notte hai bisogno di queste cose.»

«Si vedeva con qualcuno?» domandò D.D.

«Parlate del personale dell'ospedale? No. Era presa da Charlie. Insieme stavano bene.»

«Qualche problema a casa? Problemi di soldi, difficoltà nella relazione?»

«I soldi erano sempre pochi.» Nancy si strinse nelle spalle. «Benvenuti nella sanità, dove non possiamo permetterci di aiutare i pazienti o di pagare il personale. È per questo che Juanita lavorava di notte invece di rimanere a casa con i suoi figli. Ma so che le cose andavano anche peggio prima che andasse a vivere con Charlie. Lo considerava un vero dono del cielo. Un tipo stabile, lavoratore, bravo con i bambini, senza voglia di fare festa o di bere. Nell'ultimo anno pensava che la sua vita stesse davvero migliorando.»

«Lui non beveva?» domandò D.D., perché Hector aveva lasciato intendere che Charlie aveva i suoi modi per festeggiare.

«No.» Nancy pronunciò la parola con fermezza. «Juanita non si sarebbe mai messa con lui, se avesse bevuto. Ve lo direbbe anche lei, mantenersi sobria era ancora una fatica. Ma amava i suoi bambini. Per i suoi bambini...»

«Orari impossibili al lavoro e lontano dall'alcol.»

«Esattamente.»

«E lei e Charlie erano felici?»

«Mercoledì notte non aveva niente di brutto da dire in merito. Voi li fate, i turni di notte?»

«Quando ero più giovane» le assicurò Phil. «Ora si tratta più di ventiquattro ore al giorno sette giorni su sette.»

«Allora sapete com'è. C'è un legame che si crea quando siete le uniche persone vive in giro mentre il resto del mondo sta dormendo. Juanita ha fatto il turno di notte negli ultimi tre anni. Un sacco di cose saltano fuori, in un periodo di tempo così.»

«Ha mai conosciuto Charlie?» domandò D.D.

«Certo. Se si svegliava presto per andare al cantiere, passava a portare la colazione a Juanita. Sembrava un tipo a posto. Dio solo sa se non mi piacerebbe un bell'imprenditore che mi porta un burrito per colazione alle sei del mattino.»

«E i ragazzi?» Phil cambiò marcia. «Roxanna ha sedici anni, giusto? Non facile, avere una figlia adolescente.»

«Roxy? Diavolo, la adotterei io, se potessi. Organizzata, responsabile. Quella ragazza ha sedici anni ma è come se ne avesse sessanta, e Juanita lo sapeva. Di tutte le cose... credo che Juanita provasse rimorso per l'impatto che il suo alcolismo ha avuto su Roxy. Dopo che Hector se ne era andato, nei giorni bui, come li chiamava Juanita, Roxy si prendeva cura dei suoi fratellini. Dava loro da mangiare, faceva il bucato, li portava a scuola. Se proprio c'era qualcosa, Juanita stava cercando un modo per far rilassare un po' Roxy. Specialmente con Charlie in giro, Roxy poteva tornare a fare la ragazzina. Ma non so se si può portare indietro l'orologio così.»

«E il resto della famiglia? Quella di lei, quella di lui?»

«Per quanto riguarda Charlie, non saprei. Juanita ha una sorella, Nina, con quattro figli. Ma vivono a Filadelfia. Quando Juanita ha toccato il fondo e lo Stato glieli ha portati via, i ragazzi sono stati mandati in affido perché la famiglia di Juanita viveva troppo lontano. Così dissero. Poi, posso immaginare che, avendo già quattro figli suoi, Nina non impazziva all'idea di prendersene in casa altri tre.»

«Quindi, rimanendo qui in zona...»

«Ho sentito parlare solo di lei, di Charlie e dei bambini. Oh, certo, di Rosie e Blaze.»

«Roxanna è un tipo intenso?» intervenne Phil. «Forse si mette addosso molta pressione da sola? Abbiamo sentito dire che non riusciva a dormire, ultimamente.»

Nancy fece una pausa e sembrò riflettere sulla domanda. Bevve un altro sorso di caffè.

«Juanita stava facendo qualche domanda?» disse infine.

«Qualche domanda?» chiese Phil, scambiando un'occhiata con D.D.

«È cominciato con Lola, la figlia più piccola. È sempre stata una che dava molto da fare... ribelle, distratta, impulsiva. Per non parlare delle cattive compagnie. Ma in settembre c'è stato un incidente. Era finita nei guai con un insegnante perché non aveva fatto i compiti. Lui le stava facendo la predica su quanto sarebbero stati brutti i suoi voti, che quello non era il modo migliore per cominciare l'anno, eccetera eccetera. A quanto risulta, Lola aveva risposto suggerendogli qualche altra via per migliorare i propri voti. Qualche suggerimento molto esplicito...» Nancy li guardò. «C'erano altri ragazzini in classe, in quel momento, e tutti hanno visto Lola allungare le mani e... be', toccare l'insegnante in posti in cui non avrebbe dovuto toccarlo.»

D.D. batté le palpebre. Accanto a lei, Phil aveva sgranato gli occhi, ma fu lui a parlare per primo. «Questo settembre? Lola, tredici anni? Stiamo parlando della terza media?»

Nancy sospirò. «Il preside ha detto a Juanita che quella non era la prima volta che Lola si comportava in modo inappropriato. L'anno prima c'erano state delle avvisaglie, ma niente di così grave. Il preside era preoccupato che quel comportamento fosse cominciato più o meno nel periodo in cui Juanita si era trasferita a casa di Charlie.»

«Il preside pensava che Lola fosse vittima di abusi da parte di Charlie» disse D.D.

«Juanita giurava che non era Charlie. Secondo lei, il comportamento di Lola era iniziato prima ancora che Charlie entrasse a far parte delle loro vite. Pensava che fosse successo qualcosa mentre le ragazze erano in affido. Roxy e Lola erano state mandate insieme nella stessa casa. Lola non voleva parlare di quei giorni. E anche Roxy non dice molto. Ma, secondo lei, Lola era cambiata già fin da quando Juanita l'aveva riavuta.»

«Quindi Juanita stava indagando sulla casa affidataria delle ragazze?»

«Stava scavando un po' in giro. Qualche settimana fa abbiamo avuto un paziente, al pronto soccorso, che si era ferito il palmo della mano mentre tagliava un bagel; non credereste mai quante di queste cose vediamo tra le sei e le sette del mattino. Fidatevi di me, le ciambelle sono più sicure. Ma quest'uomo, è venuto fuori che era un avvocato. Lui e Juanita hanno cominciato a parlare. E lui ha detto che sarebbe stato disposto ad aiutarla.»

«Che genere di avvocato?» domandò Phil.

«Civilista, credo. Stava dicendo a Juanita che, se riusciva a dimostrare che lo Stato non era riuscito a proteggere i suoi figli dopo averglielo portati via...» Nancy si strinse nelle spalle. «Roba da un sacco di soldi. Sapete, una causa di quelle per milioni di dollari di danni. Tanti soldi.»

«Se Juanita fosse riuscita a dimostrarlo» disse lentamente D.D. «E poteva farlo? Stando a quanto ci dice, nessuna delle due ragazze parlava.»

Un'altra stretta di spalle. «Come ho detto, Juanita stava facendo domande in giro. E non solo per i soldi. C'era qualcosa che non andava in Lola. La ragazza era diventata selvaggia. Lei e Juanita litigavano di continuo, tipo ogni sera. Era davvero snervante.»

«Lola si stava comportando male.» Phil si rivolse a D.D. «La migliore amica di Roxy. Sua sorella?»

«Possibile. Ma allora perché non chiedere semplicemente un consiglio per la sorella minore nel gruppo di sopravvissuti?»

«Per proteggere la privacy della sorellina più piccola. Specialmente se ci sono di mezzo abusi sessuali.»

D.D. annuì lentamente. Riusciva a capire il punto di vista di Phil. Per non parlare della concreta possibilità che una ragazza con il senso di responsabilità di Roxy – su questo tutti concordavano – si sentisse già in colpa perché sua sorella era stata aggredita quando viveva con lei nella casa affidataria. Un'altra ragione per chiedere aiuto, tentando nello stesso tempo di proteggere i segreti della sorella.

«Il nome dell'avvocato?» domandò Phil.

«Non lo so.» Nancy si accigliò. «Aspettate, l'armadietto di Juanita è proprio qui. Potrebbe avere un suo biglietto da visita.»

Si alzò e andò alla fila di armadietti dipinti di grigio. Trafficò un po' e riuscì ad aprire quello di Juanita Baez. D.D. e Phil non dissero una parola: era un bene che l'infermiera facesse il lavoro al posto loro.

Da quanto D.D. poteva vedere, nell'armadietto c'era una pila di camici puliti, un cardigan e diverse bottigliette d'acqua. L'interno dello sportello era coperto di fotografie: i ragazzi, Juanita e i ragazzi, Charlie e i due cani. Momenti famigliari felici cristallizzati nel tempo.

Sotto tutti i punti di vista, negli ultimi anni Juanita Baez aveva reinventato se stessa. Era diventata sobria, si era ripulita, si era battuta per riavere indietro i figli. Un buon lavoro, una relazione stabile, una casa decente. D.D. conosceva il genere di condizioni che il tribunale imponeva agli alcolisti per riprendersi i figli. I successi erano rari, molto rari.

Ma Juanita Baez ce l'aveva fatta. Soltanto per rendersi conto che quell'intervallo di un anno era costato ai suoi figli più di quanto avesse immaginato?

«Eccolo qui.» Nancy aveva trovato il biglietto da visita appeso allo sportello, vicino al fondo. «Daniel Meekham.»

«Roxy sapeva che sua madre stava parlando con un avvocato?» domandò D.D.

«Non so quanto Juanita si confidasse con loro. Era arrabbiata. Ma dava anche la colpa a se stessa. Se non avesse bevuto così tanto...»

«Pensava che anche Roxy avesse subito degli abusi?» disse Phil.

Nancy si strinse nelle spalle. «Roxy non si comporta come Lola. Per non parlare del fatto che Lola è bellissima. E Roxy è... be', è Roxy. Brava ragazza, intelligente, ma non ferma il traffico quando cammina, non so se mi spiego. Ma poi, ha importanza, quando si tratta di abusi? Non lo so. Credo che quello che Juanita avesse, a questo punto, erano tante domande. E due ragazze che ancora non si fidavano abbastanza per darle delle risposte. Triste, ma vero.»

D.D. annuì. «Pensa che Roxy avrebbe potuto fare del male alla sua famiglia?»

«No.» Subito. Decisa. Nemmeno la minima ombra di dubbio o esitazione.

«E Hector Alvalos?» domandò Phil.

«Il papà di Manny?» Nancy sembrava sorpresa. «Io... io non

lo so. Juanita e Hector hanno avuto i loro alti e bassi. Ma con tutti e due sobri... a essere sincera, Juanita non parla molto di lui. A parte raccontare che Hector va a prendere Manny o lo riporta a casa la domenica. Ho pensato che tutto andasse bene, da quel lato.»

«E i padri di Roxy e Lola?» chiese D.D. «Juanita non parlava mai di loro?»

«Mai.»

«È possibile che si siano rifatti vivi?»

«Alle tre del mattino, qualcosa di così grosso sarebbe saltato fuori.»

«Conosce i loro nomi?» insistette Phil.

«Due uomini diversi, questo è quello che so. Chiaramente il padre di Roxy è bianco. Voglio dire, lei ha i capelli castani, e i suoi occhi sono nocciola, quasi verdi.»

D.D. annuì. Avevano le fotografie di famiglia come riferimento. Lola Baez possedeva la stessa bellezza esotica di sua madre, con capelli neri corvini, occhi scuri, carnagione scura, struttura ossea delicata. Roxanna, d'altro canto, spiccava: i suoi capelli erano più castani che neri, la sua pelle più pallida, i suoi lineamenti più squadrati, più goffi. Non si poteva definire un brutto anatroccolo, di certo, ma in mezzo a sua madre e a sua sorella probabilmente lei si sentiva tale.

«Juanita da giovane» stava dicendo Nancy Corbin. «Diciamo che la metà delle sue battaglie con Lola sono dovute al fatto che sono troppo simili.»

«Non ha mai tentato di mettersi in contatto con i possibili padri delle ragazze» commentò D.D. «Forse non era nemmeno sicura di sapere come si chiamano.»

«Lei non è mai stata giovane e stupida?»

«Non *così* stupida.» D.D. fece una pausa, aspettando di vedere se la donna avesse altro da aggiungere. Poi, dato che Nancy rimaneva in silenzio: «D'accordo. Se le viene in mente qualcos'altro» D.D. le porse il suo biglietto da visita «ci telefoni, per favore».

«Certo.» L'infermiera esitò. «Davvero non sapete dov'è Roxy?»

«No.»

«Qualcuno può averla presa?»

«Stiamo seguendo tutte le piste.»

«È una brava ragazza. Qualsiasi cosa sia successa... Non si merita tutto questo. Ha già avuto la sua famiglia fatta a pezzi una volta. Non è giusto che debba passarci di nuovo da capo.»

D.D. e Phil strinsero la mano dell'infermiera, poi la lasciarono tornare al suo turno mentre loro si rimettevano al lavoro.

Avevano fatto appena in tempo a raggiungere l'atrio dell'ospedale, con D.D. che stava ripensando alle nuove informazioni tentando di stabilire quale fosse il prossimo passo logico da fare, quando il telefono di Phil squillò. Lui guardò il display. «Neil» disse, riferendosi al suo compagno di squadra che avevano lasciato sulla scena del crimine a lavorare insieme alla detective Manley.

Si fermarono entrambi mentre lui rispondeva. Per come funzionavano queste cose, fu Neil a parlare tutto il tempo. Phil annuì. Poi spalancò gli occhi.

«Stiamo arrivando.» Terminò la chiamata, si rimise il cellulare in tasca e poi annunciò a D.D.: «C'è stata un'altra sparatoria. Hector Alvalos».

D.D. rimase a bocca aperta.

«E senti questa: una ragazza che corrisponde alla descrizione di Roxy Baez è stata vista fuggire dalla scena.»

14

Uscii da casa di Tricia Lobdell Cass e me ne andai in giro senza meta, tentando di pensare in grande. Chi era Roxy Baez? Studente responsabile, sorella premurosa, accompagnatrice di cani. Forse aveva mentito al nostro gruppo, dicendo di avere un'amica in difficoltà. Credevo ancora che avesse bisogno di aiuto? Per se stessa? Per sua sorella?

E, con tutto quello che era successo, dove sarebbe andata ora? Che cosa avrebbe fatto?

Non avevo mentito al sergente Warren, prima. Sulla bacheca del gruppo di sostegno raccomandavo sempre di fuggire in un luogo pubblico se ci si sentiva in pericolo di vita. Un posto con molti testimoni e telecamere.

Ma, nel caso di Roxy, questo l'avrebbe portata immediatamente all'attenzione della polizia. Stando agli ultimi bollettini, almeno, la ricerca era ancora attiva. I poliziotti avevano trovato i cani, ma non la ragazza. Come? Come poteva un'adolescente scomparire del tutto a quel modo?

Avrei scommesso i miei soldi su un amico. Doveva essere così. Forse quel Mike Davis? Ma doveva essere qualcuno di cui si fidava, e che si fidava abbastanza di lei da nasconderla nonostante le circostanze. Il che avrebbe reso questa persona complice.

Continuavo a controllare compulsivamente il mio telefono, sperando che la consulente scolastica di Roxy si fosse messa in contatto con Mike Davis e che lui mi chiamasse da un momento all'altro, fornendomi tutte le risposte alle mie domande.

Quando il mio telefono ronzò davvero, quasi mi spaventai a

morte. Risposi subito. Ma non era qualcuno di nome Mike Davis. Era Sarah, del nostro gruppo di superstiti.

E le notizie che aveva erano ancora più sconvolgenti.

La caffetteria dove avevo incontrato il sergente Warren e il detective Phil ora era delimitata dai nastri gialli delle scene del crimine. D.D. e Phil erano accovacciati accanto all'albero dove erano stati legati i cani. I cani non c'erano più. E c'erano delle macchie rosse che deturpavano il marciapiede.

Non i cani, grazie al cielo, che erano incolumi, ma Hector Alvalos, che era venuto a prenderli.

Non tentai di passare sotto il nastro giallo. Sulla base della mia esperienza, D.D. aveva già avuto un certo istinto per queste cose. E infatti...

«Che diavolo? Sul serio, sei ancora qui?»

Mi fissò con durezza. Io non mi scomposi.

«Ho delle informazioni» dissi.

«O cuore mio fermati.»

Non abboccai all'amo. Ormai ero abituata al suo sarcasmo. Tutti abbiamo le nostre ragioni per essere duri. Io conoscevo le mie. Avevo sempre pensato che anche D.D. avesse la sua storia da raccontare.

Passò qualche minuto. Lei parlò con Phil, ma a voce troppo bassa perché io potessi udire qualcosa. Poi, finalmente, con riluttanza, D.D. si alzò in posizione eretta e attraversò il marciapiede fino a dove mi trovavo.

«Hector Alvalos?» domandai.

«Come fai a saperlo?»

«Tutti parlano. Per non dire del fatto che, se per caso vuoi una soffiata, ti basta dare qualche soldo al cameraman. Nessuno presta mai attenzione ai cameraman.»

Lei aggrottò la fronte. «Dovrò ricordarmelo» disse infine.

Quella era la cosa più vicina a un complimento che avrei mai ricevuto da lei. «Sta bene?»

«Per fortuna gli hanno sparato a solo pochi isolati da un centro medico. Un proiettile l'ha colpito alla spalla. Con un po' di fortuna, se la caverà.»

«Dove sono i cani?»

«Dopo la sparatoria, un'insegnante della scuola di Roxy è

arrivata a prenderli. Giura di poter badare a loro per qualche giorno.»

Annuii, chiedendomi se si riferisse alla consulente scolastica, Tricia Lobdell Cass.

«Questo Hector è il padre di uno dei fratelli di Roxy?»

«Manny. Il fratellino più piccolo.»

Arricciai le labbra, tentando di ricavare un senso da quella notizia. «Hector era vicino alla famiglia? Passava molto tempo a casa loro?»

«A quanto pare, andava a prendere suo figlio ogni domenica.»

«Può essere stato lui a sparare stamattina?» domandai.

D.D. mi rivolse un'occhiataccia. «Cosa? Hector Alvalos avrebbe sparato e ucciso la sua ex e la sua nuova famiglia, compreso il suo stesso figlio?»

Mi strinsi nelle spalle. «Violenza domestica. Bisogna considerare tutti gli elementi, giusto? Persino gli ex.»

«Hai intenzione di diventare detective, Flora? Lasciar perdere questa storia della vigilante e diventare legale?»

«Poi dovrei compilare le scartoffie.»

D.D. sospirò, ma sulle sue labbra vidi una debole traccia di sorriso. «Cosa a cui avrei dovuto pensare anni fa. D'accordo, vuoi imparare a pensare come un agente di polizia? Sì, come da protocollo, controlleremo l'alibi di Hector per questa mattina. Dopotutto ha dei precedenti. Al momento, però, non abbiamo denunce di nessuna tensione recente tra lui e la sua ex compagna.»

«Ma credete ancora che Roxy, la ragazza responsabile...» Era il mio turno di fare pressioni.

D.D. sollevò le mani. «Nemmeno io sto dicendo che credo che una ragazza di sedici anni abbia sparato a tutta la sua famiglia. Specialmente considerando quanto sembra essere stata vicina ai suoi fratelli, e senza nessun fidanzatino cattivo che possa averla portata sulla strada sbagliata. Al momento, mi sto approcciando agli omicidi con la mente aperta.»

«A parte questo incidente.» Annuii in direzione della macchia sul marciapiede, che Phil stava ancora esaminando, accovacciato. «Le voci dicono che una ragazza che corrisponde alla descrizione di Roxy è stata vista correre sulla strada.»

«È quello che abbiamo sentito dire.»

«I testimoni l'hanno vista bene davvero? L'hanno vista in faccia? Abbastanza da riconoscerla dalla fotografia che era in tutti i notiziari?»

«Mmh, siamo più nel campo di qualcuno che ha visto una femmina con i capelli scuri correre per la strada. Con indosso un paio di jeans e una felpa con un cappuccio.»

«Tutto qui? Stando alla consulente scolastica con cui ho parlato alla scuola di Roxy, ci sono bande di ragazze ispaniche sia al liceo che alla scuola media. Quella descrizione potrebbe adattarsi a ognuna di loro.»

D.D. mi guardò storto. «Stai interrogando le conoscenze di Roxy?»

«Stavo cercando un aiuto per i cani» dissi, imperturbabile. «E ha anche funzionato. Sembra che la consulente scolastica sia la donna che è venuta a prenderli.» Poi, prima che D.D. avesse il tempo di arrabbiarsi di nuovo, aggiunsi: «Zaino azzurro chiaro. Se era davvero Roxy, quella che è stata vista correre via, porta sempre questo zainetto azzurro. Si dovrebbe riuscire a vederlo, nelle riprese della videosorveglianza. Sarebbe una conferma più affidabile della dichiarazione di un testimone oculare».

«Wow, grazie per la dritta» disse D.D., ma la sua voce non era sarcastica. Una conferma affidabile era importante, e lei lo sapeva.

«Qualcuno l'ha vista sparare?»

«No. Hanno sentito lo sparo. Hector è caduto. Poi sono arrivate le segnalazioni di una ragazza che correva via.»

«Dalla stessa parte della strada o dalla parte opposta?»

D.D. mi guardò pensierosa. «Sei tu la survivalista. Dimmelo tu.»

Presi in considerazione la sfida. «Una pistola? Non un fucile?»

«Pistola, nove millimetri.»

Okay. Quindi chi aveva sparato aveva bisogno di essere piuttosto vicino al bersaglio. Lo stesso lato della strada sarebbe stato l'ideale. Che diavolo, avvicinarsi a Hector e poi tirare il grilletto sarebbe stata la cosa migliore. Ma, così vicino, chi aveva sparato non l'avrebbe mancato. Diversi proiettili al torace o allo stomaco avrebbero avuto più senso di un singolo colpo alla spalla. Per non parlare del fatto che Roxy Baez era una delle persone più ricercate di Boston, al momento. Avrebbe davvero potuto passare in mezzo a una folla di bevitori di caffè senza che nessuno di loro se ne accorgesse?

Spostai la mia attenzione sull'altro lato della strada, dove c'era un altro pezzettino di verde urbano. Un albero, con qualche cespuglio basso intorno, qualche chiazza colorata di viole del pensiero. Qualcuno avrebbe potuto rimanere premuto contro l'albero – diciamo un'adolescente magra che teneva la faccia girata dall'altra parte – e passare inosservato per un po'. Cosa che le avrebbe fornito comunque un punto di osservazione sui cani.

Mi fermai. Forse non ero la persona migliore per pensare alle normali preoccupazioni di una sedicenne. Ma una ragazza che aveva appena perso tutta la sua famiglia e che temeva per la sua vita...

Era andata così? Era rimasta nascosta in attesa di vendicare la morte dei suoi familiari? Potevo capirlo perfettamente.

«Hai detto che Hector era qui per i cani?» domandai al sergente Warren.

«Sì.»

«Perché l'avevate chiamato voi?»

«Perché Roxy ha lasciato dei bigliettini attaccati al collare dei cani in cui chiedeva a chiunque li avesse trovati di chiamare il numero di Hector.»

Annuii. «Se fossi stata io...» Mi voltai e mi strinsi nelle spalle. «I cani sono un'esca eccellente» dissi infine.

D.D. mi fissò. Batté le palpebre. «Stai dicendo... che Roxanna ha scritto i biglietti di proposito. Non: Chiamate questo numero perché questi cani meritano una casa. Ma: Chiamate questo numero per portare quest'uomo qui dove io lo starò aspettando.»

«Guarda dall'altra parte della strada. Lei se ne sta lì, vicino a quell'albero, con la faccia nascosta dai rami più bassi. Ha bisogno solo di trovare il punto giusto per osservare la scena, e può tenere d'occhio il posto dove ha legato i cani senza che nessuno se ne accorga.»

D.D. guardò l'albero, poi tornò a voltarsi verso il sangue dalla nostra parte della strada. «Phil» chiamò. «Vieni qui. L'aiuola gemella di questa. Di fronte. Controlla la base dell'albero. Cerca dei bossoli, e fai calcolare la traiettoria ai tecnici della scientifica.»

Non sarebbe stato un tiro facile, pensai tra me e me, il che spiegava perché aveva soltanto scalfito la spalla dell'uomo.

«Parli di queste cose, nella tua chat room che non esiste più?» voleva sapere D.D.

«Come sparare in un'affollata strada cittadina? No. Ma pensare fuori dagli schemi, essere sempre un passo avanti... assolutamente sì.»

D.D. sospirò e si massaggiò le tempie. «Lasciare i cani, e i bigliettini nei collari. Tu credi che abbia attirato qui Hector. Lo stava prendendo di mira. Davvero brillante, se me lo chiedi. Per non dire fredda. Molto fredda.»

«*Se* era davvero lei quella che è corsa via dopo» dissi con cautela, perché la descrizione era tutt'altro che sicura.

«Perché? Qual è il movente di Roxy per prendere di mira Hector? Che cos'è che non mi stai dicendo?»

Scossi la testa. «Niente. Non conoscevo nemmeno il nome di Hector, prima di oggi. Sto imparando via via, proprio come voi. Ma adesso che siamo qui, considerando tutte le possibilità... il mio primo pensiero è la vendetta. Forse non credete che Hector abbia a che fare con la morte di sua madre e di tutti gli altri. Ma state ancora scoprendo cose sulla situazione familiare. Roxy invece l'ha vissuta. Devo per forza pensare che sia informata meglio di voi.»

D.D. fece una smorfia. «Grandioso, così adesso mi tocca andarci giù pesante con un uomo che presumibilmente è in preda al dolore per la morte di suo figlio e, in più, ha una ferita da arma da fuoco.»

«Diventerai una vigilante?» le chiesi. «Mollerai il dipartimento di polizia e ti unirai al lato oscuro? Meno scartoffie.»

«Non tentarmi. Sai che tipo di pistola ha, furbastra?»

«No, come ho già detto...»

«Non consigli armi da fuoco alle femmine, certo. Grandioso. Dov'è Roxy?»

Strizzai gli occhi. «Non ne ho idea. Se è stata vista correre su questa strada... di sicuro qualcuno sarà sulle sue tracce, no?»

«La segnalazione del testimone che ha visto una ragazza fuggire è arrivata cinque minuti buoni dopo la sparatoria. Quando gli agenti sono arrivati per perlustrare la strada, aveva già un vantaggio considerevole. Le pattuglie si sono dirette a nord, ma sai com'è, in una grande città. Potrebbe essere andata in qualsiasi direzione, da allora.»

«Oppure ha una tana.»

«Un nascondiglio? Che cosa te lo fa pensare?»

«Una ragazza adolescente può davvero passare inosservata per così tanto tempo rimanendo per le strade? Anche questo...» Indicai il punto in cui i cani erano stati legati. «Tu e io eravamo qui due ore fa. I cani sono stati lasciati, quando, un'ora prima ancora? Lei può anche lasciare i bigliettini, certo, ma non avrebbe avuto modo di sapere quando qualcuno avrebbe trovato i cani e quando Hector sarebbe finalmente arrivato. Se davvero li stava usando come esca, allora deve essere rimasta da qualche parte qui vicino. Altrimenti come avrebbe fatto a sapere quando la sua trappola sarebbe scattata?»

«Non male, il ragionamento» mormorò D.D. «Non male per niente.»

Cominciammo entrambe a guardarci intorno. Scartai subito lo spiazzo verde. Una cosa era usare l'albero per nascondersi dopo l'arrivo di Hector. Ma rimanere nello stesso posto per ore ad aspettarlo? Guardai in cerca di portoni dove una persona poteva rimanere nell'ombra. O luoghi affollati – la caffetteria, un piccolo mercato dall'altra parte della strada, qualche negozio vicino – dove Roxanna avrebbe potuto passare inosservata, tenendo la testa bassa e facendo finta di fare compere mentre nel frattempo lanciava occhiate furtive dall'altra parte della strada. Ma, ancora, il numero di poliziotti che pattugliavano la zona, la massa di televisioni e smartphone che già diffondevano la sua fotografia riempiendo i notiziari... di sicuro qualcuno se ne sarebbe accorto... "Ehi, quella ragazza non ti sembra familiare?"

D.D. ci arrivò per prima. Mentre io mi stavo guardando intorno, lei guardò in alto.

Lì, dall'altra parte della strada, sopra il mercatino. Una fila di finestre al secondo piano con un grosso cartello: AFFITTASI.

«Immobile vuoto, con una vista perfetta sulla caffetteria. Cosa ne pensi?» mi domandò D.D.

«Io ci entrerei sicuramente.»

«Roxanna è brava come te a scassinare le serrature?»

«C'è solo un modo per scoprirlo. Hai intenzione di dirmi di rimanere qui?»

«A cosa servirebbe?»

Finalmente sorrisi. «Sapevo che avrei cominciato a piacerti.»
«Sta' zitta e fai attenzione. Stiamo cercando una ragazza di sedici anni che potrebbe aver sparato alla sua famiglia, o almeno al padre di suo fratello. Francamente, sto facendo leva sulla tua presenza per distrarla abbastanza a lungo da impedirle di ucciderci tutte e due.»
Non potevo controbattere, a quello. Attraversammo la strada, con la mano di D.D. già in posizione sul calcio della pistola.

15

D.D. si tenne Flora alle spalle mentre salivano le strette rampe di scale fino al secondo piano dell'edificio. Non era una grande fan della ragazza perché non era una grande fan delle persone che andavano sopra le righe. Ma Flora non aveva mai mostrato alcuna tendenza violenta nei confronti di poliziotti o di civili innocenti. Erano soltanto gli stupratori, i rapitori e gli assassini che dovevano stare attenti quando lei era in giro.

Se solo D.D. avesse potuto inserire Roxanna Baez in una di quelle categorie... già, perché ora la sensazione era che, più cose veniva a sapere della ragazza, e meno riusciva a capire.

Le scale ripide terminavano in un pianerottolo un po' più ampio. Una porta sulla sinistra riportava una serie di cognomi. Forse una società di commercialisti o una finanziaria, per quanto ne sapeva D.D. Sulla destra c'era l'unità vuota in questione. Presentava una serie di finestre che permettevano a D.D. di guardare dentro. Un lungo spazio rettangolare. Niente mobili, ma diviso in due da un sistema a cubicoli di colore blu che correva lungo il centro dello stanzone. I cubicoli aperti di fronte a Flora e D.D. sembravano vuoti. Ogni altro spazio dall'altra parte del divisorio centrale, però, rimaneva un mistero.

Flora era già alla porta e stava ispezionando la serratura.

«Vuoi scassinarla?» le chiese D.D. seccamente.

«Non c'è bisogno. È il tipo di serratura a combinazione usato dalla maggior parte degli agenti immobiliari. Ci servono solo i quattro numeri giusti.»

Mentre D.D. rimaneva a guardare, Flora provò 1234. Non male come punto di partenza, ma D.D. aveva un'idea migliore.

«Io proverei con tre sei zero sei.»

Flora obbedì. La serratura scattò, aprendosi. Flora la guardò con gli occhi sgranati. «Come facevi a saperlo?»

«La maggior parte delle agenzie immobiliari programma le serrature con le ultime quattro cifre dei numeri di cellulare dei loro agenti. In questo modo possono anche tenere conto di chi è entrato e uscito dalla proprietà. Adesso guarda in alto.»

E in alto c'era la fotografia di una bella mora sorridente con un impeccabile tailleur blu scuro e un filo di perle al collo. "Mi chiamo Sandra Johnson, e sono qui per vendervi un futuro tutto nuovo!" proclamava il poster. Sotto la fotografia, il numero di cellulare dell'agente era stato scritto con un grosso pennarello nero.

«Sicura che non vuoi diventare una vigilante?» domandò Flora.

«Wow, sono così onorata. Adesso sta' indietro. Sono io quella con il distintivo e la pistola. Entro io per prima. Se tutto il resto non funziona...»

«Io ho panna da caffè in polvere e so come usarla.»

«Cosa?»

«Un giorno o l'altro cercalo su Internet.»

«Che Dio mi aiuti» mormorò D.D., poi aprì la porta ed entrò nella stanza polverosa.

Si fermò subito. In una zona a visibilità limitata, è sempre una buona idea usare gli altri sensi. Che cosa aveva udito? Il respiro nervoso di un intruso dall'altra parte del divisorio blu? Lo scricchiolio di un'asse del pavimento mentre l'intruso faceva un passo indietro? Il *clic* di un percussore mentre una teenager ansiosa armava la sua pistola?

Niente. Il debole fruscio del traffico proveniente dalla strada. Tutto qui.

Odori? Polvere. Disuso. Uno spazio rimasto vuoto per un bel po'. Doveva essere incredibilmente costoso, quel piccolo ufficio a Brighton. Il che significava che ci voleva l'agenzia giusta con il giusto piano per metterlo finalmente in affitto o in vendita. E, fino ad allora... un bel nascondiglio per una ragazzina in fuga, un posto dove poteva rimanere nascosta tra i divisori, fuori dalla vista di chiunque fosse salito sulle scale e con la possibilità di stare abbastanza bassa da non essere vista dalla strada.

Era probabile che la ragazza se ne fosse andata da tempo. Se era stata lì, aspettando il ritorno di Hector e l'opportunità di tendergli un'imboscata, la missione era andata a buon fine. Era fuggita per la strada, e quella ormai era una notizia vecchia.

Alcune prede piccole, una volta costrette a uscire dalle loro tane, continuano a scappare. Altre, istintivamente, tornano sui loro passi e si rintanano nel terreno. E spesso erano quelli i conigli che vivevano abbastanza da vedere il sorgere di un altro giorno.

Quindi era possibile che Roxanna fosse tornata lì, nel suo posto sicuro, il che era il motivo per cui non erano riusciti a trovare nessuna traccia di lei per la strada. E anche adesso forse era accovacciata in uno dei cubicoli vuoti. Con lo zaino ai suoi piedi.

E la pistola stretta al petto?

La porta che conduceva all'ufficio abbandonato non era esattamente al centro, ma più vicina al lato destro dello stanzone. D.D. si voltò in quella direzione, perché voleva riuscire a girare intorno al cubicolo il più rapidamente possibile e riuscire a guardare nell'altra metà della stanza. Avanzò a passo leggero.

Flora rimase sulla porta, palesemente fuori da ogni possibile pericolo. O forse semplicemente posizionata per afferrare Roxanna nel caso avesse tentato di fuggire. D.D. non era ancora sicura a chi Flora fosse leale in tutta quella storia. Ma, se Roxy aveva davvero ucciso la sua famiglia, compresi la sorella e il fratello più piccoli, allora Dio doveva salvarla dalla collera di Flora almeno tanto quanto doveva salvarla dalla ricerca di giustizia di D.D.

L'aria si era fatta più polverosa. D.D. arricciò il naso, lottando contro uno starnuto. Con la mano sinistra tolse il bottone dalla fondina che portava sul fianco e lentamente impugnò la pistola. Durante i giorni invernali più freddi riusciva ancora ad avvertire il dolore alla spalla sinistra, spettro della frattura che aveva avuto due anni prima. Potendo scegliere, avrebbe preferito sparare usando un braccio solo: il destro. Ma, con un addestramento regolare e un po' di tempo, ora era in grado di attuare la posizione Weaver a due mani richiesta per superare l'esame fisico e tornare in servizio effettivo. E, in una giornata calda come quella, il suo braccio sinistro ruotava senza problemi, portando la Glock 10 fuori dalla fondina e in posizione di sparo senza eccessivo sforzo.

Si avvicinò alla fine del sistema di cubicoli. Rallentò il passo. Iniziò a respirare più lentamente.

Dentro.

Fuori.
Si accovacciò.
Girò intorno alla parete del cubicolo. Il sole filtrava dalla fila di finestre che davano sulla strada, illuminando uno spazio vuoto e pulito. Ora alla svelta, *bum, bum, bum,* senza il tempo di pensare, si mantenne chinata e corse lungo la fila di spazi rettangolari. Niente, niente, niente.
E poi: bottiglia d'acqua. Vuota, accartocciata, nel bel mezzo di uno dei cubicoli. E impronte di scarpe. Leggere, ma c'erano. Macchie ovali nel sottilissimo strato di polvere che ricopriva il pavimento. D.D. guardò più da vicino. Alla luce del sole, riuscì a distinguere un filo. Azzurro, pesante, il tipo di fibra che può sfilacciarsi e cadere da uno zaino malridotto.
D.D. terminò la sua ispezione, poi tornò al cubicolo al centro della stanza mentre Flora entrava nello spazio riservato agli uffici.
«Trovato niente?» domandò Flora.
«Una bottiglietta d'acqua vuota. Un filo azzurro.»
«Non proprio una pistola fumante.»
«No, ma tracce che qualcuno era accampato qui. E io scommetto che era Roxanna Baez.» D.D. sollevò lo sguardo e scrutò Flora. La ragazza aveva girato intorno al divisorio e stava guardando la bottiglietta di plastica accartocciata sul pavimento. Poi si voltò ed esaminò la vista dalla finestra direttamente di fronte.
«Da qui poteva vedere i cani» confermò Flora. «Non il punto di vista migliore, perché è parzialmente ostruito dai rami degli alberi e dagli ombrelloni delle bancarelle. Ma... può andare. Poteva starsene nascosta a fare la guardia. Nell'attimo in cui Hector arriva, lei corre giù per le scale, in strada, e fa la sua mossa.»
«Le hai detto tu di questo posto?» domandò D.D. in tono piatto.
«Io?» Flora sembrava sinceramente sorpresa. Si toccò istintivamente la benda sulla mano sinistra che, notò D.D., presentava nuove macchioline di sangue. «Questa non è la mia zona. È la prima volta che vengo in questa caffetteria, in questo palazzo, tutto.»
«E qualcuno del tuo gruppo?»
Una stretta di spalle. «Non posso giurarci, ma ne sarei molto sorpresa. Questo...» Flora indicò lo spazio vuoto con la mano bendata. «Questo è decisamente sofisticato. E il trucco di entrare usando il numero di cellulare dell'agente immobiliare? Non ne abbiamo mai discusso nella chat, questo posso dirtelo con certezza.»

«Usare i cani come esca? Un'altra strategia molto astuta.»

«Lo so.» Flora si accigliò. Sembrava preoccupata allo stesso modo di D.D. Fece qualche altro passo nella stanza e alla fine scosse la testa, come se ci fosse qualcosa che non riusciva a comprendere. «Hai detto che la ragazza che è stata vista correre via indossava una felpa con cappuccio. Corrisponde alla descrizione di Roxy di questa mattina?»

«Abbiamo una testimone che l'ha vista con una camicia rossa quando è uscita di casa la prima volta. È abbastanza facile, però, che potesse avere la felpa nello zaino. E poi se l'è messa dopo quando ha visto l'Allarme minori scomparsi.»

«Okay. Portarsi dietro un cambio di vestiti ordinari – meglio ancora, vestiti larghi che possano distorcere la percezione della taglia – di questo me ne prendo il merito. Ma questo? Legare due cani per attirare qualcuno in un posto proprio vicino al nascondiglio perfetto che hai selezionato...?» Flora scosse di nuovo la testa. «Qual è il passato di questa ragazza? Ha dei precedenti di fughe da casa o qualcosa del genere? Voglio dire, questa roba non gliel'abbiamo insegnata noi. Quindi dove e quando Roxanna Baez ha sviluppato questo livello di abilità?»

«Bella domanda. Da quello che abbiamo saputo finora, Roxy è una brava studentessa, si prende cura della famiglia, ed è una sorella maggiore seria e responsabile.»

«Ovvero, niente di tutto questo ha un senso.»

Rimasero in silenzio. Entrambe stavano pensando.

«La consulente scolastica del liceo ha parlato di bande» disse infine Flora. «Un gruppo di altre ragazze ispaniche che volevano che Roxy si unisse a loro. Stando ai pettegolezzi, Lola era già un membro della gang. Può avere qualcosa a che fare con questo? Roxy alla fine ha ceduto alla pressione? Sta portando avanti qualche piano che avevano già preparato? Voglio dire, con la banda che ha fornito la strategia?»

«Vuoi dire un piano in cui Roxy uccide tutta la sua famiglia e poi Hector? Perché mai dovrebbe fare una cosa simile?»

«Oppure la banda ha ucciso la sua famiglia» disse Flora «per obbligare Roxy a collaborare. Che cosa sapete di Hector? È possibile che sia uno spacciatore? La gang ha ucciso la sua famiglia e Roxy se l'è presa con lui per vendetta?»

D.D. inarcò un sopracciglio, riflettendo sulla cosa. «All'inizio è sembrato un padre in preda al dolore. Ma con tutte le nostre risorse concentrate nella ricerca di Roxanna, non abbiamo ancora scavato in profondità nella sua storia personale. Tutto è possibile.»

«Forse è per questo che Roxy aveva così tanta paura. Sa che sua sorella è stata iniziata dalla gang e ora ne fa parte. Il che, naturalmente, non farebbe altro che aumentare le pressioni perché ci si unisca anche Roxy. Forse tutte e due stavano affrontando richieste di trasportare droga o di fare qualche altra attività illegale.»

«Perché mai la banda dovrebbe uccidere Lola» ribatté D.D. «ma lasciare viva Roxy?»

«Come messaggio.»

«Uccidere un'intera famiglia è un messaggio bello grosso. E anche un messaggio che attira un sacco di attenzione da parte della polizia.»

«Penso che queste domande dovremmo farle a Hector» disse Flora. «È sopravvissuto, giusto? Mettiamolo sotto torchio.»

«*Mettiamolo?*» disse D.D.

Flora si strinse nelle spalle. «La mia era soltanto un'idea. Non che io non abbia le mie cose da fare.»

D.D. si accigliò, incrociando le braccia al petto. «Cosa intendi dire?»

«Sai una cosa? Lascia stare.» Flora guardò il suo telefono, che aveva appena ronzato nella sua mano. «Devi parlare con Hector. Portati quel detective, Phil. È piuttosto bravo.»

«Wow, grazie. Glielo dirò.»

«Ho qualcos'altro su cui indagare.»

«Ovvero?»

«Vedremo. Forse, tra un paio d'ore, ti ritroverò.»

«Con Roxanna Baez al seguito?»

«Dubito che sarò così fortunata. Ma non si può mai sapere.»

D.D. incrociò le braccia e studiò Flora. Non credeva nemmeno per un attimo al suo improvviso desiderio di andarsene.

Milioni di cose da fare, pensò D.D. Contattare i tecnici della scientifica perché analizzassero la fibra che aveva appena trovato. Aggiornarsi con Phil. E, sì, interrogare Hector Alvalos in ospedale mentre vedeva quali altre piste avevano trovato Neil e Carol. Molto lavoro; un sacco di lavoro. Per non parlare del fatto che voleva ricavarsi almeno dieci minuti per telefonare a casa e sapere qualcosa del cucciolo. Perché anche quello era nei suoi pensieri. C'era una nuova aggiunta alla famiglia, e al momento stava rosicchiando le sue scarpe preferite?

Eppure, eccola lì, in compagnia della più famigerata vigilante di Boston, una donna misteriosa con una benda insanguinata su una mano e un cellulare che vibrava.

«Non mi fido di te» disse infine. «In qualche modo sei coinvolta in tutto questo. Mi stai soltanto facendo lavorare di più per scoprirlo.»

«Non so dove sia Roxanna Baez. Dubito che abbia ucciso la sua famiglia. Ma quest'ultima sparatoria... non so cosa sta succedendo. Su questo hai la mia parola. Ma non me ne andrò tanto presto. Voglio delle risposte almeno quanto te.»

«Perché?»

Flora si strinse nelle spalle. «Perché è così. Perché, forse, se un violento pervertito non mi avesse presa da una spiaggia, per natura sarei diventata una poliziotta. Ma eccoci qui, invece, e adesso è questa quella che sono, e questo è quello che faccio.»

«Se la trovi per prima, vogliamo esserci.»

«Non ho nessun interesse che qualcun altro si faccia del male.»

«Ma» insistette D.D. «se questo ha a che fare con le gang e tu hai magicamente la possibilità di immischiarti con un gruppo di spacciatori di droga...»

«Chiamerò sempre voi, prima. Quel mondo... non so quello che non so.»

«Informatrice confidenziale» dichiarò bruscamente D.D.

«Cosa?»

«Scopri quello che devi scoprire e poi riferisci a me. Come mia informatrice confidenziale. Per te c'è l'anonimato, così puoi continuare a sembrare *cool* agli occhi del tuo fan club, e per me c'è un aiuto concreto nel ritrovare una ragazza scomparsa. Consideralo il primo gradino della scala della polizia.»

«Wow. E mi danno un anello? Un fermacarte?»

«Hai le tue due ore. E poi, sì, ci incontreremo ancora.»

«Sembra una minaccia. Bene. Ci sto. Ma tu mi dirai cosa hai scoperto da Hector Alvalos. Il prezzo per le mie informazioni sono le tue informazioni.»

«Allora comincerò con la prima rata: mentre tu stavi scoprendo cose sulle gang di ragazze ispaniche nella scuola pubblica, io ho scoperto che Juanita Baez stava investigando sul periodo che i suoi bambini hanno passato in affido. Roxy e Lola sono state sistemate assieme. Juanita sospettava fortemente che Lola avesse subito abusi sessuali, anche se nessuna delle due ragazze voleva parlarne. Si era messa in contatto con un avvocato per questo motivo. Se aveva le prove o era sul punto di trovare delle prove, potremmo parlare di una causa multimilionaria, per non parlare di pesanti condanne penali.»

«A me sembra un movente per un omicidio.»

«Phil e io interrogheremo l'avvocato di Juanita. Ma sto pensando che sarebbe bene parlare anche con qualcuno dei ragazzi che stava nella stessa casa di Lola e Roxy. Essendo ragazzi in affido...»

«Probabilmente non sono molto propensi a collaborare con figure autoritarie adulte. Invece con una come me...»

«Forse ti riconosceranno dai notiziari.»

Flora roteò gli occhi.

«Stai facendo pratica con i coltelli?» domandò all'improvviso D.D. Indicò la mano sinistra di Lola. «Non esiste che quella ferita sia da semplice combattimento.»

«Non sto giocando con i coltelli» rispose Flora.

D.D. attese. Adoperò il suo migliore sguardo da detective. Ma Flora non fornì altri dettagli. A volte, D.D. desiderava che Jacob Ness fosse sopravvissuto, anche solo per poter incontrare il mostro che si era creato un nemico tanto incrollabile. Doveva essere stato più che orribile, perché Flora fosse così resistente ora.

Si chiese se Flora si rendesse conto della propria forza. O se, una volta nel buio della notte, la ragazza si sentisse di nuovo l'impotente studentessa universitaria che era stata.

Alcune notti, D.D. ancora sognava una voce che cantilenava *Rock-a-bye, baby* un attimo prima che lei volasse giù per le scale.

Come detective, non poteva accettare i vigilantes. Ma, come donna che ci era passata, riusciva a comprendere.

D.D. tese la mano. Flora gliela strinse. E, in un attimo, pensò, aveva stretto un patto con il diavolo in persona.

Flora uscì dall'ufficio. D.D. si mise al telefono con i tecnici della scientifica.

16

Secondo le graphic novel, ogni eroe ha una storia delle sue origini. Avevo guardato abbastanza film da sapere come funzionava. Qualcosa di terribile accadeva: l'eroe perdeva tutto ciò che lui, o lei, amava e si ritrovava a essere un rottame di essere umano. A questo punto – e qui parte la musica – l'eroe rinasceva dalle sue ceneri, più snello e più cattivo, e dava inizio alla sua ricerca di vendetta. Il tutto mentre la folla applaudiva selvaggiamente.

Jacob era la mia origine? In qualche modo perverso, dovevo a lui tutto ciò che ero diventata? Quest'idea non mi piaceva. Mi piaceva, invece, la storia che avevo raccontato al sergente Warren. Ero sopravvissuta alla spiaggia in Florida, ero tornata a scuola a Boston e, da qualche parte lungo il percorso, mi ero resa conto che il lavoro di polizia poteva andare bene per me. Un lavoro con uno scopo. Che coinvolgeva meno ore da seduta e più azione. Forse sarei addirittura tornata al selvaggio Maine, vicesceriffo di una piccola città, dove avrei potuto giocare con le volpi.

Chi può saperlo? È probabile che la giovane Flora, piena di speranze, non sarebbe stata un buon poliziotto. Aveva la tendenza a vedere il meglio in ognuno: non un tratto fantastico, per un investigatore.

Quindi forse Jacob era la mia origine. La persona che ero, con uno scopo preciso, dotata di abilità di sopravvivenza e di un acuto senso di vendetta, era la persona che potevo diventare soltanto dopo aver trascorso quattrocentosettantadue giorni con lui.

Non era qualcosa a cui volevo pensare.

Eppure tutti noi dobbiamo venire da qualche parte, giusto?
Ci vuole un cattivo per fare un eroe.
E ci era voluto un mostro per fare me.

Quando fui a due isolati dal nascondiglio di Roxy, il mio cellulare vibrò di nuovo. Chiamante sconosciuto, ma immaginavo che fosse Mike Davis, l'amico di Roxy, che finalmente si stava mettendo in contatto con me grazie alla consulente scolastica. Aveva chiamato la prima volta proprio mentre ero vicina all'attentissimo sergente Warren. Avevo fatto del mio meglio per rispondere con un messaggio di testo senza farmi notare troppo. "Sbirri in giro, richiamo io."

Appena dopo essermene andata, avevo aggiunto: "Incontriamoci di persona".

Era il momento giusto per una sua telefonata. Risposi seccamente: «Flora Dane».

La voce dall'altra parte sembrava senza fiato e parlava in modo attutito, come se chi mi stava chiamando non volesse essere sentito.

«Trenta minuti» disse. «C'è un parco.»

«Ho bisogno del tuo nome.»

«Sai chi sono.»

«Sto tentando di aiutare Roxanna.»

«Vieni al parco.» E mi diede le indicazioni.

«Ho una giacca a vento blu e un berretto dei Patriots» riuscii a dire.

«Lo so.»

E poi non c'era più.

Trenta minuti. Non molto tempo.

Telefonai a Sarah e pianificammo le cose di conseguenza.

In un sabato pomeriggio di sole come quello, il parco era affollato. Bambini piccoli con giubbotti sgargianti che strillavano correndo sull'erba. Devoti dello jogging in pantaloni spandex dai disegni bizzarri che correvano lungo i sentieri serpeggianti. Coppie con i cani. Coppie senza cani. Il parco era un raro frammento di verde nel bel mezzo del degrado urbano, e la popolazione locale ne traeva vantaggio.

Non avevo mai visto Mike Davis, e la consulente scolastica non mi aveva dato molto su cui basarmi, ciò nonostante lo riconobbi immediatamente. Un teenager solitario che se ne stava da una parte, a disagio e con le spalle curve in una felpa con cappuccio grigia e lisa. Non scelsi la strada più breve per raggiungerlo ma quella che mi avrebbe portato prima nel suo campo visivo.

Lui guardò bruscamente nella mia direzione. Io mi toccai la visiera del berretto dei Patriots, sentendomi come se fossi in un film di spionaggio. Lui annuì esitante, poi si mosse in avanti, adeguando il suo passo al mio. Aveva una camminata strana, si spostava in alto e in basso oltre che in avanti, come un bastoncino con la molla obbligato a un'inerzia orizzontale. Non parlò subito, era tutto intento a tambureggiare con le dita sulle cosce mentre ci muovevamo. Mi chiesi se fosse fatto di qualcosa. Crack, cocaina, Adderall. I ragazzini abusavano di qualsiasi cosa, ormai, compresi i farmaci per la cura dell'ADHD, il disturbo da deficit dell'attenzione. O forse era proprio quello il problema: lui aveva bisogno di farmaci per l'ADHD.

Non ne ero sicura. Jacob amava le sue droghe, ma difficilmente le condivideva. Avevo imparato a riconoscere i segnali che annunciavano una lunga notte, ma quello che prendeva, quanto e quanto spesso, è sempre rimasto un mistero per me.

«Da questa parte» disse infine il ragazzino.

Lo seguii in una zona del parco abbastanza tranquilla, vicino a un gruppo di cespugli. Mia madre probabilmente avrebbe saputo dire che piante erano. Io non avevo mai avuto la pazienza necessaria per imparare.

«Stai cercando Roxanna» disse senza preamboli. Si agitava da fermo. Tentai di vedergli gli occhi, per capire con cosa avevo a che fare, ma lui teneva lo sguardo basso e la faccia girata dall'altra parte.

«Sono un'amica» dissi infine. «Parte di un gruppo di amici. Lei si è messa in contatto con noi qualche settimana fa in cerca di aiuto.»

Lui annuì. Non sembrava essere una novità, per lui, il che era incoraggiante.

«L'hai sentita?» gli domandai.

Scosse la testa con forza.

«Sai che la sua famiglia è morta? Gli hanno sparato. A tutti. Anche a Lola e Manny.»

«Non è stata lei a farlo!» Batté le palpebre. Arrabbiato, pensai, e forse qualcos'altro. Lacrime? Dolore? «Blaze e Rosie?» domandò infine.

«Loro stanno bene. Credo che adesso li abbia la vostra consulente scolastica, la signorina Lobdell Cass.»

Lui annuì.

«La signorina Lobdell Cass ha detto che tu e Roxanna siete amici. Vi frequentate a volte a scuola?»

Un altro cenno affermativo.

«Ho saputo che stava avendo qualche problema con un gruppo di ragazze. Volevano che si unisse alla loro gang. Le stavano facendo pressioni.»

«Una gang?» Sbuffò in tono derisorio. «Un mucchio di stupide. Roxy era troppo per loro, e loro lo sapevano.»

«Questo non vuol dire che ne fossero felici.»

«Non era così. È Roxy! Non sarebbe mai entrata in una gang. Stava cercando aiuto per sua sorella. Per Lola.»

Aspettai. Volevo che fosse lui a parlare. Aveva ricominciato a battersi le dita sui jeans, un *tap tap tap* incessante.

«Lola aveva cominciato a frequentare qualcuna delle ragazze, tipo, le gangster della scuola media.» Una stretta di spalle. «Non certo una sorpresa.» Altra stretta di spalle. «Si cacciava sempre nei guai. Il lavoro di Roxy era di tirarla fuori ogni volta, da quei guai. Ma questa volta era una cosa più grossa. Scuole, prigioni, quartieri. Le gang hanno il dominio su tutto. Bisogna entrarci. Bisogna appartenere a qualcosa. Tutti vogliono far parte di una famiglia.» Il ragazzo canticchiò note che non riuscii a capire. «Tranne Roxy e me. Noi siamo tipi solitari. Lo siamo sempre stati e sempre lo saremo. Una vita più difficile, ma se sei un perdente abbastanza grosso, ti lasciano in pace.»

«Tu e Roxy siete degli emarginati?»

«Certo. Vorresti uscire con me, essere mia amica?»

A quel punto sollevò lo sguardo. Grandi occhi castani circondati da lunghe ciglia. Aveva occhi da cucciolo di cane, pensai, ma c'era qualcosa di diverso, nel suo sguardo. Stava tentando di intercettare il mio, ma rimaneva appena distolto. Non era droga. Sindrome di Asperger, forse. Una specie di sindrome, comunque, altamente funzionale, ma sufficiente a tenerlo per sempre separato dalla massa. Aveva ragione: vita dura, al liceo.

«Lola si drogava?»

«Si è unita alla gang proprio per la droga.»

«Cosa stava usando?»

«Ha detto a Roxy che ne aveva bisogno. Ma niente segni di aghi. Roxy ha controllato. Pensava che forse Lola stava spacciando.»

«Lola spacciava droga? Che genere di droga?»

Riprese a canticchiare a bocca chiusa. Poi: «Voleva far parte del giro. Appartenere a qualcosa. Meglio che starsene da sola. L'aveva imparato nel modo peggiore. E poi, sai com'è, soldi, potere. Risalire la catena alimentare. Era bella. Tanto valeva approfittarne».

«Che cosa intendi dire?» Il suo continuo ondeggiare era contagioso. Mi scoprii a ondeggiare anch'io, come per tenere il ritmo.

«Madre Del. Io le ho messe in guardia fin da subito. Mai farsi beccare da sole.»

«Chi è Madre Del?»

«Madre affidataria.» Una smorfia. «Non farti mai mandare lì.»

«Aspetta un attimo, tu eri nella stessa casa famiglia di Lola e Roxanna?» D.D. aveva accennato al fatto che Juanita Baez credeva che fosse successo qualcosa a Lola e Roxy durante il periodo che avevano passato in affido. Non sapevo, però, che anche Mike Davis facesse parte di quel periodo.

«Sì. La casa di Madre Del. La contadina e la vallata, la contadina e la vallata.» Il ragazzo riprese a cantilenare, poi si fermò di colpo. «Ma loro sono uscite. La loro vera madre si è data una ripulita e le ha portate via. Chi sapeva che era possibile?» Si strinse nelle spalle. «Se ne sono andate. Non le ho riviste per anni.»

«Se ne sono andate? Ma tu sei rimasto a casa di Madre Del? E vivi ancora lì?»

«Da quando avevo cinque anni.»

«E la casa è qui a Brighton?»

«La contadina nella vallata, la contadina nella vallata, la contadina nella vallata» cantilenò.

«Sono confusa. Se la casa famiglia è qui a Brighton, e Juanita vive a Brighton, dove sono andate le ragazze dopo che sono tornate con la loro mamma? Non dovreste essere ancora a scuola insieme? Vedervi lì?»

«La mamma di Roxy lavora al St Elizabeth. Quella è Brighton. La casa famiglia è a Brighton. Ma Brighton è cara, così Madre Del ha molti bambini, specialmente bambini piccoli. Si fanno un sacco di soldi con i bambini piccoli. Ma la mamma di Roxy è una mamma vera, non una madre affidataria. Lo Stato non paga per i suoi figli. Così se ne è andata nei sobborghi. Affitti più bassi.» Mike annuì con aria da saggio, e ondeggiò sui talloni. «Un'abitazione stabile è una delle condizioni per il ritorno di un bambino.»

Credevo di cominciare a capire. Brighton era troppo cara per una madre single con tre figli e così, mentre Juanita lavorava a Brighton, si era trasferita fuori città, molto probabilmente facendo la pendolare per limitare le spese. Come aveva detto Mike, il tribunale dei minori avrebbe posto un certo numero di condizioni per ridarle la custodia dei figli, e una dimora stabile sarebbe stata sicuramente una di quelle. «Quindi, quando Juanita ha riavuto indietro Roxy e Lola, si sono trasferiti...»

Il ragazzo si strinse nelle spalle. «Fuori.»

«Okay, ma hanno finito per tornare a Brighton» continuai io. «Come mai?»

«Charlie l'imprenditore edile. Lui ha una casa a Brighton, la sta sistemando. Ha conosciuto la mamma di Roxy al pronto soccorso. Si era tagliato sul lavoro. Lei gli ha messo i punti. Poi è andata a vivere con lui. La casa è più vicina al suo lavoro. Dimora stabile e gratis. Condizioni soddisfatte.»

Annuii. «Così Lola e Roxy avevano lasciato la zona e poi sono ritornate. Ma non tu» aggiunsi piano. «Tu sei dovuto rimanere da Madre Del.»

Lui batté le palpebre rapidamente e non disse una parola.

«Quando vi siete rivisti?»

«L'anno scorso.»

«Roxanna è arrivata al liceo?»

«Appena prima di Natale.»

«Si ricordava di te?»

Mike smise di ondeggiare e mi fissò. «Non si dimenticherà mai di me.»

«E gli altri bambini della casa famiglia?» domandai lentamente, mentre cominciavo a farmi qualche idea. «Ha incontrato anche loro?»

«Anya, Roberto» disse lui prontamente, ricominciando a ballonzolare. «Mai farsi beccare da soli a casa di Madre Del.»
«Che cosa fanno Roberto e Anya, Michael?»
«Tutto quello che possono fare senza farsi scoprire.»
«Vi hanno fatto del male? A te? A Roxy? A Lola?»
«Gli mettevamo il lassativo nel mangiare» disse. «Sciroppo di ipecac. Tutto quello che potevamo senza farci beccare.»
«Li avete messi fuori gioco? Per tenervi al sicuro?»
Meno parole e più saltelli.
«Avete mai raccontato a Madre Del le cose che facevano? L'avete mai detto a nessuno?»
Mike spalancò gli occhi. E poi fece di no con la testa, con forza.
«Okay. Così, quando Roxy è tornata a Brighton, ti ha rivisto, ma ha rivisto anche questa Anya e questo Roberto.»
«Sì.»
«Li ha riconosciuti? Loro hanno riconosciuto lei?»
«Sì. Mai farsi beccare da soli.»
«Hanno tentato di ricominciare da dove avevano smesso? Che cosa? Bullismo? Torturare Roxanna?»
«Mai farsi beccare da soli» intonò lui di nuovo.
Pensavo di capire, ora. E desiderai che Sarah avesse incontrato Roxanna prima. Perché il primo istinto di Sarah era stato giusto: Roxy era terrorizzata, e aveva bisogno di aiuto. La storia d'amore da vissero-felici-e-contenti di sua madre con l'imprenditore edile aveva involontariamente riportato lei e sua sorella in una fetta di inferno sulla terra. Cosa di cui, essendo ragazzine, non avevano parlato con nessuno. Questo lo capivo. A volte, nemmeno gli adulti parlano.
«E Lola, che mi dici di Lola?» gli chiesi. «Lei ha tre anni di meno, vuol dire che va in una scuola diversa. C'erano bambini della casa famiglia di Madre Del anche alla scuola media?»
«Tutti hanno degli amici, specialmente i ragazzi cattivi che hanno amici cattivi. Roxanna è mia amica. Siamo amici emarginati, noi. Ma per Lola, la famiglia e gli amici non erano abbastanza. Voleva di più. Voleva sentirsi al sicuro dappertutto.»
«È per questo che è entrata nella gang? Ha pensato che appartenere a un gruppo come quello potesse proteggerla da ragazzi come Anya e Roberto?»
«Non capiva» disse Mike.

«Cos'è che non capiva?»
«Roxy le ha detto che l'avrebbe protetta lei. Quello era il lavoro di Roxy. Lola si metteva nei guai, Roxy la tirava fuori.»
«A Roxy non piaceva la gang. Aveva paura per sua sorella?»
«Aveva paura per tutti noi.»
«Per essere tornata a Brighton? Per aver visto di nuovo i ragazzi della casa famiglia?»
«Mai farsi beccare da soli.»
«E tu, Mike? Quando Roxy e Lola se ne sono andate dalla casa, tu sei rimasto tutto solo.»
«Ho tenuto Roxy al sicuro. Ho tentato di tenere Roxy al sicuro.»
«Lassativi, sciroppo di ipecac» dissi piano. «E una pistola, Michael? Hai dato una pistola a Roxanna? Oppure l'hai aiutata a comprarne una?»
Lui non parlò, ma, sul suo fianco, le sue dita rallentarono il loro incessante tamburellare. Un segno rivelatore, pensai. Un segno che stava mentendo, o che stava per farlo. Ma lui non parlò. Si limitò a fissare un punto vicino a me.
Una giornata di sole così bella. Così tanti bambini che ridacchiavano, un parco tanto felice.
Avrei voluto poter dire a quel ragazzo che sapevo come si sentiva, parlargli della sua amica emarginata, della sua vita da emarginato. Che non era l'unico che sentiva il sole sulla faccia ma non lo sentiva dentro al cuore.
«Sai dov'è Roxanna adesso?» gli domandai.
Lui scosse la testa, ma io non ero convinta.
«Vivi ancora da Madre Del?»
«Ancora due anni» disse. Il che significava che, mentre era possibile che sapesse dove si trovava Roxy, in nessun modo lei poteva essere tornata con lui nella casa famiglia malefica. E allora dove?
«Roberto e Anya?» domandai. «Sono ancora da Madre Del?»
«A Roberto piaceva far piangere i bambini. Solo perché poteva farlo. Roxy mi ha insegnato come prendermi cura dei bambini piccoli. Dopo che lei e Lola se ne sono andate, io sono rimasto con loro, con i piccolini. Sono meglio di Roberto.»
«Roberto aveva delle attenzioni speciali per Lola?» Già mentre lo dicevo feci qualche rapido calcolo mentale. Juanita aveva perso la custodia dei figli quattro o cinque anni prima. Vole-

va dire che all'epoca Roxanna doveva avere undici anni e Lola otto? Otto anni sembravano molto pochi, e indifesi. Il che, stando a quanto Mike stava dicendo, l'avrebbe resa il bersaglio perfetto per Roberto.

«Tutti prestavano attenzioni speciali a Lola» disse Mike. «Lei è molto bella. Troppo bella, diceva Roxy.»

«Scommetto che è stato difficile» dissi. «Roxy doveva preoccuparsi molto per Lola, specialmente vicino a Roberto.»

«Roberto è morto» dichiarò Mike.

«Cosa?»

«Giugno. Si è sparato. Madre Del era fuori di sé. Anya piangeva. Il resto di noi no.»

«Il malvagio Roberto? Quello che torturava tutti, che se la prendeva con Lola, è morto?» Di tutte le cose possibili, quella non me l'aspettavo proprio.

«All'inizio di giugno. Appena prima che finisse la scuola. Suicidio. Un colpo di pistola alla fronte. Bum.»

«Che cosa ha detto Roxy?»

Mike si strinse nelle spalle. «Non molto.»

«Perché? Mi hai fatto intendere che faceva il bullo, prima nella casa famiglia, e adesso nel liceo dove andate entrambi. Non era contenta che fosse morto?»

Mike si strinse nelle spalle. «Roxanna non ha detto molto.»

«E tu?»

«Nemmeno io ho detto molto.»

A quel punto ero molto confusa. «E che mi dici di Lola?»

Un'altra stretta di spalle. Altri saltelli.

«Mike, Roxy è venuta da me e dalla mia amica in cerca di aiuto. Era molto spaventata. È stato solo poche settimane fa, quindi a quanto pare dopo che Roberto è morto. Sai di cosa Roxanna aveva ancora così tanta paura?»

«Di casa» disse.

«Aveva paura di casa sua? Tipo, paura di sua madre? O di Charlie l'imprenditore? E che mi dici di Hector, il padre del suo fratellino. Ha mai parlato di lui?»

«Roxy aveva paura per Lola.»

«Stava succedendo qualcosa a Lola a casa? Ancora, tipo con Charlie? Lui abusava di lei? È questo che diceva Roxy?»

«Lola era arrabbiata con Roxy. Lola ha detto a Roxy che non

era sua madre. Ma poi Lola era arrabbiata anche con la loro madre.»

«Perché?»

«Perché è Lola. Roxy direbbe che i guai sono la cosa che Lola sa fare meglio.»

«Mike, aiutami a capire. Di qualsiasi cosa fosse preoccupata Roxy, doveva avere le sue buone ragioni. Perché adesso sono tutti morti, compresa Lola. Che cosa è successo? Aiutami, prima che tocchi anche a Roxy.»

«Roxy non ha fatto loro del male. Lei proteggeva Lola. Questo era il suo lavoro.»

«E da Madre Del, Roxy proteggeva sempre Lola?»

Michael non voleva saperne di incrociare il mio sguardo.

«Riusciva anche a proteggere se stessa?»

Lui continuava a fissare per terra. Niente più saltelli. Immobilità assoluta, che in qualche modo sembrava anche peggio.

«Io proteggevo Roxy. Roxy proteggeva Lola. Tentavamo di fare del nostro meglio.»

«Ma non sempre era sufficiente» completai io.

«Roberto è morto. Ma non tutti muoiono così facilmente.»

«Mike aspetta!»

Troppo tardi, però. Aveva detto la sua. Si voltò e si allontanò, senza voltarsi a guardare nemmeno una volta.

Rimasi dove mi trovavo. Finsi di giocherellare con la lampo della giacca a vento, e di sistemarmi il berretto dei Patriots sulla testa. Non era difficile sembrare distratta, dal momento che avevo così tanti pensieri che mi scorrazzavano nella testa.

Con la coda dell'occhio, osservai Mike Davis uscire dal parco. Poi, una frazione di secondo dopo, un'altra sagoma familiare apparve a una mezza dozzina di passi da lui e iniziò a seguirlo.

Sarah, a caccia.

Sperai di averle insegnato bene.

17

Nome: Roxanna Baez
Classe: terza superiore
Insegnante: sig.ra Chula
Categoria: narrativa personale

Cos'è la famiglia perfetta? Parte III

Il giudice ci fa vedere il giardino dei bambini. È uno spiazzo sterrato a forma di rene in un punto assolato vicino alla scalinata posteriore del tribunale. In mezzo c'è un piccolo albero. Un pero, ci dice il giudice, fiorisce in modo meraviglioso in primavera. Un bambino di cinque anni l'ha piantato due decenni fa, era il primo caso familiare trattato dal giudice. Da allora, ha invitato tutti i bambini ad aggiungere qualcosa al giardino. Lola, Manny e io abbiamo piccoli vasetti di viole del pensiero. I fiori sboceranno quest'autunno, ci spiega il giudice, poi moriranno di nuovo per l'inverno. Ma – e fa una pausa per ottenere un effetto drammatico, fissando apertamente Manny – non prima di aver sparso i loro semi. E questo vuol dire che potremo vedere di nuovo le nostre viole del pensiero in primavera. Cresciute più grandi e più forti. Proprio come noi.

Manny annuisce con vigore. Gli piacciono le viole, ma più che altro gli piace l'opportunità di giocare nella terra. A me e a Lola non importa. Noi vogliamo solo restare vicine al nostro fratellino piccolo. Memorizzare ogni mossa che fa. Registrare nelle nostre menti ogni singhiozzo, ogni risata, ogni risolino. Mi fanno male le costole. Mi muovo con cautela, così nessuno se ne accorgerà. Lola sembra altrettanto rigida anche se, proprio come me, non ne parla.

Manny sembra perfetto. Ci concentriamo su Manny, su tutto ciò che abbiamo amato di lui e di cui abbiamo sentito la mancanza.

Dietro di noi c'è Susan Howe. È la nostra volontaria della CASA. Il suo lavoro è indipendente dallo Stato, ci dice, come se noi potessimo capire cosa vuol dire. Si siede con noi in tribunale durante queste udienze. Fa del suo meglio per rispondere alle nostre domande. "Quando vedrò la mamma?" è sempre la domanda di Manny. "Perché non posso ritornare a casa?"

La signora Howe è anche la nostra rappresentante legale. "Quando possiamo vedere Manny?" è la domanda che le facciamo sempre io e Lola. Lei ha l'incarico di coordinare questo genere di cose. Ma ci osserva, anche, compila il suo rapporto sui progressi che facciamo in affido, come gestiamo le rare volte che vediamo la mamma, eccetera eccetera. Il suo ruolo non dev'essere confuso con quello della signora con la faccia schiacciata, la signora McInnis, la nostra assistente sociale del DCF che ha dato inizio a questo casino.

Il mese scorso eravamo nello stesso tribunale con lo stesso giudice per qualcosa che si chiama Udienza Arbitrale. Praticamente, la signora McInnis ha elencato tutti i modi in cui nostra madre ci aveva fatto dei torti. Rapporti della scuola secondo cui ci mancava sempre il cibo o il denaro per il pranzo. Il padrone di casa che diceva che eravamo sei mesi indietro con l'affitto e che aveva dato inizio alla procedura di sfratto. La macchina della mamma che era stata presa dal recupero crediti. Il lavoro che non aveva più. Il numero di volte in cui la polizia era stata chiamata a casa nostra a causa delle liti da ubriachi tra lei e Hector.

Mia mamma era seduta al suo banco vicino al suo avvocato. Un difensore d'ufficio, credo, tranne che sembrava un ragazzino magro e con la faccia piena di brufoli che indossa il vestito della festa di suo padre sperando che nessuno se ne accorga. Le sue mani tremavano incontrollabilmente mentre leggeva le controargomentazioni che aveva scribacchiato su un foglio di carta. Un paio di volte la sua voce si era incrinata. Mia madre non ci guardava.

Se ne stava seduta e piangeva.

Manny aveva allungato le braccia verso di lei. «Mamma, mamma, mamma, mamma, mamma.»

Lei aveva chinato la testa e aveva pianto ancora più forte.

Manny era rimasto in braccio a me per il resto dell'udienza; io tenevo le braccia strette intorno alle sue spalle tremanti mentre Lola mi si schiacciava contro dall'altra parte. La nostra signora della CASA, la signora Howe, era seduta insieme a noi. Un paio di volte mi aveva battuto sul braccio. Ma noi non reagivamo. Non era una di noi. Non era la nostra famiglia.

Oggi c'è l'Udienza Dispositiva. Piantiamo i nostri fiori con il giudice come bravi bambini. Sorridiamo, annuiamo e ci diamo un'aria di gratitudine. In questo nuovo ordine del mondo ci sono molti adulti da compiacere. Tutti affermano di avere a cuore il nostro interesse. Io e Lola stiamo imparando a stare attente. Molto attente.

Torniamo dentro il tribunale. Io porto Manny. A quattro anni è troppo grande per stare in braccio, ma lui odia il tribunale. Sa chi vedremo dentro, e il suo piccolo corpicino sta già tremando. Per un attimo, guardando in fondo al corridoio, vedo la sagoma di un uomo contro il vetro illuminato dal sole. Un uomo grosso. Hector, credo. Hanno trovato Hector, e lui prenderà Manny e lo terrà al sicuro. Forse, se glielo chiedo gentilmente, si prenderà anche me e Lola.

Sento un piccolo respiro, un singulto quasi, accanto a me. Lola ha visto la stessa silhouette. Ma poi l'uomo si volta. La luce delle finestre del corridoio gli illumina la faccia. Non è affatto Hector. È soltanto un altro uomo grosso che si sta facendo gli affari suoi. Le mie spalle si afflosciano. Premo la guancia contro la sommità della testa di Manny, contenta di non aver detto niente.

Il giudice se ne va nelle sue stanze. Noi seguiamo la signora Howe in aula, entrando dal fondo. La signora McInnis, con la sua faccia schiacciata, è già lì, seduta sulla destra con la sua pila di scartoffie. Solleva brevemente lo sguardo, poi guarda altrove. Sa che la odiamo, che le diamo la colpa di tutto. Eppure, il mese scorso, mentre leggeva a voce alta la lunga lista di accuse di negligenza, io mi sono vergognata, per tutti noi. Perché mia mamma, io, Hector non eravamo riusciti a fare niente di meglio. Quindi questa signora era dovuta venire a fare a pezzi la nostra famiglia.

Capisco il momento in cui Manny vede la nostra mamma perché si irrigidisce tra le mie braccia. Non grida il suo nome. Piagnucola piano, in fondo alla gola, il che è anche peggio. Mi fanno male le costole. Faccio fatica a respirare a fondo. È un bene che siamo ormai quasi arrivati al nostro banco, quello in centro, dove ci sediamo con la signora Howe.

Lola tira fuori una sedia per me. Io la prendo, sistemandomi Manny sulle ginocchia. Lui fissa il banco di nostra madre, così lo faccio anch'io. C'è lo stesso avvocato con la faccia brufolosa del mese scorso, con indosso lo stesso completo troppo largo. Ma mia madre... lei sembra meglio di prima. La sua faccia è più piena. Si è lavata i capelli, li ha tirati indietro in una coda di cavallo che scintilla sotto le luci dell'aula. Indossa una camicetta che non le ho mai visto prima. Color pesca. Le sta bene, vicino alla sua pelle.

Guarda verso di noi. Manny che si dondola sulle mie ginocchia e Lola che si mordicchia le unghie. Io, invece, resto lì seduta e basta. La mamma sorride. Esitante. Speranzosa. E il mio cuore si spacca in mille piccoli pezzettini. Voglio correre da lei e piangere. Voglio alzarmi in piedi e gridare. Voglio strapparle quella camicetta nuova. Voglio rimettere insieme tutti i pezzi.

Non ho mai amato e odiato così tanto qualcuno. Non so se posso reggere la tensione. Distolgo lo sguardo e guardo la testa di Manny. Quando butto un'occhiata a Lola, lei è semplicemente lì seduta, perfettamente immobile, con le lacrime che le scorrono sulla faccia.

Il giudice entra in aula e l'udienza comincia.

Altre liste. Se l'Udienza Arbitrale era la compilation di tutto quello che mia madre aveva fatto di sbagliato, questa è la lista di tutto quello che deve succedere dopo. Terapia obbligatoria per la dipendenza da droga e alcol. Dimora stabile e sicura. Lavoro stabile. Un corso per genitori. Terapia. Test antidroga a sorpresa. Se trenta giorni fa nostra madre era un'ubriacona incasinata, questo mese è la madre pentita, desiderosa di fare qualsiasi cosa pur di riavere indietro i suoi bambini. Mi chiedo quanto durerà quest'ultima fase.

Il giudice vuole sapere dei padri. Hector Alvalos è elencato sul certificato di nascita di Manny. Dov'è il signor Alvalos? La signora McInnis, la donna con la faccia schiacciata, dice che lo Stato lo sta cercando senza fortuna. Io lancio un'occhiata a mia madre. Lei ha lo sguardo basso a fissare il banco. Mi chiedo se si vergogna per aver cacciato via Hector.

O se nasconde i lineamenti perché sa dov'è e ancora non lo rivuole indietro. Nemmeno per Manny, che ha ricominciato a piangere quando ha sentito pronunciare il nome di suo padre.

Il giudice ora rivolge la sua attenzione a Lola e me. E le ragazze? Chi sono i loro padri? Sui certificati di nascita c'è soltanto il nome della madre.

«Non so come si chiamano i loro padri» dice mia madre.

«Perché no? Ha detto ai due uomini che era incinta? È andata da loro in cerca di assistenza?»

Lei scuote la testa.

«Perché no?»

«Io non... io non potevo essere sicura, all'epoca, di chi fosse il padre.»

Ho la faccia in fiamme. Anche Lola ce l'ha.

«Ma ne ha una vaga idea?» insiste il giudice. «Posso ordinare il test di paternità.»

Mia madre scuote la testa. «Non ne ho idea. Ero... uh... ero giovane e molto stupida, all'epoca.»

«Beveva» afferma il giudice.

«Sì, Vostro Onore. Facevo festa quasi tutte le notti. Quando mi sono accorta di essere incinta... non lo so, Vostro Onore. Davvero, non lo so.»

Accanto a me Lola si è immobilizzata. Penso che sia troppo imbarazzata per muoversi. Poi mi rendo conto che è troppo furiosa, con le mani strette a pugno. Ho fatto del mio meglio per tenerla al sicuro, nell'ultimo mese. Ce ne restiamo nella camera con i bambini piccoli. Io faccio la guardia di notte. Ma Roberto e Anya sono pazienti, perseveranti. Il mio piccolo coltellino è già sparito. Loro aspettano, fingono di picchiarsi, poi danno la colpa a me quando arriva Madre Del. La punizione è una notte nel ripostiglio al piano di sotto, e Lola rimane tutta sola.

Sto imparando trucchi migliori, adesso. Far scivolare lassativi alla cioccolata nei loro dolci, sonniferi da banco nelle loro cene. Non posso combatterli direttamente e vincere, quindi faccio del mio meglio per renderli inoffensivi. Mike si è dimostrato un buon alleato, passandomi del Tylenol sotto il tovagliolo, o infilandomi un piccolo regalo di sciroppo di ipecac sotto il cuscino. Ma è una guerra lunga e logorante. Sia io che Lola abbiamo le cicatrici a dimostrarlo.

La signora Howe ci chiede sempre come ce la passiamo, quando si fa vedere. Di cosa abbiamo bisogno? Come può aiutarci? Noi non diciamo mai una parola. L'ultima volta che abbiamo parlato ci hanno portato via dalla nostra casa. Non importa quello che tutti questi adulti bene intenzionati stanno tentando di fare, adesso le nostre vite sono peggiori.

«Mi dispiace, Vostro Onore» sta dicendo mia madre. «Ho mancato verso i miei bambini. Ho mancato verso me stessa. Questo lo so. Ma sono sobria da diciassette giorni. Ci sto provando, Vostro Onore. Ci sto provando.»

Al giudice pianta-fiori questo piace. Picchia il suo martelletto e dichiara che l'udienza è aggiornata. La prossima udienza sarà fra tre mesi per riesaminare i progressi di mia madre confrontandoli con le condizioni elencate prima: se è ancora sobria, se va in terapia, se ha mantenuto l'impiego, se ha trovato un alloggio idoneo, eccetera eccetera. Fino ad allora, noi resteremo in affido, ma ci sarà concesso un incontro a settimana con nostra madre.

Manny sobbalza sulle mie ginocchia, protendendosi istintivamente verso la mamma. Ma io e Lola non ci muoviamo. Abbiamo imparato la lezione. La signora della CASA, la signora Howe, ci ha accompagnato in questo processo. Questa udienza era soltanto il primo passo, per stabilire delle linee guida che mia madre dovrà seguire. Ci sono ancora altre quattro udienze da fare. E udienze di revisione allo scadere dei tre, dei sei e dei nove mesi. Poi, ai dodici mesi – un anno – l'Udienza di Pianificazione della Permanenza.

In altre parole, non ce ne andremo dalla casa famiglia tanto presto.

Usciamo dal fondo dell'aula strascicando i piedi. All'ultimo momento, uscendo dal tribunale, vedo di nuovo l'ombra di un uomo grosso. Lui si volta rapidamente, ma questa volta riesco a vederlo in faccia. Hector. È Hector, che si aggira intorno al tribunale. Perché non si fa avanti e basta? E porta Manny a casa? E porta tutti noi a casa?

Mi fermo, afferro il braccio di Lola per dirle: Guarda. Ma lui non c'è più e lei sta facendo una smorfia sotto la morsa delle mie dita.

«Scusa» dico alla svelta, e la lascio andare. La signora Howe mi sta fissando. Anche Manny.

Hector. Ho visto Hector. Lui era qui, e poi... ci ha abbandonati.

Ancora.

Mi volto, distogliendo lo sguardo da Lola e Manny. Non dico più una parola.

Dove sono queste famiglie perfette? La vostra lo è? Quella del vostro amico, del vostro vicino? Non credo che possiate indicarne una. Quelle che è più probabile che ammiriamo sono semplicemente le famiglie che sanno tenere meglio i segreti.

No, le vere famiglie perfette hanno bubboni e lividi e cicatrici. Hanno dovuto sbagliare e poi ammettere i loro errori. Hanno dovuto fare tutto nel modo sbagliato così da poter imparare come fare qualcosa nel modo giusto. Hanno dovuto odiare per sapere come amare.

Manny è la mia famiglia perfetta. Lola è la mia famiglia perfetta.

Mia madre. Hector.

Mio padre, che non è nient'altro che uno spazio bianco su un certificato di nascita.

Una famiglia perfetta, credo, è una famiglia che ha imparato a perdonare.

Ed è per questo che spero, alla fine, anche dopo tutto quello che ho fatto, che tutti loro mi perdoneranno ancora.

18

«Vi state sbagliando. Roxanna non mi farebbe mai del male. È una brava ragazza. E, a parte questo, non farebbe mai niente che potrebbe far male ai cani.»

«Per favore, signor Alvalos» tentò di nuovo D.D., ma l'uomo voltò la testa, la bocca serrata in una linea severa. D.D. lanciò un'occhiata a Phil, che sembrava impotente quanto lei.

Erano tornati al St Elizabeth, Hector Alvalos era stato portato al pronto soccorso. La buona notizia, per loro, era che la stessa infermiera con cui avevano parlato poco prima, Nancy Corbin, era responsabile delle sue cure. La ferita non era grave. Non c'era stato bisogno di un intervento chirurgico, ma solo di un po' di pulizia, qualche punto e un bendaggio. Al momento, Hector era in una delle stanze più piccole. Indossava una cuffia azzurra ed era infilato sotto un paio di lenzuola dall'aspetto ruvido. Aveva una flebo infilata nel dorso della mano, un monitor cardiaco sull'indice e un paio di altri fili che facevano Dio solo sapeva cosa ed erano collegati Dio solo sa dove.

"Una ferita d'arma da fuoco ti regala ancora una notte in ospedale?" si stava chiedendo D.D. O forse pensavano che un tipo dall'aria dura già fornito di una cicatrice su metà della faccia se ne sarebbe andato comunque presto? Hector sembrava pallido, ma non troppo sbattuto.

Per il momento, l'infermiera Nancy aveva dato loro il permesso di parlare con lui. Se solo anche Hector fosse stato tanto accomodante.

«Una donna che corrisponde alla descrizione di Roxy è stata vista allontanarsi di corsa dalla scena» tentò Phil.

Hector scosse la testa. «Ho visto molte ragazze, in giro. È una bella giornata, tutti sono fuori. Poteva essere una qualsiasi di loro.»

«Che scappava correndo?» insistette D.D.

«Se lei sentisse degli spari, non si metterebbe a correre?»

D.D. sospirò pesantemente, strofinandosi le tempie. Questo caso le stava facendo venire il mal di testa. E pensare che, solo sette ore prima, la sua preoccupazione più grande era stata che tipo di cane avrebbero portato a casa dal canile. Aveva controllato di continuo il suo cellulare per vedere se c'erano novità. Fino a quel momento, niente. Molto probabilmente Alex aveva visto l'Allarme minori scomparsi e le stava dando la possibilità di lavorare. Un vero peccato. A questo punto, D.D. avrebbe davvero preferito avere a che fare con un nuovo cucciolo.

«Ci dica cosa è successo» disse Phil, tentando di rimettere sui binari il loro testimone riluttante. «Dopo che abbiamo parlato stamattina...»

«Sono andato a una riunione» disse Hector immediatamente e, a giudicare da come aveva pronunciato la parola, D.D. capì che si stava riferendo agli alcolisti anonimi.

«Poi sono uscito. C'era un messaggio sul mio telefono. Da voi. Riguardo i cani. E sì, ero disposto a prendermi i cani. Sono dei bravi cani, Manny amava quei cani...» La voce di Hector si fece spessa e rauca, il suo sguardo perso nel vuoto.

«Poi è venuto alla caffetteria» lo spronò gentilmente D.D.

«Blaze e Rosie. Li ho visti subito, legati sotto l'albero. C'era un poliziotto, lì, vicino a loro. Tipo... come se fosse lì di guardia.»

D.D. e Phil annuirono.

«Mi sono avvicinato. Gli ho detto come mi chiamavo. Poi gli ho dato il mio telefono e gli ho fatto ascoltare il vostro messaggio. Non volevo pensasse che stavo tentando di fare qualcosa di sbagliato. Uno grosso come me deve essere sempre molto prudente.»

Hector indicò la cicatrice sulla sua faccia. D.D. immaginò che la sua stazza e il suo atteggiamento non incontrassero sempre i favori dei membri delle forze dell'ordine. Specialmente considerate le sue azioni sulla scena del crimine quella mattina, quando aveva steso un poliziotto.

«Ho giocato con Rosie e Blaze. Sembravano molto felici di vedermi. Gli ho detto che li avrei portati a casa mia, che adesso potevano vivere con me. Stanno bene?» domandò Hector all'improvviso. «Chi ce li ha?»

«I cani stanno bene. Li ha presi un'insegnante della scuola di Roxy.»

«Ha una casa? E un giardino? Hanno bisogno di un giardino. Blaze ama stare fuori. Anche Rosie. Così mi diceva Manny.»

«La donna ha promesso che si prenderà cura di loro. Quando avremo finito qui, a seconda di come si sente, e di come andrà questa conversazione» aggiunse D.D. «possiamo fare in modo di farle riavere i cani. D'accordo?»

Hector abbassò lo sguardo e annuì, mansueto. Per essere uno con l'aria da duro, a D.D. ricordava molto il suo bambino di cinque anni quando era nei guai.

«Il poliziotto mi ha ridato il telefono» continuò Hector. «Ha fatto una telefonata lui. Poi ha detto che era tutto a posto. Che potevo prendere i cani.»

«Il poliziotto se ne è andato» disse Phil. Era così che avevano ricostruito la scena.

«Sì, si è allontanato a piedi. Io ero lì, tentavo di capire se dovevo chiamare un taxi, perché non si possono portare i cani sull'autobus. O forse dovevo andare a piedi, dato che era una bella giornata, ma non sarebbe stato troppo, per i cani? Forse avevano bisogno di mangiare, e la cosa mi ha ricordato che dovevo comprargli del cibo. E magari anche delle cucce, dei giocattoli. Così tante cose a cui pensare, cose che non avevo considerato. Poi...»

Fece una pausa, chiudendo gli occhi. «Crack. L'ho sentito. E sapevo anche che cos'era. Un colpo di pistola. Ne ho sentiti abbastanza da riconoscerne uno. Mi sentivo come se stessi andando a fuoco. Poi ho visto il sangue che mi sgocciolava dalla mano e mi sono reso conto che mi avevano sparato. Ero io la persona a cui avevano sparato. Sono caduto a terra. Di fronte ai cani. Volevo proteggere i cani. Perché, sapete, non ero lì a proteggere Manny, non c'ero. Quindi dovevo salvare i cani. Mi capite? Mio figlio amava quei cani...»

D.D. e Phil annuirono. La voce di Hector era diventata rauca, e ancora una volta i suoi occhi scuri sembravano ricoperti da una patina umida.

«La gente strillava. Qualcuno gridava di stare giù. Rosie e

Blaze erano stretti contro di me. Tremavano. O forse ero io a tremare, non lo so. Ma... non è successo niente.» Hector tentò di stringersi nelle spalle e fece una smorfia di dolore. «Nessun altro sparo. Niente. Ho aspettato, e aspettato, poi il poliziotto è tornato e c'erano molte più luci, e le sirene.»

«Ha visto qualcuno che correva per la strada?» domandò Phil.

«Un sacco di gente stava correndo.»

«Anche dall'altra parte della strada?»

«Non ho guardato dall'altra parte della strada. Ho tenuto la mia attenzione sui cani. Erano sconvolti, piangevano.»

«Ha visto qualcosa appena prima di sentire lo sparo?» tentò D.D. «Forse un riflesso, un movimento con la coda dell'occhio?»

Hector scosse la testa.

«Quanto tempo pensa di essere rimasto lì con in cani prima di essere colpito?»

«Non saprei. Ho parlato un po' con il poliziotto. Forse dieci, quindici minuti?»

In altre parole, pensò D.D., molto tempo a disposizione di Roxy per vedere Hector avvicinarsi dal suo nascondiglio al secondo piano, scendere a livello della strada, prendere posizione dietro l'albero e tendergli un'imboscata.

«Possiede una pistola?» domandò Phil a Hector.

«Io? No, no. Perché dovrei avere una pistola?» Ma il suo sguardo si spostò di lato mentre lo diceva, il che, ancora una volta, costrinse D.D. a chiedersi che cosa realmente sapessero di quell'uomo. Il suo dolore per il figlio sembrava sincero. Eppure, se la loro teoria era vera e Roxy l'aveva attirato alla caffetteria solo per colpirlo, qual era il motivo? Di sicuro questo significava che Hector non poteva essere un elemento totalmente neutrale o un estraneo alla famiglia. Qualsiasi cosa stesse succedendo nella famiglia Baez, anche Hector doveva aver giocato un ruolo per guadagnarsi un posto nella lista nera dell'adolescente. Oppure la cosa poteva essere ancora più sinistra: Roxy credeva che fosse stato lui a uccidere la sua famiglia? E questo era il suo tentativo di vendicarsi? Usando i cani come esca?

D.D. resistette alla tentazione di massaggiarsi di nuovo le tempie. I casi spesso le facevano venire in mente le immagini distorte. Se le guardi direttamente, niente sembra avere senso. Ma, non appena riesci a trovare il giusto punto di vista, la giusta angolazione, ecco che d'improvviso si mettono a fuoco. Era di questo che lei e Phil avevano bisogno. La giusta angolazione per ricavare un senso da quattro morti e un ferito, tutto nello spazio di dodici ore.

«E Charlie?» Phil era più pressante, ora. «Lui aveva un'arma?»

Hector fece una smorfia. «Non posso parlare per quell'uomo. Non gli piacevo nemmeno. Ma dubito che Juanita avrebbe permesso un'arma dentro casa. Non le piacciono le armi. È infermiera al pronto soccorso. Ha visto cosa possono fare.»

Phil annuì: in realtà, aveva già cercato il nome di Charlie Boyd tra i possessori di un porto d'armi. Anche il nome di Hector Alvalos. Il risultato era che nessuno dei due possedeva legalmente un'arma da fuoco, ma valeva comunque la pena di fare quelle domande.

L'uso di una pistola era uno dei pezzi del puzzle che preoccupavano D.D. Riusciva a immaginare Roxanna nascosta nell'ufficio abbandonato di fronte alla caffetteria; in realtà, quella era la spiegazione migliore del perché decine di agenti di pattuglia e di civili informati non erano riusciti a trovarla nelle ore successive all'uccisione della sua famiglia. D.D. riusciva anche a immaginare Roxy che legava di proposito i cani di fronte al suo nascondiglio allo scopo di attirare Hector e averlo sotto tiro. Ma dove si era procurata la pistola? E quando aveva imparato a sparare? Perché tentare di colpire un uomo in piedi a venti metri di distanza, in una strada affollata, rimanendo nascosti dietro un albero, non era un'impresa da poco. Roxanna, sempre che a sparare fosse stata lei, era già fortunata ad aver centrato Hector, per non parlare del fatto che non aveva accidentalmente colpito né i passanti né i due cani.

La ragazza avrebbe corso il rischio di sparare con Blaze e Rosie tanto vicini? A D.D. sembrava una cosa imprudente, incosciente, e nulla di quello che avevano scoperto su Roxy suggeriva impulsività.

«Ha detto che Juanita dava la colpa a lei del fatto che beveva» disse D.D. «E Roxanna? Anche Roxy dava la colpa a lei?»

Hector scosse la testa. «Io... io non lo so.»

«Lei andava a prendere Manny ogni domenica» continuò Phil. «Chi supervisionava la cosa? Juanita? Charlie?»

«O Roxanna. Non c'era uno schema prestabilito. Non mi fermavo. Bussavo alla porta, e Manny usciva. Alla fine della giornata, facevamo la stessa cosa. Solo al contrario. Manny era un bravo ragazzino. Era pronto quando arrivavo.»

«Ma Juanita era a casa» insistette D.D., ricordando la spiegazione degli orari folli della donna che le aveva dato l'infermiera Corbin. «Parlava mai con lei?»

«A volte. Cose da poco. Manny ha questi compiti da fare, questo allenamento di calcio. Una partita in settimana. Tentavo di essere presente a tutte le attività che potevo.»

«E lì stava insieme a Charlie e Juanita?»

«No. Juanita e io stiamo meglio divisi. Lo sappiamo entrambi. Ce ne stiamo lontani.»

«E Roxanna?» domandò Phil. «Ha parlato con lei durante le partite di calcio di Manny?»

«No. Lei sta con Juanita e Charlie. Spesso aveva dei libri. Si siede e fa i compiti.»

D.D. aveva un'idea. «E Lola?»

Gli occhi di Hector si allargarono leggermente. Poi distolse subito lo sguardo.

«Lola sta insieme alla sua famiglia?» insistette D.D.

«Lei e Juanita litigano troppo» mormorò Hector.

«Quindi Lola se ne va in giro a bighellonare da sola. Magari viene anche a mettersi vicino a lei. Qualsiasi cosa, pur di provocare sua madre.»

Hector non sembrava più un duro. Anzi, la sua cicatrice spiccava in modo pietoso sul suo volto cinereo. «Cerco di non stare mai da solo con Lola» disse infine. «Al campo da calcio, posso evitare di sedermi vicino a Juanita e Charlie, perché è affollato. Ci sono un sacco di altre famiglie. E io mi assicuro sempre molto bene che ci siano tante persone intorno, quando sono con Lola.»

«Lola pensava che lei fosse un uomo grande e forte, Hector?» domandò D.D. con voce pacata. «Lola magari pensava che, se è andato bene per sua madre, forse poteva andare bene anche per lei?»

«La smetta!» Hector sbatté il pugno sul letto. Fece immediatamente una smorfia di dolore, e la flebo cominciò a ondeggiare. Una delle macchine ora stava emettendo una serie di *bip*. «È una bambina. Non capisce. Può pensare di essere carina, ma è soltanto una ragazzina.»

«*Era* una bambina» lo corresse D.D. «*Era* una ragazzina. È morta, Hector. Uccisa, proprio stamattina. Qualche ora prima che qualcuno sparasse anche a lei. Perché? Ci dica cosa sta succedendo. Per Lola, per Manny, che cosa diavolo ha fatto, Hector? Confessi. Subito!»

«Non so che cosa ho fatto! Non capisco. Non dovrebbero essere morti. Manny non dovrebbe... non capisco. Oh, il mio bambino bellissimo. Non capisco!» Hector picchiò la testa contro il materasso sollevato. Aveva le guance rigate di lacrime. «Non sono stato io!» gemette. «Non avrei mai potuto farlo. Ma non so chi è stato. Niente di tutto questo ha senso. Eravamo soltanto una famiglia, una normale famiglia con un po' di situazioni. Un sacco di cose sbagliate, piccole cose, sì, ma niente di tanto grosso da meritare questo. Niente!»

D.D. e Phil si scambiarono un'occhiata. Aspettarono, dando all'uomo il tempo di ricomporsi.

«Perché non voleva rimanere da solo con Lola?» domandò D.D. con fermezza dopo che furono trascorsi alcuni istanti.

Hector sospirò profondamente. Chiuse gli occhi.

«Andiamo, Hector. Sappiamo che vuole proteggerla. Ma questa è un'indagine per omicidio. Alla fine tutto salterà fuori comunque. Prima ce lo dice, e prima riusciamo a ottenere qualche risposta, a scoprire chi ha ucciso il suo bellissimo bambino. E, magari, riuscire anche a salvare Roxanna. Perché lei si rende conto che Roxanna è in pericolo, vero? Se non è stata lei a uccidere la sua famiglia, vuol dire che è stato qualcun altro, e questo qualcuno la sta cercando. Oppure è stata Roxanna a fare del male alla sua famiglia e magari ha sparato anche a lei, il che la rende una sospettata armata e pericolosa a cui ogni poliziotto di Boston sta dando la caccia. In entrambi i casi, non è uno scenario positivo, Hector. Deve aiutarci a trovare Roxanna, prima. A salvarla da se stessa.»

Hector chiuse gli occhi. E poi disse: «Lola si comportava... sapete, faceva cose sbagliate. C'era stato un incidente, a scuola, con un insegnante. Un uomo. Lola aveva detto delle cose... fatto delle cose. C'erano dei testimoni, i suoi compagni di classe».

«Lei questo come fa a saperlo, Hector?» domandò Phil.

«Me l'ha detto Juanita. Mi ha preso da parte e me l'ha raccontato. Voleva... avvisarmi. Di stare attento quando ero vicino a Lola. Ma io già lo sapevo. Come uomo. Un uomo le sa, certe cose. Il modo in cui si vestiva, come si comportava... mi metteva a disagio.»

«Crede che Charlie la molestasse?» domandò bruscamente D.D.

«Non lo so. Juanita ha tirato fuori l'argomento, subito, ha detto che non era lui. Credeva, ripensandoci meglio, che il comportamento di Lola fosse iniziato prima che lei andasse a vivere insieme a Charlie. Ma era peggiorato nell'ultimo anno. Con il fatto che Lola aveva compiuto dodici anni ed era diventata più... un'adolescente.»

«E lei, cosa pensa?» chiese D.D.

Hector aprì gli occhi. Sembrava molto turbato. «I ragazzi... quando vivevo con Juanita, erano tutti bravi ragazzi. Roxanna... lei era una piccola adulta già allora. Colpa nostra, lo so. Noi festeggiavamo e litigavamo, e Roxanna... lei teneva insieme tutto. Così noi facevamo festa ancora di più, perché eravamo davvero così stupidi. Era così la malattia che avevamo.»

D.D. annuì. Lei e Phil incontravano molti alcolisti, sul lavoro; a volte erano sospettati, a volte erano vittime e a volte erano colleghi poliziotti. La dipendenza non conosceva confini.

«Lola, lei non era come Roxanna. Non voleva fare i compiti o seguire le regole o stare tranquilla. Se ne sgattaiolava fuori dal letto dopo che Roxanna si era addormentata. E io la sorprendevo a spiare me e sua madre. "Torna a letto" le dicevo, e lei se ne andava. Oppure: "Va' a vedere come sta tuo fratello", perché lei adorava Manny. Avrebbe fatto qualsiasi cosa per lui. Roxanna le diceva sempre cosa doveva fare, ma Manny la venerava, e a Lola questo piaceva.

«Poi... è caduto tutto a pezzi. Juanita era così infelice. Pensava che io facessi troppi turni di notte, che arrivassi a casa più tardi di quanto avrei dovuto. Mi accusava di vedere altre donne, di ogni genere di cosa. E l'appartamento era troppo piccolo e i bambini avevano bisogno di vestiti nuovi, e... e tutto andava male ed era tutta colpa mia. La cosa la faceva bere di più, finché non le hanno fatto rapporto al lavoro. Poi hanno minacciato di licenziarla, e anche quella è diventata colpa mia, perché avrei dovuto essere a casa ad aiutarla con i bambini e a cercare un appartamento migliore, solo che, se io resto a casa di più, come faccio a trovare i soldi per un appartamento più grande?» Hector si strinse nelle spalle. «Poi ha chiamato la scuola, perché i bambini non avevano il cibo per il pranzo e portavano gli stessi vestiti tutti i giorni, perché Roxanna era solo una bambina e c'è un limite a quello che può fare una bambina...

«Una grossa lite. Non ricordo nemmeno per cosa è cominciata. Ma c'è stata questa grossa lite. Io ero incazzatissimo. Proprio... furioso. Volevo picchiare Juanita. Qualsiasi cosa pur di farla smettere di gridarmi addosso. Di farla smettere di farmi sentire così *inutile*. Così ho stretto la mano a pugno. Avrei potuto farlo. Ma poi ho visto i bambini. Erano lì in piedi e mi fissavano. Fissavano me. Manny stava piangendo. Lola lo stava tenendo in braccio, anche se lui era grande quasi la metà di lei. E Roxanna... aveva le braccia intorno agli altri due. Li stava proteggendo. Da me.

«Allora, invece di Juanita ho colpito il muro. Ci ho fatto passare il pugno dritto attraverso. Juanita ha smesso di strillarmi contro. Tutto è diventato silenzioso.

«Io... io non potevo sopportarlo. Ho preso su la mia borsa da lavoro e me ne sono andato. E non sono più tornato.»

«È andato in Florida» disse D.D. «E, mentre lei era via...»

«Juanita ha perso la custodia dei bambini. Manny è stato mandato in una famiglia, Roxanna e Lola in un'altra. Hanno detto a Juanita che tre bambini erano troppi per riuscire a sistemarli insieme nello stesso posto.»

«Poi Juanita si è ripulita» disse Phil. «Deve aver soddisfatto tutte le richieste della corte perché, un anno dopo, ha riavuto i bambini. Non è una cosa facile da fare.»

«Juanita ha smesso di bere. Aveva toccato il fondo, e ha lottato per risalire. È una donna forte. L'ho sempre saputo. È una delle cose che amavo di lei.»

«Ma i bambini...» lo esortò D.D.

«Quando sono tornato e ho sentito cos'era successo, quando ho scoperto come Juanita se la stava cavando, questo mi ha dato lo stimolo per entrare nel programma, per diventare sobrio. Il mio sponsor ha organizzato un incontro tra me e Juanita. Abbiamo parlato per la prima volta dopo molto tempo. Abbiamo fatto ammenda tutti e due, ci siamo scusati. E io ho ricominciato a vedere Manny. All'inizio lui era molto silenzioso. Quasi timido. Lo capivo. Aveva visto suo padre trasformarsi in un mostro davanti ai suoi occhi. E poi anche peggio: il mostro l'aveva abbandonato. Mi sono scusato con Manny. Ho tentato di spiegargli la malattia. Gli ho detto che adesso stavo meglio. Gli ho promesso che non l'avrei più abbandonato.

«Lui ha detto che capiva. Ha detto che anche sua madre era stata malata. Così tanto malata che loro erano dovuti andare via. Ha detto che sperava che non ci ammalassimo più.»

D.D. e Phil annuirono.

«Manny... lui era piccolo quando è successo tutto questo. Non sono sicuro di quanto poteva ricordare. E poi aveva le sue sorelle. Roxanna e Lola, almeno quando erano ancora insieme, facevano di tutto per prendersi cura di lui. Lui l'aveva superata. Non so cos'altro dire. Il mio bellissimo bambino mi aveva perdonato. E così, in un attimo, tra noi era di nuovo okay. Gli piaceva moltissimo vedermi. Arrivavo a casa e la sua faccina si illuminava. Giocavamo a calcio. Passeggiavamo nel parco. Eravamo... eravamo di nuovo una famiglia.

«Le ragazze... Roxanna mi tiene d'occhio. Si ricorda. Forse mi perdona, ma non dimentica. Per i primi mesi mi fissava così intensamente che potevo sentire un buco al centro del petto, dove erano puntati i suoi occhi. Ma ho mantenuto la parola. Come Juanita, non bevo un goccio da anni. Sono diventato il padre che avrei dovuto essere. Roxanna è diventata più gentile con me, ultimamente. Di tanto in tanto mi parla, persino. Finché Manny è felice, riesce a perdonarmi.

«Lola... lei era quella che era cambiata di più. Felice come una pasqua da un momento all'altro. E... fisica. Voleva darmi una pacca sul braccio, abbracciarmi forte. Ma io non so, non saprei. Gli abbracci non sembravano giusti. Fin dall'inizio... c'era qualcosa che sembrava fuori posto, in lei. Era *troppo* felice. Era *troppo* fisica. Come se ci stesse provando con tutte le sue forze. Ma poi le venivano anche questi attacchi di rabbia. Per i compiti, i mestieri di casa, l'ora di andare a letto, tutto era una guerra. Manny mi dice che Lola strilla contro Roxanna almeno tanto quanto lo fa con Juanita. Non sei la mia vera madre, le dice, cose così.

«Juanita stava diventando sempre più frustrata. Non che mi raccontasse molto. Ma, dopo quell'incidente con l'insegnante... mi ha detto che aveva delle preoccupazioni. Pensava che fosse successo qualcosa alle ragazze quando erano in affido. Aveva persino assunto un avvocato per approfondire la cosa.»

«E lei cosa pensava?» domandò D.D.

«Io pensavo che avesse senso. Potevo anche non piacere a Charlie, ma non ho mai visto niente che potesse farmi pensare che era un uomo cattivo. Sembrava gentile con i bambini. Ma, più che altro... Roxanna lo rispettava. E lei è un giudice severo. E poi, lei e Lola stanno nella stessa stanza. Quindi, se lui stava facendo qualcosa a Lola, Roxy l'avrebbe saputo, giusto? E non credo che se ne sarebbe stata zitta. Credo che avrebbe parlato. O che l'avrebbe affrontato lei, di persona. Ma, poi, cos'era successo a Lola? Perché, più Juanita me lo chiedeva... Tutti e tre i ragazzi erano diversi, dopo quell'anno. Tutti, anche noi... dovevamo tornare a essere di nuovo una famiglia. Solo che Lola sembrava non essere mai guarita. Anzi, se possibile era peggiorata.»

«Juanita non le ha mai parlato degli amici di Lola? Magari di un gruppo di ragazze che Lola frequentava?»

«A Juanita non piacevano le amiche di Lola. Diceva che se la faceva con un gruppo di brutta gente. Ma Juanita aveva letto un po' di cose. Il giorno che mi ha parlato... ha detto che pensava che Lola avesse subito... abusi... mentre era in affido. Pensava che quella di Lola fosse una messa in scena. Quelle amiche, le sue scelte sbagliate? Erano il modo in cui Lola stava punendo se stessa.»

«Che cosa diceva Roxanna?» disse Phil, accigliato. «Le ragazze erano state mandate nella stessa casa.»

«Stando a Juanita, Roxanna non parlava mai della casa famiglia. Sembrava solo molto preoccupata. Ma, eh...» Hector fece una pausa, trasse un respiro profondo, poi una smorfia di dolore.

«Ho visto i ragazzi. Tutti. Non l'ho mai raccontato a Juanita. Ma, eh... avevo ricevuto una telefonata da un amico quando ero in Florida. Mi disse che i bambini erano stati portati via, che Juanita era stata obbligata alla riabilitazione. Ero furioso. In preda al panico. Manny. Dove avevano portato il mio bambino?

«Così sono tornato fin qui in macchina. Erano passati due mesi, forse, da quando me ne ero andato? Si sentono cose brutte su quello che succede ai bambini che vengono presi dallo Stato.

«Poi li ho trovati in tribunale. Un'udienza di qualche tipo. Ho guardato da fuori. I bambini erano tutti insieme, seduti con una donna che non avevo mai visto. Juanita era seduta dalla parte opposta. Sembrava diversa. I suoi capelli erano a posto. La sua faccia era luminosa. Sembrava stare meglio di quanto non stesse da mesi. Era sobria, mi sono reso conto. Era davvero sobria.

«E io...» La voce di Hector si incrinò. «Io non lo ero. Anche prima di entrare in tribunale, avevo così tanta paura che ho buttato giù tre bicchierini di tequila. Per calmarmi i nervi. Mi sentivo in imbarazzo, all'epoca. Avevo guidato fino a qui per salvare il mio bambino, ed ero ancora un ubriacone.»

Hector abbassò lo sguardo sulle lenzuola bianche del letto d'ospedale. «A udienza finita, mi sono ritirato in fondo al corridoio, sperando che nessuno mi notasse. Manny sembrava okay. Stava parlando con le sue sorelle, aggrappato alla mano di Lola. Lei gli stava sorridendo.

«Roxy... si muoveva in modo strano. Sembrava rigida. Non so se qualcun altro se n'era accorto. Ma a me sembrava che stesse soffrendo. Dolore fisico, intendo. Come se qualcuno l'avesse picchiata.»

«E lei che cosa ha fatto?» domandò Phil.

Hector sollevò lo sguardo e li fissò entrambi. «Niente. Ero ubriaco. E, guardando Juanita, tutta a posto, guardando i bambini che si aggrappavano l'uno all'altro, mi sono vergognato. Ero stato io a fargli questo. Juanita aveva ragione. Era davvero tutta colpa mia. Ero davvero un fallimento. Li ho lasciati lì e sono andato in un bar. Perché è questo che fanno i falliti.»

Hector chiuse gli occhi e appoggiò di nuovo la testa. «Lei mi ha visto» disse d'un tratto. «Non ne abbiamo mai parlato. Ma quel giorno, in tribunale, Roxanna ha guardato in fondo al corridoio. E mi ha fissato, guardava dritto verso di me. Un attimo prima che io me la dessi a gambe.»

«Roxy l'ha vista in tribunale? L'ha vista abbandonarli?» domandò D.D.

«Se fossi stato in lei» disse Hector «anch'io mi sarei sparato. Ma non oggi. L'avrei fatto cinque anni fa, quando me lo meritavo. Non sono un uomo perfetto. Ho commesso molti errori. Roxanna ha il diritto di odiarmi. Anche Manny e Lola. Ma perché adesso? Adesso siamo una famiglia. Adesso siamo brave persone. Quindi perché? È questo che non capisco. Perché adesso?»

«Ha detto che Lola era più pazza di prima» rifletté D.D. a voce alta.

«Ma Juanita stava cercando di aiutarla. Sapeva che non era colpa di Lola.»

«Juanita stava facendo domande che Lola non voleva trovassero risposta» disse Phil.

«Allora perché Lola è morta? Non dovrebbe essere Roxanna quella ferita, o morta, e Lola quella in fuga?» domandò Hector. «E perché Manny? Nessuna delle due avrebbe mai fatto del male a Manny.»

«Ha detto che quel giorno in tribunale le era sembrato che Roxy si muovesse in modo rigido. Come se si fosse fatta male?»

«Sì. Se ne stava troppo dritta, con i gomiti piegati. Sono stato in tante risse da bar, e so riconoscere come si sta la mattina dopo. Aveva l'aria di avere male alle costole.»

D.D. lanciò un'occhiata a Phil. «Forse anche Roxanna ha i suoi segreti, su quell'anno passato in affido. Domande a cui non voleva che Juanita trovasse una risposta.»

«Non farebbe mai del male a Manny» ripeté Hector. «E, anche se avesse dei motivi per odiarmi... io sono pulito. Juanita è pulita. Un tempo ci comportavamo male. Ma adesso siamo dei bravi genitori.»

«A meno che il problema non sia proprio questo» rifletté D.D. a bassa voce. «Roxanna non è sempre stata il genitore? E poi voi due le avevate portato via il lavoro?»

«Questo non ha senso» disse Hector.

Era un'obiezione a cui D.D. non poteva opporsi: stava cercando qualsiasi appiglio, e lo sapeva bene. La questione principale sollevata da Hector era vera: cinque anni prima quella famiglia era un casino, cinque anni prima magari Roxy avrebbe avuto un motivo per agire contro Juanita e Hector. Ma entrambi avevano smesso di bere. Juanita aveva riavuto i suoi figli e, almeno fino a quella mattina, sembrava aver rimesso la sua vita sui binari giusti. Quindi, cos'era successo nelle ultime settimane per portare l'agitazione di Roxy a un tale livello da spingerla a cercare aiuto nel gruppo di sostegno di Flora e, addirittura, a scatenare la follia omicida di quella mattina?

«Un'ultima domanda» disse Phil. «Ha detto che Lola si comportava in modo strano. Era possibile che si drogasse?»

Hector sospirò penosamente. «Vorrei dire di no. Un comportamento simile avrebbe spezzato il cuore di Juanita. Ma dopo quell'incidente con l'insegnante... quando si tratta di Lola, tutto è possibile.»
«Quanto in là potrebbe spingersi Roxanna per proteggere la sorellina?» domandò D.D.
Hector si strinse nelle spalle e ripeté: «Tutto è possibile».

19

«Dove sei?» chiesi a Sarah al telefono.

«Dietro il liceo» sussurrò lei. «Ho seguito il bersaglio fino a qui. Ce l'ho in vista.»

«Mike è con qualcuno?»

«Non ancora. Ma sembra che stia aspettando.»

«Forse è un punto di incontro» riflettei a voce alta. «C'è qualcun altro in giro?»

«Stai scherzando? Allenamento di calcio. Hockey su prato. Football. Non lo so. Ci sono ragazzi, allenatori, genitori dappertutto.»

Me ne ero dimenticata. I licei avevano gli sport, i club, le attività extracurricolari che si svolgevano anche nei weekend. Cosa che rendeva il liceo un buon posto dove nascondersi tra la gente? O, almeno, un luogo dove Roxanna poteva vedersi con il suo migliore amico e probabile complice, Mike Davis?

«Ehi» dissi «vedi mica in giro un gruppetto di ragazze ispaniche che cazzeggiano?»

«Uh, ci sono un sacco di ragazze che se ne vanno in giro. Difficile distinguere i gruppi senza avvicinarmi. Non voglio spaventare il bersaglio.»

La capivo perfettamente. C'era la possibilità che Mike avesse visto Sarah qua e là mentre stava andando al liceo. Mentre una donna in giro a passeggio in una bella giornata non era qualcosa di strano, quella stessa donna che compariva all'improvviso alla scuola avrebbe attratto la sua attenzione.

«Okay» dissi infine. «Resta lì. Fammi sapere se arriva Roxanna. E se vedi qualsiasi cosa che sembra l'attività di una gang o traffico di droga, anche quello mi piacerebbe sapere.»
«Accidenti, in un liceo?»
«Sapevo di poter contare su di te.»
Terminai la chiamata proprio mentre D.D. e Phil uscivano dal St Elizabeth e iniziava il mio compito successivo.

«Così presto?» esordì D.D., poi guardò l'orologio e cambiò espressione. «Sono passate davvero due ore?»
«Il tempo vola quando ci si diverte» le dissi. Porsi la mano a Phil. «Flora Dane. La nuova informatrice confidenziale del dipartimento di polizia di Boston. Piacere.»
Phil roteò gli occhi verso di me. «Sul serio?» disse a D.D.
«Mi spiace. Cose che succedono.»
«Come sta Hector?» domandai.
D.D. si strinse nelle spalle. «Vivrà. Giura che non è stata Roxanna a farlo. Dice che non ha motivo di fargli del male. Più propriamente, non rischierebbe mai di ferire i cani aprendo il fuoco così vicino a loro.»
«Quindi non ha visto chi ha sparato? O non vuole ammettere che potrebbe essere Roxy?»
«Afferma di non aver visto chi gli ha sparato.»
Sentii lo scetticismo nella voce di D.D. Accidenti, stavo cominciando anch'io a copiare quel tono.
«Ma le fibre azzurre nell'ufficio vuoto venivano dallo zaino di Roxanna?» incalzai.
D.D. mi rivolse un sorriso divertito. Guardò di nuovo l'orologio. «Ecco la tua lezione di investigazione del giorno: l'analisi delle prove non avviene in due ore o meno. Più probabile che tu possa avere una risposta domani mattina, e anche allora sarà solo perché l'alto profilo del caso avrà fatto fare gli straordinari ai tecnici di laboratorio.»
«Per la cronaca, i vigilanti non hanno questo tipo di problemi.»
«Le analizzate per conto vostro?» domandò Phil.
«Nah. Ma filamenti dello stesso azzurro dello zaino di Roxy sono sufficienti. Non facciamo altro che barrare quella casella e andare avanti.»
Altro roteare di occhi. Era bravo, in quello.

«Hai scoperto niente di utile?» indagò D.D. con impazienza.

«Credo di sì. Mi sono incontrata con Mike Davis, l'amico di Roxanna del liceo. A quanto pare anche lui era nella stessa casa famiglia di Roxanna e Lola.»

L'informazione mi fece ottenere immediatamente l'attenzione dei due detective.

«Che cosa aveva da dire?» domandò D.D.

«È più quello che non ha detto. In un'indagine per omicidio si cercano cambiamenti recenti nella vita della vittima, giusto? Per esempio, sappiamo che Roxanna se ne andava in giro, stressata e spaventata, a chiedere aiuto per una sua amica.»

«Non ho bisogno di tutorial.»

«E sappiamo che Lola, la sorella minore, si stava comportando sempre peggio, e la madre aveva cominciato a fare domande in giro sul periodo che le ragazze avevano passato in affido.»

D.D. agitò la mano per farmi continuare. Phil mi stava guardando con aperta ostilità. A quanto pareva, il detective non approvava il mio nuovo ruolo di informatrice confidenziale. Così gli strizzai l'occhio mentre comunicavo le mie scoperte.

«Credo che le cose siano legate. Cinque anni fa, quando Juanita ha perso la custodia dei figli, le ragazze sono state sistemate in una casa famiglia qui a Brighton, ovvero quella di Madre Del. Che, stando all'amico di Roxanna, Mike Davis, era piena di cattivi ragazzi. Cattivi in senso dickensiano. Sembra che due di loro, Roberto e Anya, fossero i capi del pollaio e picchiassero i bambini più deboli per sport.»

D.D. si scambiò uno sguardo con Phil. Fino a quel momento, il mio rapporto non li aveva sorpresi, e la cosa mi sgonfiò un poco. Continuai.

«Mi è stato detto che Roxanna e Lola si sono ribellate mettendo cose tipo lassativi e sciroppo di ipecac nel cibo dei ragazzi più grandi, allo scopo di renderli innocui. Non sempre era sufficiente, però.»

I detective mi fecero cenno di continuare.

«È il luogo che è importante» ripresi, ora più seria. «Quando Juanita si è disintossicata dall'alcol, non solo ha riavuto indietro le ragazze, ma le ha portate via. Non poteva permettersi di abitare a Brighton, da mamma single.»

D.D. reclinò il capo.

«Ma poi ha conosciuto Charlie Boyd al pronto soccorso. E lo scorso dicembre...»

«Si è trasferita a casa sua» finì D.D. «Riportando i figli a Brighton.» Lei e Phil si guardarono un'altra volta.

«Dove almeno Roxanna frequenta la stessa scuola superiore delle sue due nemesi del passato, Roberto e Anya» terminai trionfante.

«E Lola?» domandò Phil.

«Mi è stato detto che i bambini cattivi hanno amici cattivi più piccoli. Quindi molto probabilmente anche lei ha avuto i suoi scontri, alla scuola media. Ma, essenzialmente, che Juanita l'avesse capito o no, ha riportato le sue ragazze di nuovo in territorio nemico. E loro avevano paura. Al liceo, Roxanna si è rimessa a frequentare il suo ex alleato, Mike Davis, che aveva tentato di aiutarla a casa di Madre Del. Stando a quanto dice lui, Roxy badava a Lola, e lui badava a Roxy. Ma per Lola non era abbastanza. Quindi, stando a Mike, Lola si è unita a una gang.»

«Dalla padella alla brace» mormorò Phil.

«Lola si drogava?» chiese D.D., accigliata.

«Roxy non è riuscita a trovare nessuna prova che sua sorella si drogasse. Ma Lola forse spacciava. Lola aveva detto a Roxanna che, dal momento che era così bella, poteva usare il suo aspetto a proprio vantaggio. Da come suona la cosa, Lola era stanca di sentirsi impotente. Unirsi a una gang le dava un senso di protezione, e risalire i ranghi fino a comandare una gang... potere.»

«Voleva vendetta» disse D.D.

Mi strinsi nelle spalle.

«E gli altri due ragazzi della casa famiglia» disse Phil. «Roberto? Anya? Dove sono adesso?»

«Roberto è morto. Si è sparato qualche mese fa. E sono sicura che Anya dà la colpa della cosa a chiunque tranne che a lui. Forse è rimasto coinvolto con Lola e la sua gang? O ha avuto una specie di confronto con Roxy? Non lo so. Ma Lola e Roxy tornano a Brighton e nel giro di pochi mesi Roberto muore. Non fa parte del lavoro di polizia non credere mai alle coincidenze?»

D.D. inarcò un sopracciglio. «Credi che Lola e Roxy possano avere avuto qualcosa a che fare con il suicidio di un ragazzo?»

«Perché no? La tempistica è sospetta.»

«In polizia c'è anche una regola sulle congetture» disse asciutto Phil.

Mi strinsi nelle spalle. «Non importa se Roxy o Lola hanno avuto qualcosa a che fare con il suicidio oppure no. Quello che è rilevante è quello che crede Anya, l'amica di Roberto (o è la sua ragazza?). Lei e Roberto avevano una faida con Lola e Roxy, ai tempi della casa famiglia. Se ha pensato che erano coinvolte in qualche modo con la sua morte...»

«Avrebbe avuto un movente per sparare a Lola e Roxy» terminò D.D.

«Solo che Roxy era fuori a portare a spasso i cani, così Anya ha dovuto accontentarsi di uccidere il resto della famiglia di Roxy.»

«Congetture» intonò Phil. Decisamente non gli piacevo. «Quindi chi ha sparato a Hector?» disse. «Roxanna o Anya?»

Mi strinsi nelle spalle. «Quello era il vostro interrogatorio, non il mio. Forse, avendolo visto che andava a prendere Manny, Anya ha pensato che facesse parte della famiglia e, nella sua mente contorta, li vuole tutti morti.»

«Hector non ha passato del tempo con Lola e Roxanna» dichiarò Phil. «Né è andato a trovarle alla casa famiglia. Non c'è motivo di associarlo a loro.»

«Chi può sapere come ragionano le menti contorte?» dissi, e la mia voce – o forse erano i miei occhi – doveva essere più tesa di quanto mi fossi resa conto, perché Phil distolse lo sguardo per primo.

D.D. si accigliò. «Su, adesso fate i bravi» disse.

Mi rilassai.

«Non mi torna l'idea di Anya che spara a Hector» disse D.D. «La seconda lezione investigativa della giornata: la soluzione più semplice generalmente è anche quella giusta. Basandoci sulle fibre azzurre dello zaino, possiamo collocare Roxanna vicino alla scena del crimine. Sappiamo anche che ha scritto i bigliettini richiedendo specificatamente che Hector venisse a prendere i cani. Ha legami con la vittima e ha avuto l'opportunità. Quanto al movente... ci sono molte cose che ancora non abbiamo scoperto su questa famiglia.»

«Se Roxanna è quella che ha sparato a Hector, dove ha preso la pistola?» domandai. «Ho chiesto lumi a Mike Davis. Lui si è rifiutato di rispondere, ma, basandomi sul suo atteggiamento... è possibile che abbia aiutato Roxy a procurarsi un'arma. Oppure ne sa qualcosa.»

«Sono curiosa di sapere dell'addestramento» disse D.D. «Sparare da dietro un albero dalla parte opposta di una strada affollata... è un diavolo di cecchino.»

«Hector ha idea se qualcuno della famiglia giocava con le armi?»

«No. Stando a quanto dice, Juanita odiava le pistole. Fine della storia.»

«Quindi, se Roxanna si stava esercitando» ragionai a voce alta «lo faceva nel suo tempo libero, con una pistola che deve aver comprato illegalmente.»

Mi accigliai. Le domande che Roxanna aveva posto nella chat di gruppo la facevano passare come una relativamente inesperta di armi da fuoco. Ma l'imboscata tesa dalla parte opposta della strada... D.D. aveva ragione: era un colpo non da tutti. Ancora: chi era questa ragazza e dove aveva imparato quelle cose? E in così poche settimane! I suggerimenti per la sopravvivenza del mio gruppo erano buoni, ma non così buoni.

«Che cosa pensi di questo Mike Davis?» mi chiese D.D. «Hai detto che è amico di Roxanna. Qualche possibilità che la stia nascondendo lui?»

«Vive ancora nella casa famiglia, quindi di sicuro non la tiene nascosta lì. Ma non sarei sorpresa se la stesse aiutando in qualche altro modo.»

«Dovremmo tenerlo d'occhio» disse D.D. a Phil.

«Già fatto.»

Si voltarono entrambi a guardarmi.

«Cosa?»

«Dovremmo farlo sorvegliare da qualcuno di *addestrato* a farlo» disse seccamente D.D.

«Di nuovo: già fatto. Voi avete la vostra rete, io ho la mia. Non è così che funziona?»

«Ma io non mi fido di te. O della tua rete.»

«Eppure ho fatto il lavoro. O no?»

La mia voce era diventata di nuovo tesa. D.D. non ribatté, ma nemmeno distolse lo sguardo. Non eravamo uguali. Questo lo sapevo. Io avevo il mio stile, lei aveva il suo. Ma non poteva mettere in discussione i risultati che avevo ottenuto. Stupratori, rapitori, assassini. Avevo accresciuto il mio curriculum nel modo più difficile, negli ultimi anni. Avevo la sensazione che il sergente Warren fosse uno di quei poliziotti che non riescono a dormire finché non hanno tutte le risposte. Ma io ero la superstite di un trauma che semplicemente non riusciva a dormire e basta.

Se funzionava...

«Sai quel detto sul non tirare troppo la corda» mormorò D.D.

Mi strinsi nelle spalle.

«Bene.» D.D. si rivolse a Phil. «Rintracceremo questa Anya e la porteremo in centrale per interrogarla.»

«Aspetta.»

«Adesso cosa c'è?» Era il turno di Phil, e non sembrava affatto felice.

«Io credo... con tutto il rispetto...» Parola che sapevamo tutti non fosse facile da pronunciare, per me. «Credo che dovreste concentrarvi su Madre Del. È lei che gestisce la casa famiglia, e conosce tutte le persone coinvolte.»

Entrambi mi guardarono malissimo.

Continuai. «Mentre... eh, mentre io faccio un tentativo con Anya.»

Phil sollevò le braccia. «Che cosa diavolo...»

«È una ragazza in affido! Un prodotto del sistema. Non esiste che parli con due detective. Non importa se è colpevole o innocente. L'hai detto tu stessa, D.D.: i bambini in affido non vanno d'accordo con le figure autoritarie. Sono sicura che voi abbiate delle tecniche di interrogatorio specifiche per queste occasioni, ma sono ancora più sicura che non potrete fidarvi di niente di ciò che vi dirà.»

«Mentre tu, invece?» sbottò D.D., irosa.

«Io sono Flora Dane. Ho salvato una studentessa universitaria...»

«E io ho salvato il culo a te e a lei» sbottò D.D.

«Ho bruciato vivo uno stupratore. Il che, in certi ambienti, non è visto poi così male come potreste pensare. Sono una sopravvissuta. Questo mi rende più simile ad Anya di quanto lo siate voi.»

D.D. borbottò qualcosa sottovoce. Fissò Phil. Fece un'altra smorfia. Ma a quel punto sapevo di averli convinti. Perché avevo ragione. Un'adolescente in affido? Una ragazzina che era un prodotto del sistema? Anya era, per definizione, più simile a me che a loro. E, se era anche un'assassina... be', anche in questo non eravamo poi così distanti.

«Come riuscirai a trovarla?» domandò D.D.

«Ho trovato Mike Davis, no? E la consulente scolastica del liceo di Roxanna. Voi avete la vostra rete, io ho la mia.»

D.D. sembrava meno perplessa, ma ancora preoccupata. «Fin dove hai intenzione di spingerti con questa storia?» domandò all'improvviso.

«Non lo so.»

«Se trovi Anya, se decidi che ha sparato e ucciso quattro persone stamattina...?»

«La brucerò viva?» dissi bruscamente.

«O la sottoporrai a qualche altra forma della tua "giustizia"?»

«Non è che mi *piace* fare male alla gente» dissi, ma non riuscii a capire se D.D. mi credeva oppure no. «Mi farò raccontare la sua storia» dichiarai infine. «E ve la riferirò. Proprio come ho fatto dopo aver parlato con Mike Davis.»

«Che ora, a quanto pare, stai facendo seguire da qualcuno.»

«Se si incontra con Roxy, non vorreste saperlo? E se Anya può essere la persona che ha sparato, non volete che qualcuno la tenga d'occhio?»

«Non mi fido di te» disse di nuovo D.D. Phil borbottò qualcosa sottovoce, senza dubbio una conferma di quello che aveva detto la sua collega. «Sei troppo dura» continuò D.D. «Troppo arrabbiata. Ti rende imprevedibile.»

«Divertente, detto da te.»

«Sì? Vuoi raccontarmi la storia della benda che hai sulla mano? E perché continua a perdere sangue?»

«Mi sono ferita. Va bene?»

«No. No che non va bene. Perché questa è la verità, ma non tutta la verità. Il che è un problema, quando qualcuno come te sta parlando con qualcuno come me.»

La guardai fisso, tenendo la mano sinistra dietro la schiena.

«Sto prendendo un cane, oggi» disse D.D. d'un tratto, e la cosa mi spiazzò, provocando anche un'occhiata sorpresa da parte di Phil. «Mio marito e mio figlio stanno cercando il bastardino proprio in questo momento. Il che vuol dire che ho tre buoni motivi per tornare a casa stasera. Marito. Figlio. Cane. E tu, Flora? Quale incentivo hai, tu, per fare le cose nel modo giusto?»

Era una buona domanda. Una a cui non pensavo da molto tempo. Avrei dovuto dire mia madre, che mi voleva molto bene. Che si sacrificava. Che sopportava. Che cucinava. O c'era Samuel, il mio difensore della vittima nominato dall'FBI, che si era beccato decine di telefonate in piena notte nel corso degli anni. C'era anche mio fratello, da qualche parte oltreoceano, che sapevo mi voleva ancora bene. O forse il mio gruppo, la mia nuova banda di disadattati, di cui ero il punto di riferimento.

Avevo una vita. Non ero sicura di quando o come fosse successo, con esattezza, ma avevo una vita. Il che, credo, dimostrava che non avevo mentito a Sarah quando mi ero presentata alla sua porta la prima volta. Si può sopravvivere a qualcosa di orribile e imparare comunque a vivere di nuovo.

«Mi rifarò viva» dissi.

D.D. continuò a fissarmi. Poi, quando vide che non mi scomponevo: «Stai attenta».

«Sempre.»

Mi allontanai. In cerca di un assassino, e felice come una ragazza come me non avrebbe mai potuto essere.

20

D.D. aveva ricevuto un messaggio da casa. Con una fotografia allegata. Voleva disperatamente sbloccare il display e vederla. Una foto del Cane? Una foto di Alex e Jack con il Cane? Una fotografia di qualsiasi cosa da casa? Perché al momento le avrebbe fatto bene una fettina di famiglia. Ricordarsi che nella vita ci sono anche cose belle.

Ma prima c'erano cose più importanti. Si mise al telefono con Neil. A lei e Phil piaceva prendere in giro il più giovane detective di Boston per i suoi capelli rossi e i suoi lineamenti da ragazzino, chiamandolo il Richie Cunningham della squadra omicidi. In realtà, Neil era maturato bene negli ultimi anni. Con l'arrivo di Carol Manley nella squadra non era più il novellino, e aveva assunto il comando su più aspetti delle indagini. Se D.D. si sentiva una mamma orgogliosa, allora Phil di sicuro era un papà raggiante.

«Altre scoperte importanti nella casa dei Baez?» domandò D.D. a Neil.

«Niente che salti all'occhio.»

«I colloqui con i vicini?»

«Tutti concordano nel dire che sembravano una famiglia normale. Nessuna lite rumorosa, niente feste. Niente sconosciuti che andavano e venivano in orari strani. Sembra che Juanita fosse una brava cuoca, mentre Charlie era conosciuto perché aiutava il vicinato facendo piccoli lavoretti di riparazione. Piacevano a tutti, anche se sembra che nessuno li conoscesse molto bene. Juanita e i ragazzi si erano trasferiti solo l'anno scorso.»

«Qualcuno ha visto la persona che ha sparato entrare in casa poco prima delle nove del mattino?»

«No.»

«E le immagini delle telecamere di sorveglianza della strada dietro la casa dei Baez? Sappiamo che l'assassino ha scavalcato il recinto. Lui o lei ha disabilitato le telecamere di quell'edificio, ma di sicuro nell'isolato ci sono altri sistemi di sorveglianza.»

«E ancora... no.»

«Davvero? Ma è una zona densamente popolata. Cos'è successo al Grande Fratello che ci osserva sempre?» domandò D.D. con una punta di fastidio.

«Non in quell'isolato» la informò Neil. «Ho scavato nelle finanze di famiglia. Finora, tutto sembra decisamente normale. Assegni mensili che entrano, spese mensili che escono. Niente depositi o prelievi di somme consistenti. Attività limitata sulle carte di credito. Non vivevano certo di rendita, ma se la stavano cavando bene.»

«E le transazioni in contanti? Niente che possa indicare attività illecite? Droga?»

«I lavori di Charlie sembrano più che altro un insieme di subappalti all'interno di progetti più grossi, con qualche suo progetto indipendente più piccolo a completare il quadro. Per la maggior parte di questi probabilmente è stato pagato in contanti. Ma, ancora, nessun deposito inspiegabile o acquisti costosi – diciamo gioielli, elettronica, scarpe firmate – che sono i preferiti dei trafficanti di droga per riciclare i loro profitti. E non abbiamo trovato una cassaforte in casa o un nascondiglio sotto il letto. Nemmeno un fascio di banconote nel freezer.»

«Quindi, in una scala da uno a dieci, quali sono le probabilità che Charlie o Juanita fossero spacciatori di droga in incognito...?» tentò D.D.

«Gli darei un tre, e soltanto perché chiaramente stava succedendo qualcosa di abbastanza sinistro da condurre a un quadruplice omicidio. Ma Carol e io abbiamo setacciato la casa da cima a fondo: nessun segno collegabile alla droga. Solo» D.D. udì una leggera esitazione nella voce di Neil «una famiglia normale che conduceva una vita normale in una casa normale.»

D.D. non parlò subito. Sapeva cosa Neil intendeva. Neil non era sposato con figli – era gay, cresciuto in una famiglia di cattolici irlandesi ubriaconi – eppure i casi di violenza domestica lo colpivano sempre con forza. Una figura paterna uccisa mentre era ancora seduta sul divano; una madre uccisa nella sua stessa cucina. E i bambini... D.D. ancora non riusciva a pensare ai bambini.

«Ben ha completato un esame iniziale dei cadaveri sulla scena» stava dicendo ora Neil, riferendosi a Ben Whitely, il medico legale di Boston e uno degli ex amanti di Neil. «Nessun segno evidente di aghi su Juanita o su Charlie. Ovviamente Ben ha usato il solito condizionale...»

«Niente è definitivo finché non avrà completato l'esame in laboratorio» intonò D.D.

«Esattamente.»

«E Lola Baez?» domandò D.D.

Per la prima volta, sentì un tono di sorpresa nella voce di Neil. «La tredicenne? Cos'ha di particolare?»

«Girano voci che Lola Baez facesse parte di una gang. Probabilmente invischiata nello spaccio di droga. Forse usava droghe lei stessa. Non ne siamo sicuri.»

Silenzio, mentre Neil rifletteva sulla cosa. «Ben eseguirà un test tossicologico, è la procedura standard, per casi come questo. Se vuoi davvero essere accurata, però, posso chiedergli di eseguire un'analisi segmentata dei capelli di Lola Baez. Questo non solo ci dirà senza ombra di dubbio se si drogava, ma ci darà anche un periodo approssimativo di quando ha iniziato, o ha finito, di drogarsi.»

D.D. era impressionata. «Eccellente. E una cronologia è proprio quello di cui abbiamo bisogno. Nell'ultimo anno le cose sono cambiate, per questa famiglia. Juanita ha conosciuto Charlie, poi si è trasferita con i bambini nella sua casa a Brighton. Cosa che, a quanto pare, ha fatto anche in modo che i suoi figli rientrassero in una storia ancora aperta risalente a quando stavano in una casa famiglia nella zona. Più riusciamo a ricostruire con esattezza gli ultimi mesi delle vite dei membri della famiglia, e meglio è.»

«Capito» la rassicurò Neil.

«Qualcos'altro che dovrei sapere?» domandò D.D. Ora Neil era un leader a pieno titolo, e lei era orgogliosa di lui.

«Ho trovato un'assicurazione sulla vita di Charlie» riferì Neil.

«Ventimila dollari. La beneficiaria è Juanita. A questo punto, stiamo parlando praticamente dei soldi che servono a coprire le spese del funerale.»

Moltiplicate per quattro, pensò D.D.

«La casa è intestata a Charlie» continuò Neil. «Nessuna traccia di un testamento, il che significa che molto probabilmente la casa finirà nel registro delle successioni. Tutto sommato...»

«Non molti motivi finanziari per uccidere Charlie. D'accordo.» D.D. si morse il labbro inferiore. Come capo dell'indagine, aveva solo un numero limitato di risorse a disposizione. Dopo la chiamata iniziale, aveva concentrato i detective e gli agenti di pattuglia nelle immediate vicinanze della residenza dei Boyd-Baez. Ma ora, quasi sette ore dopo, con un'altra sparatoria e un possibile avvistamento di Roxanna nella zona intorno alla caffetteria, la sensazione era che la geografia dell'indagine fosse cambiata. E, basandosi su ciò che avevano scoperto sulla famiglia, probabilmente era cambiata anche la linea di interrogatorio.

«Voglio che vi concentriate sui ragazzi» disse D.D. a Neil. «Tu prendi Lola, e dài Manny Baez a Carol. Scordatevi altre domande ai vicini. Prendete le scuole, gli insegnanti, i migliori amici, i nemici. In particolare, ho bisogno di sapere tutto sull'anno in cui i bambini erano in affido. Sto andando alla casa famiglia dove sono state mandate Lola e Roxanna. Ma l'insegnante e i compagni di classe di Lola di quell'anno? Gli amici che si è tenuta, quelli che ha scaricato? Non lo so. Ma sembra che Juanita Baez sospettasse che Lola avesse subito abusi mentre era in affido. Stava lavorando con un avvocato per una possibile causa.»

«Interessante» commentò Neil.

«Chiunque interroghiate, scoprite se anche Juanita aveva parlato con loro. Voglio rintracciare i suoi passi investigativi, per così dire. Chiaramente stava smuovendo le acque. Quindi: chi ha spaventato?»

«Credi che fosse arrivata a qualcosa di concreto? Persone che potrebbero avere interesse a coprire il crimine originario? Per non parlare del disastro finanziario e di pubbliche relazioni che comporterebbe un processo.»

«Esatto. Il che ci porta a Roxanna Baez. Sembra che fosse spaventata per qualcosa. Per lei, per sua sorella, non ne siamo sicuri, ma nelle ultime due settimane qualcosa la stava agitando. Oh, e questo mi fa venire in mente che probabilmente dovrei dirti di un nuovo elemento in tutto questo casino: Flora Dane.»

«Cosa?» Non c'era modo di non notare la sorpresa nella voce di Neil.

«Ha avvicinato me e Phil oggi. A quanto pare ha dato vita a una specie di gruppo di sostegno per sopravvissuti. E Roxanna Baez è il loro ultimo membro.»

«Cosa?» disse di nuovo Neil, ancora più sorpreso.

«È possibile che Flora ci aiuti a trovare Roxy. Almeno, l'ho assoldata come mia informatrice confidenziale.»

«Tu sei pazza» disse Neil con voce piatta, a testimonianza di quanto tempo era che lui e D.D. lavoravano insieme. Molti dei suoi colleghi detective pensavano che lei fosse follemente ossessiva, ma in pochi glielo dicevano in faccia.

«Sono sicura che Phil è d'accordo con te» gli disse D.D. lanciando un'occhiata alla strada, dove Phil stava parlando al cellulare. «Ma rimane il fatto che abbiamo bisogno di sapere tutto quello che c'è da sapere su Roxanna Baez e queste informazioni ci servono prima di subito. Francamente, Flora ha già un aggancio con la ragazza, e il suo aiuto può esserci utile.»

Silenzio totale da parte di Neil.

«Mi dispiace.» D.D. non riuscì a trattenere il sarcasmo nella voce. «Hai magicamente trovato Roxy e ti sei dimenticato di dirmelo? Le pattuglie nel vicinato l'hanno scovata? La stai guardando mentre parliamo?»

«No» ammise Neil di malavoglia.

«Hai sentito che hanno sparato a Hector? Sapevi che Flora ci ha aiutati a trovare il nascondiglio di Roxy dall'altra parte della strada? O sapevi che Roxy porta uno zaino azzurro, che ora possiamo aggiungere alla nostra descrizione?»

«Quindi Roxy ha sparato a Hector?» domandò Neil, non più tanto ostile: più che altro, sembrava rassegnato al suo destino.

D.D. sospirò, sentendo scemare l'irritazione. «Vorrei dirti di sì, ma sinceramente non ne sono sicura. Roxy era nascosta in un ufficio sfitto di fronte alla scena della sparatoria. Qualcuno che corrisponde alla sua descrizione è stato visto fuggire dalla zona. Abbiamo agenti in uniforme che pattugliano le vicinanze, e stiamo prendendo tutti i nastri della videosorveglianza che potrebbero farci capire se effettivamente quella che scappava era Roxy con il suo zainetto azzurro. Il mio problema è: perché Roxy sparerebbe a Hector?»

«Per non parlare di tutta la sua famiglia» terminò Neil per lei. «Almeno per questa parte, io e Carol non abbiamo scoperto niente che suggerisca che Roxy avesse una lite in corso con la madre o fosse coinvolta in qualcosa di illegale. E nemmeno una traccia di un fidanzato teppista.»

«Tutti dicono che amava i suoi fratelli» assentì D.D. «e che avrebbe fatto di tutto per proteggerli.»

«Quindi, se Roxy è innocente, perché non si è costituita?» domandò Neil. «Da cosa si sta nascondendo?»

«Se dovessi tirare a indovinare... direi che ha paura.»

«Di cosa?»

«Onestamente, Neil, è proprio quello che faremo meglio a scoprire.»

D.D. terminò la chiamata. Phil aveva messo via il suo cellulare e la stava aspettando.

«Ho due serie di contatti» annunciò. «Una per la sistemazione delle ragazze nella casa famiglia, l'altra per l'avvocato di Juanita.»

D.D. rifletté sulla cosa. «Qualsiasi accusa di abusi, la madre affidataria negherà, negherà e negherà.»

«D'altra parte, l'avvocato potrebbe aver già trovato qualche prova della verità» commentò Phil.

«E avvocato sia.»

D.D. diede un'occhiata al suo cellulare. Il messaggio proveniente da casa non era ancora stato letto. E non aveva ancora aperto la fotografia.

Famiglia. Così tanto, nella vita, aveva a che fare con la famiglia.

Si fece scivolare il telefono in tasca e seguì Phil alla sua auto.

21

Le prime volte in cui passai davanti alla scuola superiore mancai completamente Sarah. Stavo cercando una donna magra con abiti neutri nascosta dietro un albero o in agguato nei pressi di un cespuglio. Ma proprio di fronte alla scuola c'era un mare di cemento. Una gastronomia, un minimarket, un banco dei pegni, tutti con un parcheggio in comune. Non un solo albero o arbusto per tenere nascosta una potenziale spia. E da dentro i negozi sarebbe stato troppo difficile guardare nel cortile della scuola e tenere d'occhio Mike Davis.

Mi incamminai sul marciapiede davanti alla scuola e poi rifeci la strada al contrario, tenendo la testa bassa. Come aveva detto Sarah, il terreno su cui sorgeva il liceo era un luogo affollato. Tanti ragazzi che correvano dappertutto con divise sportive, altri riuniti in gruppi compatti. Vidi Mike nell'ombra vicino alla fine dell'edificio scolastico. Stava ballonzolando avanti e indietro come suo solito, bilanciandosi sui talloni. Forse aveva le cuffie. Forse stava semplicemente ascoltando la musica della sua mente.

Terzo passaggio, e ora cominciavo a diventare nervosa, quando udii: «Psst».

Mi voltai verso la strada e lì c'era Sarah. Non appostata. Non si muoveva. Ma era acquattata sul sedile del passeggero di un'auto parcheggiata. Quando mi avvicinai, aprì la portiera di una fessura.

«Non sapevo che avessi una macchina.»

«Non ce l'ho. Ho trovato la portiera aperta e ne ho approfittato.»

Annuii, ammirata. «Ottima improvvisazione.»

«Come puoi vedere, non c'è un buon posto dove mettersi a guardare. E dato che sono troppo vecchia per essere una studentessa e troppo giovane per essere la mamma di qualcuno, non avevo idea di quanti giri potessi fare intorno alle piste di atletica senza che qualcuno si insospettisse.»

Mi accovacciai vicino alla macchina. Una normale auto economica color argento. Contrassegno del parcheggio di uno studente sul parabrezza. Collezione di involucri di barrette e dolciumi vicino alla leva del cambio.

Ero sempre più impressionata. Sarah avrebbe potuto essere la sorella maggiore di chiunque, in attesa che il fratello o la sorella finisse l'allenamento. Aveva il cellulare in mano. Un altro tocco notevole; annoiata e intenta a smanettare sul cellulare per far trascorrere il tempo. La maggior parte di chi passava probabilmente non la vedeva nemmeno. E tra quelli che per caso avessero sbirciato nella macchina, chi avrebbe notato una ragazza sola che fissa lo schermo del suo telefono? Non c'era niente di interessante da vedere.

«Quindi, qualcosa da riferire?» domandai.

«Riguardo Mister Bojangles?» Sarah stava masticando una gomma, una concessione al suo nervosismo durante la sua prima missione di sorveglianza. Fece un palloncino e lo lasciò scoppiare. Recitazione, pensai. «No, se ne sta lì a saltellare in quel punto da un po'. A volte giurerei che le sue labbra si muovono. Forse parla con tutte le voci che ha nella testa.»

«O forse ha un bluetooth e sta parlando con qualcuno al telefono.»

Sarah soffiò un altro palloncino e fece scoppiare anche questo. «Non riesco ad avvicinarmi abbastanza per capirlo. Sono qui per osservare ogni incontro e ogni saluto. Fino adesso, *nada*.»

Annuii e sbirciai attraverso il finestrino per spiare Mike che faceva esattamente quello che Sarah mi aveva riferito: saltellava sulla punta dei piedi e mormorava qualcosa nel vuoto.

«Quindi questo è il migliore amico di Roxanna?» domandò Sarah.

«A quanto pare.»

«La ragazza ha un'inclinazione a fare la buona samaritana.»

La cosa attirò la mia attenzione. Scrutai Sarah tanto intensamente che lei arrossì e fece schioccare la gomma da masticare. «Voglio dire» disse «pensaci. Un ragazzo così? Nel mondo dei bulli di liceo, praticamente ha un bersaglio dipinto sulla schiena. Roxy può anche essere una "studentessa seria". Ma io l'ho conosciuta di persona. Potrebbe avere di meglio.»

«Ho avuto l'impressione che Mike abbia aiutato lei e Lola nella casa famiglia. Forse uscire con lui ora è il suo modo di restituirgli il favore.»

«Allora è leale *e* buona samaritana» disse Sarah.

«Non pensi che abbia fatto del male alla sua famiglia.»

«La ragazza che ho conosciuto era troppo nervosa per avere tutto quel sangue freddo. Se avessi sentito dire che aveva sparato a qualcuno per legittima difesa, certo. Ma eliminare tutta la sua famiglia? E poi uscire a portare a spasso i cani? Non esiste proprio.»

«La polizia ha bisogno di parlare con lei» dissi a bassa voce.

«Non l'ho sentita» disse Sarah in tono piatto, rispondendo alla mia domanda implicita. «Il che, all'inizio, aveva senso. Aveva bisogno di uscire dal casino prima che si sentisse abbastanza al sicuro da chiamare. Ma adesso sto cominciando a innervosirmi. Ho la sensazione che, se avesse avuto la possibilità di mettersi in contatto... be', noi siamo quelli che è più probabile che credano alla sua storia, giusto? Se non può fidarsi di noi, allora di chi?»

Annuii. Avevo cominciato anch'io a chiedermi la stessa cosa. Specialmente considerando l'ora. Erano quasi le cinque del pomeriggio, le ore lavorative erano finite, e ancora nemmeno una parola da parte sua.

Sarah sollevò il cellulare. «Non sto solo facendo finta» disse.

Strizzai gli occhi e sbirciai il display. «È una pagina commemorativa» dissi, guardando il collage di fotografie.

«Sì. Ho trovato la pagina Facebook della madre di Roxanna. C'erano un sacco di fotografie di famiglia. Così ho fatto un sito web in memoria della famiglia Baez. Ho postato le foto e i pochi commenti che ho trovato online. Una commemorazione virtuale.»

Aspettai. Sarah aveva fatto davvero molti progressi nell'ultimo anno. Da una sopravvissuta cenciosa murata nel suo monolocale a questo.

«Possiamo rintracciare gli indirizzi IP. Vedere chi visita la pagina di continuo.»

«Un sacco di gente visita i siti in memoria di qualcuno.»

«Sì, ma Roxanna è in fuga, giusto? Non ha né computer né telefono.»

«Non ne sono sicura. Ma, se ha un telefono, la polizia la troverà nel momento stesso in cui lo accende.»

«Cosa che sanno tutti, giusto? Quindi, se vuole avere notizie – e di notizie deve avere un disperato bisogno – accederà a un computer pubblico. Sai, in biblioteca, in un cybercaffè, qualcosa del genere.»

Annuii. Ora capivo. «Quindi possiamo verificare se c'è un indirizzo IP di un luogo pubblico che si ripete. E cercarla lì.»

«Se vogliamo fare le cose davvero bene, possiamo anche cercare uno schema. L'indirizzo IP si collega al sito allo scoccare di ogni ora, questo genere di cose. Ci dirà quando andare nel luogo pubblico.»

«Molto astuto.»

«Lo so.»

«Stai facendo un gran lavoro.»

«Lo so.» Fece schioccare la gomma da masticare. Gonfiò un altro palloncino. Quando mi guardò, però, i suoi occhi erano tristi. «Voglio davvero aiutarla, Flora. Sono io quella con cui si è messa in contatto, io quella che l'ha portata nel gruppo. E adesso non riesco a non pensare che sia tutta colpa mia.»

Una donna si avvicinò a Mike Davis. Decisamente non si trattava di una studentessa. Io e Sarah stavamo parlando e non avevamo visto da dove era arrivata. Ma era più vecchia, con capelli sale e pepe leggermente ondulati, guardaroba di Chicos: pantaloni larghi marroni, felpa pesante verde scuro, giacca marrone chiaro a quadri con una sciarpa verde e oro. Un po' troppo di lusso per un campo sportivo.

Un'insegnante. Una segretaria di qualche tipo. Si fermò proprio davanti a Mike. Lui stava facendo i suoi saltelli ma, quando lei parlò, si fermò del tutto.

Lentamente, si tolse una cuffia. Studiò la donna. Poi parlò. Qualsiasi cosa disse, lei serrò le labbra e reclinò la testa da un lato. Tentò di nuovo. Lui scosse la testa.

Qualcosa, in quella conversazione, mi turbava. Poi capii. Lei era la figura anziana e autoritaria. Eppure, a giudicare dal linguaggio del corpo, non stava parlando dall'alto in basso con un liceale. Lo stava supplicando.

Qualsiasi cosa volesse, lui non stava cedendo. Riprese a saltellare sul posto. Da quella distanza non riuscivo a vederlo abbastanza bene da saperlo con certezza, ma immaginai che stesse tamburellando con le dita sulla sua gamba.

Dopo un altro minuto o due, la donna fece un passo indietro. Si guardò intorno, studiando la marea di adolescenti. Data l'ora, gli sport scolastici sembravano essere sul punto di finire; c'erano sempre più ragazzi che si separavano dai loro gruppetti e si allontanavano dalla scuola. Sarah aveva già la mano sulla portiera dell'auto. Era il momento.

«Vuoi che continui a seguirlo?» chiese.

«Se pensi di riuscirci.»

«Ci riesco.»

«D'accordo.» Osservai il percorso che la donna compì per allontanarsi dal terreno scolastico. Poi mi incamminai in quella direzione, tenendo sempre in vista il mio bersaglio.

La donna aveva parcheggiato a un isolato di distanza. Era appena arrivata alla sua auto, con la mano già sulla portiera della sua Subaru rossa, quando la raggiunsi. Si voltò bruscamente, guardandomi dritta negli occhi.

«Sì?» disse: voce brusca, sguardo diretto.

Non riuscii a trattenermi. Feci un passo indietro e sentii le mie dita che cominciavano a muoversi automaticamente. Doveva essere un'insegnante, perché mi sentii subito come se fossi di nuovo a scuola.

«Uh... sono un'amica di Roxanna Baez.»

Lei mi fissò. «Che genere di amica? Sei troppo grande per essere una studentessa.»

Pensai alla svelta. «Ci siamo conosciute a un corso di kickboxing. Roxy era interessata all'autodifesa. Le insegnavo io. E mi rendevo conto... mi rendevo conto che era preoccupata per qualcosa. Speravo di poterla aiutare. Poi, stamattina, quando ho acceso il televisore...» Mi strinsi nelle spalle, con l'aria triste.

«Ti chiami?»

In ritardo, le porsi la mano. «Flora Dane.»

Si accigliò. «Ti conosco?»

Non dissi nulla. Aspettai e basta. Dopo un altro istante, mi strinse la mano. «Susan Howe» disse.

«È un'insegnante?»

«Un tempo lo ero. Ho insegnato inglese alle medie per trent'anni prima di andare in pensione.»

Le credevo. Ma "un tempo lo ero"? Voleva dire che adesso era semplicemente una donna che conosceva sia Roxy Baez che Mike Davis? Poi ci arrivai. «Lavora per i servizi sociali?» chiesi. «È per questo che non può dire niente in modo diretto? Non vuole violare la privacy di Roxy? Se può essere d'aiuto, sono al corrente dell'anno che ha passato a casa di Madre Del. Con sua sorella e Mike Davis. Ho parlato con Mike, prima.»

«Cos'aveva da dirti?»

«Mai farsi beccare da soli a casa di Madre Del.»

Susan Howe fece una smorfia. Le sue spalle si incurvarono. All'improvviso sembrò stanca. «Se solo l'avesse detto anche a me così presto» mormorò. «Insegnare ai ragazzi era difficile. A quanto pare, tentare di salvarli è quasi impossibile. Ti va una tazza di caffè?»

Mi venne in mente che non avevo pranzato, anche se ormai era quasi ora di cena. «E se mangiassimo qualcosa? C'è una gastronomia di fronte alla scuola.»

«Che ne dici di un posto non così vicino? Conosco un locale italiano in fondo alla strada.»

Annuii. Lei chiuse la macchina e si incamminò verso nord. Aveva il passo veloce. Tutto in lei irradiava competenza. Mi chiesi se a Roxy piaceva. O, almeno, se Roxy si fidava abbastanza da aprirsi con lei.

A meno di due isolati di distanza, una gastronomia italiana. Sentendomi improvvisamente affamata, ordinai un panino con polpette e provolone extra. Susan prese un caffè nero. Io pagai per me, lei per sé, poi ci sedemmo in un piccolo separé marrone a cui avrebbe fatto bene una bella pulita. Susan Howe distese un tovagliolo davanti a sé e vi posò il caffè sopra.

Io usai l'involucro del mio panino per fare la stessa cosa.

«Non sono nei servizi sociali» disse all'improvviso. «Sono una volontaria della CASA. Conosci la CASA?»

Un jingle di una pubblicità radiofonica mi passò per la mente. «"Chi parlerà per me?" ... "Potresti parlare per me?" ...» Qualcosa del genere. Annuii.

«Un volontario della CASA lavora nel sistema giudiziario per conto di un bambino. Per esempio, se un bambino, o una bambina, viene allontanato dai suoi genitori e messo in una casa famiglia, allora una persona come me viene assegnata a lavorare con il minore, aiutando lui o lei a comprendere la procedura, e al tempo stesso facendo osservazioni e sottoponendo rapporti indipendenti al tribunale su come il minore se la cava nell'ambiente della casa famiglia, durante gli incontri con i genitori biologici e via così. Se il bambino ha qualche richiesta – per esempio, il desiderio di vedere un fratello che è stato sistemato in una casa diversa – può chiederlo a me e io trasmetterò la richiesta lungo la catena decisionale. Non ho alcun potere. Non posso dare niente al bambino o fargli nessuna promessa. Più che altro, sono lì per ascoltare, spiegare e aiutare un bambino durante una transizione molto stressante.»

«Se lei fa tutto questo» chiesi «cosa fa un assistente sociale?»

«L'assistente sociale rappresenta gli interessi dello Stato. Dato che è un agente del DCF che porta via i bambini dai loro genitori e li sistema nelle strutture affidatarie, molti ragazzi li vedono come nemici anche se, di fatto, un assistente sociale sta tentando solo di fare ciò che è meglio per il minore. Mettiamola in questo modo: in tribunale, l'assistente sociale del DCF si siede da una parte insieme al procuratore statale. I genitori biologici si siedono dall'altra parte con i loro avvocati. Io mi siedo al centro con i bambini. Questo ti aiuta a capire il mio ruolo in questa follia?»

«Per quanto tempo rimane coinvolta?»

«Porre fine ai diritti genitoriali è un processo complicato. Ci vuole almeno un anno, con una mezza dozzina di udienze. La prima udienza riguarda la costruzione del caso per negligenza o abusi. La seconda udienza delinea con esattezza quali sono i passi che il genitore deve compiere per riavere il bambino: frequentare gruppi di sostegno per le dipendenze, andare in terapia, trovare un lavoro, stabilire una fissa dimora e via così. Poi ci sono le udienze successive per verificare i progressi del genitore o dei genitori. Il mio lavoro è spiegare tutto questo ai

bambini. Aiutarli a capire che, sì, i loro genitori gli vogliono bene, ma che il papà o la mamma deve completare questi passi prima che i bambini possano ritornare a casa. È questo che ho fatto negli ultimi cinque anni. In casi che coinvolgono dipendenze, le richieste cui i genitori devono ottemperare sembrano insormontabili. Come fanno a trovare un lavoro quando hanno già precedenti perché rubavano per pagarsi la droga? Come possono trovare una dimora stabile se non hanno un lavoro? E così via, e così via. Il sistema è pensato per proteggere i bambini, non per distruggere le famiglie. Ma, con l'attuale emergenza droga...»

«La maggior parte dei genitori non riesce a riavere i propri figli» terminai io.

Lei annuì.

«Ed è un lavoro volontario?»

«Ho insegnato ai bambini delle medie per trent'anni. Chiaramente sono una drogata di umiliazioni.»

Avevo divorato la prima metà del mio panino alle polpette. Dopo un attimo di riflessione – quando avrei avuto la possibilità di mangiare di nuovo? – affrontai la seconda. «Juanita Baez ha riavuto i suoi figli» dissi a bocca piena.

«Di tanto in tanto il sistema funziona.»

«Oppure ogni regola ha la sua eccezione.»

«Amava i suoi bambini» disse Susan d'un tratto, e la tristezza sul suo volto era sincera. «Io non lavoro con i genitori, li vedo in tribunale e basta. Ma quella donna amava i suoi figli. E ha lottato per loro. Perché è questo che ci vuole. Quando ho cominciato, pensavo che le cose sarebbero state più nette, o bianche o nere. Cattivi genitori che non meritavano i loro figli o bravi genitori che avevano bisogno di tempo per rimettersi in sesto. Ma tutti i genitori, che siano bravi oppure no, amano i loro figli. E i bambini, che sia giusto o meno, amano i loro genitori. Ma in particolare in questi ultimi anni, sembra che l'epidemia di oppiacci stia avendo la meglio. Per quanto a queste persone possa importare dei loro figli, alla fine hanno più bisogno dell'eroina. Hai seguito la crisi del sistema affidatario nei notiziari?»

Feci di no con la testa.

«C'è stato un incremento di quasi il trenta per cento, negli ultimi anni, di bambini portati via dalle loro case. In pratica, al momento in Massachussetts ci sono più di novemila bambini che hanno bisogno di famiglie affidatarie. Solo che lo Stato non ha abbastanza famiglie per soddisfare questa esigenza. Quindi, mentre una volta una casa non poteva avere più di quattro bambini in affido, ora lo Stato sta distribuendo deroghe per consentire la presenza di cinque, sei, sette bambini nella stessa casa. Ho sentito parlare di case con dieci bambini contemporaneamente. Ma, inutile dirlo, questo crea tutta una serie di problemi.»

Compresa la morte di un paio di bambini in affido, e accuse di abusi in alcune case. Quei titoli sì che avevano attirato la mia attenzione.

«Il sistema è sovraffollato. Troppi bambini bisognosi e risorse insufficienti» dissi.

«Esattamente.»

«E la cosa non fa che rendere la vostra vita più difficile.»

«Come volontaria, lavoro solo con un bambino per volta. O, nel caso di fratelli, magari anche due o tre.»

«Se in una famiglia ci sono tre fratelli, non dovrebbero essere messi tutti e tre insieme?» Non feci nessun nome, rimanendo fedele alla politica di parlare in modo generico.

«Idealmente sì. Ma data la mancanza di spazio disponibile nelle case famiglia, è un miracolo che anche due di loro stiano insieme.»

«Le case sono monitorate, selezionate?»

«A seconda di quanto tempo ha il DCF.»

«Il che, data l'improvvisa impennata del numero dei casi... lei vede qualcosa, denuncia qualcosa?»

«In realtà non passo molto tempo con le famiglie affidatarie. Vedo i bambini in tribunale. Li incontro dietro loro richiesta o mi offro di portarli fuori. Andiamo a pranzo insieme e parliamo un po', questo tipo di cose. Ma non sono animali dello zoo. Non me ne sto lì seduta a guardarli.»

«I bambini possono chiamarla?»

«Possono, e lo fanno. Ho un cellulare a parte che uso per il mio lavoro con la CASA. La richiesta che ricevo più spesso nel caso di fratelli che vengono separati è il desiderio di vedere l'altro membro della famiglia. Per esempio, una volta ho lavorato con due sorelle. Sentivano moltissimo la mancanza del fratellino più piccolo.»

Annuii. Avevo capito.

«Ma posso anche ricevere una telefonata perché hanno bisogno di più vestiti, o di articoli per l'igiene personale. A questi bambini spesso viene dato meno tempo per preparare le borse di quello che viene concesso ai criminali condannati quando vengono portati in prigione. E mentre alle famiglie affidatarie vengono pagati stipendi e viene corrisposta una somma per il vestiario...» Susan si strinse nelle spalle. «Un genitore affidatario ha molti bambini a suo carico, mentre io mi concentro su uno solo. È più facile, per il bambino, chiedere a me. A quel punto lavoro con il sistema per far succedere le cose.»

«Okay.»

«Le richieste mediche funzionano allo stesso modo» disse Susan all'improvviso. «Il bambino può fare richiesta a me per avere un appuntamento dal medico, a quel punto io mi metto d'accordo con il genitore affidatario per accompagnarlo... o accompagnarla.»

Aspettai, mentre l'ultimo boccone del mio panino alle polpette gocciolava sulla carta degli involucri.

«Durante l'addestramento facciamo pratica su questa cosa, dato che una delle principali richieste mediche delle ragazze riguarda il controllo delle nascite.»

Rimasi immobile.

«Può essere sconvolgente avere una ragazza di tredici o quattordici anni che chiede un appuntamento per farsi prescrivere la pillola anticoncezionale, i preservativi, o quant'altro. Di nuovo, non è compito mio giudicare o dare il permesso. Devo solo prendere atto, e poi confrontarmi con il sistema per verificare le possibilità. Una volta, però, ho avuto una bambina davvero piccola che mi ha fatto questa richiesta. Aveva otto anni.»

La fissai. Susan prese la sua tazza di caffè. La rimise sul tavolo. La sua mano stava tremando.

«Le ho chiesto perché. Lei non me l'ha voluto dire. Ho fatto del mio meglio per indagare sulle relazioni che aveva a scuola, nella casa famiglia... c'era forse qualcos'altro che voleva dirmi? Naturalmente, a prescindere dal fatto che lei percepisse la relazione come consensuale, ogni genere di attività sessuale con una bambina di otto anni è chiaramente una violenza. Ma la bambina non voleva spiegarmi niente. Alla fine, mi disse che la ri-

chiesta non era per lei, ma per una sua amica. Una ragazza più grande che non aveva un volontario della CASA che la seguiva.»

Fece una pausa, poi continuò: «Le dissi che volevo aiutarla, ma che per poterlo fare avevo bisogno di un nome. E a quel punto la bambina si è chiusa a riccio. Non ha detto nient'altro. Ha ritirato la richiesta e la questione è stata lasciata cadere».

Trasse un respiro profondo. «Ma, di recente... un genitore è ricomparso. Era la prima volta che mi succedeva una cosa del genere. Mi chiese cose sul tempo che le sue figlie avevano passato in affido. Che cosa potevo avere visto, che cosa potevo aver saputo. E questo mi ha fatto ripensare a quel pomeriggio, alla richiesta di quella bambina di otto anni.»

Susan mi guardò.

«Adesso mi domando se era vero che lo chiedeva per conto di un'amica. Perché una bambina di otto anni è molto piccola, per il controllo delle nascite. Mentre, la sorella di undici, che la bambina chiaramente adorava...»

Una sorella undicenne che, anni dopo, avrebbe fatto richieste simili per conto di un'amica misteriosa? BFF123? Che forse avrebbe dovuto chiamarsi AMOREPERLASORELLA123.

«Ha riferito questi suoi sospetti alla madre?» le domandai.

«Sì, quando le ho parlato due settimane fa.»

«E la madre cosa ha detto?»

«Non ha detto niente. Ha preso appunti. E poi ha pianto.»

«Mi dispiace» dissi.

«Loro erano la mia storia di successo» disse all'improvviso Susan Howe. «Cinque anni che faccio questo lavoro. Cinque anni che cerco di aiutare i ragazzi. Loro erano la mia unica storia a lieto fine: bambini, madre, famiglia, tutti sistemati.»

«Fino a oggi.»

«Fino a oggi» confermò lei.

Dopo, non parlammo più.

22

Nome: Roxanna Baez
Classe: terza superiore
Insegnante: sig.ra Chula
Categoria: narrativa personale

Cos'è la famiglia perfetta? Parte IV

Come fai a sapere cosa diventerai quando sarai grande? Una perdente? Una tossica? O, in qualche modo, una di quelle persone che si elevano sopra tutto il resto? Come fai a sapere, quando hai ancora la mia età, che alla fine tutto andrà per il meglio?

Vedo questi bambini. Portano la stessa maglietta ogni giorno. Hanno un cestino per il pranzo, ma dentro non c'è niente. Portano una cartella, ma i compiti non li fanno mai. Alcuni si scatenano, disturbano la lezione. Mostrano al mondo il loro dolore.

Ma ce ne sono molti altri che non dicono mai una parola. Si presentano e basta, stanno seduti in classe, presenti ma separati. Sanno che il mondo è qui. Ma sanno anche che è già oltre la loro portata.

Gli adulti giudicano. I bambini anche. Primo pensiero nella mente di tutti: quella ragazza non è niente di buono, proprio come sua madre. Quel ragazzo è un perdente, proprio come suo padre. Ma qualche bambino andrà avanti e dominerà il mondo. Abbiamo tutti sentito le storie. Incanalano la loro frustrazione e la loro rabbia e così ottengono successo negli affari, in politica, nello sport, nell'arte. Diventano il profilo da presentare nei notiziari. Un modello che gli altri possono seguire.

Come si fa a sapere che persona sarai? Specialmente se sei una ragazza come me, con una madre alcolizzata e un padre che non è mai esistito. Come fai a sapere che tutto andrà bene, alla fine, quando sei intrappolata in quell'abisso senz'anima che è l'affido?

Casa di Madre Del. Sei mesi dopo essere state strappate via dalla nostra mamma, non posso dirvi se io e mia sorella stiamo meglio. Abbiamo guadagnato un tetto sopra la testa e cibo sulla tavola. Ma queste cose non fanno una casa.

Io e Lola rubiamo coltellini per il burro, cacciaviti, limette per unghie, tutto quello che riusciamo a trovare per aiutarci a sopravvivere una notte ancora. Non è sufficiente stare in guardia da Roberto o Anya. Loro complottano contro di noi almeno tanto quanto noi lottiamo per essere più furbe di loro. Rompono i piatti, bullizzano gli altri ragazzi fino a farli crollare, spengono mozziconi di sigaretta nel divano scalcagnato e poi danno la colpa a noi. In realtà a me. Tutto, pur di separarmi da Lola.

Lola non riesce a dormire. La tensione costante di dover stare sempre in guardia. Il compito infinito di cambiare i pannolini e consolare i bambini piccoli. Ha cominciato a strapparsi i capelli, tirando via piccole ciocche nere mentre le borse sotto i suoi occhi diventano sempre più scure. È diventata una di quei bambini che vanno a scuola, sì, ma che in realtà non sono mai davvero lì. Le dico che andrà tutto bene. Che almeno abbiamo l'una l'altra. E, finché nostra madre continua a fare i passi giusti, venendo incontro alle richieste del tribunale, ben presto saremo di nuovo tutti insieme, come una famiglia.

Solo che, mentre i giorni diventano settimane e le settimane mesi, è sempre più difficile per noi riuscire a crederci. La nostra casa è un ricordo lontano. La danza della sopravvivenza che ha luogo ogni notte è la nostra nuova realtà. Mentre osservo la mia sorellina che scivola sempre più lontano.

Sono la più grande. È una mia responsabilità.

Dovremmo fare qualche attività sportiva, annuncio un giorno. Attività nel doposcuola. Qualsiasi cosa pur di guadagnarci un po' di tempo lontano dalla casa di Madre Del. Andando in prima media, io ho delle opzioni. Calcio in autunno, basket in inverno, softball in primavera. Non ho mai fatto molto sport, prima, ma non è questo il punto.

Quanto a Lola, però, le attività nel doposcuola per chi va in terza elementare a malapena esistono. I programmi sono pensati per i fine settimana, corsi organizzati con una comunità o un centro ricreativo, tenuti da un genitore. Lola può passarci un'ora o due, non molto di più.

Tornando a casa dalla fermata dell'autobus, un giorno, però, trovo la risposta. Un poster del teatro locale. Una recita di Oliver Twist di Charles Dickens. Vogliono attori bambini. Non posso fare a meno di ridere. Sul serio? Oliver Twist? Sono mai stati in una casa affidataria, ultimamente? Ma poi continuo a leggere: Rigorosi. Intensi. Solo veri talenti possono presentarsi. Le prove occupano diverse ore, una sera sì e una no, e la maggior parte dei fine settimana. Inoltre, una volta che inizierà la recita vera e propria...

È perfetto. Io e Lola ci uniremo al teatro locale, e non torneremo mai più a casa di Madre Del.

Trascino Lola alle audizioni. Lei non vuole andare. È stanca. È depressa. Vuole soltanto starsene con i bambini piccoli. Ma poi eccoci lì. Lei sale sul palco, fa quello che le viene detto. Le luci si accendono, lei solleva lo sguardo...

E la mia sorellina prende vita. Per la prima volta

da mesi. Scintilla, brilla. Non ci sta e basta, su quel palco, lo possiede. Dopo, tutti scoppiano in un applauso. Gli altri bambini la guardano, stupefatti. E ci siamo. La mia sorellina minore diventa la prima Oliver Twist femmina.

Io mi metto a lavorare alle scenografie, reclutando Mike Davis, che ha bisogno di evitare la casa di Madre Del almeno quanto noi. Per essere uno che ballonzola e saltella tutto il tempo, ha una mano sorprendentemente ferma, una volta che è concentrato. Ed è anche un artista incredibile, capace di trasformare semplici assi di legno in fondali dipinti in modo elaborato. Nel frattempo, tutti e due rubiamo ogni oggetto appuntito che riusciamo a trovare. In vista del nostro inevitabile ritorno a casa di Madre Del.

Penso che Oliver Twist sarebbe d'accordo: la speranza è una cosa buffa. Ne hai bisogno. Poi ci sono volte in cui devi lasciarla andare di nuovo. Tranne che, ovviamente, non puoi lasciarla andare del tutto, altrimenti non puoi più tornare indietro.

Abbiamo incontri settimanali con mia madre, adesso. Le raccontiamo delle nostre nuove vite in teatro. Lei ci racconta storie del suo nuovo lavoro come infermiera al pronto soccorso. Eppure, migliore è il suo aspetto, meglio lei ci appare, e più io e Lola ci ritiriamo in noi stesse. Perché è troppo difficile passare da lei alla casa di Madre Del. È troppo doloroso sperare che possa davvero riuscire a rimanere sobria. Che un giorno potremo essere di nuovo una vera famiglia.

Manny. Anche lui lo vediamo una volta alla settimana durante gli incontri di famiglia. Lui si illumina ogni volta che ci vede, ma adesso, sei mesi dopo, alla fine dell'ora corre tranquillamente dalla sua madre affidataria. Io ho cominciato a fissare nostra madre in faccia. Il modo in cui si obbliga a guardare mentre suo figlio abbraccia un'altra donna. È la sua penitenza, penso. Mi chiedo se la farebbe sentire meglio sapere quello che stiamo vivendo io e Lola, che detestiamo ogni secondo che passiamo da Madre Del. Ma forse è meschino, da parte mia. Manny sembra avere dei genitori affidatari decenti, che si occupano davvero di lui. Devo sperare che sia vero.

Il teatro mi dà speranza. Guardare mia sorella sul palco che recita le sue battute. Dipingere le scenografia con Mike silenzioso accanto a me. Più tardi, arrampicandoci sulle impalcature, ci sediamo sulla passerella delle luci, con l'intero teatro ai nostri piedi, sotto di noi. Lassù in alto, tutto sembra piccolo, insignificante. Per un istante, non ci preoccupiamo nemmeno della casa di Madre Del.

Siamo solo bambini che fanno cose che i bambini amano fare. Correre. Arrampicarsi. Ridere.

Il primo bacio.

Un altro momento di speranza: riuscirò a sopravvivere a tutto questo. E anche mio fratello, e mia sorella. Diventeremo una di quelle storie di successo. I bambini che hanno preso tutta la loro rabbia e la loro frustrazione e si sono elevati sopra di esse. Un modello che gli altri possono seguire.

La sera torniamo da Madre Del. Dai bambini piccoli con i loro pianti e lamenti. Da Roberto e Anya con i loro giochi mentali. Non è poi così male, perché domani avremo di nuovo il teatro. E poi ancora. E ancora.

Forse avremmo dovuto saperlo? Sì, noi, proprio noi, tra tutti quanti? Che niente di tanto bello dura per sempre.

Otto settimane dopo l'inizio delle prove di Oliver Twist, torniamo a casa e troviamo una bottiglia di whiskey. Lasciata in bella mostra sul pavimento della stanza dei bambini piccoli. E un biglietto: "Abbiamo sentito che vostra madre è un'ubriacona. E voi?".

Poi una risatina che arriva dal fondo del corridoio. Roberto e Anya in attesa. Che osservano. Così tanto più grandi e forti di noi due.

Io guardo la bottiglia.
Sono la più grande. È una mia responsabilità.
Eppure Lola...
«Ti voglio bene» mi dice. Poi, prima che io possa impedirle di afferrare e di scolarsi l'intera bottiglia: «Mi dispiace».
La bottiglia si svuota. Mia sorella crolla a terra. Io sono sul pavimento accanto a lei, la scena di un pessimo dramma. Poi anche Mike è lì. Ma nessuno di noi due dice una parola.

Che cosa sono le famiglie perfette? Può davvero esistere una cosa simile? Una famiglia in cui tutto va sempre bene, dove non ci si fa mai del male l'un l'altro?
Oppure ci siamo soltanto io e la mia famiglia, e tutte le lezioni che stiamo ancora imparando nel modo più difficile?

23

D.D. e Phil volevano parlare con l'avvocato di Juanita Baez prima di avvicinarsi alla casa famiglia. Ma, dopo avergli lasciato due messaggi e non aver ricevuto risposta, cambiarono marcia. Prima casa di Madre Del, poi l'avvocato. Perché l'orologio ticchettava, e loro non potevano permettersi di rimanere senza fare niente.

O, nel caso di D.D., di guardare con desiderio un telefono cellulare, in preda alla voglia disperata di vedere le fotografie del nuovo cane nella speranza di riuscire a distrarsi.

Quindi, casa di Madre Del.

Trovarono il posto abbastanza facilmente. Una residenza squadrata a due piani che sorgeva in mezzo a una fila di villette messe a casaccio, con una recinzione metallica alta fino alla vita che delimitava un francobollo polveroso di giardino costellato di giocattoli abbandonati. Phil aprì il cancelletto e scortò D.D. sul vialetto crepato fino alla veranda anteriore. Due biciclette da bambino erano appoggiate alla balaustra. Accanto alla casa c'era un cesto di palle di plastica. Nulla che potesse andare troppo lontano o procurare troppi danni, notò D.D.

Bussò. Aspettò. Bussò ancora. Finalmente la porta si aprì. Un ragazzino di colore si parò di fronte a lei. Doveva avere più o meno otto anni, con la testa rasata e grandi occhi scuri. Guardò D.D., poi Phil, poi di nuovo D.D. Non disse una parola.

«Stiamo cercando Madre Del» disse D.D. infine, scoraggiata dallo sguardo fisso del bambino.

Lui annuì.
«Possiamo entrare?»
Il bambino annuì ancora. E non si mosse.
D.D. appoggiò una mano alla porta e spinse con delicatezza. Il bambino arretrò di un passo. D.D. e Phil lo seguirono in un soggiorno ingombro: pareti gialle macchiate, un divano marrone malconcio, bicchieri di plastica, lattine di bibite, sacchetti di patatine vuoti. Finalmente giunsero a quella che sembrava la sala da pranzo.
Un enorme tavolo da picnic in legno stava al centro della stanza. A un'estremità c'era una donna ancora più grossa. La donna sollevò lo sguardo all'avvicinarsi di D.D. e Phil; faccia bianca avviluppata in pieghe e pieghe di carne e sormontata da ispidi capelli sale e pepe. D.D. stimò l'età della donna tra i trenta e i centotrenta anni. Era davvero troppo difficile da capire.
La donna non si alzò dal tavolo quando si avvicinarono, ma prese un tovagliolo e si strofinò le mani. Intorno a lei erano seduti quattro ragazzini, dai sei ai dodici anni. Nessun adolescente, né maschio né femmina.
Sembrava che lei e Phil avessero interrotto la cena, consistente in una teglia da forno in alluminio piena di noodles che odorava di pesce. Noodles al tonno, forse? Non era mai stato uno dei piatti preferiti di D.D., e dato il modo in cui i bambini spingevano i noodles in giro per i piatti, non doveva esserlo neanche per loro.
«Sono il sergente D.D. Warren, della polizia di Boston» fece gli onori D.D. «Questo è il detective Phil LeBlanc. Abbiamo qualche domanda sulla famiglia Baez. Abbiamo saputo che Lola e Roxanna Baez hanno abitato qui, per un po'.»
Madre Del grugnì, spingendosi finalmente via dal tavolo. D.D. si rese conto che la donna era seduta su una sedia da giardino. Una delle sedie in metallo più grandi che avesse mai visto, e probabilmente, considerata la pressione cui era sottoposta, doveva essere sostituita periodicamente.
Da sopra arrivò il rumore di un bambino piccolo che piangeva.
«Ricky» disse Madre Del alla scorta silenziosa di D.D. «Va' di sopra, subito.»
Il bambino uscì all'istante dalla stanza, chiaramente contento di poter allontanarsi.

«Voi tre. Finite quello che avete davanti. Poi lavate i piatti. Forza.»

Altri gesti frettolosi. I bambini tirarono su i residui mucchietti di pasticcio di tonno dai loro piatti e inghiottirono l'ammasso gelatinoso in un sol boccone, con aria determinata. Poi fuggirono dalla tavola, con in mano piatti e posate, scomparendo oltre la porta della cucina.

«Prende anche bambini piccoli?» domandò D.D., curiosa.

«Un paio» disse la donna, con un tono di voce che D.D. attribuì a un arrotondamento della cifra verso il basso.

«E quanti bambini più grandi?»

«Ho una deroga» disse Madre Del, guardando D.D. con un lampo di scaltrezza negli occhi. Le deroghe erano la nuova magia del sistema affidatario, permettendo a più bambini di essere accumulati sotto lo stesso tetto, e facendo guadagnare più soldi a chi se ne prendeva cura.

L'affido era un duro lavoro, D.D. lo sapeva. Molte famiglie compivano un servizio impeccabile e credevano con passione nella possibilità di aiutare un bambino. Per qualche ragione, però, D.D. dubitava che Madre Del rientrasse in quella categoria.

«Non ha un altro ragazzo che abita qui?» chiese D.D. «Mike Davis?»

«È fuori.»

«A fare cosa?»

«È un adolescente. Agli adolescenti non piace raccontarti tutto. A me basta che torni a casa prima del coprifuoco.»

«E una ragazza, Anya?»

«Anche lei fuori. Prove di teatro. Il teatro locale.»

D.D. annuì. Voleva dire che al momento Madre Del aveva sei ragazzi e almeno un paio di bambini piccoli sotto le sue cure. Il che equivaleva più o meno a duecento dollari al giorno, esentasse, sette giorni la settimana.

Dove andasse a finire il denaro fu il suo pensiero successivo. Non sembrava affatto che venisse speso per la casa o per il cibo.

«Ho visto i telegiornali» disse Madre Del. Rimase seduta nella sua sedia da giardino, le mani ripiegate sul suo notevole ventre. Indossava una veste da casa stampata a fiori, come quelle che portavano le nonne italiane. O forse era un muumuu. «È vero che la famiglia è morta, compresa Lola?»

«Sì.»

La donna fece una smorfia. «Non avete ancora trovato Roxanna?»

«No.»

«È intelligente. Sempre dietro a leggere libri. A studiare. È una tipa furba. E anche brava con i bambini. Non avevo mai pensato che fosse violenta.»

«Quando è stata l'ultima volta che ha visto Roxy o Lola?»

La donna si strinse nelle spalle. «Il giorno che se ne sono andate. La donna della CASA è venuta a prenderle per portarle in tribunale. Ha detto che era l'ultima udienza. Riunificazione, qualcosa del genere. Se tutto fosse andato secondo i piani, non sarebbero tornate. E infatti non sono tornate.»

«Nemmeno per venire a trovare gli amici?» tentò D.D.

«Quali amici? Lola e Roxy se ne stavano per conto loro. Dormivano persino strizzate insieme sul pavimento della stanza dei bambini piccoli in modo da non restare separate. Pappa e ciccia, quelle due.»

«Pensa che Roxy farebbe del male a Lola?» disse Phil.

«Nah. Lola, però... quella ragazza aveva qualcosa di selvaggio. Impossibile dire cosa poteva fare. Ma Roxanna era tutta tipo io sono la sorella maggiore, io sono responsabile. Lo si vede, nei bambini in affido. I loro genitori non valgono un cazzo, quindi il bambino diventa genitore.» Un'altra stretta delle enormi spalle.

«E Roberto e Anya?» domandò D.D.

«Roberto è morto. Cosa volete sapere di lui?»

«Abbiamo sentito dire che si è suicidato.»

«È quello che mi ha detto la polizia.»

«Dove ha preso la pistola?»

«Le possibilità sono infinite, in questa zona. Basta andare a un qualsiasi angolo di strada e qualcuno ti vende qualcosa.»

«Non sembra molto addolorata» disse Phil.

«Succede. Famiglie spezzate. Ragazzi spezzati.»

«Per quanto tempo è rimasto con lei?» domandò D.D., perplessa.

«Sette anni.»

«Sette anni? E "succede" è tutto quello che ha da dire?»

«Pensate che un genitore affidatario e i bambini che ha in carico siano così uniti? Lo vedete quanti ragazzi ho qui? E ne avrò di più non appena si libera un po' di spazio. La città è piena di ragazzi che nessuno vuole. Io faccio del mio meglio, ma nessun bambino vuole stare in affido. Non entrano da quella porta felici di essere qui. Quelli più buoni sopportano. Quelli cattivi si ribellano. Diciamo che Roberto era più cattivo che buono.»

«Provocava guai?»

«Con me, no. Con gli altri bambini... non sono stupida come credono.»

«Ci racconti» ordinò Phil.

«Gli piaceva comandare il pollaio. Quando è arrivato qui era in mezzo al branco. Un anno dopo era il più grande e, nella sua testa, questo lo rendeva il boss. I bambini più giovani, quelli nuovi, dovevano fare come diceva lui.»

«E se non lo facevano?»

Una stretta di spalle. «Magari le loro coperte scomparivano. O un cuscino, o un giocattolo che si erano portati da casa. Magari trovavano del pepe nel cibo, o il dentifricio dentro le scarpe. Poteva essere molto creativo, quando voleva.»

«E il suo rapporto con Anya?»

«Volete dire la sua ragazza? Be', ex ragazza, dato che, sapete...»

D.D. spostò il peso del corpo da un piede all'altro. L'insensibilità della donna la stava turbando. «Permette relazioni nella sua casa?»

«Come se alla loro età ascoltassero tutto quello che dico. I ragazzi e le ragazze vengono tenuti separati, sotto questo tetto, naturalmente. Ma i teenager... non passano qui molto tempo, comunque.»

Da qui l'assenza di Mike e Anya, di cui Madre Del non sembrava preoccupata.

«Anya aiutava Roberto con i suoi... sistemi?»

«Stavano insieme.»

«E il loro rapporto con Lola e Roxanna?»

«Non gli piacevano. Lola e Roxanna sono arrivate fresche fresche dalla famiglia ed erano rimaste insieme. Nel mondo dell'affido, questo può essere causa di gelosie. Roberto ha fatto di tutto per separarle. Io ho scoperto qualcuno dei loro giochetti: Roberto e Anya che rompevano piatti, pizzicavano i bambini piccoli e poi tentavano di dare la colpa a Roxy. Cose da niente, davvero.»

D.D. non era sicura di essere d'accordo. «Ha mai visto le liti diventare fisiche? Roberto o Anya picchiare le ragazze? Minacciarle?»

«Niente risse. Regola della casa. Lo sanno tutti.»

E questo non avrebbe fatto altro che incentivare l'omertà. Phil doveva aver pensato la stessa cosa, perché disse: «E bambini che cadono dalle scale? O che vanno a sbattere contro le porte? Succede, questo, in questa casa?».

Madre Del gli lanciò un'occhiata. «Roxanna è caduta dalle scale, una volta, ora che mi ci fa pensare. Ma le scale di questa casa... diciamo che si accordano a tutto il resto.»

D.D. ricordò che Hector aveva detto che Roxanna sembrava essersi fatta male alle costole quando l'aveva vista in tribunale. Si chiese se fosse stato a causa della presunta caduta dalle scale o se, in realtà, Madre Del *era* stupida come i suoi ragazzi credevano. «Ha mai dovuto portare Lola o Roxanna dal medico? Per delle cure?» domandò D.D.

«Una volta, ma era colpa di Lola.»

D.D. ci si fiondò. «Cos'era successo?»

«Quella stupida ragazzina si è bevuta una bottiglia di whiskey. Tipo tutta la bottiglia. Ho sentito i ragazzi piangere, poi Roxanna strillare e Mike che gridava. Sono salita di sopra e ho trovato Lola che vomitava dappertutto. Poi i suoi occhi si sono rovesciati all'indietro, tutti bianchi, e fine. L'ho portata al pronto soccorso, dove le hanno fatto la lavanda gastrica e una predica sull'abuso di alcol.»

«E dove ha preso la bottiglia di whiskey?» incalzò Phil.

«Non guardate me. Non ci sono alcolici in questa casa. Che diavolo, la maggior parte di quei ragazzi viene da genitori dipendenti. Tengo sotto chiave persino lo sciroppo per la tosse.»

«Dov'erano Roberto e Anya quando è successa questa cosa?» Il turno di D.D., ora.

«Erano sulla porta delle loro camere a guardare.»

«Guardavano e basta?»

Madre Del la fissò. «Lei non lo farebbe?»

«Lola doveva avere otto anni» disse Phil. «Una bambina piccola. Perché mai doveva bere un'intera bottiglia di whiskey?»

«Mi avevano detto che la madre era un'alcolista. Una bambina cresce vedendo quelle cose... la scimmia vede, la scimmia fa.»

«Cos'è successo dopo?» domandò D.D.

Ancora quella stretta di spalle. «Sono arrivati quelli del DCF. La donna della CASA è venuta a fare una visita. Nessuno ha trovato colpe da nessuna parte. Le ragazze si sono risistemate. Nient'altro.»

«Nessun'altra caduta dalle scale?»

«No.»

«Sbattere contro le porte?»

«No. Lola recitava in una commedia del teatro locale, *Oliver Twist*. Roxanna faceva le scenografie. Anche Mike. Roberto e Anya hanno cominciato ad andare con loro. Immagino che si fossero stancati di litigare, e così hanno fatto un accordo di pace. Tranne Mike. Lui ha smesso di andarci. Non si può far felici tutti.»

D.D. si accigliò, rigirandosi quelle informazioni nella testa. Non riusciva a immaginare una bambina di otto anni che all'improvviso tracanna quasi un litro di whiskey in piena notte. Le sembrava già una cosa forzata. Tipo qualcosa che i famigerati Roberto e Anya potevano aver escogitato, se si credeva al racconto di Mike Davis. Forse Roxanna era arrivata troppo tardi per intervenire.

Così Lola aveva bevuto l'alcol ed era finita in ospedale.

E poi avevano deciso di vivere per sempre tutti felici e contenti?

D.D. non ci credeva nemmeno un po'. La sua mente cinica da poliziotta aveva una visione completamente diversa delle cose: Lola era andata in ospedale, e poi Roxanna era crollata. Aveva fatto tutto quello che Roberto voleva purché non dessero più fastidio a sua sorella. E a quel punto Roberto e Anya si erano uniti a lei e Lola nel loro nuovo hobby, il teatro locale, per poterla tenere d'occhio.

Sesso? Era possibile che fosse così orribile, così semplice? Roxanna si era sottomessa a violenze e abusi per tenere al sicuro la sorellina? Solo che... allora perché era Lola quella che all'improvviso aveva iniziato a comportarsi in modo strano?

Dio solo sapeva cosa succedeva in un posto come quello. D.D. già non vedeva l'ora di andarsene, e non era una bambina inerme. Tutto di Madre Del e della casa sapeva di disperazione. Non c'era da meravigliarsi se i ragazzi più grandi ne stavano il più lontano possibile.

«Ha mai parlato con Juanita Baez?» domandò Phil.
«La mamma delle ragazze? È venuta. Diversa. Di solito non vedo molto i genitori. D'altra parte, non molti dei miei ragazzi vengono riuniti alle famiglie.»
«Che cosa voleva sapere?»
«Le stesse domande che mi state facendo voi adesso. Solo che lei era un po' più ostile, sull'argomento. Era convinta che Lola avesse subito abusi da qualche pervertito sotto il mio tetto.»
D.D. osservò la donna con rinnovato interesse.
«Sentite» grugnì Madre Del. «Questa casa non è un castello. E io non sono la fata madrina delle favole. Ma gestisco una cosa pulita. Questa casa ha delle regole rigide, che vengono fatte rispettare. Non si beve, non ci si droga, non si scopa. E basta.»
«Lei dove dorme?» D.D. aveva avuto un pensiero. «Così tanti ragazzi, una zona per i bambini piccoli. Non ci possono essere molte camere da letto di sopra, e devono essere tutte occupate.»
«Ho una stanza al piano di sotto.»
D.D. si guardò intorno. «Dove? Io vedo un soggiorno, una sala da pranzo, una cucina. Tutto qui.» Poi ci arrivò: la prima stanza e la sua discarica di lattine vuote e sacchetti di patatine. «Lei dorme sul divano, vero? Sul davanti della casa, la stanza più lontana dalle scale. Che diavolo, potrebbero anche ballare il tip tap, al secondo piano, e lei non ne saprebbe niente.»
«Ho il sonno leggero» ringhiò la donna, ma ora i suoi occhi si stavano spostando da una parte all'altra, come in trappola.
«La verità è che lei non sa che cosa succede in casa sua» disse D.D., approfittando del vantaggio. «E nemmeno le importa. Lei vuole solo i soldi, puro e semplice.»
«Semplice? Pensate che ci sia qualcosa di semplice in tutto questo? Ho sei ragazzi e tre bambini piccoli da tenere nutriti e vestiti. Non ho bisogno di nessuna predica da parte di uno stecchino di poliziotta bionda. Questo è un lavoro difficile. Questi ragazzi sono difficili. Ma io faccio del mio meglio. E le regole sono le regole. Se è successo qualcosa a quella bambina, non è successo sotto i miei occhi.»
«Dove, allora?»
«A scuola. Sull'autobus. Al parco. Faccia la sua scelta. I ragazzi passano un sacco di tempo insieme, sa, e non solo in questa casa.»

D.D. si accigliò. Sì, i ragazzi della stessa casa sarebbero andati alla stessa scuola. Eppure...

«Che mi dice di questo teatro locale?» Aveva appena finito di fare la domanda quando sentì il rumore di una porta che si apriva dietro di loro.

Lei e Phil si voltarono.

Una ragazza adolescente era sulla porta. D.D. non dovette nemmeno pensarci.

«Anya Seton?» chiese.

La ragazza si voltò e scappò via.

24

Dopo l'incontro con la volontaria della CASA, la signora Howe, feci una passeggiata. Si era levata una brezza insistente e, mentre il sole svaniva all'orizzonte, la temperatura era ormai quella rigida di fine autunno. Mi rannicchiai nella mia giacca a vento leggera, rimpiangendo di non aver indossato altri strati, magari persino una sciarpa.

La zona era ancora frequentata, a quell'ora della sera. Brighton era uno dei quartieri più popolati di Boston e ne aveva tutta l'aria. Strade anguste soffocate da torreggianti palazzi di appartamenti o da villette anemiche. Le strade più larghe piene di caffetterie, minimarket e lavanderie a gettone. Qualcosa per tutti e tutti con qualcosa da fare.

Mi chiesi se a Roxanna Baez fosse piaciuto vivere qui. L'idea l'aveva spaventata, quando sua madre aveva annunciato che stavano per trasferirsi con il suo nuovo compagno nella sua casa di Brighton? Era venuto in mente, a Roxy, che stavano tornando al loro passato? Oppure, tre anni dopo, lei e Lola ormai consideravano il periodo trascorso a casa di Madre Del definitivamente alle loro spalle? Non erano più vulnerabili bambine in affido, ma una famiglia riunita, che abitava in una casa vera. E con due cani, niente meno.

Si erano sentite bene, all'inizio? O a sedici anni Roxanna Baez era già una di quelle persone che vivono la maggior parte della loro vita nella paura? Paura di ciò che avrebbe trovato tornando a casa dopo la scuola? Dell'ultimo perdente che sua madre aveva scovato in un bar? Di tutte le cose che avrebbe dovuto fare per proteggere i suoi fratelli minori?

Forse le capacità avanzate di Roxy non avevano niente a che fare con me e il mio gruppo. Forse si diventava tanto bravi a causa di una vita intera trascorsa a prepararsi. Non potevo saperlo: a sedici anni, io ero ancora una ragazza innocente che cresceva nella fattoria di sua madre, cosa che mi fece sentire fortunata come non mi sentivo da molto tempo.

Avrei tanto voluto che Roxy si mettesse in contatto. Non che mi aspettassi che mi telefonasse come per magia: la conoscevo a malapena. Ma Sarah aveva passato del tempo con lei. L'aveva convinta a unirsi al nostro gruppo di sostegno su Internet, aveva garantito per lei. Di certo, se c'era qualcuno di cui Roxy pensava di potersi fidare in tutta quella follia, era la nostra piccola banda di disadattati.

Solo che eravamo ancora nuovi, per lei. Mentre, sotto tutti gli aspetti, Roxanna Baez era abituata a risolvere i suoi problemi da sola.

Non avevo più avuto notizie di Sarah. Immaginai che significasse che stava ancora seguendo Mike Davis. Quindi, il mio prossimo progetto era Anya Seton.

In piedi a un angolo di strada, cominciai cercando il suo nome su Google sul mio cellulare. Il primo risultato della ricerca fu una pagina del sito web del liceo che promuoveva la produzione teatrale della primavera passata della *Bella e la Bestia*, con Anya Seton nella parte di Belle. Interessante. Quindi l'antica nemesi di Roxy e Lola ora era un'attrice.

Non riuscii a trovare nessun account Twitter. Era possibile che usasse Snapchat o Instagram ma, se era così, non lo faceva utilizzando uno username che ero in grado di immaginare.

Continuai a scorrere i risultati. Questa volta scoprii il sito di un teatro locale. Una produzione autunnale di *Wicked*. Con Anya a interpretare la parte di Glinda. Cliccai sul programma e scoprii che le prove erano appena terminate. Poi trovai l'ubicazione del teatro sulla mappa e mi incamminai.

Brighton era piccola. Uno di quei posti con troppe strade e troppi palazzi, di conseguenza niente era in linea retta. Era più "spostati di due isolati di qua, poi torna indietro di uno e imbocca la via sulla sinistra tenendoti sulla destra". Un bel casino, ma la tecnologia moderna mi impedì di perdermi.

Quando arrivai al teatro, che sembrava essere una vecchia

chiesa del New England, le luci filtravano dalle finestre sul davanti, anche se il posto sembrava silenzioso. Sbirciai dalla finestra più vicina alla porta, che era offuscata da almeno un dito di sporco. Poi tentai la porta, che mi permise di entrare in un piccolo vestibolo. Scoprii una seconda porta, con un'intelaiatura di legno ancora più massiccia. Quest'ultima, però, era chiusa a chiave.

Bussai.

Non rispose nessuno. O le prove erano già finite, oppure gli attori erano troppo presi dalla loro grandezza per badare all'arrivo di qualcuno.

Se fossi stata un'adolescente che aveva appena finito le prove teatrali alle sette e mezza di un sabato sera, che cosa avrei fatto?

Uscire con gli amici mi sembrava la risposta migliore. Anya era la protagonista, quindi le piaceva essere al centro dall'attenzione. Andarsene da sola, tornando – a cosa, alla casa famiglia? – sarebbe stato troppo avvilente. Quindi avrebbe cercato qualche maniera per tenere viva la magia del teatro. Accompagnare qualcuno del cast a cena, a bere qualcosa, a prendere un caffè... qualcosa del genere.

Sarebbero andati a piedi. Così giovani era difficile che avessero l'auto. Quindi in qualche posto vicino. Consultai di nuovo il mio telefono e identificai tre ristoranti e una caffetteria a poca distanza dal teatro. I ristoranti sembravano troppo costosi, mentre il locale sembrava un posto più adatto per una ragazza con un budget da attrice sconosciuta.

Vidi il gruppetto seduto in un angolo non appena entrai da Monet's. Il mio tempismo era sbagliato, però, perché mi ero appena seduta a un tavolino vicino alla porta quando loro si alzarono, pronti ad andarsene.

Scrutai rapidamente il gruppo. Non sapevo bene che aspetto avesse Anya. Nella fotografia che avevo visto sulla pagina della *Bella e la Bestia* portava sicuramente una parrucca, per non parlare di un enorme abito giallo da gran ballo.

Ora, però, il mio sguardo si fermò su una ragazza in particolare. Lunghi capelli biondi che ricadevano su un impermeabile nero in onde perfettamente curate. Occhi esotici verde-oro leggermente a mandorla. Sarebbe stata assolutamente meravigliosa non fosse stato per il sorrisetto calcolatore sulla sua faccia quando si voltò verso l'uomo robusto – e molto più vecchio – accanto a lei, posandogli una mano su un braccio.

Anya Seton. Ci avrei scommesso la vita.

Mi voltai e lasciai che il gruppo passasse. Quattro persone giovani e un adulto dai capelli grigi. Il cast, c'era da giurarci, e il regista.

Fissai un poster sulla parete, la riproduzione delle ninfee del pittore che dava il nome al locale. Il gruppo uscì sul marciapiede; continuavano a chiacchierare tra loro.

«Vuoi un menu?»

Mi voltai e vidi un cameriere che mi fissava. Lo guardai senza espressione.

«No.»

Oltre la vetrina, vidi che il gruppo si stava separando.

«Li conosci?» domandai subito al cameriere.

Lui si strinse nelle spalle. «Sono clienti abituali.»

«Quella ragazza con i capelli biondo-rossicci, è per caso Anya Seton?»

Lui mi rivolse uno sguardo sospettoso. «Perché?»

«Uh... una volta l'ho vista in una commedia. Pensavo fosse lei.»

«Sì. È nella maggior parte delle produzioni locali. Un giorno diventerà una grande star.» Fece roteare gli occhi. «Le piace dircelo quando ci firma un tovagliolo e ce lo lascia come mancia.»

«Davvero?»

«Sì. Perché, sai, il teatro di quartiere di Brighton è soltanto a un piccolo passo da Broadway.»

«Tutti devono poter sognare.»

«Come? Vuoi dire che questo non è l'apice della mia carriera?» disse indicando il grembiule nero macchiato di caffè.

Rimasi sorpresa abbastanza da mettermi a ridere. E mi accorsi solo allora che il cameriere era un bel ragazzo. Meno che trentenne, caldi occhi castani, sorriso triste.

Andai in confusione. Non sapevo mai cosa fare con i ragazzi carini. Non me ne accorgevo neanche, il più delle volte. C'erano cose in cui ero guarita, e altre in cui ero ancora rotta. Inconsciamente, cominciai a tormentarmi la benda sulla mano sinistra. Strofinandola piano, e sentendo la conseguente piccola fitta di dolore. La cosa mi riportò con i piedi per terra e, allo stesso tempo, mi rese triste.

Per nessun motivo in particolare pensai a mia madre. A tutti i sogni e le speranze che aveva per me. Alla forza che riusciva a trovare per volermi bene ancora, anche se sapevo che la maggior parte delle mie azioni, compresa la mia attuale ricerca di un'altra ragazza scomparsa, le spezzavano il cuore.

Il gruppo fuori dal locale si stava sciogliendo. Anya si incamminò lungo l'isolato, con il braccio aggrappato in modo possessivo a quello del regista, mentre gli altri andarono nella direzione opposta.

«Devo andare» mi sentii dire.

Il cameriere carino si strinse nelle spalle. «Non devi correrle dietro per un autografo. Sarà qui domani alla stessa ora. Sarà contentissima di fartene uno.»

«Uh... grazie.»

Lui annuì. «Ti conosco?» chiese poi, all'improvviso. «Sei anche tu un'attrice? Perché hai un'aria familiare. Forse ti ho vista in TV?»

No» risposi. «Non mi conosci.»

Poi gli voltai le spalle e uscii dal locale.

Dopo il calore del bistrot, l'aria della sera mi colpì come uno schiaffo. Incurvai le spalle nella mia giacca a vento e avanzai nell'isolato. Almeno il colore blu scuro mi aiutava a confondermi con le ombre. Potevo sentire dei passi davanti a me. Il basso mormorio di voci inframmezzato da risate.

Mentre stavamo raggiungendo l'angolo della via rallentai, non volendo avvicinarmi troppo. Anya e il regista aspettarono che il semaforo passasse al verde. Lui le sussurrò qualcosa all'orecchio. Un gesto molto intimo per un rapporto professionale, pensai. Lei ridacchiò in risposta. Quel suono mi fece rabbrividire.

Altri due isolati. Al terzo, lui staccò il braccio, con riluttanza. Altri sussurri. Suggerimenti per le prove future, o promesse di un tipo diverso di incontro? Anya voltò la testa, offrendo una guancia pallida con un movimento aggraziato. Lui le sfiorò con le labbra la pelle di porcellana. Poi svoltò a sinistra, probabilmente diretto a casa sua, mentre Anya proseguiva dritta.

Esitai. Una donna sola che cammina per le strade di Boston di sera impara a essere sempre consapevole di ciò che la circonda. Non c'era modo che il rumore dei miei passi non attirasse la sua attenzione. Tanto più che Anya era una ragazza in affido, con molte ragioni per sviluppare le abilità della strada.

Così non proseguii diritta. Invece, quando l'uomo andò a sinistra, io attraversai la strada verso destra e tirai fuori dalla tasca il mazzo delle chiavi, tenendolo stretto nel pugno con una chiave che usciva tra le nocche. Se Anya si fosse voltata e avesse notato la mia presenza, avrebbe visto un'altra donna sola che camminava rapida e adottava una precauzione di base.

Giunta dall'altra parte della strada tenni la testa alta, camminando un po' più veloce ancora, come se fossi determinata a raggiungere la mia destinazione. Non dovevo guardare Anya. Uno dei primi trucchi della ricognizione è utilizzare tutti i sensi. Potevo sentire i suoi passi, il ticchettio ritmico degli stivali neri sul marciapiede. Finché quel ritmo rimaneva stabile, lo stesso facevano i miei passi. Un altro isolato, poi due, poi tre: continuai a rimanere dalla mia parte, leggermente più avanti di lei.

Poi lei rallentò. Il mio battito accelerò. Non mi fermai, né volsi lo sguardo verso di lei, ma feci una ricognizione mentale degli edifici che avevamo appena oltrepassato.

Sulla destra c'era un'abitazione bassa e tozza. La luce accesa di una veranda. Una recinzione metallica, qualche giocattolo nel giardino. Sulle prime, la mia impressione era stata quella che fosse un asilo in rovina.

O una casa famiglia con dei bambini.

Scomparii dietro l'angolo non appena udii lo scricchiolio del cancelletto che si apriva dietro di me. Anya era entrata nel cortile della casa.

Pazienza. Mi piacerebbe dire di aver imparato la pazienza durante l'addestramento nei mesi successivi al mio recupero. Ma, in realtà, Jacob era sempre stato un maestro di perseveranza. Tutte le donne che seguiva, aspettando quella giusta. Il modo, stando a quanto diceva, in cui aveva passato ore e ore su quella spiaggia della Florida finché io non ero arrivata ballando ubriaca davanti ai suoi occhi. E lui aveva saputo – l'aveva saputo e basta, mi aveva detto in seguito – che io ero quella giusta per lui.

Il vero amore di un predatore.

Ripensai ancora una volta al bel cameriere nel locale. La gente normale, relazioni che non sarebbero mai state mie. E ancora una volta ripresi a tormentarmi la fasciatura.

Mi ero appena voltata verso la casa in cui Anya era scomparsa nelle ombre del cortile quando sentii un grido, seguito da rumore di passi di corsa.

Anya riemerse sotto la luce dei lampioni. Oltrepassò di corsa il cancelletto metallico e si avventò lungo la strada con tutta la velocità che le permettevano i suoi stivali di pelle. Alle sue calcagna apparve il sergente D.D. Warren.

Sorrisi, ogni pensiero oscuro dimenticato mentre uscivo dall'ombra.

«Ehi, Anya» gridai dall'angolo opposto. «Posso avere il tuo autografo?»

La ragazza, sorpresa, si voltò.

E il mio sorriso si allargò ancora di più quando D.D. la prese.

Questa faccenda dell'informatrice confidenziale stava cominciando a diventare divertente, dopotutto.

Anya strillava mentre D.D. la rimetteva in piedi senza troppe cerimonie. «Toglimi le mani di dosso! Lasciami andare! Come osi...»

«Sergente detective D.D. Warren, polizia di Boston. Adesso sta' zitta.»

In tutta risposta Anya gridò ancora più forte. Attraversai la strada mentre Phil arrivava rapidamente sul marciapiede. Diverse luci si accesero nella via. I vicini, pronti a godersi lo spettacolo.

«Abbiamo delle domande su Lola e Roxanna Baez...»

«Che bugie hanno raccontato questa volta?»

«Sei rimasta a teatro tutto il giorno?» chiesi ad Anya. D.D. la stava ancora tenendo per un braccio.

«Certo. Il giovedì sera c'è la prova in costume.»

Scambiai uno sguardo con Phil e D.D. In altre parole, Anya non aveva visto i telegiornali.

«Sei un'attrice davvero seria» dissi.

Lei inarcò un sopracciglio. «Doug, il nostro regista, ha lavorato a Broadway. Dice che può farmi fare dei provini, farmi firmare con una grande agenzia teatrale. Questa commedia è fatta per me. Il mese prossimo compio diciotto anni. Poi... New York eccomi. A quest'ora, l'anno prossimo, sarò la nuova stella di Broadway.»

«Wow» disse D.D. «Lola dev'essere davvero invidiosa.»

«Oh, ti prego, lei era la protagonista tipo cinque anni fa, e non è durata. Non dopo che Doug ha visto me.»

«Che cosa ti ha avvicinata al teatro?» domandò D.D.

Anya arrossì, esitando. Non lottava più, ora, ma era in piedi rigida, con il mento sollevato. «Abbiamo sentito Roxy e Lola che parlavano della commedia, ovviamente.»

«Abbiamo?» intervenni.

Lei mi lanciò un'occhiata. La mia giacca a vento blu e il mio berretto da baseball sembravano confonderla. Ero della polizia? Non ero della polizia? Ero un'agente sotto copertura?

«Roberto. Il mio ragazzo. Lui credeva in me. Non appena ha sentito Roxy e Lola che parlavano della produzione locale di *Oliver Twist*, ha detto che dovevo fare un'audizione. Voglio dire, Lola ha talento... ma io sono meglio.»

«Così tu e Roberto vi siete uniti alla compagnia del teatro» ripeté D.D. «E tu hai preso la parte della protagonista...»

«Doug ha intuito subito il mio potenziale. Ero troppo grande per la parte di Oliver, naturalmente, così Lola se l'è tenuta. Ma la recita successiva, Doug l'ha costruita tutta intorno a me.» La ragazza si stava chiaramente pavoneggiando.

«E Roberto?» domandò D.D.

«Lui è diventato direttore di scena. Teneva d'occhio le cose.»

«E cosa mi dici di Roxy?»

«Roxy?» Anya inarcò un sopracciglio. «Roxy è brutta» disse in tono piatto, come se si trattasse di un'ovvietà. «Lei lavorava alle scenografie. Dove non la vedeva nessuno.»

«Questo succedeva cinque anni fa» dichiarò D.D. «Quando Roxy e Lola abitavano con te e Roberto a casa di Madre Del. Abbiamo sentito dire che Roberto non era sempre così gentile con i bambini nuovi che arrivavano nella casa.»

«Bugie! Dovreste interrogare Lola e Roxy, non me. Sapete, Roxy avrebbe potuto dormire in camera con me, nella camera più grande. Ma no, invece ha preferito schiacciarsi nella nursery con i bambini piagnucolosi solo per rimanere insieme a sua sorella. Notte dopo notte, sempre a sussurrare. Poi hanno cominciato ad avvelenarci il cibo!»

«Avvelenarvi il cibo?» Non riuscii a resistere.

«Sì. Cenavamo, e poi stavamo male per il resto della notte. Oppure ci mettevano altre droghe nella roba da mangiare, così ci addormentavamo di sasso e il giorno dopo facevamo quasi fatica a muoverci. Un giorno ho colto Roxy sul fatto. Stava polverizzando una specie di pillola – Advil, le ha fatto confessare dopo Roberto – nel sugo degli spaghetti.»

Reclinai la testa di lato. «E perché mai facevano queste cose?»

«Venivano da una casa, loro. Non avevano intenzione di mischiarsi con un branco di bambini in affido.»

«E tu e Roberto non avete mai fatto niente per meritarvelo. Eravate anche più grandi. Più grossi. Ho sentito delle storie, su Roberto...»

«Sta' zitta!»

«Mai farsi beccare da soli a casa di Madre Del» intonai.

«Sta' zitta!» gridò Anya, ancora più forte. Altre luci si accesero nelle case vicine.

«Chi ha dato a Lola il whiskey che l'ha fatta finire in ospedale?» domandò brusca D.D. «Tu o Roberto?»

«Non so di cosa sta...»

«Rispondi alla maledetta domanda!» Alle spalle di D.D., Phil stava girando lentamente in cerchio, mostrando il suo distintivo da detective nell'eventualità che qualcuno dei vicini che stavano spiando pensasse di dover chiamare la polizia.

«Era uno scherzo!»

«Una bambina di otto anni è finita al pronto soccorso.»

«E tutte le stronzate che ha fatto a noi? Non potevamo nemmeno più mangiare! E poi era cinque anni fa. Cosa ve ne importa?»

«La questione è che cosa importa *a te*» disse D.D. in tono gelido. «Perché l'anno scorso sono tornate. Lola era ancora più bella di prima. So che voleva tornare al teatro locale. Una ragazza così bella... perché non avrebbe dovuto?»

Guardai D.D., sorpresa. Non mi ero resa conto che avesse avuto modo di parlare con il regista, che io avevo visto per la prima volta solo pochi minuti prima. Poi, un istante dopo, capii. Stava bluffando. Ed era anche molto brava. Ecco qualcosa che dovevo tenere a mente.

«Lola si è fatta viva, annusando in giro. E allora? Sono passati anni. Doug conosce il mio talento. Ha persino scelto *Wicked* come nostra prossima recita, visto che sono perfetta per la parte di Glinda. Vuole anche tornare a Broadway, sai? E io sono il suo biglietto d'ingresso.»

«A quanto sembra hai un rapporto di lavoro molto... intimo, con questo Doug» dissi.

«Il talento sa riconoscere il talento.»

«Lavora a così stretto contatto con tutti i suoi attori protagonisti?» aggiunse D.D.

«Sta' zitta.»

«Che cosa ne pensava Roberto?» Il mio turno, di nuovo.

«State zitte!»

Le labbra di Anya stavano tremando, i suoi occhi luccicavano. Era sull'orlo delle lacrime, avrei pensato, se non che, per sua stessa ammissione, era un'attrice con molto talento.

«Perché mi fate tutte queste domande! E allora? Lola voleva tornare. Io sono ancora la star. Doug sa quello che fa e, come regista, è compito suo decidere, non mio, dopotutto.»

«Ah, a proposito.» D.D. si tirò indietro. Non teneva più Anya per un braccio, ma manteneva lo sguardo fisso sulla faccia della ragazza. «Stamattina hanno sparato a Lola Baez. È morta.»

Non c'era modo di confonderla con qualcos'altro: dopo un breve lampo di sorpresa, quella che si formò sul viso di Anya era un'espressione di trionfo.

«E Roxy?» domandò poi.

«Non lo sappiamo. Ma il fratellino piccolo di Lola, sua madre e l'uomo di sua madre sono stati tutti uccisi a casa loro.»

Anya guardò D.D. con una faccia di pietra. «Se te la fai con i rifiuti, finisci nella discarica» disse.

«Scusami?»

«Lola. Guardate il puntino nero sulla sua guancia. Non è un neo di bellezza. È il tatuaggio di una gang. Ce l'hanno tutte. Las Niñas Diablas. Le lettere sono microscopiche, scritte in una specie di cerchio. Si vantano di essere bellissime e letali.» Anya sbuffò. «Come se Lola fosse mai stata nient'altro.»

«Lola faceva parte di questa gang?» domandò D.D.

«Lo sanno tutti.»

«E allora perché mai avrebbero dovuto ucciderla?»

«Non guardate me. Io non sono una puttana da gang di quartiere. Come posso sapere come ragionano? Ha avuto la sua vendetta. Forse voleva farla finita con la gang, dopo.»

«Quale vendetta?» chiesi.

Gli occhi di Anya brillarono quasi con ferocia. «Roberto» disse d'un fiato. «La sua morte quattro mesi fa. Sono state loro. Lo so.»

«Si è sparato...» iniziò D.D.

«Stronzate! Roberto non avrebbe mai fatto una cosa simile. Sono state quelle cagne. Lo tormentavano senza sosta, molto probabilmente su ordine di Lola. Hanno preso la pistola. Gli hanno sparato. Cosa che ho tentato di dire alla polizia, ma nessuno mi ha dato retta. Tutti vedono solo quello che vogliono vedere. Prima l'hanno considerato soltanto un altro perdente. E poi, quando è morto...»

Batté le palpebre più volte, poi si strofinò gli occhi.

«Lui mi amava» sussurrò. «Ce ne stavamo andando. Madre Del diceva che Roberto poteva rimanere ancora un anno per finire il liceo, perché era indietro. Una volta preso il diploma, ce ne saremmo andati a New York. La nostra casa, le nostre vite. Lui avrebbe trovato lavoro in un bar. E io sarei salita sul palco. E ce l'avremmo fatta. Insieme.»

Anya distolse lo sguardo. Alla luce dei lampioni, vidi le lacrime che le scendevano lungo le guance. Teatrale, pensai. Eppure... anche toccante. Se stava solo recitando, allora aveva ragione: Broadway, fa' attenzione.

«Lola Baez e la sua banda di *chicas* del cazzo hanno ucciso Roberto. Chiedete in giro. Lo sanno tutti. È stato il prezzo perché Lola entrasse nella gang. E loro sono state ben contente di pagarlo.»

«E Roxy?» domandò D.D. a bassa voce.

Anya si strinse nelle spalle e si asciugò la faccia. «Non lo so. Ovunque Lola andasse, si poteva stare sicuri che Lola la seguiva. Sorella maggiore protettiva e tutte quelle stronzate.»

«Così anche lei si è unita alla gang?»

«Non frequento quell'ambiente. Un branco di ispaniche pazze non sono esattamente aperte e ben disposte verso una ragazza come me.»

«Hai detto che tutti sapevano che Lola si era unita alla banda. Compresa sua madre?»

«Non conosco la famiglia di Lola. Non ho mai incontrato la madre. Ho dovuto solo ascoltare loro che piangevano per lei, notte dopo notte dopo notte» disse Anya con voce amara.

«E tua madre?» domandai.

«Sta' zitta.» Ma non c'era fuoco, nella sua voce. Soltanto indifferenza. Riconobbi il tono. L'avevo sentito spesso nella mia stessa voce, o in quella di altri sopravvissuti.

Siamo tutti feriti, in qualche modo, pensai. E, che mi piacesse Anya Seton oppure no, era evidente che anche lei si portava dietro la sua dose di cicatrici. Se la sarebbe cavata bene a New York. Tra il suo aspetto esotico e la sua volontà di ferro, niente l'avrebbe fermata.

«Dov'eri stamattina più o meno alle nove?» disse D.D.

«Ero con Doug.»

«Già alle prove?» chiesi io, sorpresa.

Anya mi lanciò un'occhiata di superiorità. «Certo» disse in un tono che capimmo tutti. Quindi: dal primo amore Roberto a scoparsi il regista del teatro locale. Tutto, per il successo.

«Verificheremo con lui» la avvertì D.D.

«Potreste magari aspettare finché sua moglie non è andata al lavoro. Non sa ancora di noi. Crede solo che lui sia un regista molto... diligente.»

Roteai gli occhi, sentendo già la bile che mi risaliva in fondo alla gola.

«Stiamo ancora cercando Roxy Baez» disse D.D.

«Credete che verrà qui? Credete che mi farà del male?»

«Non lo so. Diccelo tu.»

«Credo che, se la volete prendere viva, fareste meglio a sperare che non la trovi io per prima.»

«Pensavo che fosse Lola quella che aveva fatto fuori Roberto.»

«Per favore, quelle due ragazze... qualsiasi cosa facesse Lola, Roxy lo sapeva. Lola poteva anche essere la bella, ma Roxy era il cervello. Non mi dispiace che Lola e i suoi famigliari sono morti. Mi dispiace solo che Roxy non li abbia ancora raggiunti.»

25

Alle dieci di sera, D.D. e Phil erano seduti nella macchina di lei a parlare della situazione.

«Pensi che la tua nuova informatrice sappia qualcosa?» domandò Phil senza troppi giri di parole, riferendosi a Flora con un tono di chiara disapprovazione.

«No. Se avesse Roxy, se ne starebbe con lei, non verrebbe dietro a noi.»

«Giusto. Pensi di poterti fidare di lei?»

«Di Flora? Credo che, finché i suoi interessi collimano con i nostri, i suoi sforzi ci possono essere utili.»

«E quali sono i suoi interessi?»

«Tenere Roxy al sicuro.»

«Il che, ancora una volta, vuol dire che potrebbe tenerci nascosta Roxy.»

D.D. guardò Phil. Si conoscevano da molto tempo. Per molti aspetti, il detective esperto e più anziano era come una figura paterna, per lei. Di sicuro, quando pensava che lei stesse facendo una stronzata, Phil non si faceva scrupolo a dirglielo apertamente, pur rispettando i suoi modi da fanatica. E poi arrivava il momento in cui erano d'accordo di essere in disaccordo. D.D. aveva la sensazione che Flora Dane stesse per innescare uno di quei momenti.

«Ammetto che non sempre approvo i metodi di Flora» iniziò. Phil sbuffò, come a dire che quello era l'eufemismo dell'anno. «Ma, come informatrice... la sua reputazione le dà accesso e credibilità presso interi segmenti della popolazione che non parlerebbero mai e poi mai con dei poliziotti. E questa cosa adesso ci serve. Più occhi e orecchie sono alla ricerca di Roxy e meglio è.»

«Non mi fido di lei» disse Phil.

«Okay.»

«Quello che le è successo non lo augurerei nemmeno al mio peggior nemico. Ma per essere una che passa tutto il suo tempo a parlare di sopravvivenza... non mi pare che stia molto bene. In modi che, ne sono convinto, nemmeno lei riesce a capire.»

«Quella benda sulla sua mano» mormorò D.D.

«Esattamente. Questo la rende imprevedibile.» Phil la guardò. «Forse Flora può trovare un accordo più alla svelta con i ragazzi di strada o i membri di una gang, ma non è un sostituto di un detective esperto.»

D.D. capì che cosa stava dicendo: non c'erano sostituti per lui, Neil e Carol Manley, la sua squadra omicidi oberata di lavoro e spesso sottovalutata. Phil non era soltanto la voce della ragione: era anche la sua coscienza.

«Penso che Roxy si sia nascosta di nuovo» disse D.D. tornando alla questione più urgente. «Un altro buco da qualche parte, come quell'ufficio sfitto di fronte alla caffetteria. Per quanto ne sappiamo, può averne a decine sparsi in tutta Brighton.»

«Non c'è niente al mondo come una sedicenne ben preparata.»

D.D. si strinse nelle spalle. «Ci sono un paio di cose su cui i nostri testimoni sono d'accordo, parlando di Roxanna Baez: farebbe di tutto per proteggere i suoi fratelli, ed era sottoposta a uno stress sempre più grande. Credo che sapesse che stava per accadere qualcosa di brutto. E forse i nascondigli non erano solo per lei. Ma per lei e Lola, se fosse successo qualcosa.»

«La gang?» chiese Phil.

«Oh sì. Dobbiamo assolutamente trovare queste Niñas Diablas. Chiamami pazza, se vuoi, ma penso che prima dovremmo consultare la task force delle gang giovanili. L'unica cosa che so sulle gang femminili è che sono considerate molto, *molto*, più violente della loro controparte maschile.»

«Sembra un lavoro perfetto per Flora Dane.»

«Dubito che la città sopravviverebbe alla conta dei morti.»

Phil annuì in segno di assenso.

«Hector Alvalos?» domandò D.D. che, con tutto quanto era successo dopo che l'aveva visto, di lui non sapeva più nulla.

«Rimarrà in ospedale per la notte. Abbiamo degli agenti di guardia. Pensavo di piazzare un'unità a casa sua quando verrà dimesso.»

«Perfetto. Avendo fallito la prima volta, forse saremo fortunati e Roxy ci proverà di nuovo.»

«Cosa pensi che abbia in mente?» chiese Phil.

«Non ne ho idea. Ma continuano a emergere due punti chiave. Primo, qualcosa di terribile è successo a Roxy e Lola cinque anni fa, quando erano in affido. E, secondo, dopo essere tornata a Brighton, Lola si è unita a una gang, forse per avere protezione per lei e Roxy dai loro vecchi nemici; ma magari anche per passare all'offensiva e spingere uno dei colpevoli a uccidersi?»

«Credi che Anya Seton avesse ragione sul suo ragazzo? Roberto non si è davvero suicidato?»

«Non mi piace avere un quadruplice omicidio che ora è collegato a un'altra morte risalente a quattro mesi fa. Nella mia testa, questo fa scattare una bandiera rossa.»

«Esaminerò il file sulla morte di Roberto» le assicurò Phil. «Gli darò un'occhiata.»

«Dobbiamo assolutamente parlare con l'avvocato che Juanita aveva assunto» continuò D.D., pensando a voce alta. «È certo che lei se ne andava in giro a fare un sacco di domande. Che cosa aveva scoperto? Aveva pestato i calli a qualcuno?»

«E questo qualcuno l'ha fatta uccidere?» completò Phil.

«Esattamente.»

«Credo che dovremmo approfondire con il regista del teatro» disse Phil «che sappiamo va a letto con almeno una delle sue giovani stelline.»

«Forse ha avuto anche una storia con Lola» disse D.D.

«Che non sarebbe solo giovane, ma illegale» fece notare Phil.

«Devo dirlo, le sorelle Baez hanno accumulato un bel bagaglio nel corso delle loro brevi vite.» D.D. sospirò e si massaggiò la fronte. Era stanca per la giornata trascorsa; eppure, con un'adolescente ancora introvabile da qualche parte là fuori, probabilmente in pericolo, o forse lei stessa un pericolo per gli altri...

«Dovremmo fare una pausa» disse Phil, come se le avesse letto nel pensiero. «Riposare un po' e riprendere domani mattina. Parlando per me stesso, di sicuro apprezzerei un momento per andare a casa, dare un bacio a mia moglie e ricordarmi delle cose belle della vita. E tu?»

D.D. finalmente sorrise. «Hai ragione: me ne andrò a casa, vedrò la mia famiglia, mi farò raccontare tutto, e finalmente conoscerò il Cane.»

Se la prese comoda tornando in macchina nei sobborghi. Dopo una lunga giornata, la tentazione di andare direttamente a rifugiarsi a casa era forte. Ai vecchi tempi, quando abitava da sola in un loft nel North End, spesso faceva così. Ma essendo una donna sposata, ora, con in più un bambino piccolo, sapeva che era assai meglio separare nettamente il lavoro e la vita privata. Aveva bisogno di liberarsi dell'orrore di quattro persone uccise dentro la loro casa in modo da non entrare nel suo soggiorno e immaginare la stessa cosa. Aveva bisogno di ripulire la mente dall'immagine dei due bambini che si stringevano nel loro ultimo abbraccio nell'angolo della loro cameretta prima di poter entrare nella stanza del piccolo Jack senza scoppiare a piangere.

Anya Seton aveva lasciato intendere che Lola fosse una stronza senza cuore capace di qualsiasi cosa. Ma tutto ciò che D.D. riusciva a vedere era la sorella che si era messa la testa del fratellino sulla spalla perché non si rendesse conto di quello che stava per succedergli.

Si chiese quanto Roxy sapesse o avesse appreso dai telegiornali. D.D. non era più convinta che la ragazza avesse ucciso la sua famiglia. Ma, basandosi sulle dichiarazioni dei testimoni, era chiaro che Roxy sapeva che qualcosa di brutto incombeva all'orizzonte. Una qualche minaccia che aveva freneticamente tentato di scongiurare. Un pericolo di qualche tipo da cui stava scappando ancora adesso.

Oppure stava già passando ai progetti di vendetta.

D.D. non avrebbe dormito molto, quella notte. E neanche Flora Dane o Roxy Baez. Era una città di insonni. Di persone che sapevano troppo, che avevano perso troppo e stavano ancora cercando di capire come riuscire ad andare avanti.

Quando entrò nel vialetto di casa, stava sussurrando tra sé una delle canzoncine preferite di Jack. «È meraviglioso!», il tema di *LEGO Movie*. Un motivetto contagioso pensato per far impazzire i genitori, visto che i bambini di cinque anni potevano cantarlo senza sosta per tutto il giorno.

Ma era anche un trucco che D.D. aveva imparato anni prima. Recitare un passaggio di una delle favole della buonanotte di Jack. Cantare una ninnananna. Ripassare l'ultima barzellettina infantile. Riempirsi il cervello con la dolcezza goffa e meravigliosamente stupida che era suo figlio.

E usare tutto questo per scacciare le ombre dalla sua mente.

Aprì le serrature della porta in silenzio. Entrò in punta di piedi, data l'ora. Il suo sguardo si mosse immediatamente in tutte le direzioni.

Cercando il Cane.

Alla fine, non aveva mai guardato la fotografia sul suo cellulare. Aveva deciso, data la giornata che stava passando, che meritava almeno di fare la conoscenza del Cane di persona.

Alex era sdraiato supino sul divano. Sorrise quando lei entrò in soggiorno, poi sollevò una mano e indicò.

Lì, sulla pancia di Alex, c'era una coperta bianca e nera. No: un cane bianco e snello coperto da un ammasso di punti neri e sormontato da due grosse, solide orecchie nere.

Il cane sollevò la testa e guardò D.D. con occhi scuri ed espressivi.

«Lei è Kiko» disse Alex. «Il miglior cane maculato di tutta la terra.»

D.D., lasciandosi cadere accanto a lui, era d'accordo.

«È arrivata a casa con un ippopotamo gigante; a quanto pare, il suo giocattolo preferito» le spiegò Alex mezz'ora dopo mentre se ne stavano nel cortile sul retro tentando di convincere Kiko a fare i suoi bisogni. «È un incrocio tra un dalmata e un pointer tedesco. Ha un anno. Ha molta energia, ma intelligente. Molto addestrabile, come mi hanno detto. Sfortunatamente, la sua prima famiglia non aveva abbastanza tempo per farla esercitare.»

D.D. inarcò un sopracciglio.

In risposta alla sua domanda inespressa, Alex spiegò: «A te piace correre. Adesso hai una compagna. A Jack piace giocare con la palla, adesso ha una compagna. E a me piace comandare tutti, e adesso ho una nuova vittima».

«Hai pensato proprio a tutto.»

«In realtà è stata una magia totale.» Il suo tono si ammorbidì. «So che è difficile per te, D.D. Avresti voluto esserci, ma ancora una volta il tuo lavoro ti ha portata via. Non voglio fartelo pesare. Ma quando siamo entrati nel canile... tutti quei cani. Cuccioli, adulti. Che abbaiavano, saltavano, dormivano. Abbiamo percorso tutta la fila di gabbie. Non sapevo che cosa avrebbe fatto Jack. È stato travolgente. E un po' triste, davvero. Così tanti cani che hanno bisogno di una casa.

«Poi, Jack ha visto Kiko. O forse è stata lei a vedere lui. Non lo so. È arrivata fino alle sbarre della gabbia. Si è seduta e l'ha fissato dritto negli occhi. Lui si è messo a sedere di fronte a lei e ha detto: "Questo, papà. Voglio questo".

«La volontaria del canile ha cominciato a spiegarmi che è molto energica, che avrebbe richiesto impegno, che ha già la reputazione di una che morde le cose, e che diventa nervosa in presenza di altri cani.»

D.D. fece una smorfia. Una che morde le cose. Le sue preziose scarpe...

«Ma quando le ho spiegato che abbiamo un giardino recintato, un bambino di cinque anni molto attivo e nessun altro cane nelle vicinanze... credo che siano fatti l'uno per l'altra. E lo crede anche Jack.»

Kiko finalmente arrivò trotterellando. «Brava ragazza» le disse Alex con un tono che D.D. poteva giurare un tempo adoperava con lei.

Alex diede a D.D. un bocconcino morbido. «Daglielo, così saprà che fai parte del branco.»

D.D. non era cresciuta con i cani. Li conosceva, naturalmente. Li aveva visti nelle case degli altri, o al parco. E ora era stupita di quanto si sentisse nervosa. Non perché non sapeva se il cane le sarebbe piaciuto, ma chiedendosi se lei sarebbe piaciuta al cane.

Le porse un bocconcino senza glutine, biologico, sano, che Alex aveva comprato e che aveva un odore migliore di ciò che lei e Phil erano riusciti a mangiare a pranzo.

Kiko si avvicinò lentamente, una lunga zampa alla volta. Aveva una corporatura snella e giocosa, tutta orecchie e zampe. Ora il cane maculato allungò il collo. Molto delicatamente, prese il bocconcino dalle dita di D.D. e lo inghiottì.

«Oh» disse D.D. piano.

«Accarezzale le orecchie» disse Alex. «Oppure le piace essere grattata sotto il mento.»

D.D. strofinò le orecchie setose del cane e la grattò sotto la mascella. Kiko si appoggiò, avvicinandosi e sospirando profondamente.

«Avrò peli bianchi su tutti i miei vestiti, vero?» disse D.D.

«Già. Benvenuta nella vita con il Cane.»

«E Jack?»

«È al settimo cielo. Non potrebbe essere più felice. Mi ha già rubato il cellulare per farle centomila fotografie. Vuole che dorma nella sua cameretta, così abbiamo sistemato la gabbia lì. Ma, nel momento stesso in cui l'abbiamo messa dentro ha cominciato a guaire e abbaiare. E non tipo bau, bau, ma una cosa più simile a ruu, ruu, ruu. Fidati, Jack la imiterà per te domani mattina.»

«Adorabile.»

«Al canile hanno detto che avrà bisogno più o meno di una settimana per acclimatarsi. Addestrarla alla gabbia è la cosa migliore. Metterla dentro quando noi non ci siamo, e poi farla uscire in giardino per fare i suoi bisogni. Molte ricompense, molte lodi. Dovremo conoscerci a vicenda. Nel frattempo, tutti i bidoni della pattumiera e i cestini sono stati spostati in alto. Le tue scarpe sono chiuse a chiave nel tuo armadio. E Jack ha ricevuto istruzioni di tenere chiusa la porta della sua camera, altrimenti i mattoncini Lego perduti e le future parcelle del veterinario dovranno essere detratti dalla sua paghetta.»

«Mi piace.»

«Sì, solo che, considerata la soglia di attenzione di un bambino di cinque anni...»

«Abbiamo più o meno sessanta secondi di tempo prima che se ne dimentichi.»

«Kiko è giovane. Noi siamo inesperti. Credo che dovremmo tutti concedere che ci saranno degli errori lungo il percorso.»

«Stai di nuovo parlando delle mie scarpe, vero?»

«Intendi gli scarponcini di pelle nera che ti sei tolta non appena sei entrata in casa?»

«Oh, merda.» D.D. tornò rapidamente sui suoi passi. Kiko seguì lei, questa volta, danzando intorno alle sue caviglie. I movimenti rapidi chiaramente eccitavano il cane. Ecco un'altra cosa da ricordare. D.D. recuperò i suoi scarponcini, poi notò i tre cestini che Alex aveva sistemato in alto su uno scaffale dell'ingresso. «Oh.»

«Cosa c'è?» Alex entrò dietro di lei. Le scarpe da tennis con le lucine di Jack erano sulla panca. Sollevate dal pavimento, ma pur sempre alla portata delle lunghe zampe del cane. D.D. prese anche quelle.

«La famiglia di oggi» disse piano. «Avevano una panca, un cesto, delle scarpe. Comprese un paio del figlio, che sembravano proprio qualcosa che avrebbe potuto portare anche Jack.»

Alex le posò le mani sulle spalle. «Mi dispiace.»

«Detesto le scene del crimine come quella.» Riuscì a infilare i suoi nuovi scarponcini e le sneakers di Jack nei nuovi cesti. Poi si massaggiò il naso con due dita. «Qualcuno è entrato dritto in casa. Ha sparato al compagno della madre in soggiorno e alla madre in cucina. Poi è andato di sopra dai bambini. Loro hanno capito. La sorella più grande, tredici anni, ha tentato di fare da scudo al fratellino. Una di quelle cose... che non riuscirò mai a tirarmi via dalla testa. Nessuno di noi ci riuscirà mai.»

Alex la voltò verso di sé. D.D. stava piangendo. Piano. In un modo che detestava, perché era una detective della squadra omicidi e doveva essersi ormai abbastanza indurita. Solo che adesso era anche una madre. E, a volte, la compartimentazione veniva a mancarle del tutto.

«Avete trovato la ragazza scomparsa? La ragazza dell'Allarme minori?»

«No.»

«Pensi che sia stata lei?»

«Ne sarei sorpresa. Stando a tutti i racconti, ha sempre fatto di tutto per proteggere la sorella minore e il fratellino. Sua madre era un ex alcolista. Aveva anche perso la custodia dei figli per un po'. La ragazza più grande, Roxy, ha assunto il ruolo di genitore della famiglia. È possibile che abbia dei problemi con la madre, a causa di questo, ma non abbiamo motivo di credere che sarebbe in grado di sparare a sangue freddo alla sorella e al fratellino.»

«L'ex della madre, uno dei padri biologici dei ragazzi?»

«I padri biologici delle due ragazze non sono nemmeno contemplati. Il padre del bambino più piccolo – che è anche l'ex più recente della madre – be', gli hanno sparato oggi pomeriggio, probabilmente è stata Roxy, quindi probabilmente crede che sia stato lui. Ma quasi tutte le piste portano al coinvolgimento della sorella minore con una gang, e in più la madre negli ultimi tempi ha cominciato a fare domande in giro sull'anno che le sue bambine avevano passato in affido. Pensava che fosse accaduto loro qualcosa, forse anche abusi sessuali. Stiamo cercando di metterci in contatto con il suo avvocato, ma Juanita Baez stava smuovendo le acque non poco, addirittura gettando le basi per una causa legale importante.»

«Tipo fare causa allo Stato per milioni di dollari?»

«Stando alle voci, sì.»

«I burocrati statali di solito non se ne vanno in giro a uccidere potenziali querelanti» disse Alex.

«No, ma le persone che rischiano di essere esposte in un processo del genere potrebbero non essere altrettanto timidi, in materia. Siamo andati nella casa famiglia dove erano state le ragazze, la casa di Madre Del, oggi. Quel posto mi ha dato i brividi. E se fosse la copertura per una specie di circolo di pedofili? A questo punto ci sarebbero molte persone con tutti i motivi per voler tenere le cose sotto silenzio.»

«Non ti vedremo, domani» constatò Alex.

«No, mi dispiace.» D.D. abbassò lo sguardo. Kiko le stava leccando le dita nel punto in cui aveva tenuto il bocconcino. Il tocco del cane era molto delicato. D.D. le accarezzò di nuovo le orecchie. E si guadagnò un accenno di scodinzolio.

«In qualche modo, dubito che Jack sentirà la mia mancanza» disse in tono cupo, ammirando l'ultimo acquisto della famiglia.

«Ma ti vorrà sempre bene. E, molto probabilmente, ti manderà decine di fotografie prima della fine della giornata.»

D.D. sorrise. «Sarebbe davvero carino.»

«Hai qualche idea su come andrà a finire?» le chiese Alex. «Per quanto tempo può restare nascosta una teenager in una città che ha occhi e orecchie dappertutto?»

D.D. scosse la testa. «Onestamente? Con questa ragazza? Questo caso? Non ho idea di cosa succederà.»

26

Ritornai all'appartamento di Sarah poco dopo mezzanotte. Ero passata rapidamente dall'ospedale per scoprire che Hector Alvalos era ancora lì, addormentato, in condizioni stabili. Avevo anche contato un certo numero di agenti in uniforme che lo stavano tenendo d'occhio. Ero tentata di salutarli tutti, da investigatore a investigatore. Ma non sapevo se il mio ruolo di informatrice confidenziale mi avesse già fatto guadagnare il rispetto degli altri poliziotti.

Poi ero tornata alla caffetteria dove era avvenuta la sparatoria, e mi ero diretta all'ufficio vuoto di fronte. Tornare sui propri passi era un'abitudine radicata nel tempo usata da molte prede per evitare la caccia. Ma lo spazio era buio e vuoto. Nessuna traccia di Roxanna Baez da nessuna parte.

C'era soltanto un altro posto che potevo pensare di controllare in cerca dell'adolescente scomparsa. Non la scelta più intelligente, certo, ma a volte non si può proprio farne a meno.

Così ero andata a casa di Roxy Baez.

Il marciapiede di fronte alla casa era deserto, ma vicino al recinto avevano iniziato a comporre un memoriale. Una di quelle collezioni spontanee di fiori, candele, animaletti di peluche, spesso lasciati dopo una tragedia. C'era un pallone da calcio, qualche automobilina giocattolo, diversi bigliettini scritti a mano: "Sarai sempre nei nostri cuori", eccetera eccetera. Poi, infilata in un angolo, quasi nascosta sotto un mazzo di garofani, una bottiglia di vetro. Tequila. Tappo ancora sigillato.

Mi ero accovacciata per ispezionarla più da vicino.

Chi mai poteva lasciare una bottiglia di tequila in memoria di un'alcolizzata? Un vecchio compagno di bevute? Uno degli amici degli alcolisti anonimi di Juanita Baez?

E cosa significava? Un ultimo brindisi a una compagna caduta? O che gli ubriaconi finiscono per avere quello che si meritano?

Avevo guardato la strada da entrambi i lati. Ma, a quell'ora, tutte le case erano silenziose. Niente si muoveva.

Mi ero chiesta se Roxanna Baez fosse passata. Se il dolore l'avesse portata fin lì. Se fosse rimasta lì, ferma, chiedendosi com'erano stati gli ultimi istanti di vita della sua famiglia. Era grata di essere stata fuori con i cani? O le dispiaceva di essere andata via? Perché, se fosse stata in casa, forse sarebbe riuscita a fermare l'assassino? O almeno avrebbe condiviso il destino della sua famiglia?

Non lo sapevo. La ragazza era entrata nel nostro gruppo soltanto da poco, e noi tutti avevamo ancora più domande che risposte. Questa era la natura dei sopravvissuti. Raccontavamo le nostre storie lentamente, con il tempo. Anche per noi stessi, alcune esperienze erano troppo dolorose per poter essere condivise subito.

Con le strade deserte e silenziose e a corto di idee valide, mi ero diretta all'appartamento di Sarah. Mi aspettavo quasi di entrare dalla porta e trovare Roxy, ma no, c'era soltanto Sarah, seduta al minuscolo tavolo intenta a digitare rapidamente sulla tastiera del suo portatile.

«Mike Davis?» domandai. Io e Sarah raramente ci perdevamo in chiacchiere inutili.

«L'ho seguito da Starbucks. Non usciva più e io ho pensato di averlo perso. Ma a quanto pare ci lavora come barista. L'ho lasciato che metteva la schiuma al centesimo cappuccino. Non era proprio possibile rimanere lì per un turno intero senza che lui se ne accorgesse.»

Annuii e presi la sedia di fronte a lei. «Sono passata da casa di Roxy. I vicini hanno creato un memoriale vicino al recinto. Qualcuno ha lasciato una bottiglia di tequila da quattro soldi. Chi mai lascia una roba del genere per un'alcolista morta?»

«Una scelta tagliente» disse Sarah, continuando a digitare.

«Proprio quello che ho pensato io. Quindi... chi ha motivo di essere così arrabbiato con Juanita Baez?»

«Chiaramente qualcuno che ha subito le conseguenze del fatto che beveva.»

«Vuoi dire a parte i suoi figli, che sono stati portati via e sbattuti in affido perché la loro mamma non riusciva a mettere la testa a posto?»

«Io sarei incazzata, per questo» disse Sarah, d'accordo con me. «Ma quante sono le possibilità che Roxy abbia avuto il tempo di comprare una bottiglia di tequila e tornare di soppiatto proprio nel posto con la più alta concentrazione di sbirri che la cercano e riuscire a scamparla?»

«Juanita Baez stava facendo domande sul periodo che Roxy e Lola avevano passato in affido. Forse quelle domande hanno dato fastidio, hanno fatto rizzare il pelo a qualcuno. Stasera sono riuscita parlare con un'altra delle ragazze della casa famiglia. Si chiama Anya, e diciamo che non è proprio la ragazza più felice della città.»

«Viene dallo stesso posto dove vive Mike Davis?»

«Sì. La famigerata casa di Madre Del.»

«Interessante.»

«A quanto pare un ambientino amorevole, tanto da spingere Lola Baez a unirsi a una gang e a cercare di vendicarsi del bulletto capo, il recentemente deceduto Roberto.»

«Lola Baez faceva parte di una gang?»

«Una banda di ragazze ispaniche. Las Niñas Diablas.» Feci una pausa. «Possono essere state loro a lasciare la tequila? Un brindisi a una compagna caduta?» Scossi la testa. C'erano ancora troppe cose che non sapevo.

Sarah mi stava fissando. «Questo spiegherebbe tutti i post in spagnolo.»

«Post?»

«Il sito commemorativo che ho creato, ricordi? In modo che potessimo rintracciare gli indirizzi IP di chi si collegava.»

Ma certo. Sarah inclinò il portatile verso di me. Diedi un'occhiata allo schermo, a quella che sembrava una serie infinita di messaggi.

«È molto attivo» confermò Sarah. «Alcuni sembrano estranei, attirati dalla tragedia di una famiglia sterminata. Ma ci sono anche colleghi di Juanita all'ospedale, imprenditori che avevano lavorato con Charlie o suoi clienti. Alcuni dei compagni di classe di Manny, un paio di insegnanti. Ma poi tutta questa roba in spagnolo. Ho passato i messaggi con Google Translator.»

«Di cosa parlano?»

«Vendetta.»

Mi fermai. Guardai meglio lo schermo. «Tipo che hanno *avuto* vendetta? È per questo che hanno sparato a Lola? O che adesso *vogliono* vendetta?»

«La vogliono. Contro» Sarah dovette cliccare per aprire una nuova schermata «Las Malvadas. Che, più o meno, si traduce con "Demoni".»

«Così abbiamo le Ragazze del Diavolo contro le Demoni?»

«In spagnolo suona meglio.»

Mi accigliai, battei una mano sul tavolo. «Che cosa sappiamo di queste gang?»

«Uh... ci sto lavorando. Le bande sembrano agire su un sistema piramidale. Sai, prima sei un lupetto e poi diventi boy scout? Be', le tredicenni cominciano come, diciamo, Ragazze del Diavolo, guadagnandosi i gradi prima di unirsi all'organizzazione di rango più elevato, Las Diablas, che è la controparte femminile dei Los Diablos.»

«E come ci si guadagna la promozione?» domandai, anche se avevo la sensazione di saperlo già.

«Sesso e violenza. Per lo più per conto dell'organizzazione madre, per dire. In generale, sembra che i membri della gang femminile esistano per... eh... servire gli uomini...»

«Anche le tredicenni?»

«Sì. Il che può portare a un bel po' di dramma. Lui è mio. No, è mio. Sembra che le faide siano incoraggiate attivamente, e se ti serve accoltellare una rivale per rivendicare il tuo uomo una volta per tutte, non è una brutta cosa. Ma le gang sono anche molto attive nello smercio di droga. Quindi i gradi te li guadagni anche lavorando in un territorio, difendendo un territorio, conquistando un nuovo territorio, e via così.»

«E, con "territorio", immagino tu ti riferisca a scuole medie, campi giochi, parchi di quartiere?»

«Saresti un membro eccellente di una gang» mi assicurò Sarah.

«Finché non fosse ora di dargliela e io gli tagliassi via il pene, invece.»

«Questo potrebbe portare a qualche problema, sì.»

«Che cosa ne ricavano le ragazze, dalla gang? Una sensazione di appartenenza, di sicurezza? Sembrava quello che Lola stava cercando.»

«Esattamente. Le gang esistono qui per lo stesso motivo per cui esistono da qualsiasi altra parte. Ci sono un sacco di ragazzini che vivono in povertà. Tentare di farcela per conto proprio significa solitudine, se non addirittura rimanere senza tetto. Giura lealtà alla gang locale, però, e... bum! Hai una famiglia.»

«Lola *aveva* una famiglia» dissi piano.

Sarah mi guardò. «Roxy era spaventata. Quando ci siamo incontrate, era chiaramente terrorizzata. Qualsiasi fosse la minaccia...»

«La famiglia non sarebbe bastata a salvarle.» Annuii lentamente. «Lola era bellissima. Veniva da una casa con una storia di dipendenze e non era considerata troppo stabile nemmeno lei. A lei, forse, la vita delle gang sembrava una scelta eccitante.»

«Da quello che ho letto, era molto portata per la cosa. Molto bella, temperamento teatrale, combattiva.»

«In cambio forse loro l'hanno aiutata con il suo progetto: uccidere il suo vecchio nemico, Roberto.»

«Il bullo della casa famiglia?»

«La sua ragazza, Anya, giura che Roberto la amava troppo per suicidarsi. Per non parlare del fatto che avevano un piano per lasciare Brighton e andarsene a New York. Quindi, la sua morte dev'essere stata opera di Lola. Le sue amiche della gang sparano a Roberto, o lo spingono a spararsi, qualcosa del genere. Inoltre, a sentire Anya, Lola e Roxy non erano esattamente delle vittime indifese, a casa di Madre Del. Avevano imparato a restituire quello che ricevevano.»

«Sopravvivere può essere così» disse Sarah in tono neutro.

Annuimmo entrambe.

«Stando a Mike Davis, la gang voleva anche Roxy.» Fissai Sarah. «Non riesco a vedermela, lei. Era Lola quella selvaggia, delle due. Roxy è seria. Avrebbe capito quali potevano essere i problemi, a lungo termine, dell'affiliazione a una gang. Inoltre, non me la vedo proprio a suo agio mentre intrattiene qualcuno dei Diablos.»

«Avere Lola avrebbe dato alla gang un modo per fare leva su Roxy» disse Sarah «ma non lo so. A leggere i post sul sito in memoria, le Niñas Diablas sono infuriate per la morte di Lola. Non se ne prendono il merito: anzi, la vedono come un attacco contro di loro.»

«Da parte del gruppo delle Demoni?»

«Malvadas.»

Ci riflettei sopra. «Può davvero essere così semplice? Lola si unisce a una gang, e la sua intera famiglia viene uccisa come rappresaglia in una specie di guerra per il territorio?»

«Per rispondere a questa domanda dovremmo chiedere alla gang.»

Inarcai un sopracciglio.

Sarah si affrettò a scuotere la testa. «Non capisci. Le ragazze sono più violente dei maschi. Per non parlare del fatto che le gang ispaniche tengono molto alle origini. Non hanno nessun interesse a parlare con due *gringas*. Prima ci taglierebbero la gola e poi ci chiederebbero perché siamo andate da loro.»

«Abbiamo bisogno di un incentivo. Qualche motivo perché ci ascoltino.»

«Tu sei pazza.»

«Un tratto alquanto desiderabile, nel mondo dei vigilantes.»

Sarah scosse la testa. «Non credo di farcela...»

Sollevai una mano. «È tutto okay. Stai già facendo tantissimo. Lo apprezzo davvero.»

Lei annuì, ma sembrava ancora turbata. «Ci sono alcuni accessi da indirizzi IP pubblici» disse. «Ricordi? Il motivo per cui ho aperto la pagina web?»

«Per vedere se Roxy l'avrebbe visitata da un Internet cafè o qualcosa di simile, così potevamo rintracciarla.»

«Proprio adesso non vedo nessun indirizzo IP che si ripete. Quindi, mentre ci sono persone che accedono, diciamo, dalla biblioteca eccetera, non c'è un visitatore che spicca sugli altri, uno che si collega di continuo e passa molto tempo a cliccare in giro per il sito, questo genere di cose.»

«Roxy ha avuto una lunga giornata» dissi. «Se fossi in lei, sarei sdraiata da qualche parte a dormire un po'.»

Per la prima volta Sarah sorrise. «No. Se tu fossi in lei, saresti sdraiata da qualche parte a tentare di capire dove colpire.»

Pensai immediatamente a Hector Alvalos. Era stata Roxy a spararli? E come c'entrava, lui, in tutto quel casino? Perché Sarah aveva ragione: se io fossi stata Roxy e avessi avuto la percezione che la minaccia era Hector, di sicuro in quel momento sarei stata intenta a pianificare la mia prossima mossa contro di lui.

«Cosa pensi di Mike Davis?» chiesi, visto che Sarah aveva seguito il ragazzo per quasi tutto il giorno.

«Non credo che sappia dov'è Roxy» disse lei.

«Che cosa te lo fa pensare?»

«Lui... è andato in giro. Per la maggior parte del pomeriggio è andato in diversi posti. Hai presente: il parco per incontrarsi con te, poi nel cortile della scuola, poi in una caffetteria locale. Non aveva un vero scopo, o una meta. Avevo la sensazione che stesse scegliendo i posti nella speranza che fosse Roxy ad andare da lui, qualcosa del genere. Non sembrava che sapesse come trovarla.»

«Oppure è molto prudente.»

Lei mi rivolse uno sguardo. «Lei è sua amica. La sua famiglia è appena stata uccisa e lei ha scelto di fuggire dalla polizia. Lasciando intendere o che è colpevole, oppure che è ancora terrorizzata da qualcosa.»

«Ancora terrorizzata.»

«Voto anch'io per questa ipotesi. E probabilmente anche Mike Davis. Quindi sono sicura che lui preferirebbe fare qualcosa di concreto... non so, fornirle dei contanti, del cibo, qualcosa. Invece, ha passato tre ore a vagare intorno ai campi di atletica della scuola. Dubito che sia la sua prima scelta su come passare un pomeriggio.»

«Dobbiamo continuare a seguirlo anche domani.»

«Vuoi dire che vuoi che torni in missione. Mentre tu vai a parlare con un branco di *chicas* con tendenze omicide e felici di usare i coltelli.»

«Se la metti a questo modo, non sembra una bella giornata.»

«Fin dove hai intenzione di spingere la cosa?» mi domandò Sarah all'improvviso.

«Di che parli?»

«Di questo.» Sarah agitò una mano nell'aria. «Tutta questa cosa della sopravvivenza. Mi hai preso sotto la tua ala. Hai raggiunto un sacco di noi. Ci stai insegnando l'autodifesa, come gestire le nostre ansie e come tornare nella terra dei vivi. Ma tu, Flora? Che ne sarà di te?»

«Io sono già nella terra dei vivi. Ho passato tutto il giorno a lavorare in modo produttivo con la polizia per dare una mano a localizzare una ragazza scomparsa.»

«E domani andrai dritta in mezzo a una gang di ragazze violente. È vita, questa, Flora? Perché a me sembra più un desiderio di morire.»

Non dissi nulla.

«Io voglio tornare al college» disse Sarah a bassa voce. «Ci sto pensando molto, ultimamente. Voglio laurearmi. Voglio trovare un vero lavoro...»

Sussultai appena.

«... e magari anche...» Si strinse nelle spalle e sollevò lo sguardo. «Penso sempre di più che vorrei innamorarmi. Sposarmi. Avere dei bambini. Vivere la vita che sognavo un tempo. Prima.»

«Non c'è niente di sbagliato, in questo» le dissi.

«Ma tu non la pensi in questo modo. Sei stata dall'altra parte per anni e anni. Ma non sei mai tornata all'università. Non parli mai del tuo futuro. C'è sempre solo questa storia del sopravvivere.»

«Lo so.»

«Vuoi vivere per sempre felice e contenta?»

«Non sono sicura di sapere che cos'è.»

«Un marito? Dei figli?»

«Non riesco a immaginarmi di potermi fidare di un uomo così tanto. Non riesco a immaginare piccole forme di vita che dipendono così tanto da me.»

Sarah annuì pensierosa. «Senso di colpa del superstite?» mi disse.

«Probabilmente.»

«Hai salvato quella studentessa universitaria. Stai lavorando per salvare me. E adesso Roxy. Farà qualche differenza?»

Dovetti sorridere. «Sarah, non ho mai voluto banalizzare quello che hai passato, ma, alla fine, tu hai avuto soltanto una notte davvero brutta...»

«Mentre tu hai avuto quattrocentosettantadue giorni davvero orribili?»

«Qualcosa del genere, sì. Ti piace il nostro gruppo?» le chiesi.

«Sì.»

«Ti aiuta?»

«Decisamente.»
«Allora sono felice di fare quello che sto facendo. Mi basta. Per ora.»
«Davvero? Allora che è successo alla tua mano sinistra?»
Istintivamente me la portai contro il fianco, come per ripararmi da un colpo. «Soltanto una ferita di allenamento...»
«Non mentire. Non dirmi la verità, se non sei pronta a dirmi la verità, ma non mentirmi. Tu sei tutto quello che ho, Flora. Se mi menti...»
«Mi dispiace.»
«È tutto okay. Come hai detto tu. Quattrocentosettantadue giorni davvero orribili. Questo lo capisco.»
Abbassai lo sguardo sulla mia mano sinistra. La benda bianca era chiazzata di rosso. E provai vergogna. Sincera vergogna. Ma non abbastanza per parlare.
Dopo più di un anno con Jacob, forse semplicemente non mi era rimasta tutta quella vergogna.
«Vuoi stenderti qui?» mi stava domandando Sarah. «Non me la sento di stare da sola, stanotte.»
«Certo» dissi, obbligandomi a smetterla di tormentare la fasciatura.
Sarah chiuse il computer. Avevamo già fatto questa cosa, specialmente all'inizio, quando i suoi incubi erano ai massimi livelli. Lei prese le coperte e il cuscino. Facemmo a turno per lavarci i denti nel minuscolo bagno. Pigiama per lei, T-shirt oversize per me. Mi buttai sul divano. Sarah si infilò nel suo letto singolo.
Al buio, divenni di nuovo consapevole della fasciatura sulla mano sinistra. E, appena sotto la superficie, di una scheggia di legno, conficcata in profondità.
Così tanto tempo, all'inizio. Da sola chiusa in una cassa grande come una bara. Dove conficcavo le dita nei fori per l'aria rudemente intagliati e giocavo con le schegge sui polpastrelli semplicemente per avere qualcosa da fare.
Dolore allora, acuto e implacabile.
Dolore adesso, intenso e familiare.
Dove sono guarita. Dove sono ancora rotta.
Mi chiesi cosa stesse facendo Roxy Baez in quel momento. Stava dormendo, crollata dopo una giornata estenuante? O stava pianificando i suoi passi successivi?

Ma, quando finalmente mi addormentai, non sognai Roxy. Come ancora oggi mi capita troppo spesso, sognai Jacob Ness. Stava sorridendo mentre chiudeva le sue dita ad artiglio intorno alle mie spalle. Poi allungava le mani verso il basso e sollevava la mia mano bendata.

Beccata, diceva. Tu e io staremo insieme fino alla fine.

E sapevamo tutti e due che aveva ragione.

27

Nome: Roxanna Baez
Classe: terza superiore
Insegnante: sig.ra Chula
Categoria: narrativa personale

Cos'è la famiglia perfetta? Parte V

Dov'è questa famiglia perfetta? Come si fa a trovarne una? Potete per favore aiutarmi a trasformare la mia famiglia in una famiglia perfetta? Specialmente dopo che lo Stato ci ha separati?

Mia sorella piange. Tutta la notte. Io la abbraccio, tento di consolarla, ma poi piango anch'io. Nove mesi dopo essere arrivate alla casa di Madre Del, non so per quanto tempo ancora potremo resistere. Così tanti giorni di stress, così tante notti di terrore. Io sono la sorella maggiore. Dovrei essere forte e capace. Prenditi cura della tua sorellina. Per quanti anni della mia vita mi sono sentita dire questa frase? Poi: prenditi cura del tuo fratellino piccolo.

Ci ho provato, ci ho provato, ci ho provato.

Adesso Manny non c'è più e Lola sta chiaramente morendo. Non fuori, all'esterno, ma dentro. È diventata l'ombra di una persona, fa le cose che deve fare fino alla fine della giornata quando si trascina al piano di sopra dai bambini piccoli. Li culla nelle sue braccia ossute. E piange ancora di più.

Il teatro locale era stato il suo rifugio. Ma, dopo la sera della bottiglia di whiskey, Roberto e Anya hanno cominciato a venirci anche loro. È venuto fuori che Anya ha sempre voluto essere una star. E Roberto è il suo fan numero uno. Le darete questa parte, ci istruisce. Le insegnerete queste battute. Farete esattamente quello che vi dico. Altrimenti.

Ho passato tutta la notte al pronto soccorso tenendo la mano della mia sorellina di otto anni mentre le facevano la lavanda gastrica e la curavano per intossicazione alcolica. Mentre contavano i lividi sulle sue braccia e fissavano la sagoma smagrita delle sue costole.

Mi ero raccontata che ce la stavamo cavando bene. Mi ero raccontata che stavamo lottando nel modo giusto.

Stavo vivendo una menzogna.

Adesso, non importa dove andiamo e cosa facciamo, Roberto è lì. Più grosso, più forte, con quel sogghigno stampato sulla faccia. Farete esattamente quello che vi dico.

E così faccio. Per amore di Lola.

Farà sempre così male? Ci sarà mai un momento in cui ci sentiremo amate e tranquille e al sicuro? Quando potremo ridere come gli altri bambini? Ridacchiare di cose stupide, fare gli stupidi nei corridoi?

Vado a scuola da emarginata. Spio ogni ragazzo o ragazza che incontro. È così che è un vero undicenne? Forse, se potessi vestirmi a quel modo, o avere quegli amici, o restare a testa alta quando cammino per i corridoi... ma non ho niente di tutto questo. Non posso fare nessuna di queste cose. Sono soltanto io, con uno zaino, due cambi di vestiti e un buco al centro del petto.

Non importa quanto cerchi di essere forte per amore di Lola, sono anch'io soltanto una bambina travolta, soverchiata.

Odio mia madre. So che non dovrei. Lei ha una malattia. Lo dice l'assistente sociale, e la volontaria della CASA è d'accordo. La nostra povera mamma, che lavora così duramente per rimettere insieme la sua vita.

Be', non credete che avrebbe dovuto pensarci prima di avere dei bambini?

La incontriamo ancora una volta alla settimana. Lei chiacchiera del suo lavoro, del suo gruppo di supporto, di quanto fantasticamente se la sta cavando. È solo questione di tempo prima che torneremo a essere di nuovo una famiglia. Manny si accoccola sulle sue ginocchia, posandole la testa sulla spalla, come se non fosse passato nemmeno un giorno, come se nulla fosse cambiato. Lui riesce a vivere il momento. Ma Lola e io... noi fissiamo Manny. Ci godiamo la vista del nostro fratellino, che ci manca così tanto. E nel frattempo tentiamo di non muoverci troppo o di dire troppe cose che potrebbero tradire i nostri ultimi dolori e le nostre ultime sofferenze.

«Siete tutte e due così belle» ci dice nostra madre. E così ci chiediamo se ci vede davvero.

Più tardi, mentre ci riporta da Madre Del, la signora della CASA, la signora Howe, ci studia più attentamente. «Come ve la state passando?» chiede con il suo sguardo da maestra di scuola. «Di cosa avete bisogno?» Ma io e Lola non diciamo mai una parola.

Chiedetelo a qualunque altro bambino in affido. Gli adulti sono quelli che ti hanno messo in questo casino.

Odio mio padre. Non so nemmeno chi sia. Solo un uomo bianco che mi ha lasciato in dono capelli castani opachi e occhi verdi e nocciola. Non voglio i suoi capelli, i suoi occhi, la sua pelle più chiara. Mio padre mi ha trasmesso dei geni brutti. Poi se ne è andato così che mia madre potesse bere fino a finire in un buco e non ci fosse nessuno per salvarci.

Farà sempre così male?

I bambini piccoli piangono, notte dopo notte. Noi li accarezziamo sulla schiena. Facciamo rumorini che li tranquillizzano. Mentiamo. Diciamo loro che sono al sicuro e che il mondo è bello, che non c'è niente per cui piangere. Poi speriamo di potercene andare via da qui prima che i bambini crescano abbastanza da sapere quanto gli abbiamo mentito. Prima che si rendano conto che noi stesse non siamo altro che bambine più grandi, e che siamo sole proprio come loro.

Perché la gente ha dei bambini? Perché farci venire al mondo, se non avete nemmeno un briciolo di voi stessi da condividere? Non abbiamo bisogno di tanto. Solo di amore, di un rifugio, di una parola gentile di tanto in tanto. Vi stupireste, sapendo quanto poco ci vuole per renderci felici.

Mi guardo intorno in questo posto orribile, e c'è miseria dappertutto. Dimenticate l'Isola dei Giocattoli Abbandonati. La casa di Madre Del è la Discarica dei Bambini Non Amati. Siamo tutti così perduti. Persino Roberto e Anya. Li sento piangere tutti e due nel bel mezzo della notte. E, a volte, vedo Roberto nella camera di Anya, raggomitolati insieme, che si aggrappano disperati l'uno all'altra. Allora non ci sono più i sorrisi cattivi o le occhiatacce. Ci sono solo due bambini tristi. Anya non ha mai nemmeno conosciuto i suoi genitori. È sempre stata da sola.

Da quello che posso capire, questo è uno dei motivi per cui ci odia.

Mike mi ama. Posso capirlo da come mi osserva. Dai piccoli regali che mi procura. Dal nostro momento condiviso sulla passerella delle luci prima che Roberto ci portasse via il teatro. Ma io non corrispondo il suo amore. Non posso. Appartengo completamente a Lola, lotto con tutta me stessa per trovare un modo per farla tirare avanti ancora un giorno, ancora una notte.

Non può fare sempre così male. Vero?

Un giorno me ne andrò da qui. Studierò tanto, andrò al college, troverò un buon lavoro, poi troverò una casa mia che nessuno potrà mai portarmi via. Non toccherò mai l'alcol. Non mi metterò mai con qualche perdente sbandato da bar. Mi farò una vera famiglia. Con un marito che rimane, e bambini che possono dipendere da me. E rimboccherò loro le coperte ogni sera, dicendogli che sono amati e al sicuro.

I miei bambini non sapranno mai niente dei tribunali minorili e delle case famiglia. Quando leggeranno i libri, crederanno davvero nei finali dove tutti vissero felici e contenti. E cammineranno nei corridoi della scuola con vestiti nuovi, con gli amici giusti, e la schiena dritta.

Questo è il mio sogno. Il piccolo pezzettino di me che tengo per me stessa. Quando Anya ride, quella sua terribile risata, io lo tengo ancora più stretto. Quando Roberto entra nella stanza dei bambini piccoli alle due di notte e pretende quello che vuole pretendere, quel pezzettino lo seppellisco ancora più in fondo. E dopo, quando Lola piange, le sussurro all'orecchio la mia promessa.

Un giorno ce ne andremo di qui.

Un giorno costruiremo la nostra famiglia perfetta.

Perché non può fare sempre così male. No?

28

Ruu. Ruu, ruu. Ruu, ruu, ruuuuuu...

Alex non aveva scherzato. Il nuovo membro della famiglia non abbaiava. Ululava. Ogni volta, ogni santa volta che la mettevano nella gabbia. Alle due del mattino, Alex si arrese e portò la meraviglia maculata di nuovo sul divano e lasciò che si adagiasse sulla sua pancia. Alle sei del mattino, quando D.D. sentì il suono del russare di Alex mescolarsi con il rumore inconfondibile di mandibole in azione, uscì dalla camera da letto, tolse il rotolo di carta igienica dalle grinfie di Kiko e mandò il cucciolo nel cortile posteriore a fare i suoi bisogni.

Quando D.D. tornò, Alex si era misteriosamente alzato dal divano e aveva raggiunto la camera da letto, dove la porta ora era fermamente chiusa.

D.D. abbassò gli occhi su Kiko, che stava ancora guardando la carta igienica lacerata con evidente desiderio.

«D'accordo. Tu e io. Faremmo meglio a conoscerci. Che cosa pensi? Una pallina da tennis? Andiamo.»

Afferrò il suo cellulare e il giubbotto di Alex e tornò fuori, con Kiko alle calcagna. La promessa del gioco sembrava eccitare l'incrocio di dalmata, che saltellava intorno alle caviglie di D.D.

A quell'ora del mattino il cielo aveva appena iniziato a schiarirsi. C'erano abbastanza tracce dell'alba imminente da riuscire a distinguere la staccionata, ma era ancora troppo buio per dare la caccia a una pallina. Una delle gioie della vita in periferia, però, era che non si era mai veramente soli. La gente si stava già alzando per le avventure della giornata, i soggiorni e le cucine delle case si illuminavano, le luci delle verande si accendevano. Accendendo la luce della sua veranda, D.D. non fece altro che mettersi in pari con il vicinato.

Lanciò la pallina da tennis dalla parte opposta del cortile recintato. Kiko partì come un lampo. D.D. fissò il cellulare e si chiese a chi mai potesse telefonare così presto.

Ben Whitely. Considerando i quattro cadaveri collegati a un Allarme minori scomparsi di alto profilo, quella notte il medico legale probabilmente non era nemmeno tornato a casa. Era famoso per sonnecchiare sui tavoli dell'obitorio. Non era una cosa a cui D.D. piaceva pensare.

Kiko tornò. Lasciò cadere la pallina. D.D. la lanciò di nuovo, poi compose il numero di chiamata rapida sul suo cellulare. Fino a quel momento il cane non era stato poi così male.

Ben rispose al terzo squillo. «Cosa?» Ben poteva essere un tipo tosto, quando voleva. Era uno dei tanti motivi per cui a D.D. piaceva.

«Ho un cane» disse lei.

«Dici sul serio?»

«Femmina. Si chiama Kiko è mi è stato detto che è il miglior cane maculato di tutta la terra.»

«Immagino che Jack abbia vinto la guerra, alla fine.»

«Sì, con un po' di aiuto da parte di Alex. Ieri sono andati al canile. E adesso abbiamo un incrocio dalmata-pointer che si mette a ululare ogni volta che la mettiamo nella sua gabbia. E le piace anche rosicchiare la carta igienica.»

«Scarpe» la mise saggiamente in guardia Ben.

«Sto pensando di spostare tutte le mie scarpe in ufficio.»

«Meglio essere prudenti.»

«Hai dormito?»

«Non proprio.»

«Nemmeno io. Quindi, cosa dovrei sapere?»

«Uhm...» Attraverso l'etere, D.D. poteva sentire Ben che si strofinava la faccia. Senza dubbio per raccogliere le idee dopo troppe ore di lavoro troppo triste. «Gli adulti sono più o meno quello che ti puoi aspettare. Causa della morte, ferite multiple da arma da fuoco di una nove millimetri...»

«Una nove millimetri? La pistola che ho recuperato dal cortile sul retro è una calibro ventidue.»

«Allora posso dire ragionevolmente che non si trattava dell'arma del delitto.»

«Merda.» Ora toccava a D.D. strofinarsi la faccia.

Ruu?

D.D. abbassò lo sguardo e vide Kiko che la fissava. Il cane spinse la pallina con il muso, in modo inequivocabile. D.D. prese la palla da tennis e la lanciò.

«I bossoli della sparatoria contro Hector Alvalos» borbottò. «Anche quelli nove millimetri.» Questo voleva dire che la pistola di quella sparatoria poteva essere la stessa che era stata adoperata per uccidere la famiglia Baez, e una donna che corrispondeva alla descrizione di Roxy era stata vista allontanarsi di fretta dalla scena. Doppia merda.

«Ho mandato i bossoli alla balistica per l'esame» stava dicendo Ben. «Il laboratorio dovrebbe fornirti presto delle risposte.»

D.D. annuì. A quel punto, tanto valeva aspettare e vedere. Il fatto di aver creduto di avere l'arma del delitto l'aveva già messa abbastanza nei guai. La pazienza non era mai stata la sua migliore virtù.

«Juanita Baez aveva del tessuto cicatriziale nel fegato coerente con un passato di abuso di alcol» continuò Ben. «Però c'erano anche segni di guarigione, il che indicherebbe una sobrietà recente. Ho ordinato un esame tossicologico, ma ci vorrà qualche giorno prima di avere i risultati.»

«Charlie Boyd?» domandò D.D.

«Nessuna traccia di abuso di droga, fumo o alcol» elencò Ben. «Di nuovo, causa della morte tre ferite da arma da fuoco al torace, con il secondo colpo che gli ha reciso l'aorta. La morte dovrebbe essere stata pressoché istantanea a causa dell'emorragia nella cavità toracica.»

«Per questo non è mai riuscito ad alzarsi dal divano.»

«Esatto.»

«Manny Baez, nove anni. Colpito tre volte, al fianco e alla schiena. La ferita mortale è quella sotto l'ascella. Il proiettile è andato dritto al cuore.»

D.D. riusciva a immaginarselo fin troppo bene. Manny che si voltava per sfuggire all'assassino sulla porta della cameretta, premendosi contro la sorella maggiore in cerca di protezione. «Da che distanza?» chiese.

«A giudicare dalle bruciature di polvere da sparo sui suoi abiti, direi una distanza di circa un metro e mezzo. Chi ha sparato è entrato nella stanza e poi ha premuto il grilletto.»

D.D. annuì. Kiko era tornata, scodinzolando e fissando intensamente la pallina. Per dare a se stessa il tempo di riflettere, D.D. prese la palla e la lanciò di nuovo.

«La ragazza più grande, Lola Baez... è qui che le cose si fanno interessanti» stava dicendo Ben. «Tanto per cominciare, la causa della morte è una singola ferita da arma da fuoco.»

«Singola?» domandò immediatamente D.D.

«Il killer ha piazzato la pistola contro la sua tempia e ha tirato il grilletto.»

D.D. doveva assorbire quella novità. «Era lei il bersaglio, allora» sussurrò.

«Generalmente, negli omicidi di massa, la vittima che soffre il danno maggiore è l'obiettivo primario. Quindi, se gli altri membri della famiglia hanno ricevuto tre colpi ognuno, diciamo che il bersaglio primario potrebbe avere, per esempio, un intero caricatore svuotato nel petto. Ma, in questo caso, la natura ravvicinata, mirata, dell'uccisione suggerisce che Lola fosse l'oggetto della rabbia dell'assassino. Niente è stato lasciato al caso. L'assassino è entrato nella camera, ha sparato tre colpi a Manny Baez. Poi ha ridotto lo spazio per piazzare la canna della pistola direttamente contro la testa di Lola Baez.»

«Okay» disse D.D. Il cane era tornato. Obbediente, D.D. raccolse la pallina e la lanciò.

«E c'è di più.»

«Okay.»

«Lola Baez mostrava anche segni di recente attività sessuale.»

«Stupro?»

«Nessuna traccia evidente di lividi o lacerazioni, quindi potrebbe essere stato consensuale; questo ignorando il fatto che una tredicenne è comunque al di sotto dell'età per cui, per legge, un rapporto sessuale può essere considerato consensuale. Ho trovato anche tracce di spermicida, il che vuol dire che il suo partner molto probabilmente indossava un preservativo. Nessuna traccia di liquido seminale, anche se ho recuperato un capello per l'esame del DNA.»

D.D. annuì.

Cane. Pallina. Lancio.

«Droghe?» domandò.

«Nessun segno di aghi, ma, di nuovo, sto aspettando i risultati dei test tossicologici.»

«Il neo sulla guancia?»

«Sì. Phil mi ha contattato in merito ieri sera tardi. Gli ho dato un'occhiata con una lente di ingrandimento, e la vostra informazione è corretta. Quello che inizialmente sembra un neo nero, in realtà è un tatuaggio. Affascinante, anche. Siamo più o meno sullo stesso principio di scolpire un nome su un granello di sabbia. In un cerchio quasi perfetto, il tatuatore ha inciso "Las Niñas Diablas". Non credo ci siano molti saloni di tatuaggi che fanno lavori di questo livello. È il primo che vedo, del suo genere.»

«Può essere fatto in casa? Sai, in stile prigione, con l'inchiostro di una penna a sfera e un ago?»

«No, assolutamente. C'è bisogno di uno strumento molto sottile, per non parlare di una lente di ingrandimento dotata di luce. Inoltre, considerando che la pelle si gonfia mentre viene inchiostrata, o il segno deve essere stato fatto nel corso del tempo per permettere una grafia tanto stretta, o è possibile che sia stato fatto tutto in una volta con un timbro da tatuaggi. Ho sentito parlare di attrezzi simili, ma non ne ho mai visti. Però, questo te lo posso dire, è un'opera d'arte.»

«Quindi sto cercando un gangster dall'animo artistico. Grandioso.»

«La task force sulle gang giovanili ha un database con i loro segni distintivi. Ho aggiunto questo al loro dossier.»

«Grazie.» Kiko era tornata e la stava fissando. D.D. si allungò ancora una volta per prendere la pallina da tennis. «Era Lola» mormorò, rivolta a nessuno in particolare. «Chi ha sparato voleva Lola. Il resto della famiglia è stato un danno collaterale.»

«Non pensi che la sorella più grande, Roxanna Baez, sia coinvolta?» domandò Ben.

«Non lo so più. Non c'è nessun motivo ovvio perché lei sparasse ai suoi fratelli. D'altra parte, era chiaramente sotto stress e aveva delle tensioni in atto con la sorella minore. Abbiamo anche le prove che fosse nascosta vicino al punto in cui hanno sparato a Hector Alvalos. Che, tra l'altro, è stato colpito anche lui con una nove millimetri.»

«Forse la stessa pistola?»
«Molto probabile. Abbiamo la pista della droga, quella delle gang, quella di qualche profondo segreto familiare. Molte angolazioni. Solo nessuno spunto. Qualsiasi cosa scoprirai vorrei saperla. Prima è, meglio è.»
«Come se tu mi avessi mai chiesto niente di diverso.»
Il suo telefono vibrò. Un'altra chiamata in arrivo. D.D. guardò il display, aspettandosi che fosse Phil, dato che non erano ancora le sette del mattino. Con sua sorpresa, sul display comparve il nome di uno studio legale. L'avvocato di Juanita, a cui avevano lasciato diversi messaggi soltanto il giorno prima.
«Devo andare» disse a Ben. «Tienimi aggiornata.»
«Lo farò.»
Poi Ben chiuse la comunicazione. D.D. prese la chiamata successiva e ricominciò a giocare con il cane.
«Sergente detective D.D. Warren» rispose.
«Daniel Meekham. Dello studio Meekham, Croft e Bane. Ho ricevuto la vostra chiamata ieri. Sono stato in Florida per una settimana. Sono arrivato ieri sera tardi.» Una pausa. «Ho sentito le notizie.»
«Quindi sa che Juanita è stata uccisa ieri mattina. Insieme al suo compagno, Charlie Boyd, e a due dei suoi figli.»
«Sì.»
«La figlia più grande, Roxanna Baez, è ancora introvabile. La conosce?»
«I ragazzi? No. Le mie uniche conversazioni sono state con Juanita. E il nostro rapporto era cominciato da poco. Voglio dire, l'ho incontrata per puro caso al pronto soccorso qualche settimana fa. Un bagel. Un coltello. Oops.»
«Lei è specializzato in cause civili.»
«Sì.»
«A quanto sappiamo, Juanita stava parlando con lei di una situazione che coinvolgeva le sue due figlie. Riteneva che potesse essere capitato loro qualcosa cinque anni fa, dopo che lo Stato le aveva tolte dalla sua custodia e le aveva messe in una casa famiglia.»
L'avvocato non fece alcun commento.
«Signor Meekham, si rende conto che la sua cliente è morta? Non deve più attenersi alla riservatezza tra avvocato e clien-

te. Per non parlare del fatto che abbiamo seri motivi di credere che Roxanna Baez sia in grave pericolo. Di sicuro proteggere la vita della figlia della sua cliente è più importante, in questo momento, che proteggere la privacy della sua cliente. Morta.»

«Capisco. È come le ho già detto. Questo è un caso relativamente nuovo. Ci sto ancora pensando.»

«Lasci che la aiuti: Juanita riteneva che sua figlia Lola avesse subito abusi sessuali mentre era sotto le cure dello Stato. Nello specifico, mentre si trovava nella casa famiglia gestita da Madre Del. Si o no?»

«Sì.»

«A questo scopo, Juanita stava scavando in giro per conto proprio. Interrogando Madre Del, per esempio.»

«Sì.»

«Immagino che abbiate indagato anche sul passato della donna.»

«Sì.» Ancora una lieve esitazione. «Madre Del, vero nome Delphinia Agnes, è madre affidataria riconosciuta dallo Stato da ventiquattro anni. Nel corso di questo periodo, ha avuto quasi sempre la casa piena. Dai sei agli otto ragazzi.»

«Credevo che lo Stato non permettesse la presenza di più di quattro bambini contemporaneamente, almeno fino a poco tempo fa.»

«Ci sono sempre state deroghe per circostanze speciali. Ora, semplicemente, queste circostanze sono più comuni.»

«Madre Del ha qualche bambino suo?»

«Nessun figlio. Non è mai stata sposata. Insegnava all'asilo prima di prendere l'invalidità. Poi è entrata nel mondo dell'affido, completando i corsi di addestramento.»

«Quella casa è di sua proprietà?»

«La casa è un'eredità della sua famiglia risalente a tre decenni fa. Sulla carta, ha un fratello, ma non sono ancora riuscito a rintracciarlo. È registrata come unica intestataria della proprietà.»

«Quindi è una professionista dell'affido, in realtà. Prende i ragazzi, li accumula in casa, incassa gli assegni.»

«Guadagna tra i sessanta e i settantamila dollari l'anno, esentasse» assentì Meekham.

«Niente mutuo sulla casa?»

«No.»

«Quindi dove vanno a finire i soldi? Non è una grande somma, per Boston, ma senza mutuo dovrebbe cavarsela decisamente bene. Ma, almeno basandomi su quello che ho visto io, non spende soldi per dare da mangiare ai bambini.»

«Ha un libretto di risparmio piuttosto modesto. Compra un nuovo minivan ogni cinque anni. Le tasse sulla proprietà sono più sostanziose di quanto si potrebbe pensare. In più, stando alla sua carta di credito, spende molti soldi da Walmart, apparentemente in forniture per bambini piccoli, vestiti per ragazzi e via così. Tutto sommato, la sua storia creditizia è pulita. Nessun grosso deposito, nessun prelievo consistente.»

D.D. si accigliò. Questo sembrava eliminare ogni possibilità, per esempio, di un giro di pornografia infantile, che si sarebbe lasciato dietro tracce di guadagni senza spiegazione.

«Sto ancora lavorando per rintracciare qualche conto secondario» disse Meekham, come se le avesse letto nel pensiero. «È possibile che abbia dei conti correnti offshore. O dei Bitcoin, a quanto ne so. Come le ho già detto, ho in mano il caso solo da poche settimane.»

«Potrebbe avere altri conti correnti sotto altro nome, o con nomi falsi» disse D.D.

«Esatto.»

«E reclami contro Madre Del?»

«Molti. Ma nessuno che abbia mai sollevato grosse preoccupazioni. È stata segnalata per sovraffollamento, ha ricevuto citazioni per mancanza di pulizia. Diverse lamentele per i pasti che arrivavano a malapena a coprire i requisiti minimi. È stata indagata due volte dopo che alcuni bambini sotto le sue cure erano stati portati al pronto soccorso. Niente che sia mai arrivato al punto di richiedere azioni disciplinari, però. Esaminando il suo file, non è di certo la migliore fornitrice di servizi di affido della città. Ma non è nemmeno la peggiore e, in un sistema sovraffollato come quello di Boston, una persona come lei può passare quasi inosservata.»

«Quali sarebbero stati i suoi prossimi passi, avvocato?»

«Stavo tentando di trovare le fotografie.»

«Fotografie?» domandò D.D., sorpresa.

«Uh...» Sentì un rumore di carta smossa. «Una cosa che ha scoperto il mio investigatore, parlando con la consulente scolastica Tricia Lobdell Cass: la scorsa primavera girava voce che uno studente si vantava di avere foto sconce di Lola e Roxanna Baez. E, cosa abbastanza interessante, questo ragazzo stava da Madre Del nel periodo in cui c'erano anche le ragazze.»

«Si chiamava Roberto?» domandò D.D., con una sensazione di inquietudine.

«Roberto Faillon. Sì. Ora, ecco quello che si dice un bel caso giovanile. Il ragazzo aveva già un dossier lungo un chilometro per furto, aggressione, cattiva condotta, vandalismo e chi più ne ha più ne metta. Un bel delinquente in formazione. Stando alla signorina Lobdell Cass, alla fine dell'anno scolastico c'era stata un bel po' di agitazione su quelle foto. Sa come possono essere le scuole superiori. Le informazioni possono essere diffuse nelle chat. Account sui social media di cui tutti i ragazzi sono al corrente, dove possono continuare le torture diurne dalla comodità delle loro case. Le voci dicevano che Roberto avesse postato una foto di una compagna di classe seminuda in qualche chat di studenti, ma che la qualità dell'immagine non era abbastanza buona da riuscire a distinguere il volto della ragazza. Quando la scuola è venuta a saperlo, il preside ha convocato Roberto nel suo ufficio. Ma Roberto si è dichiarato innocente. La fotografia era già scomparsa da Internet. Probabilmente per essere pubblicata in un altro account sui social il giorno dopo.»

«Il preside ha confiscato il telefono di Roberto?»

«Mi è stato detto che il preside ha controllato il cellulare di Roberto con il permesso del ragazzo. Non è riuscito a trovare niente, e gliel'ha ridato.»

«Il che non significa assolutamente niente» disse D.D. «Roberto poteva aver messo le foto sul cloud per recuperarle in seguito, o aver scambiato il telefono, o un milione di altri trucchetti.»

«Guardando il suo file, sì, direi che era portato a trucchi di ogni genere.»

«Quindi è possibile che avesse davvero qualche fotografia, magari scattata mentre lui e le ragazze erano insieme a casa di Madre Del.» D.D. scosse la testa. La fabbrica dei pettegolezzi poteva essere tremenda, al liceo. Lola e Roxy non sarebbero certo state le prime ragazze a trovarsi vittime di una campagna diffamatoria, a prescindere dal fatto che quelle fotografie esistessero davvero. Non c'era da meravigliarsi che Roxy fosse stressata.

E nemmeno che Lola fosse stata spinta a unirsi a una gang.

«Poi che è successo?» chiese, anche se ne aveva più che un'idea.

«Roberto si è sparato. Alla fine di maggio... o forse erano i primi di giugno? E tutte le insinuazioni e i pettegolezzi sono morti con lui.»

«E le fotografie?» domandò D.D. «Il telefono di Roberto sarà pur rimasto a qualcuno.»

«Ho pensato la stessa cosa. In realtà, ho chiamato la polizia la scorsa settimana nel tentativo di scoprire se avevano sequestrato il suo cellulare come prova sulla scena del suicidio. Stando alla consulente scolastica, le foto sembravano essere scomparse, con la morte di Roberto. Ma, se le immagini esistono ancora da qualche parte, e risalgono al periodo passato dalle ragazze nella casa famiglia... Roxy aveva solo undici anni. Lola otto. Per definizione, quelle foto sarebbero pornografia infantile. Altamente illegale, per non dire del fatto che sarebbero state un'arma potentissima nella causa della mia cliente.»

«Ma non è riuscito a trovare il telefono.»

«Sembra essere scomparso. Roberto aveva una ragazza, Anya Seton. Fino a oggi è stata tutt'altro che collaborativa con il mio investigatore.»

«Ho avuto a che fare con lei» disse D.D. «Tutt'altro che collaborativa è un bell'eufemismo.» Si morse il labbro inferiore. Kiko era tornata, e le stava spingendo il muso sulla mano. Si era dimenticata del suo dovere di lanciapalline. Si rimise al lavoro per rimediare.

«Ha controllato se ci sono altri account social a nome di Roberto Faillon? Per esempio sul cloud, o altri siti di raccolta immagini? Voglio dire, se Roberto stava minacciando le ragazze con quelle fotografie, o anche solo divertendosi a torturarle con la loro esistenza, di sicuro avrebbe voluto avere un backup delle immagini da qualche parte.»

«Ci stavo lavorando.»

D.D. annuì. Ci avrebbe messo anche i suoi esperti informatici. Per non parlare del fatto che le era appena tornata in mente la mancanza di informazioni social sul computer nella cameretta delle ragazze. Neil aveva detto che non c'erano tracce evidenti di account Instagram, Snapchat o roba simile. E la cronologia del browser era stata eliminata da poco.

Roxy aveva forse cancellato tutta la storia online e gli account sui social media? In un ulteriore tentativo di proteggere sua sorella dalle immagini esplicite che temeva potessero apparirvi? O forse Roxy aveva ricevuto delle copie delle foto durante una specie di minaccia o ricatto e, dopo averle viste, aveva tentato di cancellare l'hard disk del computer?

Solo che, naturalmente, cancellare davvero la memoria di un computer implicava più passaggi di quanti un normale utente conoscesse. Le informazioni non potevano semplicemente essere cancellate, ma dovevano essere sovrascritte da nuovi dati, usando software progettato proprio a quello scopo. Quindi c'era la concreta possibilità che i tecnici informatici del dipartimento potessero riuscire a ricostruire qualsiasi cosa Roxy stesse tentando di nascondere. D.D. si disse che avrebbe seguito questa pista, insieme a Phil.

«Sa chi si è occupato del suicidio di Roberto?» domandò all'avvocato.

Meekham le fornì il nome dell'agente incaricato dell'ufficio della polizia di Brighton.

«A suo parere, Juanita aveva le basi per una causa?» gli chiese poi.

Silenzio, mentre l'avvocato soppesava la domanda. «Credo che, più domande facevo» disse infine «meno riuscivo a capire le risposte. Quando si fa il mio lavoro abbastanza a lungo... be', questo di solito è un bel campanello d'allarme. È successo qualcosa. Che cosa, e quanto grave, ancora non lo so per certo. Ma c'è qualcosa di strano nella situazione a casa di Madre Del. E decisamente c'era in ballo qualcosa con questo Roberto e con le presunte fotografie. Una quantità di cose strane, in effetti, tanto da farmi continuare a scavare. Per la cronaca, Juanita non poteva permettersi un anticipo. Questo vuol dire che, in un caso come questo, il mio compenso sarebbe arrivato dalla parte avversa. Quindi, se il caso fosse sembrato un vicolo cieco...»

«Lei avrebbe lasciato perdere.»

«E non avevo intenzione di farlo.»

«E se avesse trovato qualche prova di condotta inappropriata durante il periodo trascorso dalle ragazze nella casa?»

«Due bambine abusate mentre si trovavano sotto tutela dello Stato in una casa famiglia dotata di regolare licenza? Stiamo parlando di milioni di dollari. Per non parlare del fatto che tutti i ragazzi che sono passati da Madre Del...»

«Avrebbe cercato altre vittime. Per vedere di riuscire a intentare una *class action*.»

«Decine di milioni di dollari. Un motivo più che sufficiente per farmi continuare a lavorare» le assicurò Meekham.

«Un motivo più che sufficiente» replicò D.D. «perché qualcuno mettesse a tacere la famiglia una volta per tutte.»

29

Non dormii molto bene. Aveva a che fare con il trauma. Anche dopo tutti quegli anni, le notti erano lunghe e troppo piene di ombre. Ascoltai Sarah che si agitava nel letto, mormorando nomi di persone che molto probabilmente erano morte. Io sognai Jacob. Mi obbligai a risvegliarmi. Tentai qualche esercizio di respirazione profonda, immaginando un raggio di luce dorata, inspirandolo, sentendolo diffondersi nei miei polpacci, nelle mie ginocchia, nei miei fianchi.

Lo persi e ricominciai da capo. Lo persi di nuovo.

Sono sempre stata una frana nell'autocoscienza.

Alle due del mattino cominciai a fissare il soffitto e a ripassare mentalmente quello che sapevo di Roxanna Baez. Alle quattro ero convinta che dovevo assolutamente trovare quella ragazza, in un modo o nell'altro. E alle cinque credetti di aver capito come.

Profilo geografico. Il suo nascondiglio doveva essere a breve distanza – meglio, raggiungibile a piedi – da tutti i bersagli conosciuti: la sua casa, la scuola superiore, la caffetteria, la casa di Madre Del. E non solo perché non era possibile che fosse salita su un autobus o avesse preso la metropolitana senza che qualcuno la vedesse, ma perché stava agendo motivata dalla paura. E che cosa fai quando hai paura? Ti nascondi. Da qualche parte nella tua zona di sicurezza, dove sai quali risorse hai a disposizione e dove hai amici come Mike Davis pronti ad assisterti.

Roxy Baez doveva essere rintanata da qualche parte a Brighton.

Alle sei, presi il portatile di Sarah e diedi inizio alla mia ricerca.

Per prima cosa, una mappa di Brighton che, secondo Google, era ampia soltanto poco più di sette chilometri quadrati. Contrassegnai i quattro luoghi che sapevamo Roxanna Baez conosceva. Questo mi portò a un'area di circa tre chilometri quadrati. Non una zona di ricerca enorme, in termini di ampiezza, ma ancora difficilissima in termini di densità. C'erano così tanti palazzi, uffici, pubblici e privati. Tentai una ricerca immobiliare per trovare spazi commerciali disponibili, pensando al suo trucco di occupare l'ufficio vuoto di fronte alla caffetteria. Ottenni più di dieci risultati.

Mi fermai, pensando intensamente.

Se fossi stata in lei, in quel momento, che cosa avrei voluto più di tutto il resto? Sicurezza. Un posto in cui potermi muovere senza farmi notare. Considerando quell'elemento, uno spazio commerciale vacante poteva non essere la soluzione migliore. E se qualcuno nelle vicinanze si fosse domandato perché una ragazza sola stava entrando e uscendo da uffici in affitto vuoti, o magari vedeva una luce accesa di notte dove non avrebbero dovuto essercene?

Il miglior nascondiglio? Come diceva il vecchio adagio, nasconditi in piena vista. Un posto tanto affollato, tanto pubblico, che si poteva andare e venire senza attirare l'attenzione.

Poi, l'altra cosa necessaria? Risorse. Accesso a cibo e acqua. Chi poteva sapere per quanto tempo sarebbe rimasta nascosta. Se avesse seguito le mie linee guida per la borsa delle emergenze, allora forse aveva qualche barretta proteica e qualche bottiglietta d'acqua, ma una ragazza non può sopravvivere di soli cereali. Avrebbe dovuto trovare un posto vicino a un locale affollato, magari un minimarket aperto ventiquattro ore su ventiquattro, dove poteva fare scorta rapidamente e senza farsi notare.

Tornai a guardare la mappa. Che cosa aveva detto Sarah il giorno prima? Si era allontanata da Mike Davis quando lui aveva iniziato il suo turno di lavoro da Starbucks. Se fossi stata Roxy, riflettei, di sicuro avrei pensato di approfittare del lavoro del mio migliore amico per mangiare qualcosa. Un modo circospetto per andare a bersaglio, magari ottenere qualche rapida informazione e, al tempo stesso, rifornirsi in tutta sicurezza. Segnai l'ubicazione del lavoro di Mike sulla mappa, una X più o meno a metà strada tra la casa di Madre Del e la scuola superiore. In altre parole, una zona che Roxy conosceva di sicuro molto bene.

Altre cose da tenere in considerazione per un'adolescente in fuga? Il cambio di aspetto, o qualche tipo di camuffamento. Considerando l'Allarme minori scomparsi, la fotografia di Roxy era praticamente dappertutto. Se davvero voleva non farsi trovare, avrebbe avuto bisogno di prendere qualche precauzione di base. Forbici per tagliarsi i capelli. Forse una tinta per capelli, anche, che avrebbe richiesto l'accesso a un bagno. Una parrucca? Un cappello? Occhiali da sole?

Dopotutto, a distanza di quasi ventiquattro ore, non un solo agente di pattuglia l'aveva vista. Francamente, volevo trovarla soltanto per chiederle come aveva fatto. Perché al momento lei era la mia migliore studentessa e ci eravamo scambiate soltanto qualche post sulla bacheca del gruppo.

Il che mi portò a qualcos'altro. Un'idea insistente...

Caricai il sito in memoria della famiglia Baez preparato da Sarah. Nel corso della notte aveva assunto vita propria. Così tanti post, e molti di essi erano in spagnolo. Amici di famiglia? Membri della gang di Lola? I loro rivali?

Iniziai a prestare attenzione ai luoghi, che molti post rivelavano automaticamente, a seconda delle opzioni di privacy scelte dall'utente. Poi studiai quelli che non avevano nessuna indicazione del luogo. Di sicuro Roxy non stava usando il suo cellulare: la polizia l'avrebbe trovata usando la localizzazione GPS nel momento stesso in cui l'avesse acceso. Ma era possibile che avesse un cellulare di riserva. Anche quello era uno degli oggetti raccomandati per la borsa di emergenza. E, essendo così capace, di sicuro Roxy avrebbe sistemato tutti i settaggi in modo da nascondere la sua posizione.

Ma gli indirizzi IP, che erano collegati a tutte le attività online, contenevano alcune informazioni che non potevano essere mascherate. In pratica funzionavano come l'indirizzo del mittente su una busta, solo che i dati includevano il punto di accesso a Internet adoperato dall'apparecchio che era stato usato per connettersi. Per questo motivo gli spammer mandavano le loro email facendole rimbalzare da un punto all'altro del mondo prima di giungere alla destinazione finale: era un modo per seppellire l'indirizzo IP originario sotto strati e strati di altri dati di rete. Ma l'originario era sempre lì, e un nerd che sapesse come muoversi era in grado di trovarlo.

In questo caso, dubitavo che Roxy avesse il tempo, l'energia o le abilità per confondere le sue tracce digitali. Quindi l'idea di Sarah di riuscire a identificare le visite ripetute al sito da parte di indirizzi IP pubblici era un'idea fantastica. In particolare, mi misi a cercare utenti che non avevano pubblicato nessun post, ma che si erano limitati a visitare la pagina più e più volte.

Ne trovai decine. Subito dopo, cercai gli indirizzi IP e ridussi la lista ai portali online di Brighton. Cercando quei luoghi, mi ritrovai a guardare un indirizzo che sapevo di conoscere.

Il locale della sera prima, il Monet's. Quello con il cameriere carino, dove Anya aveva mangiato insieme ai suoi compagni di teatro. Qualcuno aveva usato la loro connessione wi-fi per visitare il sito in memoria della famiglia Baez. Molte volte. Anche dopo che io e D.D. Warren avevamo fermato Anya e l'avevamo torchiata sul suo rapporto con Roxy.

Fissai la mappa. La casa di Madre Del, la scuola superiore, il Monet's, la residenza dei Baez, il posto di lavoro di Mike Davis.

E a quel punto, semplicemente, capii.

Nascondersi in piena vista.

Roxy Baez era brillante.

Sarah si era svegliata. Attraversò il piccolo monolocale a piedi nudi e si fermò dietro di me.

«Hai ancora intenzione di parlare con quelle della gang, oggi?» mi domandò.

«Assolutamente.»

«E come?»

«Farò loro un'offerta che non possono rifiutare: Roxy Baez.»

Sarah mi fissò con gli occhi spalancati.

«Non preoccuparti» la rassicurai. «Ho un lavoro anche per te.»

Che cosa ci si porta dietro per incontrarsi con un gruppo di ragazze di una gang femminile conosciute per il loro amore per i coltelli? Riflettei a lungo. Una piccola lama? Bacchette di legno appuntite nascoste tra i capelli? I miei attrezzi da scasso?

Non uso pistole. Il che andava benissimo, considerate le leggi restrittive del Massachussetts sulle armi da fuoco. Quindi, qual era la migliore difesa contro un gruppo di assalitrici armate di coltello? Mi piaceva l'idea di un manico di scopa. O una specie di lungo bastone di qualche tipo. Per fare il loro sporco lavoro, gli assalitori che usano il coltello devono avvicinarsi. Quindi, qualcosa che allungava la portata, e le teneva a distanza, sarebbe stato utile.

Pensai che avrei potuto dare un po' troppo nell'occhio, però, facendomi vedere con un bastone. Le Niñas Diablas potevano prendere male la cosa, e dato che i numeri non sarebbero stati dalla mia parte, volevo dare inizio alla conversazione senza far incazzare nessuno. Alla fine, scelsi una lunga sciarpa. Qualcosa che poteva apparire alla moda, ma che poteva anche essere usata per frustare il collo di qualcuno, o per intrappolare una mano che reggeva un coltello.

Poi feci qualcosa di più discutibile. Telefonai alla consulente scolastica, la signorina Lobdell Cass, e le chiesi se potevo portare i cani di Roxy a fare una passeggiata. Se quelle ragazze conoscevano davvero Lola, allora forse avevano visto i suoi cani, Blaze e Rosie. E, mentre era possibile che non ci pensassero su due volte prima di attaccare un'avversaria, ero pronta a scommettere che non erano abbastanza spietate da far male a due attempati breton.

A Jacob non sarebbe importato. Lui odiava gli animali. A parte gli alligatori, naturalmente, a cui prometteva di darmi in pasto almeno una volta alla settimana.

E quella era la differenza, mi dissi mentre passavo da casa di Tricia Lobdell Cass. Jacob era il male, quello vero. In confronto a lui, le Niñas Diablas non erano altro che un gruppetto di ragazze che giocavano a fare le dure.

Tricia aprì subito la porta. Entrai nel suo allegro soggiorno pieno di piante, in cui campeggiava un divano azzurro. Blaze e Rosie si alzarono in piedi, mi annusarono la mano, si misero a scodinzolare.

«Qualche notizia?» mi domandò la consulente scolastica. Aveva l'aria stanca, i suoi occhi erano contornati da borse scure. Una lunga notte passata a prendersi cura di due cani inattesi? O a causa della preoccupazione per ciò che era capitato a Roxy? Quanto intima poteva diventare una consulente scolastica con i suoi studenti?

Continuavo a pensare che sembrava troppo giovane per il

suo lavoro. Il che era ironico, dato che probabilmente aveva solo qualche anno più di me. Ma, d'altro canto, io non avevo mai pensato a me stessa come giovane. E di sicuro non riuscivo a immaginarmi a lavorare in una scuola superiore.

«Nessuna nuova informazione su Roxy» dissi. «I cani stanno bene?»

«Sono stati fantastici. Sono andati in giro per la casa per un po', per farsi un'idea. Poi si sono messi a dormire tutti e due. Penso che la giornata di ieri li abbia stancati.»

«Lei sta bene?»

Si strinse nelle spalle. «Continuo a pensare... che avrei dovuto fare di più. Sapevo che Roxy era stressata. Avevo sentito parlare della gang, e alcune voci coinvolgevano sua sorella. Non lo so. Ho parlato con la madre di Roxy quando le ragazze hanno iniziato a frequentare la scuola in dicembre. Juanita sembrava molto presa, voleva dare il meglio per i suoi figli. Onestamente, ero preoccupata per Roxy, ma non mi sono davvero *preoccupata*. In confronto a molti dei miei altri ragazzi, lei sembrava avere così tante risorse. Una casa, una famiglia, persino due cani.»

Accarezzò la testa di Rosie. «E adesso... non riesco a crederci. Tutta la famiglia. Assassinati. Andati. Così, da un momento all'altro. Non riesco davvero a crederci.»

«Ho sentito Mike Davis» dissi. Era il mio modo per ringraziarla per averlo contattato per me.

«Come se la sta cavando, con tutto quanto? Ho tentato di chiederglielo, ma non è un grande comunicatore.»

«Sì, me ne sono accorta.»

«Più ci penso, e più credo che Roxy probabilmente fosse la sua migliore amica.» Mi fissò, in attesa.

Mi strinsi nelle spalle. «Era la prima volta che lo vedevo. Direi che è molto preoccupato per lei. Ed è nervoso. Decisamente nervoso, non smetteva mai di muoversi. Ma forse è sempre così.»

Tricia sorrise debolmente. «Credo che si possa dire che è così, sì. Ma è un bravo ragazzo. E Roxy... sembravano andare d'accordo. Che è proprio quello che serve per sopravvivere al liceo. Che ci sia almeno una persona che ti guarda le spalle.»

«E che mi dice di Anya Seton?» domandai.

«Quella dell'ultimo anno? Aspirante attrice, la star della maggior parte delle recite scolastiche?»

«Proprio lei.»

«La conosco, ma non direi che la conosco bene.»

«Anya conosce Mike Davis. Abitano nella stessa casa famiglia.»

Tricia si immobilizzò e non disse nulla. Rapporto confidenziale tra studente e consulente? mi chiesi.

«Li ha mai visti insieme?» domandai. «Mike e Anya.»

«No. Mai. Non frequentano gli stessi giri. Per niente.»

«E Roxy e Anya?»

La consulente scolastica inarcò le sopracciglia. «Decisamente no. L'anno scorso, quando Roxy è arrivata alla scuola, lei e Anya hanno avuto una specie di lite. Io non ho assistito. Ma sono volate parole grosse, e si sono spintonate. Qualcosa tipo Anya che diceva a Roxy di lasciare in pace il suo ragazzo.»

«Roxy e Roberto?» esclamai, sorpresa.

«Era solo nella testa di Anya» mi assicurò Tricia. «Anya e Roberto stavano insieme da anni. Si sapeva che lei era molto possessiva.»

«Dev'essere stata sconvolta quando si è sparato.»

«Non è venuta a scuola per più di una settimana. E alla fine sono dovuta andare a trovarla...»

«A casa di Madre Del?» chiesi.

Ancora una volta quell'esitazione. «Ho parlato con Anya. Abbiamo pianificato il suo ritorno.»

«Anya crede che Lola e Roxy avessero avuto qualcosa a che fare con la morte di Roberto» dissi all'improvviso. «La loro gang l'ha ucciso e poi ha fatto in modo che sembrasse un suicidio. Qualcosa del genere. Molto complottista.»

Tricia serrò le labbra. «Anya è molto drammatica» disse infine.

«Crede che Roberto si sia tolto la vita?»

«Penso che sia triste ogni volta che una persona giovane muore. Penso che il dolore possa indurre alla tentazione di dare la colpa della perdita a qualcun altro.»

«Perché, se Roberto si fosse davvero sparato, voleva dire che Anya da sola non era abbastanza per salvarlo?»

«C'è questo, sì. Ma anche... se questa gang ha avuto qualcosa a che fare con la morte di Roberto... Be', diciamo che queste non sono ragazze che sentirebbero il bisogno di nascondere la loro opera.»

Capii cosa stava dicendo. «Vorrebbero attribuirsene il merito.

Usare il suo omicidio come esempio: questo è quello che succede quando pestate i piedi a una di noi.»

Tricia annuì. «Triste, ma vero.»

«Giustificata o meno, Anya continua a odiare Roxy e Lola e dà la colpa a loro della morte di Roberto. Fino al punto di cercare vendetta?»

La consulente scolastica si strinse nelle spalle. «Anya Seton è un'adolescente molto appassionata, e molto portata alla teatralità. E alle liti, sì. Campagne diffamatorie, di sicuro. Ma entrare in una casa e sparare a un'intera famiglia a sangue freddo?» Scosse la testa. «Non so se ha un senso, ma non credo che sarebbe abbastanza drammatico, per lei. Specialmente considerando che non riceverebbe nessun applauso alla fine.»

«Avrebbe distrutto la casa.»

«Avrebbe usato una bomboletta di vernice rossa per scrivere "assassina, bugiarda, puttana" sulla facciata della casa. Quello sarebbe molto più nelle sue corde.»

«Roxy e Anya si scontravano spesso a scuola?»

«No. Dopo quel primo incidente e poi, ovviamente, dopo tutte le chiacchiere sulle fotografie...»

«Fotografie?»

Tricia mi guardò e trasse un respiro profondo. «Immagino che verrà fuori di nuovo comunque» disse.

«Sono sicura di sì» le dissi.

«In primavera hanno cominciato a girare voci che Roberto aveva delle foto di Lola o di Roxy. Fotografie indecenti. Una è arrivata in un gruppo social della scuola, la silhouette di una ragazza nuda, ma senza dettagli sufficienti a distinguere l'età o l'identità. Impossibile riuscirci. Un altro studente ha detto che era stato Roberto a postarla. Il preside Archer l'ha convocato nel suo ufficio, ma Roberto ha negato tutto e gli ha fatto vedere il telefono. Non è stata trovata nessuna fotografia.»

«E poi?» chiesi.

«E poi Roberto si è sparato. Poche settimane dopo. Era... era un ragazzo arrabbiato, incline alla depressione. Quando il personale scolastico ha sentito la notizia... eravamo tristi, ma non molto sorpresi. Abbiamo offerto assistenza psicologica agli studenti. Ma, a parte Anya... Roberto non aveva amici stretti.»

«Quindi un adolescente arrabbiato, umorale e solo» tirai le

somme. Tutto ciò rendeva credibile la teoria secondo la quale il suo era stato un suicidio e nient'altro che un suicidio. «Quando si è unita alla gang, Lola?» domandai.

«Non sapevo che l'avesse fatto» disse la consulente scolastica con cautela. «Era solo una voce che girava. Dato che lavoro alla scuola superiore, ero più preoccupata dalle voci secondo cui quella stessa gang era interessata a Roxy.»

«Las Niñas Diablas» dissi.

Lei si strinse nelle spalle. «Forse. Sono molto attente, a scuola. E noi abbiamo una politica di tolleranza zero.»

«Chi è la leader?»

Lei scosse la testa.

Le lanciai un'occhiata. «Chi è la *presunta* leader della gang?»

Un sospiro profondo. «Potresti provare con Carmen Rodriguez. Attualmente è al secondo anno. Solo che sembra che abbia venticinque anni. Da quello che ho sentito dire, è molto furba. Non è interessata agli studi, ma è molto intelligente.»

«E Roxy la conosce?»

«Frequentano un paio di corsi insieme.»

«Okay.» Mi alzai.

«Te li prendi ancora i cani?» domandò lei.

«Solo per la mattina. Credo che un po' di aria fresca gli faccia bene.»

Lei annuì, ma sembrava sapere che non le stavo dicendo tutta la verità. Dopotutto, era una consulente scolastica, e la maggior parte delle sue conversazioni probabilmente riguardava solo mezze verità.

«Quelle ragazze, non sono come me e te» tentò di nuovo.

Non riuscii a farne a meno. Sorrisi e presi i guinzagli dei cani. «Tesoro, non esistono ragazze come me. Andrà tutto bene. Piuttosto, forse è di Carmen Rodriguez che dovrebbe preoccuparsi.»

Era un'altra bellissima giornata autunnale, assolata e fresca. Un tempo perfetto per portare a spasso per le strade un paio di épagneul breton bianchi e marroni.

Brighton non era un grosso quartiere, e Carmen Rodriguez non era poi così difficile da trovare. Dopotutto, in quest'epoca dominata da Google, nessuno lo è.

Le nove di domenica mattina: la gente stava appena cominciando a muoversi. Bambini che correvano nei giardini minuscoli e sui marciapiedi crepati. Qua e là, famiglie che uscivano di casa con i vestiti della festa. Non andavamo in chiesa, quando ero piccola. La vita in fattoria significava che c'erano sempre mansioni da svolgere, lavori da fare. Dopo il mio rapimento, le signore della chiesa congregazionale avevano rifornito mia madre di cibo per mesi. Per non parlare dei volontari che si erano presentati in primavera per aiutarla a seminare e di nuovo in estate per aiutarla con il raccolto perché, ormai, mia madre era troppo occupata a comparire nei programmi nazionali, implorando il mio ritorno a casa sana e salva.

La comunità aveva mandato avanti la fattoria. Vicini che conoscevamo soltanto di vista, membri della chiesa che non avevamo mai frequentato. La cosa aveva avuto un grande impatto su mia madre. Non se ne sarebbe mai andata dalla nostra cittadina, adesso. Loro erano lì per lei quando ne aveva avuto più bisogno. Non gliene facevo una colpa. Tutt'al più, ero gelosa del suo ritrovato senso di appartenenza.

Continuai a camminare mentre, con lentezza ma senza alcun dubbio, la qualità degli edifici che avevo intorno si deteriorava. Sempre più palazzi di appartamenti malconci. Isolati urbani sempre più tristi. Finalmente, arrivai a una fila di vecchie case a tre piani. Verande incurvate. Gradini rotti. Un gruppo di ragazze era seduto di fronte a una casa particolarmente malmessa, con indosso una collezione di jeans e T-shirt strappati. Consultai il mio telefono. E, poco ma sicuro, quella seduta sul gradino più alto assomigliava alla fotografia che avevo di Carmen Rodriguez. Capelli neri tagliati corti che rivelavano una pelle dorata e occhi scuri scintillanti. Più che altro, però, studiai il neo sulla sua guancia sinistra.

Non c'era momento migliore. Avevo la mia sciarpa come arma. Avevo due vecchi cani ciechi come distrazione. Non potevano esserci condizioni migliori.

Sollevai il chiavistello del cancelletto arrugginito che chiudeva il cortile e avanzai sul vialetto.

Carmen Rodriguez era seduta in compagnia di altre quattro ragazze. Le ragazze si alzarono, ma Carmen rimase al suo posto. Fissandomi dritta in faccia.

Occhi duri. Sguardo vecchio, per una ragazza di diciassette anni. Sarebbe stata bellissima, pensai, se non fosse stato per quegli occhi. Ma il suo sguardo mi piaceva. La rendeva interessante. Aveva delle storie da raccontare. Mi sarebbe piaciuto sentirle. Sempre che, naturalmente, non mi sventrasse prima.

«Carmen Rodriguez?» chiesi.

«Lo stai chiedendo o lo stai dicendo?»

La ragazza più vicina a lei ridacchiò. Aveva i capelli neri tirati indietro in una coda di cavallo, mentre da entrambe le orecchie le pendevano anelli d'argento grandi abbastanza da fare anche da braccialetti. Tutte le ragazze erano bellissime. Ricordai quello che mi aveva detto Sarah, che parte dei compiti della gang era compiacere la controparte maschile. A quanto pareva, essere brutte ti escludeva dal gioco.

In quel momento notai che la ragazza sulla sinistra sembrava tenere qualcosa stretto nel pugno – una lama corta di qualche tipo, probabilmente – mentre una delle altre ragazze aveva un braccio dietro la schiena. Un altro coltello, infilato nella cinta dei jeans? O forse una calibro ventidue? Tenni le mani davanti a me, dove tutte potevano vederle.

Potevo anche conoscere bene l'autodifesa, ma non ero affatto un'esperta di arti marziali pronta a combattere contro cinque gangster armate. Le mie armi migliori al momento sarebbero state le parole. Interessante che anche Jacob fosse molto bravo a usarle, quando sceglieva di farlo. Entra nel mio soggiorno, disse il ragno alla mosca...

«Mi chiamo Flora Dane» iniziai, poi attesi un istante. A volte la gente riconosceva il nome, a volte no.

Carmen si accigliò e mi guardò meglio.

«Sono sopravvissuta a un rapimento» continuai. «L'anno scorso ho anche aiutato a salvare una studentessa del Boston College.»

Sempre più perplessa. Chiaramente non aveva riconosciuto il mio nome, né sapeva cosa pensare di me. Polizia, assistenti sociali, insegnanti: tutti erano chiaramente il nemico. Ma la superstite di un rapimento...

Accanto a Carmen, la ragazza con il coltello in mano si agitò.

«Ti sembriamo tipe che sono state rapite, forse?» disse infine Carmen.

«Sono anche un'amica di Roxanna Baez.»

«Quelli sono i suoi cani» commentò una delle ragazze. «Lola ogni tanto li portava a spasso.»

«Lola è morta» disse Carmen, continuando a fissarmi.

«Sì. Lola, il suo fratellino piccolo, sua madre e il compagno di sua madre.»

«È stata Roxy.» Ma era una domanda, non un'affermazione.

«Non lo so. Speravo che poteste dirmelo voi.»

Ora ottenni uno sguardo ancora più perplesso, ma almeno nessuno mi stava lanciando addosso un coltello o mi stava sparando. Mi avvicinai ancora un po', consapevole della ragazza con il coltello sulla sinistra e dell'altra ragazza con l'arma nascosta sulla destra. Rosie annusava il terreno polveroso. Blaze, invece, si teneva premuto forte contro di me. Il poverino non aveva idea di dove si trovava. Riusciva a percepire l'aria che tirava? Sollevò la testa verso il calore del sole e scodinzolò senza molta convinzione.

Gli accarezzai la testa, traendo conforto dalla sua presenza. Quando rialzai lo sguardo, anche Carmen stava guardando i cani. Le sue spalle si erano rilassate.

«Staranno bene, loro?» domandò con un'espressione imperscrutabile.

«Per ora hanno una casa temporanea. Finché le cose non si sistemano.»

«Non abbiamo noi Roxy. Ma, se sei davvero sua amica, dovresti saperlo.» Di nuovo il mento sollevato, ora più in segno di sfida.

«Non sono sicura che Roxy sappia chi è suo amico, al momento. Date le circostanze.»

«Perché sei qui?» chiese Carmen.

«Sto tentando di dare una mano. So che Lola era una di voi. Il segno sulla guancia.»

Carmen si strinse nelle spalle. «E allora?»

«Qualcuno l'ha assassinata. Una di voi viene uccisa, questo non fa diventare la cosa qualcosa di personale?»

«Dipende. Da quello che ho sentito al telegiornale sembra una questione di famiglia.»

«Davvero? Conosci Roxy. Conosci Lola. Roxy sparerebbe mai a sua sorella? Al suo fratellino?»

Carmen non rispose subito, ma mi resi conto che il mio colpo era andato a segno. «Se non lei, chi allora?» chiese infine.

«Questa è la mia domanda.»
«Credi che siamo state noi!» Era già in piedi.
«Dimmelo tu.»
«*Hija de puta*» sbottò. Le ragazze intorno a lei si muovevano, inquiete. Quella con la lama mi si avvicinò da sinistra, mentre la ragazza sulla destra cominciò a tirar fuori qualcosa da dietro la schiena...
Non indietreggiai. «Ehi, mia madre è andata alla TV nazionale per me. Ha dovuto indossare jeans da mamma perché gli agenti dell'FBI l'hanno costretta a farlo. Non insultarla così.»
Carmen mi guardò, chiaramente confusa, e la cosa mise sotto controllo l'intero gruppo, che ora mi osservava attentamente. «Lola era nostra sorella» annunciò Carmen. «Noi non ce la prendiamo l'una con l'altra. Non senza motivo.»
«Avevate un motivo?»
«No!»
«D'accordo. Ma forse sapete delle cose che potrebbero aiutarmi a scoprire chi è stato.»
«Tipo cosa?» Carmen era ancora scura in volto, ma lentamente si rimise a sedere sul gradino.
«Lola era una di voi. Su questo siamo tutte d'accordo. Ma Roxy? Lei si era unita a voi?»
«Ci stava pensando su, considerando le opzioni. Eravamo raccomandate da sua sorella. E, devo dirlo, offriamo un piano di benefici niente male.»
Lo presi come un'ammissione del fatto che Roxy ancora non aveva il neo sulla guancia. «Non conosco le gang» ammisi. «I serial killer, gli stupratori, i rapitori, i predatori sessuali sì, li conosco. Le gang, no.»
Questo mi procurò un rinnovato interesse da parte del gruppo.
«Quindi perdonatemi se non lo chiedo nel modo migliore, ma voi – o Lola – avete fatto incazzare qualcuno di recente? Tipo una gang rivale che potrebbe averla presa come bersaglio per qualcosa di... per qualsiasi cosa?»
Carmen sorrise. «Non sai un cazzo» disse.
«Cosa posso dirti? Jacob Ness era un solitario.»
«Quattrocentosettantadue giorni» disse lei all'improvviso. «Ti ho vista. In televisione. Quattrocentosettantadue giorni.»
Annuii.

«Che razza di idiota si fa rapire in una spiaggia pubblica?» domandò Carmen senza troppi giri di parole.

«Un'idiota ubriaca. Una debole. Un'idiota che non sa niente. Ma non devi preoccuparti per me. Da allora ho imparato un po' di cose.»

«Hai bruciato vivo quel tipo» disse una delle ragazze.

«Da allora ho imparato un po' di cose» ripetei. Strofinai le lunghe orecchie setose di Blaze. Lui sospirò contro la mia gamba.

«Ci piaceva, Lola» offrì Carmen all'improvviso. «Se avessimo pensato che una di quelle...»

«Le Malvadas?» tentai.

Lei sputò. «... *putas* era colpevole, non avresti bisogno di fare nessuna domanda. La questione sarebbe già risolta da un pezzo.»

«Lola usava droghe?»

Una stretta di spalle che poteva voler dire qualsiasi cosa. «Non era incosciente come credeva sua sorella» disse Carmen.

«Vendeva droga?»

Un'altra stretta di spalle.

«Aveva un ragazzo?»

«Oh, tutti volevano Lola. Ma, di nuovo, non era incosciente come pensava sua sorella. Sapeva come gestirsi. Quella ragazza non dava mai niente per niente.»

«Usava i ragazzi.»

«E a che altro servono?»

«Aveva solo tredici anni» mi sentii dire.

«Non li abbiamo avuti tutte, una volta?»

Non avevo una risposta pronta, per quello, e lei lo sapeva. Età, innocenza, era tutta una questione di prospettiva. E lì eravamo tutte molto realiste.

«Lola era coinvolta nella morte di Roberto? L'ha... non so... spinto a uccidersi? O forse l'ha ucciso lei e poi ha coperto la cosa?»

Il volto di Carmen si indurì. Le ragazze mi fissarono, mentre la tensione cresceva.

«Non sono uno sbirro» dissi. «E davvero non me ne frega un beato cazzo se lei, o una di voi, ha ucciso quello stronzo. Da quello che ho sentito dire, ha avuto quello che si meritava.»

«Allora perché tirarlo fuori?»

«Perché l'omicidio è così. Solleva un sacco di domande. Che, prima trovano risposta, prima se ne vanno.»

«Nemmeno io do niente per niente.»

«Che cosa vuoi?» Anche se già lo sapevo. Ed ero preparata a pagare per continuare a giocare; ma ora, all'improvviso, cambiai idea. Quelle ragazze dicevano di essere sorelle di Lola, eppure non l'avevano salvata. Non meritavano di conoscere quello che sapevo io.

«Roxanna Baez» disse Carmen. «Dacci Roxy. Chiaramente sai più di quello che stai dicendo.»

«No.»

«Allora abbiamo chiuso...»

«No.»

«Scusami?» Di nuovo quell'increspatura di tensione. La ragazza sulla sinistra cambiò presa, mostrando la sua lama molto corta e molto affilata.

Io fissai direttamente la luogotenente armata mentre dicevo: «Roxy non è vostra. L'hai detto tu stessa. Non si è unita alle Niñas Diablas. Ma ha cercato me. Questo la rende *mia* sorella, non vostra».

Carmen fece un passo minaccioso dalla veranda.

«Ho anch'io una gang.» Mi sentivo incosciente, adesso. «Non ci vestiamo in modo figo come voi, tutt'altro, e figuriamoci la storia del microtatuaggio. Ma siamo dei sopravvissuti. Ognuno di noi. E Roxy ci ha trovato. Stava cercando aiuto per salvare la sua famiglia. In particolare, credo che stesse tentando di salvare Lola.»

«Ha fallito.»

«Lola era una di voi. Vuol dire che anche voi avete fallito.»

Carmen fece un secondo passo, mentre le sue ragazze si spostavano intorno a lei, assumendo posizioni di combattimento.

Scossi la testa per avvertirle. «No. Non vi nasconderete dietro l'atteggiamento da dure. Una gang è una famiglia. Un gruppo di sopravvissuti è una famiglia. E noi facciamo tutto quello che possiamo, per la famiglia. Quindi dimmi quello che ho bisogno di sapere su Lola. È morta tenendo tra le braccia il suo fratellino. È morta tentando di fargli scudo con il suo corpo. Dovreste essere orgogliose di lei, per questo. Dovreste rispettarla.»

Carmen si fermò. L'espressione dura del suo volto vacillò.

«Manny era un bravo bambino» mormorò una delle ragazze

dietro di lei. Non mi guardavano più, adesso. Avevo toccato i tasti giusti, facendo leva sul loro senso di vergogna.

«Che cosa credi di fare, standotene lì a dire queste cose?» tentò di recuperare Carmen.

«Lola era coinvolta nella morte di Roberto?» ripetei. «Ha messo in scena il suo suicidio? Perché questo sarebbe stato un motivo più che buono per ucciderla. Andiamo. Avete delle rivali. Sapete come funziona.»

«Lola lo odiava. Quando era piccola lui l'ha picchiata. E le ha fatto anche di peggio. L'ha incasinata di brutto.»

«Così lei l'ha ucciso. Chi lo sapeva?»

«No! Non è arrivata a tanto.»

«Che cosa vuoi dire? Lui stava mettendo in giro foto di lei nuda. Di quale altro incentivo aveva bisogno?»

«Le foto non erano di Lola.»

«Ma...» Poi ci arrivai. Lo scopo di Roberto era trovare che cosa poteva fare più male. Non fotografie di Lola, ma di Roxy. «Lola l'avrebbe ucciso anche per questo» dissi.

«Forse. Ma quello stronzo si è sparato da solo. E a quel punto» Carmen allargò le braccia, filosoficamente «non ce n'era più bisogno.»

«E le fotografie?»

«Sono morte con il figlio di puttana. Mai più sentito parlare di quelle foto.»

Un movimento alla mia sinistra, più in là nell'isolato. Da persona addestrata a essere sempre consapevole di ciò che mi circonda, lo registrai in parte, ma l'informazione mi aveva colto di sorpresa. Stavo ancora tentando di capire cosa significava, quando: *crack.*

Un colpo di pistola. Forte. Ben distinto.

Mi buttai sul marciapiede, tenendo stretti i guinzagli dei cani, mentre davanti a me le ragazze si gettavano al riparo.

«*Hijo de puta!*» sbottò Carmen di nuovo, appiattendosi sul terreno.

Un altro sparo. Schegge di legno che volavano dai gradini della veranda. Altre imprecazioni delle ragazze. Seguite da una rapida successione di *boom, boom, boom* mentre l'assalitore continuava a sparare.

Tenendo la testa bassa, mi voltai verso sinistra, tentando di distinguere il cecchino. Eccolo, dall'altra parte della strada, a due case di distanza. Una sagoma incappucciata con una felpa larga blu scuro. Non riuscii a vedere la faccia. Soltanto lunghi capelli scuri che ricadevano su un collo pallido. Chiaramente una femmina.

Roxy?

Che diavolo?

Stavo ancora tentando di capire quando il cecchino si voltò e scappò via.

«Blu scuro» disse infine la leader della gang. «Una felpa pesante con cappuccio, blu scuro. È tutto quello che ho.»
«Niente zainetto azzurro?»
«Niente.»
«Dopo la sparatoria, che cosa ha fatto il sospettato con la pistola?»
«Se l'è infilata nella tasca ed è scappata.»
«È *scappata*?» D.D. sogghignò.
«Ehi, sei stata tu a dire che poteva essere una ragazza, non io.»
Ma D.D. già aveva smesso di crederle. Abbandonò il gruppetto e tornò da Flora Dane, la sua informatrice capricciosa e ribelle.

Flora aveva tirato fuori di nuovo il telefono. E lo stava fissando con impazienza.
«Si può sapere che cosa diavolo hai con quel telefono?» le disse D.D.
Flora non rispose, limitandosi a mettere via il cellulare. I due cani bianchi e marroni di Roxy erano seduti accanto a lei. Quello con il pelo più corto – Blaze, pensò D.D. – aveva la testa posata sul piede di Flora, mentre quello con il pelo più lungo, Rosie, stava annusando l'aria.
«Sei andata a prendere i cani stamattina?» domandò D.D. in tono secco.
«Sono passata dalla consulente scolastica, Tricia Lobdell Cass. A casa sua. Ho immaginato che le ragazze» indicò le Niñas con un cenno del capo «avrebbero riconosciuto i cani di Lola. E che quindi sarebbero state meno disposte ad aggredirmi prima e farmi domande poi.»
«E ha funzionato?» chiese D.D., pensando che non era male, come strategia. Un gruppo di ragazze poteva vedere una donna da sola come un bersaglio immediato. Ma una donna con due cani conosciuti...
«Ho scoperto un paio di cose» rispose Flora. «Tricia ha detto che c'era stato una specie di problema con una fotografia sconveniente diversi mesi fa. Qualcuno che ha condiviso la silhouette di una ragazza nuda su un gruppo scolastico online, o qualcosa del genere.»
«Presumibilmente Roberto» disse D.D.
Flora annuì. «Il preside ha ispezionato il suo telefono, ma non

ha trovato niente. Stando alle Niñas, la foto non era di Lola, ma di Roxy. Tricia mi ha anche detto che Anya Seton era gelosa di Roberto e Roxy, ma la consulente scolastica pensava che fossero solo paranoie di Anya.»

«Credi che Roberto e Roxy facessero coppia?»

«Non riesco proprio a immaginarlo. Ma è sempre possibile che Roberto avesse una foto del genere. E che l'abbia fatta girare nella scuola come forma di ricatto.»

«Potrebbe aver scattato la foto nel periodo che hanno passato insieme a casa di Madre Del. Forse è arrivato persino a dirle che doveva stare zitta su quei giorni, o sarebbero uscite fotografie peggiori.»

Flora annuì. «Dato che Lola faceva parte delle Niñas Diablas, volevo la loro opinione sull'aggressione contro la loro sorella di gang. Ecco spiegata la mia visita protetta dai cani.»

«E?»

«Non sanno cosa è successo ieri. Carmen lo considerava un problema di famiglia.»

«Non una rappresaglia tra gang?»

«Stando a loro, no, e io ci credo. Inoltre, Lola era molto popolare con i ragazzi, ma usava la cosa a proprio vantaggio. Non dava mai via niente per niente, così ha detto Carmen.»

«Una ragazzina di tredici anni» mormorò D.D.

«Leggendo tra le righe, a me sembra che non avesse un ragazzo, ma più che sfruttasse le situazioni a proprio vantaggio. Il che può voler dire che magari ha flirtato con il ragazzo sbagliato, e qualche Niña particolarmente vendicativa se l'è presa con lei, ma è difficile capire come questo potrebbe trasformarsi nello sterminio di tutta una famiglia. Molto più facile sparare a Lola la prossima volta che avesse portato fuori i cani, o qualcosa di simile.»

D.D. era d'accordo. «Il medico legale ha trovato le prove che Lola aveva fatto sesso poco prima della sua morte. Quindi ora sappiamo che era sessualmente attiva. Le Niñas Diablas non sono conosciute per il loro amore per i coltelli, però?»

«Sì.»

«Quindi, ancora una volta, sparare all'intera famiglia di Lola...»

«Se io fossi una fidanzata gelosa, sarei più propensa a tagliare la faccia della mia bellissima rivale» disse Flora.

«Buono a sapersi» le disse D.D. «È questo quello che non mi convince, però: stando al medico legale, Lola è stata uccisa con un singolo colpo alla testa. Ravvicinato. Il killer voleva essere sicuro.»

«Lei era il bersaglio principale» disse Flora piano.

«Esattamente. Il che potrebbe riportarci al movente della vendetta. Anya, una compagna di gang, una rivale gelosa. Solo che nessuna di queste ipotesi *suona* giusta. La vendetta è un'emozione. Questo omicidio si è svolto più come un'esecuzione.»

«Lola aveva in ballo qualcosa» disse Flora, fissando le crepe del marciapiede. «Davo per certo che fosse coinvolta nel suicidio di Roberto. Voglio dire, lei e Roxy tornano a Brighton tre anni dopo solo per scoprire che il loro nemico è lì che le aspetta. Roxy e Anya a quanto pare hanno avuto una lite violenta nei corridoi della scuola. Poi comincia a girare questa foto. Per me ha senso che Lola facesse qualcosa tipo unirsi alle Niñas Diablas, dove la sicurezza è garantita dal numero, e in più avrebbe avuto a disposizione un intero gruppo di ragazze con tendenze omicide. Ma, stando a Carmen, non sono mai dovute intervenire con Roberto. Quel perdente si è sparato da solo, nonostante quello che Anya vorrebbe credere.»

«Ti fidi di Carmen?» domandò D.D. «Credi che stesse dicendo la verità?»

«Non ha motivo per mentire. Non sono un poliziotto. E, dopo che avevamo stabilito la nostra reciproca reputazione...»

«Vigilante e leader di una gang?»

Flora si strinse nelle spalle. «Nei nostri mondi, prendersi il merito della morte di Roberto è solo questo: credito. Il tipo era uno stronzo che minacciava una delle loro. Se il suo omicidio fosse stata opera delle Niñas se ne vanterebbero, non tenterebbero di nasconderlo.»

«Il che ci lascia con cosa? Roxy Baez che prende una pagina del tuo libro e segue le istruzioni? E organizza la morte di Roberto per proteggere sua sorella?»

«Come ho già detto, Carmen dice che la foto era di Roxy. Quindi, assumendo che il suicidio di Roberto non sia stato accidentale, forse è stata Lola a "procurarlo". Per proteggere la sorella maggiore.»

D.D. aggrottò la fronte mentre ricomponeva nella sua mente

i pezzi del rompicapo. «Solo che... qualcuno l'ha scoperto? Invece di risolvere la situazione, la morte di Roberto l'ha peggiorata? È emersa una nuova minaccia, e questo spiega la tensione di Lola e l'ansia di Roxy nelle ultime settimane.»

Flora si strinse nelle spalle. «Una ricostruzione ragionevole, solo che l'unica persona che conosciamo a cui importasse qualcosa della morte di Roberto è Anya. La quale, nonostante tutte le sue sceneggiate, a quanto pare si è già trovata un amante sposato.»

«Che potrebbe o non potrebbe essere il suo alibi per ieri mattina» rifletté D.D. «Che cos'è questo, una specie di duello? Roberto minaccia Roxy, così Lola uccide Roberto. Per vendetta, Anya uccide Lola e tutta la sua famiglia. Il che ci porta a Roxy che ora sta scappando, apre il fuoco su Hector per averle abbandonate cinque anni prima e poi prende di mira le Niñas Diablas per aver portato sua sorella sulla cattiva strada negli ultimi mesi? Sembra tutto...»

«Folle?»

«Inverosimile. Dal punto di vista di una detective della omicidi, l'omicidio è una cosa semplice. La gente uccide per amore o per soldi. In questa situazione, ci sono amore e lealtà in abbondanza, ma anche queste due piste si stanno aggrovigliando sempre di più. Il che mi fa pensare di nuovo ai soldi.»

«Quali soldi?» domandò Flora.

«La potenziale causa legale di Juanita contro lo Stato del Massachussetts. Pensava che le sue figlie avessero subito abusi mentre erano sotto la tutela dello Stato. Se fosse riuscita a dimostrarlo, quel risarcimento...»

Flora spalancò gli occhi. «Stiamo parlando di milioni di dollari.»

«Esattamente. Ed è un motivo sufficiente per uccidere Juanita Baez, per non parlare di Lola e Roxy.»

«E a questo punto anche Roxy poteva essere un bersaglio, solo che era uscita per portare a spasso i cani.»

«Di tutte le nostre teorie, questa è quella che mi piace di più» disse D.D. «Solo che... dov'è Roxy adesso, e perché una donna che corrisponde alla sua descrizione continua a essere vista sulle scene delle sparatorie?»

«Credi che fosse lei a sparare, stamattina?»

«Tu no? Pistola nove millimetri. Stesso calibro di quella usata contro Hector e, già che ci siamo, per la sua famiglia.»

Il telefono di Flora le vibrò nella tasca. Lo tirò fuori, guardò il display e poi lo mostrò a D.D.

«Posso rispondere a metà della tua domanda» disse.

«Prima o dopo che ti avrò spaccato il cellulare?»

«Ho trovato Roxy Baez.»

«Cosa?» D.D. si raddrizzò di colpo.

«Stamattina. Ho capito dove si stava nascondendo. Poi ho mandato una nostra amica comune a mettersi in contatto con lei. Non poteva essere stata Roxy ad aprire il fuoco contro le Niñas Diablas perché in quel momento si stava già vedendo con la mia amica al teatro, a due chilometri da qui.»

«Il teatro di quartiere? Dove Anya Seton fa le prove della commedia?»

«Vecchia costruzione. Un sacco di nicchie e nascondigli. Roxy lo conosceva bene per averci lavorato cinque anni fa, ricordi? E oltretutto è vicino a casa di Madre Del, dove vive il suo migliore amico, Mike Davis, per non parlare del fatto che è vicino ai caffè, alla scuola superiore e ad altri posti conosciuti. E presenta anche due vantaggi significativi.»

D.D. stava fissando Flora con gli occhi sgranati.

«Visto che tra poco c'è la prima, la gente va e viene di continuo. Quindi non c'è niente di strano se una donna sola entra ed esce dall'edificio. Secondo, è un teatro. Pieno di oggetti di scena, accessori e costumi.»

D.D. ci arrivò. «Camuffamenti.»

«È intelligente. Più intelligente di me, a dire la verità. Ma è anche più di un'ora che sta parlando con la mia amica...»

«Un'altra vigilante?»

«Un'altra sopravvissuta che aiuta una sopravvissuta. Sarah è brava. E onesta. Il che vuol dire che, se è stata con Roxy...»

«Roxy non poteva essere la persona che ha sparato. Ha un alibi. D'accordo.» D.D. prese la sua decisione. «Normalmente, porterei una come Roxy dritta in centrale per interrogarla. Ma, in una situazione come questa, è probabile che otterrei solo di farla chiudere a riccio. Quindi andiamo al teatro. La interrogheremo insieme. Ormai è tempo che cominci a parlare. Ci sono troppi cadaveri in giro perché se ne rimanga in silenzio.»

«Non a teatro» disse Flora. «Troppo pubblico. La mia amica ha un posto.»

«D'accordo. Porta i cani.»

«Un tentativo di ammorbidirla?»

«Tu hai le tue strategie, io ho le mie.»

«Non è lei che ha sparato» insistette Flora.

D.D. si limitò a sollevare le spalle. «La cosa dovrebbe farci preoccupare ancora di più. Perché, se non è stata Roxy, allora chi è stato? E quanto tempo abbiamo prima che il nostro cecchino misterioso colpisca di nuovo?»

31

Nome: Roxanna Baez
Classe: terza superiore
Insegnante: sig.ra Chula
Categoria: narrativa personale

Cos'è la famiglia perfetta? Parte VI

Udienza per la Pianificazione della Permanenza. Oggi torniamo tutti al tribunale dei minori per vedere il giudice che un anno fa ci aveva fatto piantare le violette nel giardino dei bambini. Ci siamo, ci sta spiegando la volontaria della CASA, la signora Howe. Il giudice valuterà i progressi di nostra madre in base alle condizioni poste all'Udienza Dispositiva. Poi darà il suo verdetto.

Praticamente, secondo requisiti che noi riusciamo a malapena a capire e su cui non abbiamo nessun controllo, io e Lola potremmo ritrovarci a dover rimanere per altre settimane, mesi, addirittura anni a casa di Madre Del. O magari potremmo tornare a casa oggi. Abbiamo qualche domanda?

Non parliamo. Lola fa la valigia. Io metto i miei libri di scuola nello zaino. Madre Del ci ha dato un sacco della spazzatura di plastica nera per metterci dentro i vestiti e gli oggetti personali. Abbiamo ancora molto spazio.

Lola non mi chiede che cosa penso che succederà oggi, e io non mi offro di darle nessuna opinione. Lei accarezza la schiena di uno dei bambini piccoli. Poi rimaniamo lì e aspettiamo in silenzio.

Anya e Roberto appaiono sulla porta. Anche da due metri di distanza riesco a sentire la loro rabbia. Ma anche qualcos'altro. Invidia. Gelosia feroce, incandescente.

«Tornerete» ringhia Anya ora, come a sottolineare il suo pensiero. «Anche se il giudice dice che potete andare a casa, quanto tempo pensate davvero che possa durare? Vostra madre è un'ubriacona. È solo questione di tempo prima che anneghi dentro un'altra bottiglia.»

Non rispondo. E non risponde nemmeno Lola. Anya non sta dicendo niente che noi non abbiamo già pensato per conto nostro.

«Credete di essere migliori di noi» continua ora Anya. La sua voce è appesantita di lacrime. La guardo asciugarsi gli occhi, sbavarsi il mascara. «Smettetela! Smettetela di fissarmi!»

Com'è che fa quel detto? È meglio aver amato e perduto che non aver mai amato? Mi chiedo se si applichi anche ai genitori. Almeno io e Lola una volta avevamo una madre, mentre Anya, Roberto, questa stanza piena di bambini tristi...

La signora Howe arriva in corridoio dietro di loro. Guarda prima Roberto e Anya e poi noi, poi di nuovo loro. Ha la capacità di vedere le cose, lei. Ma, per quante volte ce l'abbia chiesto, io e Lola non abbiamo mai risposto alle sue domande. La signora Howe non deve vivere con le conseguenze di aver detto la verità. Noi invece sì.

«Avete bisogno di aiuto con il bagaglio?» ci chiede ora.

Io sollevo il sacco nero e scuoto la testa.

E finisce lì. Scendiamo le scale, con Anya e Roberto che ci seguono e gli altri bambini che ci guardano incuriositi. Torneremo di lì a poche ore?

La settimana scorsa, nostra madre ci ha assicurato che le cose stavano andando alla grande. Il suo avvocato era davvero ottimista. Blaterava e blaterava e blaterava, con Manny che annuiva a cose che chiaramente non capiva, mentre io e Lola restavamo in silenzio.

A volte, devi avere un po' di speranza. E, altre volte, è semplicemente troppo doloroso.

Fuori, Mike è lì, sulla veranda. Tanto per cambiare non sta saltellando, non sta tamburellando con le dita. Mi guarda e non dice una parola. Se non torniamo più, cosa ne sarà di lui? Da solo in una casa piena di nemici? Dove Roberto e Anya non hanno nessun altro da tormentare a parte lui?

Se le nostre posizioni fossero invertite, se fosse stata la sua mamma da tempo perduta sul punto di portarlo via... non credo che sarei riuscita a sopportarlo. Credo che gli avrei gettato le braccia al collo, che l'avrei implorato, che gli avrei promesso qualsiasi cosa pur di farlo rimanere.

La signora Howe scende i gradini. Lola la segue. Io rimango ferma, tenendo stretto il mio sacco della spazzatura.

«Non tornare» sussurra lui all'improvviso, con ferocia, quasi. «Promettimelo. Non ci vedremo mai più.»

«Mi dispiace.»

«Non dispiacerti.»

«Nel sacco dei pannolini, le ultime provviste...»

Lui non dice nient'altro.

Ricordo il primissimo giorno, il coltellino da burro che mi aveva infilato di nascosto tra le mani. Ricordo il teatro, noi due seduti insieme sulla passerella delle luci, i nostri piedi che dondolavano nel vuoto. Credo che sia il migliore amico che io abbia mai avuto. E l'unica persona che mi abbia visto davvero, che mi abbia messo davvero al primo posto.

Poi penso che sono più simile a mia madre di quanto mi fossi resa conto, perché, nonostante tutto, mi volto e lo abbandono.

Manny ci aspetta fuori dal tribunale. I suoi genitori affidatari l'hanno vestito per il grande evento con una camicia bianca con il colletto e un paio di pantaloni color cachi. Lui si avventa verso di noi. Butta le braccia intorno a Lola. Poi abbraccia me. I suoi genitori affidatari se ne stanno da una parte con i bagagli ai loro piedi, due valigie nuove di zecca, comprate appositamente per Manny.

La sua madre affidataria sta piangendo piano e, mentre la guardo, alza una mano per asciugarsi le lacrime.

Poi ecco mia madre. Solo che non è la mamma che ho conosciuto per la maggior parte della mia vita. È una creatura brillante, scintillante, luminosa, con guance piene e capelli intrecciati e un abito estivo rosso a fiori che mostra gambe color dell'oro.

«Vi voglio bene» sta dicendo, piangendo, a tutti e a nessuno. Immediatamente penso: Ecco qui, è ubriaca. Solo che poi mi rendo conto che non sta biascicando e nemmeno barcollando. È semplicemente euforica. Felice. Innamorata di noi.

Mi afferra. Mi stringe forte, così forte. E, solo per un attimo, il profumo familiare del suo shampoo, la sensazione della sua guancia premuta contro la mia...

Mi bruciano gli occhi. Mi fa male il petto. Le mie braccia si muovono, le mie mani si stringono a pugno. Ricambio l'abbraccio di mia madre per la prima volta da un anno. Mi aggrappo a lei, e penso, spero, prego...

Poi lei afferra Lola e fa il solletico a Manny e ci bacia tutti sulla testa.

«Ho questo bell'appartamento. Aspettate di vedere le vostre nuove camere! È piccolo – voi ragazze dovrete dividere la camera – ma non preoccupatevi, io dormirò sul divano, e c'è un parco appena dietro l'angolo e aspettate solo di vederlo. Vi piacerà tantissimo. Lo so che vi piacerà tanto!»

Poi siamo dentro il tribunale e in piedi davanti al giudice. Lui dice che vuole parlare prima con noi, i bambini, e sentire cosa abbiamo da dire, perché le nostre opinioni sono molto importanti per lui. Vogliamo vedere le violette che abbiamo piantato l'anno scorso? Sono rinate. Si sono riprodotte. E così usciamo, seguendo il giudice. Manny ridacchia e tocca i boccioli viola, poi si pulisce le mani sporche sulla camicia bianca immacolata.

Io non riesco a parlare. Non riesco a respirare. Né dentro il tribunale, né fuori, vicino alle viole del pensiero. Non ha importanza. Accanto a me, sento che Lola sta lottando contro la stessa cosa. Mentre la signora Howe continua a guardarci con il suo guardo da maestra di scuola. Sta aspettando che scoppiamo a piangere? Che ci mettiamo a strillare per la rabbia repressa?

O che ululiamo una volta per tutte contro il giudice per quello che ci ha fatto, per quello che nostra madre ci ha fatto, per quello che tutti loro ci hanno fatto dicendoci che era per il nostro bene?

Ora siamo tornati in tribunale. Il giudice elenca le cose di dodici mesi fa. Mia madre ha completato la disintossicazione obbligatoria? Sì, l'ha fatto. Sta lavorando con un consulente specializzato in dipendenze? Sì. Ha un impiego stabile e ha trovato un alloggio adeguato? E l'iscrizione a scuola per i suoi bambini, gli accordi per la cura dei bambini quando lei non c'è, e i puntini sulle i, e le stanghette delle t, il suo alcolismo è sotto controllo?

Sì, Vostro Onore. Assolutamente, Vostro Onore. Certo, Vostro Onore.

Vengono portati dei documenti. Le prove dell'assunzione, dell'affitto, eccetera.

La signora Howe sussurra sottovoce, spiegandoci

ogni passo. Ma io non riesco a sentire le sue parole. Mi sento come se stessi affogando, affondando sempre più giù sott'acqua, lontano, lontanissimo dalla terraferma.

Il colpo del martelletto mi riporta indietro. Il giudice, seduto là in alto, sorride a tutti noi. «Voglio che lei sappia, signora Baez, che, nonostante quello che può pensare la gente, lo scopo del tribunale dei minori è la famiglia. Proteggere le famiglie. Guarire le famiglie. Fare ciò che è meglio per ogni membro della famiglia. Detto questo, è davvero raro riuscire a fare ciò che sto facendo oggi: approvo la sua richiesta di riunificazione. Lei si è presentata davanti a questa corte come una persona nuova. Forte, in salute, in grado di mettere i bisogni dei suoi figli prima dei suoi. Dovrebbe essere orgogliosa di se stessa, signora Baez. Ci vuole davvero tanta forza e tanto coraggio per raggiungere un tale livello di cambiamento.»

«Grazie, Vostro Onore.»

«Considerati i progressi da lei fatti, e la sua ottemperanza ai requisiti stabiliti da questa corte, non vedo motivo per cui i suoi figli non possano tornare a casa con lei oggi stesso.»

Un altro colpo del martelletto. Un altro proclama solenne. Qualcosa su un'udienza post permanenza, un controllo ulteriore. Poi la signora Howe è in piedi, e noi la seguiamo, con un po' di ritardo.

Un po' di confusione dell'ultimo momento. La mamma che deve conferire con il suo avvocato. Manny, fuori in corridoio, che se ne va automaticamente verso i suoi genitori affidatari. La donna sta piangendo apertamente, adesso. Lo prende tra le braccia, lo stringe forte come un'ora fa nostra madre ha stretto noi.

Poi l'uomo in piedi accanto a lei spinge le valigie verso Manny, che chiaramente non capisce, prima che la donna lo afferri un'ultima volta. Poi lei si gira e se ne va, camminando veloce.

Io vado da Manny. Gli metto un braccio intorno alle spalle. Lola si sposta per mettersi dall'altra parte.

Ed è così che nostra madre ci trova quindici minuti dopo, in piedi nel corridoio del tribunale dei minori. Un figlio che piange. Due figlie impassibili.

Si avvicina lentamente.

Adesso la sua faccia non è allegra, ma seria. Forse persino spaventata mentre osserva le espressioni impietrite delle sue figlie.

«Lo so» dice. «Capisco. Vi ho deluse. Vi ho tradite. Ma vi prego di credermi. Vi voglio bene così tanto. Prometto, giuro, croce sul cuore, che io possa morire, che non vi deluderò mai più.»

Non è sufficiente. Esiste qualcosa che potrebbe esserlo? No, quindi dovrà andarci bene questo.

Usciamo insieme dal tribunale. La signora Howe ci rivolge un'ultima occhiata preoccupata, un ultimo saluto con la mano. Poi nostra madre ci carica – i nostri sacchi neri, le valigie di Manny – nella sua macchina, portandoci in periferia, nel suo nuovo appartamento.

Le due camere da letto sono così piccole che c'è a malapena lo spazio per due materassi di misura normale. In cucina c'è spazio solo per stare in piedi, l'unico bagno è un esercizio per il controllo dei gomiti. Eppure, già questo minuscolo spazio, con il suo ripiano pulito e l'odore di moquette nuova, è a un mondo di distanza dalla casa di Madre Del.

Per la prima volta in più di un anno, vedo le spalle di Lola rilassarsi.

«È finita» sussurra, in piedi davanti al materasso nella nostra nuova cameretta condivisa.

«Credo di sì.»

«Ce ne siamo andate. Non dovremo più tornarci.»

«Non dovremo mai più vedere nessuno di loro» la rassicuro, e faccio del mio meglio per non pensare a Mike in piedi sulla veranda, tutto solo, che mi guarda andare via.

«Non ne parleremo mai» dichiara Lola all'improvviso, con urgenza. «Promettimelo. Quello che è successo è successo. Non ne parleremo mai più.»
«Okay.»
«Promettilo!»
«Prometto che non ne parlerò mai più.»
A quel punto Lola ridacchia. Un suono che non è molto sano, ma non posso certo biasimarla.
Nostra madre entra nella minuscola cameretta. Manny è con lei. Senza dire una parola, saliamo sul primo materasso, la mamma distende le braccia, Lola e Manny si schiacciano contro di lei. Io rimango leggermente discosta.
«Questo è il nostro nuovo inizio» dichiara nostra madre. «Le famiglie fanno casino, commettono sbagli, devono tentare da capo. Ma se ci si vuole bene l'un l'altro» – guarda me quando lo dice – «allora vale sempre la pena provarci di nuovo.»
Cerca la mia mano. Lascio che me la prenda, sento che me la stringe forte. Forza. Ecco cosa sta tentando di dimostrarmi, non solo di dirmi: che adesso è forte. Che può farcela.
Lola ridacchia di nuovo. Mentre io tiro un respiro profondo e lentamente faccio uscire il fiato.
Ci siamo. Una famiglia, un tempo spezzata, ora di nuovo intera. Una mamma, tre bambini, di nuovo insieme.
La nostra famiglia perfetta.
Mi unisco a loro sul letto.

Ci credete, adesso? Capite la nostra storia? Le lezioni che abbiamo dovuto imparare? Le famiglie perfette non succedono e basta. Ma possono essere costruite. Errori, rimpianti, riparazioni.
Nostra madre ci vuole bene.
Anche quando ci fa del male. E noi le vogliamo bene.
Anche quando le facciamo del male. Errori, rimpianti, riparazioni.
Questa è la mia famiglia.

Solo che, si scopre, la famiglia non è una destinazione. È un viaggio. E il nostro non è ancora finito.

32

Roxanna Baez era seduta al piccolo tavolo del monolocale di Sarah, dove quella mattina io e la stessa Sarah avevamo guardato il computer e fatto i nostri piani. Roxy teneva la testa bassa e le spalle incurvate. La prima cosa che notai fu che sembrava esausta, stressata e che aveva un disperato bisogno di una doccia calda. Inoltre, non indossava una felpa blu con il cappuccio.

Il suo zainetto azzurro era posato ai suoi piedi.

Sarah tenne aperta la porta di casa mentre D.D. entrava. I suoi occhi si spalancarono alla vista della detective bionda, mentre lo sguardo di D.D. già era focalizzato su Roxy, come una leonessa che vede la sua preda. Non notò nemmeno l'esistenza di Sarah, ma si diresse subito verso il tavolo.

Io la seguii, conducendo Blaze e Rosie in quello spazio sconosciuto. I cani pesavano forse quindici, venti chili a testa. Non erano grandi, per essere degli épagneul breton. Ma il monolocale di Sarah era davvero minuscolo e il povero Blaze andò dritto a sbattere contro il tavolino del divano, poi contro il divano stesso e poi contro la lampada.

La testa di Roxy si sollevò alla vista dei suoi cani. «Blaze! Rosie!»

Le teste pelose si voltarono, le code impazzirono. Poi Roxy si alzò dalla sedia e si inginocchiò, buttando le braccia intorno ai due animali. Lo scodinzolio divenne frenetico.

D.D. non interruppe la scena, ma sistemò una piccola scatola nera sul tavolo della cucina. Mi ricordava una scatola per esche. La aprì e cominciò a trafficare con il contenuto. Mi resi conto che si trattava di un kit per le analisi forensi.

«Per favore, non coccolare i cani» disse D.D. con voce calma.
Roxy si immobilizzò e si voltò a guardarla.

«Sono il sergente detective D.D. Warren del dipartimento di polizia di Boston. Immagino che la tua amica Sarah» D.D. fece una pausa, lanciando un'occhiata in direzione della padrona di casa «ti abbia spiegato che sarei venuta.»

In ginocchio accanto ai suoi cani, Roxy annuì.

«Mi dispiace per la tua perdita» mormorò D.D. con voce sorprendentemente gentile.

Roxy annuì di nuovo.

«C'è niente che vorresti dirmi?»

«Non so cos'è successo» disse Roxy. Aveva la voce rauca, come se nelle ultime ventiquattro ore non avesse parlato molto, o avesse passato molto tempo a piangere. «Ho portato i cani a fare una passeggiata. Stavo tornando a casa quando ho visto arrivare tutte le macchine della polizia. Entravano nella mia via. Tutte. Sapevo... ho capito che era successo qualcosa di terribile. Ho trovato una caffetteria con un televisore e ho aspettato le notizie.»

«Prendi sempre il tuo zaino quando porti fuori i cani?» chiese D.D. con calma.

Roxy arrossì. «Non fa mai male essere preparate.»

D.D. smise di trafficare con il contenuto del kit abbastanza a lungo da puntare su Roxy uno sguardo inflessibile. «Dopo la notizia della sparatoria, non sei andata alla polizia.»

«Non potevo. Ero spaventata.»

«Perché?»

«Se una cosa del genere fosse successa alla sua famiglia, lei non sarebbe spaventata?»

«Sai chi ha ucciso la tua famiglia, Roxanna?»

«No.»

«Credi di essere anche tu in pericolo?»

«Sì.»

«Allora perché non farti avanti? Possiamo tenerti al sicuro. Possiamo aiutarti. Te lo prometto.»

Roxy guardò prima Sarah e poi me. «Questo non lo so» disse infine. «Non lo so proprio.»

Questa volta D.D. annuì. Mi accorsi che quell'ultima dichiarazione non l'aveva sorpresa. Ma forse quella era la vita di una detective della squadra omicidi, tentare di aiutare persone che non credevano che la polizia potesse salvarle. Persone come me.

«Ci sono state altre due sparatorie dall'uccisione della tua famiglia» disse D.D. «Entrambe le volte, una donna che corrisponde alla tua descrizione è stata vista nella zona. È nel tuo interesse che ti eliminiamo dalla lista dei sospettati. A questo scopo, vorrei che tu venissi qui al tavolo, dove ti farò un esame alle mani per rilevare eventuali tracce di polvere da sparo.»

«Ma io ho detto a Flora» intervenne Sarah «che Roxy era con me durante l'incidente di stamattina. Non poteva essere lei.»

D.D. ignorò Sarah completamente, fissando invece Roxy. La ragazza si alzò in piedi con riluttanza e si avvicinò.

Indossava una maglietta rossa sottile a maniche lunghe su un paio di jeans scoloriti. C'era una macchia sulla manica sinistra della maglietta, e altro sporco sul davanti, come se di recente avesse strisciato da qualche parte. Forse muovendosi nell'ufficio abbandonato, o magari camminando carponi sulle passerelle sopra il teatro. O passando da una piccola finestra per nascondere il suo andirivieni.

Il suo viso era pallido e troppo squadrato, come se le sue guance e il suo mento stessero ancora decidendo dove stare. Invece di avere i capelli neri, aveva ereditato capelli mossi di un castano spento. Ricordai quello che aveva detto Anya, cioè che Roxy era brutta. Allora avevo pensato che fosse stata troppo dura. Ma, in confronto alla bellezza esotica di sua madre e sua sorella, Roxy era del tutto ordinaria. In una stanza affollata non si sarebbe notata. Cosa che, nelle ultime ventiquattro ore, probabilmente le era tornata utile.

Ma aveva dei begli occhi. Nocciola, con profonde pagliuzze verdi. Mi chiesi se apprezzasse quel suo tratto, oppure se, ogni volta che si guardava allo specchio, vedesse soltanto quello che non c'era. Personalmente, io non guardavo più negli specchi. Ero troppo intimidita dallo sguardo aspro che mi fissava quando lo facevo.

D.D. aprì un contenitore di plastica in cui sembravano esserci diverse grosse buste trasparenti. Fece sedere Roxy al tavolo della cucina.

«Quando è stata l'ultima volta che ti sei lavata le mani?» domandò alla ragazza.

«Non lo so. Stamattina.»

«Una doccia? Con molto sapone, molta acqua?»

Roxy abbassò lo sguardo sui suoi vestiti e sulla sua pelle sporca, imbarazzata. «Non ho avuto la possibilità di fare niente, in queste ultime ventiquattro ore.»

D.D. annuì. «Bene. Il principio che sta alla base della raccolta delle prove» disse, liberando dall'involucro la prima busta di plastica, che ora vidi che conteneva una specie di panno «è il trasferimento. Per esempio, se spari con un'arma, trasferisci la polvere da sparo sulla tua pelle.»

«Ha importanza quale genere di arma sia?» domandò Roxy, curiosa.

«No. Il test troverà tracce di nitriti comuni alla maggior parte delle munizioni.»

«Ma il tempo dovrebbe avere importanza, giusto? Hector... a lui hanno sparato ieri pomeriggio. Tipo quindici ore fa.»

«Sai quando hanno sparato a Hector?» domandò D.D. in tono neutro. Fece scivolare la mano sinistra nella busta di plastica. Quando la tirò fuori di nuovo, era avvolta da una specie di guanto di stoffa bianca. Un guanto a sacco sterile, mi resi conto. Era a quello che serviva la plastica, a proteggere il tessuto dalle contaminazioni prima che venisse adoperato.

«Ho visto che gli sparavano. Ero dall'altra parte della strada. Volevo assicurarmi che prendesse i cani, che Blaze e Rosie stessero bene.»

Sul pavimento vicino al divano di Sarah, entrambi i cani sollevarono la testa al suono dei loro nomi. Le loro code picchiettarono il pavimento.

«Non li hai usati come esca?»

«I miei cani?» Roxy sembrava sinceramente inorridita.

«Hai visto chi ha sparato a Hector?» D.D. prese la prima di tre bombolette spray. Fece due passi fino al lavandino della cucina e, tenendo la mano inguantata sopra la superficie di acciaio, cominciò a spruzzare metodicamente il guanto di cotone con la sostanza contenuta nella prima bomboletta, quale che fosse. Continuò a farlo.

Roxy, Sarah e io la osservavamo affascinate.

«Hector?» insistette D.D., saturando il guanto.

«Uh... non ho visto. Non potevo. Dalla mia finestra, vedevo i tavolini della caffetteria. Potevo vedere anche i cani, un pochino. E anche Hector. Poi... ho sentito lo sparo. Mi ha fatto sussultare. Sono caduta indietro dalla finestra. Quando ho guardato di nuovo, la gente stava scappando e Hector era per terra. Non sapevo cosa fare. Così ho preso lo zaino e sono scappata anch'io.»

D.D. sollevò lo sguardo dal lavandino. I suoi occhi azzurri sembravano quasi di cristallo. «Dove?»

«Uh... potevo sentire le sirene arrivare dalla mia sinistra. Così sono andata a destra, lungo la strada. Ho trovato un altro locale e mi sono nascosta nel bagno. Nello zaino avevo una felpa nera. Me la sono messa. Poi mi sono legata i capelli in un nodo dietro la nuca in modo che sembrassero più corti. Dal davanti, intendo.»

«Bella pensata» disse D.D. in tono secco. Mi lanciò un'occhiata. «Sei molto preparata.»

«Avevo... ecco, di recente avevo letto delle cose sull'argomento» mormorò Roxy. Poi, raddrizzando la schiena: «Ero ancora preoccupata, però. Stavano arrivando così tante macchine della polizia e, naturalmente, c'era l'Allarme minori, con la mia fotografia che saltava fuori su ogni schermo, di continuo. Così ho comprato una sciarpa da un venditore sulla strada. A fiori rossi. Mi ricordava la mia mamma. Ho pensato che le sarebbe piaciuta».

La sua voce si incrinò. «I disegni confondono. Le persone vedono quelli, non te. Così, ecco... mi sono messa la sciarpa intorno al collo. Poi ho cominciato ad andare verso il teatro. Ma mi muovevo lentamente. C'erano così tanti poliziotti. Continuavo a dovermi infilare nei negozi e cose così. Ma, una volta che ce l'ho fatta a raggiungere il teatro, sono crollata. Mi sono rintanata lì per la notte.»

D.D. non stava dicendo niente. Tornò al tavolo con la mano inguantata. Fissò Roxy intensamente e, con un attimo di esitazione, la ragazza sollevò entrambe le mani dal ripiano del tavolo.

«Idealmente, questo test dovrebbe essere effettuato subito dopo il presunto incidente» spiegò D.D. «Ma i residui di nitrito sono più difficili da eliminare di quanto la gente creda, specialmente sotto le unghie. È anche facile spargerli su altre superfici, come per esempio il tuo zaino, che molto probabilmente hai afferrato subito dopo la sparatoria ma che non hai mai pensato di lavare. O su altri capi di vestiario.»

Roxy spalancò gli occhi. Chiaramente non aveva pensato di pulire il suo zaino. E abbassò anche lo sguardo, imbarazzata, sulla sua maglietta sporca.

«Prima esamineremo le tue mani.»

D.D. cominciò con la mano dominante di Roxy. Strofinò metodicamente la mano della ragazza con il guanto di cotone saturo, prima passando sul palmo, poi intorno al pollice e sulla punta dell'indice prima di tornare sulla parte esterna del palmo. In pratica, mi resi conto che la detective stava strofinando ogni superficie che poteva essere venuta in contatto con l'arma da fuoco. Alla fine, D.D. ricominciò in senso contrario, prestando molta attenzione alla zona intorno alle unghie, strofinando sotto le punte.

Ripeté la stessa cosa sulla mano sinistra. Poi tornò al lavandino, tenendo davanti a sé la mano inguantata mentre con l'altra prendeva la seconda bomboletta spray. Nessuna di noi parlò.

D.D. spruzzò il guanto di cotone. Non disse nulla, ma ancora una volta, lavorando metodicamente, coprì l'intera superficie. Io mi sporsi in avanti, fissando intensamente, aspettando che succedesse qualcosa, qualsiasi cosa. Seduta al tavolo, Roxy stava facendo lo stesso.

Non accadde nulla. Il guanto di cotone bianco rimase bianco.

D.D. ci sorprese a fissarla e sorrise leggermente. «Questo è il momento magico» disse, e prese la terza bomboletta spray.

Altri spruzzi. Sull'intero guanto. Sarah si spostò dal divano alla minuscola cucina, dove poteva guardare direttamente sopra la spalla di D.D.

D.D. sollevò il guanto per aumentare l'effetto drammatico. Dieci secondi. Venti, trenta...

«Non è successo niente» disse Roxy dal tavolo. «Quegli spray sono una specie di reagenti, giusto? Che dovrebbero reagire con i residui di nitrito, se sono presenti. Nessun cambio di colore significa nessuna reazione e nessun nitrito. Niente residui di polvere da sparo.»

D.D. lanciò un'occhiata alla ragazza. «Ce l'avevano detto che eri una studentessa modello. Hai ragione. Ogni residuo di nitrito dovrebbe già essere diventato rosa, ormai. Non è un colore sottile. Anche una sola traccia di rosa carico porterebbe a ulteriori esami. Ma, in questo caso...» Sollevò il guanto di cotone. Bianco.

«Non sei ancora fuori dai guai, però» disse, e con un cenno del capo indicò lo zaino.

Questa volta, il processo fu molto più rapido. D.D. spruzzò le tracolle, la lampo, ogni cosa che Roxy poteva aver toccato poco dopo aver sparato con un'arma da fuoco. Poi, con la mano destra, rimosse tutto il contenuto dello zaino. La felpa nera, un berretto da baseball, una cartelletta azzurra, tonnellate di involucri di barrette proteiche, qualche fiammifero, spray anti orso, torcia a penna, lacci da scarpe, nastro adesivo, una bottiglietta d'acqua piena per metà. Non male come borsa di emergenza; riuscivo a capire perfettamente il ragionamento che stava dietro al suo contenuto.

Ma niente pistola nello zaino. E nessuna traccia di polvere da sparo, né dentro, né fuori.

«Questo non è definitivo» disse infine D.D., sfilandosi il secondo guanto e sigillandolo nella sua busta di plastica. «A quanto ne so, questo dimostra semplicemente che portavi dei guanti al momento di sparare...»

«Niente guanti, stamattina» intervenni io. «Ho visto pelle: mani pallide che tenevano la pistola.»

D.D. mi lanciò un'occhiata. «Come ho detto, il test dovrebbe essere effettuato subito dopo la sparatoria...»

«Ma, come hai detto, quante sono le possibilità che sia riuscita a lavarsi via tutto? A rimuovere i residui persino da sotto le unghie, e dallo zaino? E non ho forse letto di casi in cui tracce di polvere da sparo sono state rivenute sugli oggetti del sospettato settimane dopo il delitto?»

D.D. mi guardò di nuovo. «La totale assenza di ritrovamenti» disse in tono secco «lavora a favore di Roxy. Al punto che non credo che porterò il suo culo al quartier generale e la getterò in cella, almeno per ora. Ma, Roxy, ho bisogno che parli con me. La tua famiglia è morta. Tu sei in fuga da ventiquattro ore. Da chi ti stai nascondendo?»

«Io non...» Guardò me e Sarah come in cerca di aiuto. «Non ne sono sicura.»

D.D. prese l'altra sedia e si sedette di fronte a Roxy. «Allora perché hai comprato la pistola?»

«Quale pistola? Non ho una pistola. Ha appena frugato nel mio zaino.»

«Allora l'hai lasciata in teatro. L'hai infilata in un buco da qualche parte. Forse l'hai sepolta in un'altra aiuola, proprio come hai fatto a casa tua.»

«Io non...» Roxy si interruppe. Chiuse la bocca. «Oh» disse infine. «Quella pistola.»

«Sì. Quella pistola. La calibro ventidue che ho trovato nel tuo giardino sul retro. Perché l'hai comprata?»

«Non era mia. Non so molto, di armi. E, parlando con il gruppo... loro non consigliano le armi. Specialmente se non sei addestrata nel modo giusto o se non hai nessuna esperienza.» Lanciò un'occhiata a Sarah e a me, di nuovo. Ora eravamo entrambe sedute sul pavimento, dato che nel minuscolo monolocale non c'era abbastanza spazio; ma in nessun modo avremmo lasciato Roxy da sola con la detective. Sarah e Rosie si erano sistemati vicino a lei, mentre Blaze mi aveva già posato la testa in grembo.

«Wow, così pieni di senso civico» disse D.D. «Eppure, nel cortile di casa tua, dove c'è l'aiuola, abbiamo recuperato una ventidue.»

«Lola» sussurrò Roxy. «Ho trovato la pistola una mattina sotto il suo materasso. Noi... uh. Noi abbiamo litigato. Non riuscivo a credere che avesse una pistola. Non riuscivo a credere che l'avesse portata dentro casa. Lasciamo perdere la mamma... e se l'avesse trovata Manny? Cosa sarebbe successo allora?»

«Perché Lola aveva una pistola?»

«Ha detto che doveva averne una. Le Niñas Diablas. Era entrata nella gang. E i membri portano la pistola.»

«Le Niñas Diablas sono famose per usare i coltelli» dissi io dal pavimento.

Roxy sorrise appena. «Ho detto che questo è quello che mi ha detto Lola. Non ho detto che le ho creduto.»

«Tua sorella tredicenne compra una pistola e la porta in casa, e tu cosa fai? La seppellisci in giardino?»

«Era il nostro compromesso. Lei non voleva consegnarmela. Giurava che doveva averla. Alla fine sono riuscita a convincerla a non tenerla in casa.»

«A me sembra che tua sorella fosse spaventata.» La voce di D.D. si ammorbidì in modo quasi impercettibile. «Sei spaventata anche tu, Roxy?»

Roxy annuì e, solo per un attimo, le sue spalle tremarono.
«Mia mamma era così felice» sussurrò. «"Ho conosciuto quest'uomo fantastico. Ha persino una casa tutta sua. Tre camere." Tutto quello che dovevamo fare era tornare a Brighton. Io e Lola... non abbiamo avuto il cuore di dirglielo. Avevamo fatto una promessa, avevamo giurato di non parlare più di quei giorni. Come potevamo tirare fuori la cosa in quel momento?» Guardò D.D. «Avremmo dovuto parlare. Avremmo dovuto raccontare tutto. Ma la casa di Madre Del era quattro anni prima. Pensavamo di essere più grandi, più vecchie, più forti. Sul serio, questa volta pensavamo di essere in grado di gestire la cosa.»
«Dimmi cos'è successo.»
«Roberto. Il primo giorno di scuola, al liceo, era lì. Mi è passato proprio di fianco, in corridoio, con il braccio sulle spalle di Anya. Poi ho visto lo scatto nei suoi occhi. Il momento in cui mi ha riconosciuta. Hanno rallentato e si sono girati. Lui mi ha fissata. Poi ha sorriso. Proprio come in quei giorni a casa di Madre Del. Quel sorriso che non è veramente un sorriso. E io ho capito che ero nei guai. Lo sapevo. Solo che non sapevo ancora quanto brutta fosse la situazione.»
«Cos'è successo da Madre Del?» domandò D.D.
Roxy ignorò la domanda. «Poi ho trovato Mike Davis. Dopo aver visto Roberto e Anya, rivolgermi a Mike era la cosa che più aveva senso. Ovviamente, lui viveva ancora a casa di Madre Del. Non aveva nessun genitore, per lui non c'era la carta "Esci gratis di prigione", era così che gli piaceva dire. Era così magro. Ossuto, quasi. Giuro, deve aver smesso di mangiare il giorno che me ne sono andata. Ma ci siamo abbracciati e lui ha cominciato a saltellare, e... e tutto mi è sembrato più sopportabile. Noi due avevamo già avuto a che fare con Roberto e Anya, prima. Potevamo farcela. E Lola non era nemmeno al liceo. Ho detto a Mike che avremmo trovato un modo.
«Ma, ovviamente, sono cominciate le voci. Poi Lola è tornata a casa tre giorni di fila con i vestiti strappati e le ginocchia sbucciate. I ragazzi parlavano, diceva. Di lei. Di noi. Di che tipo di ragazze eravamo quando eravamo in affido.
«Ho pensato che potesse crollare di nuovo. Tornare a essere l'ombra di se stessa. Ma, questa volta... non voleva tirarsi indie-

tro. Era decisa a combattere. Nostra madre veniva convocata nell'ufficio del preside una settimana dopo l'altra. Era la nuova scuola, la rassicurava il preside. Lola aveva solo bisogno di tempo per adattarsi. Io non ne sapevo niente. Ma è venuto fuori che la mia sorellina poteva essere davvero spietata. Più loro la tormentavano e più lei si rifaceva con cattiveria e, nel giro di pochi mesi, si era fatta una reputazione. Tanto che le Niñas Diablas la volevano con loro.

«Ho tentato di dissuaderla, di convincerla. Lei vedeva il potere. "Quando sono con loro, mi sento speciale" mi disse. "Poi torno a casa da *te*." Praticamente l'ha sputata, quella parola. La sorella maggiore che le diceva sempre cosa fare e che la trattava come una bambina. Avevo passato così tanto tempo della mia vita a prendermi cura di lei e d'un tratto penso che non ho fatto altro che farla sentire debole.

«Non sarebbe tornata indietro, mi ha detto. Non sarebbe mai più stata la piccola Lola che cullava i bambini piccoli a casa di Madre Del. Invece voleva diventare una diavolessa.»

Roxy sorrise senza allegria. «E poi, ovviamente, a coronamento di tutto, Roberto. E quella maledetta fotografia.»

«Era una fotografia di te» dissi a bassa voce dal pavimento.

Roxy sulle prime non disse nulla. Poi riprese. «Volete sapere cos'è successo a casa di Madre Del? Tutto quello che potete immaginare. Tutte le storie terribili che avete letto in giro sui bambini abusati, trascurati e aggrediti e picchiati. Roberto conduceva lo spettacolo. Ed era troppo grande perché qualcuno di noi – nessuno escluso – potesse batterlo con la forza, così facevamo del nostro meglio per renderlo inoffensivo con medicine e sonniferi. Ma non potevamo vincere tutte le sere. Qualcuno doveva pagarne il prezzo. Lola aveva solo otto anni. Non doveva essere lei. Me lo ero ripromessa.»

«Ti ha stuprata» disse D.D.

Roxy si strinse nelle spalle. «Lui la metteva in modo diverso. Un favore in cambio di un favore. Tipo che se io gli davo quello che voleva, lui lasciava in pace mia sorella.»

«Puoi dire anche il resto» la istruì D.D. con gentilezza. «Siamo solo donne, qui, e sappiamo tutte cosa vuol dire.»

Roxy sollevò lo sguardo sulla detective, con gli occhi lucidi di lacrime. «Lo sa davvero?»

«Faccio questo lavoro da tanto tempo, tesoro. Roberto non è il primo che usa questo trucco.»

Sapevo cosa intendeva dire. Accanto a me, Sarah stava annuendo. Eravamo solo ragazze, lì, e capivamo.

«Diceva a Lola la stessa cosa» sussurrò Roxy con voce rotta. «Le notti in cui la sorprendeva da sola. Lo stesso accordo. Così lei si arrendeva pensando di salvare me, e io cedevo per salvare lei... e così eravamo entrambe dannate.»

«Vi volevate bene. Vi preoccupavate l'una dell'altra. Questo è importante» disse D.D. Sfiorò la mano di Roxy. Non avevo mai visto il lato più gentile della detective, prima. Era stranamente inquietante. In quel momento, potevo quasi vederla nel mio gruppo di sopravvissuti a dispensare consigli utili. E noi l'avremmo adorata. Tutti quanti.

«Parlami delle fotografie, tesoro.»

«Immagino... be', non ero sorpresa che ne avesse qualcuna. Certo che avrebbe provato a ricattarci. Ma...» Roxy si accigliò «le foto erano una lama a doppio taglio. Se erano davvero foto di me e di Lola... io avevo undici anni, lei ne aveva otto. Erano pornografia infantile. Roberto sarebbe finito nei guai molto più di noi, se le avesse distribuite. Guai tipo crimini gravi, roba da passare il resto della vita in galera. Ho tentato di spiegarlo a Lola. Ma lei era troppo arrabbiata. Non sarebbe stata debole di nuovo. Non avrebbe permesso a Roberto di fare del male a lei o a me, mai più, per nessun motivo. Il giorno dopo si è unita alle Niñas.»

«E la scuola?» insistette D.D. «A quanto ne sappiamo, sono venuti a sapere della fotografia condivisa in rete. Che cosa hanno fatto?»

«La storia è che il preside ha chiamato Roberto nel suo ufficio. Roberto gli ha dato il telefono. Sul telefono non c'erano fotografie. E così il preside ha dovuto lasciarlo andare.»

«L'ho sentita anch'io» dissi dal pavimento. «Dalla consulente scolastica, la signorina Lobdell Cass.»

«Solo perché le foto non erano più nel cellulare di Roberto» disse Roxy con fervore «non vuol dire che lui non le avesse ancora. Poteva averle messe su un disco esterno, o nel cloud, o persino su un altro telefono usa e getta.»

«La signorina Lobdell Cass si chiedeva la stessa cosa.»

D.D. tornò a concentrarsi su Roxy. «La scuola non è andata oltre?»

Roxy si strinse nelle spalle. «Roberto è morto. A quel punto non c'era più niente su cui spingere.»

«Credi che si sia sparato?» domandò D.D. in tono piatto.

«La polizia ha detto che si è suicidato.»

«Avevi il sospetto che tua sorella fosse coinvolta nella sua morte.» Di nuovo io, dal pavimento.

Roxy si voltò verso di me. Perplessa.

Ripetei: «Avevi il sospetto che tua sorella e la sua gang avessero organizzato la morte di Roberto».

«Non aveva più intenzione di essere di nuovo una vittima» disse Roxy, rigida.

«Ti è sembrata più felice, più rilassata, dopo la morte di Roberto?» volle sapere D.D. «La morte di Roberto ha risolto i suoi problemi?»

Roxy batté le palpebre, sembrò riflettere sulla domanda. «No. Pensavo che sarebbe stato così. Subito dopo la notizia, forse. Ma poi è diventata di nuovo depressa. Nervosa. Ha cominciato a strapparsi i capelli, a tormentarsi la testa.»

«Le Niñas Diablas hanno negato ogni coinvolgimento nel suicidio di Roberto» disse D.D.

«Certo, come no. Come se potessero mai dire la verità a un poliziotto.»

«Non è stata lei a fargli le domande» dissi. «Sono stata io.»

Roxy scosse la testa. «Non capisco.»

«Con il senno di poi, la morte di Roberto è una coincidenza troppo perfetta per essere un suicidio» disse lentamente D.D. «Ho già dato istruzioni di riaprire l'indagine. Ma, per ora, sono propensa a credere che tua sorella e le sue amiche non fossero coinvolte. Il che ci lascia con...»

Roxy sembrava sinceramente sorpresa. «Non lo so. Roberto più che altro stava con Anya. E con Anya che recitava sempre da protagonista in qualche commedia, la scuola era semplicemente il posto dove passavano il tempo finché non iniziavano le prove al teatro di quartiere. Roberto lavorava come direttore di scena. Almeno da quello che sapevo. Ho scritto...» Fece una pausa, si trattenne. «Uh. C'era un compito scolastico. Un tema.»

«La famiglia perfetta» mormorai accarezzando le orecchie soffici di Blaze. «Ne ho sentito parlare.»

Roxy non mi guardò. «Avevo già consegnato i primi due componimenti. La signora Chula, la mia insegnante... a lei sembrava che piacessero davvero tanto. La scrittura. Ma ha cominciato a preoccuparsi per me. Si chiedeva se forse non era meglio chiamare mia madre, avere un incontro con lei. Avevo scritto di più; molto di più, in realtà, compreso un pezzo sul teatro di quartiere. Ma non li ho mai consegnati. Avevo già raggiunto il numero di pagine richiesto. Non volevo attirare altra attenzione. E poi mi è venuto in mente che, se Lola avesse scoperto cosa avevo scritto, si sarebbe agitata. Avevo infranto la nostra promessa. Stavo scrivendo di cose che tutte e due avevamo deciso, insieme, di dimenticare.»

«Ce li hai, questi temi?» chiese D.D. «Quelli che hai scritto ma che non hai consegnato? Vorrei davvero leggerli. Mi piacerebbe capire meglio cosa è successo cinque anni fa, perché non posso fare a meno di pensare che abbia qualcosa a che fare con quello che sta succedendo adesso.»

Roxy spinse sul tavolo la cartelletta azzurra. D.D. la prese.

«Roberto è morto» disse D.D. «ma le cose non sono migliorate, vero? Anzi, se possibile, tua sorella è diventata ancora più irrequieta. E poi anche tu.»

«Mia mamma.» Roxy riuscì a malapena a pronunciare la parola. «Aveva buone intenzioni. Sapevo che era così. Ma c'erano stati degli incidenti con Lola, e poi il fatto che era stata chiamata nell'ufficio del preside per quella fotografia... ha cominciato a fare domande. A insistere con noi, con tutte e due. Continuava a dire che voleva solo sapere la verità. Ma noi non potevamo... non volevamo.»

Ci arrivai. «Credevi che lei avrebbe pensato che era tutta colpa sua. Avevi paura che scoprire quello che era accaduto a te e a Lola a casa di Madre Del l'avrebbe spinta a ricominciare a bere.»

Lentamente, Roxy annuì.

«Oltre alla fotografia che Roberto ha diffuso, sai di qualche altra prova di quello che è successo nel periodo che avete passato da Madre Del?» domandò D.D.

Roxy scosse la testa.

«E cosa mi dici di Madre Del?»

Un sorriso ruvido. «Quella donna potrebbe dormire durante un disastro ferroviario.»

«Vi picchiava? Vi minacciava? Ha avuto qualche comportamento inappropriato?»

Roxy scosse ancora la testa.

D.D. si morse il labbro, riflettendo. «Chi pensi che abbia ucciso la tua famiglia?»

«Non lo so.»

«No. Lo sai. Tutti quelli con cui abbiamo parlato hanno detto che in queste ultime settimane eri molto ansiosa. Avevi paura, Roxy. Di cosa?»

«Non lo so» ripeté lei. Ora cominciava ad agitarsi. «Quando Roberto è morto, ho pensato che la vita sarebbe diventata più facile. Che Lola si sarebbe rilassata. Ma, invece, è diventata più... imprevedibile. Le domande della mamma la sconvolgevano. Qualcosa, nella sua nuova gang, la innervosiva. Forse pensava che avessero ucciso loro Roberto, o era arrabbiata perché non l'avevano fatto. Non lo so. Un giorno l'ho seguita fino al teatro. Voleva indietro la sua parte, ha detto. Mi ci è voluto un attimo per rendermi conto che parlava della parte di Annie, la piccola orfana, che avrebbe dovuto ottenere anni fa, prima che arrivassero Anya e Roberto.

«Ho trovato Lola che gridava contro Anya davanti al regista, Doug. Anya la chiamava puttana, e Lola stava gridando che Anya avrebbe avuto quello che si meritava. Doug se ne stava lì e basta, senza sapere cosa fare.»

Oppure godendosi lo spettacolo, pensai io, specialmente dal momento che, a quanto pareva, andava a letto con Anya.

«Ho trascinato via Lola. Ma lei era... vibrava. Continuava a ripetere sottovoce, di continuo: "Non sarò una vittima, non sarò una vittima". E poi: "Avranno quello che si meritano".

«Ero spaventata» disse Roxy. «Lola era sempre stata melodrammatica. Ma questo... avevo la sensazione che stesse perdendo la testa. Stavo ancora cercando di capire cosa fare, quanto raccontare a mia madre. E poi, ieri...»

«Quando hai visto la polizia, il tuo primo pensiero è stato Lola» disse D.D. «Sapevi che era instabile. E sapevi che aveva ancora una pistola.»

«Avrei dovuto gettarla via. Buttarla in un cassonetto. Fare qualcosa.»

«Hai pensato che avesse ucciso la tua famiglia?»

«Ho pensato che forse lei e mia madre avevano cominciato a litigare. Nel qual caso, se Lola si fosse sentita in trappola, avrebbe potuto prendere la pistola. Prima avrebbe sparato e poi avrebbe ragionato. E Charlie, naturalmente, avrebbe tentato di proteggere mia madre.»

«E Manny?» domandò D.D.

Roxy scosse la testa. «Non avrebbe mai fatto del male a Manny. Mai. Questa è la parte che non ha nessun senso. Lola è arrabbiata e impulsiva. Ma si taglierebbe i polsi prima di torcere un solo capello al nostro fratellino. Per lei lui è tutto quello che c'è di buono nel mondo. Quando eravamo da Madre Del, i nostri incontri settimanali con lui, vederlo illuminarsi in faccia quando entravamo nella stanza, erano l'unica cosa che ci dava speranza.»

«Che cosa è successo alla tua famiglia, Roxy?»

«Non lo so!» Improvvisamente, Roxy sbatté entrambe le mani sul tavolo. «Non l'avete ancora capito? Ho portato i miei cani a fare una passeggiata e quando sono tornata la mia famiglia non c'era più. Proprio come cinque anni fa, quando una signora è comparsa sulla porta e la mia famiglia è stata fatta a pezzi. Ci proviamo così tanto. Ci vogliamo bene. So che non siamo perfetti, ma ci vogliamo bene. Eppure. Un momento. Un attimo. È tutto quello che ci vuole. Distrutta. Finita. Scomparsa. Svanita.

«Sono scappata. Non sapevo dove stavo andando. Non sapevo più cosa fare.»

«Sei andata a nasconderti in teatro?»

«È un buon posto, e lo conosco bene.»

«È anche il posto dove Anya Seton passa la maggior parte delle sue giornate» dissi io. «Pensavi che fosse stata lei, vero? Stavi tenendo d'occhio lei.»

«Anya dà la colpa della morte di Roberto a me e a Lola. Se qualcuno aveva un motivo per distruggere la nostra famiglia...»

«Anya ha anche un alibi» disse D.D.

«Le prove? Non sono cominciate prima di mezzogiorno, ieri.»

«Più una sessione privata con il regista.»

Roxy si immobilizzò. Non era una stupida; riuscii a cogliere il momento esatto in cui capì. Qualcosa le passò sul viso, un'espressione troppo rapida per poter essere afferrata. Poi, all'improvviso, si lasciò andare sulla sedia.

«Non sono stata io a sparare alla mia famiglia» disse.

«Che ne dici allora degli spari a Hector, o alle Niñas Diablas?»

«Perché? Perché dovrei fare una cosa del genere?»

«Hector vi ha abbandonati. Avrebbe potuto fare in modo che tu e Lola non andaste mai da Madre Del, se solo si fosse fatto avanti in tribunale.»

«Sul serio? Davvero? Era ubriaco, quel giorno. Come avrebbe potuto fare la differenza? Mia madre aveva fatto il suo percorso, lui il suo. Almeno tutti e due hanno finito per fare la cosa giusta.»

«E le Niñas Diablas? Abbiamo saputo che gli piaceva così tanto tua sorella che volevano che anche tu ti unissi a loro.»

«Non sarebbe mai successo.»

«Andiamo, Roxanna.» D.D. reclinò la testa da un lato. «Basta negare. La tua famiglia è morta, e probabilmente la stessa persona che ha sparato è ancora in giro a sparare a persone che conosci.»

«Hector era il papà di Manny. Le Niñas Diablas erano la gang di Lola. Questo non fa di loro persone che *conosco*. Più, tipo, persone che hanno a che fare con me.»

«È questa la tua difesa?»

«Non sono stata io! Non ho fatto niente di tutto questo! Non ho fatto del male alla mia famiglia. Non ho sparato a Hector. E sicuro come l'oro che non mi metterei contro le *chicas* pazze di Lola. Non sono così stupida.»

«Allora chi è?»

«Non lo so. Non...»

Roxy si interruppe. I suoi occhi si allargarono per un attimo; poi scosse la testa.

«Cosa c'è?» volle sapere D.D.

«Roberto. È lui l'altra persona che ci unisce tutti. Le domande di mia madre probabilmente l'avrebbero fatto finire nei guai. Per non parlare del fatto che odiava le Niñas per come lo trattavano a scuola.»

«E Hector?»

«Non credo che Roberto abbia mai conosciuto Hector. Ma i

cani...» Roxy guardò noi, guardò i cani che riposavano sul pavimento, con le teste appoggiate sulle gambe mie e di Sarah. «Forse erano loro i veri bersagli. Perché Lola amava Rosie e Blaze. Spesso li portava al parco. Quando Roberto era lì, la sfotteva, le diceva che finalmente se ne andava in giro con gente della sua stessa specie. Ma io credo che fosse solo geloso. Lola aveva una famiglia. Lola aveva dei cani che la amavano. Roberto... lui non ha mai avuto niente di tutto questo. Era cattivo e crudele e orribile. Ma, a volte, era anche triste. Patetico. Persino noi riuscivamo a vederlo.»

«Roberto è morto» disse D.D.

Roxy si limitò a stringersi nelle spalle. «Ma la sua ragazza no.»

33

Il primo istinto di D.D. era stato quello di mettere Roxanna in custodia protettiva: la ragazza aveva meno di diciotto anni, la sua famiglia era stata appena sterminata, e lei era per lo meno una persona di interesse nell'indagine. Roxy, però, passò da scuotere lentamente la testa a uno stato vicino all'isteria in pochi minuti. Apparentemente, suggerire i servizi sociali a una ragazza che era stata già strappata una volta da casa e sottoposta a ulteriori abusi non era l'idea migliore del mondo. In men che non si dica la ragazza era in piedi con le spalle contro il muro, impugnando una bomboletta di spray anti orso e con l'aria di chi sapeva come usarla.

Sarah e Flora riuscirono a calmarla mentre guardavano D.D. come se fosse una totale idiota. Cosa che forse era stata, in quel frangente. I servizi sociali erano la prassi, in casi come quello, anche se – D.D. sarebbe stata la prima ad ammetterlo – non sempre erano la soluzione giusta. Ciò nonostante, non poteva semplicemente trascinare la ragazza al quartier generale della polizia di Boston e lasciarla lì, né c'erano le basi per accusarla di qualche crimine. Stando alle dichiarazioni della stessa Roxy, non era nemmeno una testimone di quello che era successo alla sua famiglia. Era solo una sopravvissuta.

Il che dava al suggerimento di Sarah un po' di autorevolezza: Roxy sarebbe rimasta con lei.

Non c'era niente che potesse realisticamente collegare Roxy a Sarah o al suo appartamento, e ciò attenuò i timori di Roxy per la sua sicurezza, mentre D.D. avrebbe disposto il dislocamento di pattuglie extra nel quartiere, aumentando gli strati di protezione e, nel frattempo, tenendo sott'occhio la persona di interesse. Roxy finalmente si calmò. Tutti, nel minuscolo appartamento, ricominciarono a respirare.

La cattiva notizia: i cani dovevano essere riportati alla consulente scolastica, dato che erano troppo grossi per il monolocale, per non parlare del fatto che la loro presenza avrebbe attirato l'attenzione su Sarah e sulla sua nuova coinquilina.

Flora si offrì volontaria per occuparsene, cosa che lasciò D.D. con il pezzo successivo del puzzle: indagare sui dettagli del suicidio di Roberto quattro mesi prima. Perché, sempre più, la sua morte sembrava essere collegata agli omicidi successivi. Se non addirittura esserne stata la causa.

Iniziò telefonando a Phil e aggiornandolo sugli ultimi sviluppi. Non avevano ancora nessuna pista sulla sparatoria di quella mattina. Due detective, però, avevano finito di guardare i video della sorveglianza degli isolati vicini all'aggressione a Hector Alvalos. Avevano individuato l'immagine di una persona che fuggiva, felpa blu con cappuccio, lunghi capelli scuri. Non erano riusciti a trovare nessuna angolazione che fornisse un'immagine della faccia, però. Considerando la corporatura snella, l'ipotesi che fosse una teenager sembrava probabile. Era il meglio che potevano fare e no, la persona non portava uno zaino, né azzurro, né di nessun altro colore.

«Quindi Roxanna potrebbe dire la verità» mormorò D.D. al telefono. «Okay, ho un altro compito. Stando a quanto ha detto Roxy, si è allontanata dalla caffetteria subito dopo la sparatoria, fermandosi a comprare una sciarpa rossa a fiori. Manda degli agenti a verificare quali negozi vendono sciarpe o foulard. Meglio ancora, quel negozio ha una telecamera? Perché, se è così, potremmo ottenere un'immagine definitiva di Roxy che compie l'acquisto, cosa che confermerebbe la sua versione di quanto è successo dopo la sparatoria.»

«Ho mandato Neil a parlare con il regista del teatro, Doug de Vries» le riferì Phil. «Doug ha confermato che era in compagnia di Anya Seton ieri mattina, a partire dalle otto, anche se giura che la stava soltanto aiutando a ripassare la parte.»

«Mmh-mmh» disse D.D. In materia di alibi, un regista di mezza età che copriva la sua amante adolescente non valeva poi molto, secondo lei. «E durante la sparatoria di Hector? Anya ha un alibi, per quella?»

«In effetti sì. Le prove della recita erano in pieno svolgimento. Un sacco di testimoni pronti a dire che è rimasta in teatro quasi tutto il pomeriggio. Inoltre, lei e de Vries sono arrivati insieme prima dell'inizio delle prove, mentre un gruppo è andato subito a cena dopo. Praticamente, Anya ha qualcuno, a turno, pronto a garantire di essere stato in sua compagnia per tutta la giornata.»

D.D. si accigliò. Quella cosa non le piaceva affatto.

«Non è bionda?» le domandò Phil. «Mentre la nostra sparatrice è stata identificata come una donna con capelli lunghi e scuri.»

«Per favore, Phil. È un'attrice con accesso a tutte le parrucche che vuole. Il colore dei capelli è facile da cambiare. Gli alibi multipli, d'altra parte...» D.D. si morse il labbro inferiore. «Ma ha un movente. In effetti, a quanto posso dire, Anya è l'unica persona che ha un movente per aggredire tutte le nostre vittime.»

Poteva quasi sentire Phil che si stringeva nelle spalle al telefono. «Be', allora o è più furba di quanto ci rendiamo conto ed è maestra nell'arte di trovarsi in due posti contemporaneamente, oppure qui c'è qualcosa che ancora non conosciamo.»

«Qualcosa? O qualcuno?» borbottò D.D., contrariata. Poi tirò le somme. «Ho bisogno di sapere il nome dell'agente incaricato dell'indagine sulla morte di Roberto.»

«Detective Hank Swetonic. Ha un curriculum molto solido.»

«Non il tipo di persona a cui può sfuggire qualcosa di ovvio?»

«Improbabile.»

«D'accordo. Augurami buona fortuna.»

«Buona fortuna.»

«E, Phil, alla fine della giornata ricordami di comprare un paio di scarpe a buon mercato. Credo che, prima che questo cucciolo abbia finito di capire come vanno le cose, avrò bisogno di scarpe sacrificabili.»

D.D. terminò la chiamata. Era domenica pomeriggio, il traffico era scorrevole, almeno per gli standard di Boston. Questo le dava un po' di tempo per raccogliere le idee, anche se non era ancora sicura di cosa stava pensando.

Roberto. Aveva la sensazione che tutte le strade portassero a un bullo adolescente e al suo regno di terrore nella casa famiglia di Madre Del. Aveva abusato di Lola e Roxanna, oltre a chissà quante altre bambine. Aveva fatto tutto quello che era necessario per sostenere le ambizioni da palcoscenico della sua ragazza. E probabilmente era coinvolto nella distribuzione illegale di pornografia infantile.

E questo sollevava un'altra questione: Roberto si era lasciato dietro un conto bancario, o risorse finanziare di qualsiasi genere? Se aveva scattato fotografie alle sue vittime e le aveva vendute, dov'erano i soldi? I diciottenni non erano esattamente conosciuti per la loro sofisticata – e legale – pianificazione finanziaria. Quindi, dove teneva i soldi? E che cosa ne era stato di quei soldi dopo la sua morte?

Una cassetta di sicurezza. Non quelle delle banche, ma una di quelle scatole di metallo con la chiave che Roberto avrebbe potuto tenere vicino a sé, e al tempo stesso fosse abbastanza sicura da rimanere in una casa famiglia sovraffollata. Supponendo che avesse avuto una cosa simile, probabilmente la sua fidanzata storica conosceva la combinazione, aveva la chiave, qualcosa del genere. Il che significava che, dopo la morte di Roberto, Anya poteva aver preso la cassetta prima che Madre Del o gli investigatori potessero metterci le mani sopra. Soldi per alimentare le sue ambizioni newyorchesi? O un ultimo tentativo di coprire i crimini del suo malvagio boyfriend?

Così tante domande, così poche risposte.

Quelle poche risposte la condussero all'ufficio del dipartimento di polizia di Boston a Brighton. D.D. entrò, mostrò il distintivo, e fu portata immediatamente nella stanza sul retro, dove il capo del distretto, il capitano Wallace, la stava aspettando. Il capitano e un detective di colore si alzarono quando lei entrò.

«Capitano.»

«Sergente Warren.»

Si strinsero la mano. «Questo è il detective Hank Swetonic, che ha gestito inizialmente il caso.» Il capitano fece le presentazioni. Altre strette di mano. Il detective Swetonic non era alto, superava D.D. di appena cinque o sei centimetri. Ma con il suo fisico asciutto avrebbe fatto la sua figura in qualsiasi situazione. A D.D. piacevano i suoi occhi: dalle ciglia folte e decisamente intelligenti.

Non il tipo di detective che può trascurare qualcosa di ovvio.

«Un paio di giorni intensi» commentò il detective Swetonic. L'ufficio del Distretto 14 aveva fornito la maggior parte degli agenti e delle autopattuglie coinvolte nell'Allarme minori scomparsi. Per essere una sezione che si occupava per la maggior parte di furti d'appartamento, furti d'auto ed effrazioni, quattro omicidi seguiti da due sparatorie nel giro di ventiquattro ore rappresentavano davvero un bel cambio di ritmo.

«Immagino che Phil ti abbia detto che siamo interessati a un suicidio che hai gestito quattro mesi fa. Adolescente, maschio, Roberto Faillon.»

«Sì, ho ripreso il file.» Il detective Swetonic indicò la scrivania del capitano, dove D.D. vide la cartelletta del caso. Il capitano le indicò una sedia libera. Si sedettero tutti, e D.D. prese in mano le scartoffie.

Una cartella sottile, più o meno quello che si aspettava da un caso che era stato aperto e subito chiuso.

«Dove avete trovato il corpo?» chiese, sfogliando i rapporti finché non giunse alle fotografie della scena del crimine.

«Nell'edificio del teatro di quartiere. La sua ragazza, Anya Seton, l'ha trovato dopo le prove in uno dei camerini. Sembra che si sia sparato mentre gli altri stavano lavorando sulla recitazione.»

«Ha lasciato un biglietto?» domandò D.D., senza smettere di guardare la prima fotografia scattata sulla scena. Roberto sembrava seduto in una vecchia poltrona a strisce dorate, il tipo di mobile che si paga poco a un mercatino dell'usato e che viene razziato dai piccoli teatri per usarlo come oggetto di scena. Indossava una T-shirt nera a maniche corte, con un disegno sul davanti sbiadito fino a diventare irriconoscibile. Un braccio era riverso sulle sue gambe, la testa reclinata da un lato. Altre angolazioni mostravano un foro d'entrata piccolo ma netto sulla tempia destra. Piccolo calibro, fu il primo pensiero di D.D. Molto probabilmente una ventidue.

Infatti, seguendo il protocollo, la scena era stata fotografata con una macchina ad alta risoluzione, includendo diversi primi piani di una pistola calibro ventidue ancora appesa alle dita della mano destra di Roberto. D.D. notò anche una bottiglia di whiskey quasi vuota vicino ai suoi piedi.

«Nessuna lettera di suicidio» disse il detective Swetonic «ma c'erano tracce di polvere da sparo sulla sua mano destra coerenti con l'uso di una pistola. Inoltre, l'angolo di entrata del proiettile era coerente con una ferita autoinflitta. Per finire, l'esame tossicologico ha rivelato un livello di alcol nel sangue pari a zero virgola quindici. Abbiamo interrogato gli altri membri della compagnia teatrale. Hanno detto che Roberto e la sua ragazza stavano litigando per la relazione che lei aveva con il regista. Praticamente erano giorni che Roberto era furioso e che beveva. A quanto pare, dopo che neanche più di mezzo litro di whiskey era riuscito a scacciare via i suoi problemi...»

«Qualche testimone?» domandò D.D.

«No. E nessuno ha sentito lo sparo, oltretutto. Anche se, considerate le dimensioni dell'edificio, non è una grossa sorpresa. Il posto è un po' un labirinto, e in quel momento tutti erano concentrati nella zona vicino al palco.»

D.D. annuì. «Qualche indizio su dove si sia procurato la pistola?»

«In quel quartiere? Si trovano a ogni angolo di strada.»

«Denaro?» chiese. «Contanti nelle tasche? Avete controllato i suoi effetti personali alla casa famiglia di Madre Del?»

«Gli abbiamo trovato in tasca più o meno dieci dollari. Quindi, se aveva dei contanti, li aveva spesi. Sono andato a fare una visita alla madre affidataria. Non posso dire che sembrasse molto scossa dalla morte del ragazzo. Un paio dei ragazzini più giovani, però, sembravano decisamente eccitati.»

«Abbiamo sentito dire che Roberto era un bullo» commentò D.D.

«L'ho sentito anch'io. Credo che la sua consulente scolastica abbia adoperato l'espressione "giovane arrabbiato". Nella sua camera abbiamo trovato una cassetta. C'erano alcune foto, quel tipo di cose. Ma nessuna grossa somma di denaro.»

«Che genere di foto?»

«Pagine di un vecchio album con fotografie di bambini. Probabilmente foto sue. Alcuni scatti più recenti di lui e la sua ragazza. Hai presente, mentre se ne vanno in giro per Boston, in piedi davanti alle barchette a forma di cigno, amanti felici in giro per la città, ecco il genere.»

«Niente di sconveniente? Abbiamo sentito dire che aveva diffuso in rete la fotografia di una sua compagna di classe nuda.»

«La consulente scolastica mi ha detto la stessa cosa. Una certa signorina Lobdell Cass, giusto?»

D.D. annuì.

«Quindi, l'unica cosa che spiccava sulla scena del crimine era l'assenza di un cellulare. Non era sul cadavere, non era nel camerino, né nella sua camera. Ma naturalmente doveva avere un telefono, considerati i suoi account studenteschi.»

«Qualcuno ha preso il suo telefono prima del vostro arrivo» disse D.D.

«La mia ipotesi è che sia stata la sua ragazza, probabilmente per proteggerlo, se potevano esserci fotografie discutibili. Ci ha permesso di perquisire lei e i suoi effetti personali mentre eravamo lì. Non abbiamo trovato il telefono di Roberto, ma questa non è una sorpresa. Il teatro è in una vecchia chiesa sconsacrata, piena di oggetti, costumi, qualsiasi cosa. Ci sono milioni di posti in cui la ragazza potrebbe aver messo il telefono prima che arrivassimo.»

«Avete indagato con la compagnia telefonica?» chiese D.D.

«Certo. Abbiamo ottenuto la trascrizione degli ultimi messaggi di Roberto. Messaggi di testo. Per lo più discussioni con Anya, e sì, non gli piacevano per niente tutte le attenzioni che il regista, Doug de Vries, le stava riservando. Roberto si sentiva decisamente minacciato. Cosa che lo ha condotto al suicidio.»

«Roberto aveva un computer? Un portatile, niente?» domandò D.D.

«No. Usava il computer del laboratorio della scuola. Quando si degnava di andarci.»

D.D. rifletté. «Sospettiamo che abbia abusato di alcune delle ragazze nella casa famiglia» disse.

Il detective Swetonic annuì. «A parte la fidanzata sconvolta, che giurava che Roberto fosse il grande amore della sua vita – a prescindere dal regista – non siamo riusciti a trovare nessuno che avesse qualcosa di buono da dire sul ragazzo.»

«Considerando quello che si dice della fotografia che ha postato, mi stavo chiedendo se non ce ne fossero altre. Se, in aggiunta agli abusi, Roberto non fosse coinvolto anche nella vendita di materiale pornografico o qualcosa del genere.»

Il detective si strinse nelle spalle. «Non ne abbiamo trovato alcuna prova, anche se sono il primo a dire che non abbiamo sentito il bisogno di andare molto a fondo, trattandosi di un suicidio. Ma la mancanza di un computer... che razza di distributore di materiale pornografico non ha un suo computer?»

D.D. annuì. Era il punto più debole della sua argomentazione. «E un sistema di gaming?» chiese. Le consolle per videogame potevano essere usate per nascondere fotografie.

Ma il detective scosse la testa.

«Può averlo fatto adoperando il suo telefono» tentò di nuovo D.D. «Lavorando con fotografie caricate su un cloud, o qualcosa di simile.»

Un'altra stretta di spalle. «Puoi leggere le trascrizioni della compagnia telefonica, ma non abbiamo trovato alcun indizio di questo genere di transazioni. E poi dov'è la traccia di denaro? Il ragazzo aveva dieci dollari, in tasca. Tutto qui.»

«Dove li aveva presi?»

«Lavorava part-time in un negozio di alimentari davanti alla scuola. Non un gran lavoratore, stando al suo capo: un po' la stessa voglia che aveva di studiare. Ma guadagnava più o meno duecento dollari al mese. La maggior parte dei quali, immagino, finivano spesi in birra o per la sua ragazza.»

«Immagino che non abbiate tenuto la pistola, vero?» domandò D.D.

Il detective scosse la testa; il capitano fece lo stesso. D.D. sapeva che era un tentativo improbabile. Se la polizia avesse tenuto tutte le prove di tutti i casi, non ci sarebbe stato abbastanza spazio in tutta Boston. Invece, la prassi era fotografare, fotografare e ancora fotografare, cosa che, con gli attuali apparecchi ad alta risoluzione, catturava più informazioni di quanto la gente potesse pensare.

Tornò all'immagine ravvicinata della bottiglia quasi vuota di whiskey. «Avete passato nel database l'impronta trovata sul vetro?» chiese, studiando la fotografia più da vicino.

«No. Non ne abbiamo visto il bisogno.»

«Sembra che ce ne possa essere una utilizzabile» disse, porgendo la fotografia al detective. La bottiglia era stata analizzata *in situ*. D.D. riusciva a distinguere a malapena un'impronta, catturata dall'immagine ad alta risoluzione. Considerata la difficoltà di prendere le impronte da alcune superfici, le impronte latenti venivano studiate sempre più attraverso le fotografie. Le impronte recuperate venivano trasformate in immagini digitali che finivano comunque nel database. Lavorare direttamente a partire dai dettagli fotografati sulla scena del crimine eliminava la mediazione umana, consentendo anche tempi di lavorazione più rapidi.

Il detective Swetonic prese la fotografia dalle mani di D.D. e poi la porse al capitano. Entrambi annuirono.

«E la pistola?» chiese D.D., sfogliando altre fotografie.

«C'erano le sue impronte» rispose immediatamente il detective Swetonic.

«E i bossoli recuperati?»

Il detective e il capitano si scambiarono un'occhiata. D.D. ne comprese il significato: il detective era molto impegnato. Aveva seguito i primi passi dell'indagine, e quando i risultati avevano continuato a indicare la stessa conclusione...

D.D. trovò la fotografia che stava cercando, un primo piano ad alta risoluzione del bossolo recuperato sulla scena, anch'esso trattato per le impronte in loco. Come la bottiglia di whiskey, presentava un'impronta ben distinta. D.D. prese l'immagine e la mise accanto a quella della bottiglia.

«Uno dei vantaggi dell'Allarme minori scomparsi» disse «è che ho tutte le risorse investigative e forensi della città a mia disposizione.» Questo significava che poteva chiedere un lavoro rapido sull'identificazione delle impronte in entrambe le fotografie, e sarebbe stato conteggiato nel suo budget, non in quello del capitano.

Come aveva sospettato, al capitano Wallace la cosa piaceva non poco. «Manderemo le copie digitali sia della bottiglia che del bossolo il prima possibile. Ti dispiace dirci che cosa sperate di trovare, però?»

«Non lo so ancora» rispose D.D. sinceramente. «Ma la famiglia che è stata uccisa ieri... la figlia, Lola, era una delle presunte vittime di Roberto. Mentre Anya Seton giura che Lola ha qualcosa a che fare con la morte di Roberto. Il che significa che l'uccisione dei Baez può essere collegata a qualsiasi cosa sia successa a Roberto quattro mesi fa.»

«Credi che Lola Baez abbia inscenato il suicidio di Roberto? E cosa poi? Che la ragazza di Roberto abbia sterminato la sua famiglia per vendetta?» Il capitano Wallace sembrava molto scettico. D.D. non poteva biasimarlo, specialmente tenendo conto del fatto che Anya, a quanto pareva, aveva un alibi per l'intera giornata.

«Ho solo degli interrogativi» disse infine D.D. «Vorrei più informazioni. Sulla morte di Roberto. Su tutto, in realtà. Forse Roberto era sbronzo. O forse qualcuno l'ha fatto ubriacare, cosa che poi ha reso più semplice manipolarlo e convincerlo a spararsi. O magari hanno addirittura aspettato che perdesse i sensi e poi hanno messo la pistola in posizione, hanno avvolto le dita di Roberto sull'impugnatura e hanno tirato il grilletto. Sono successe cose anche più strane di questa. Avete una lista delle persone che erano in teatro quel giorno?»

«Sì. Controlla il file. Ma posso dirtelo fin da ora, il nome di Lola Baez non è su quella lista. D'altro canto, l'edificio ha diversi ingressi e uscite, con il cast e gli addetti che sono entrati e usciti per tutto il pomeriggio. In realtà, se volessi sparare a qualcuno, l'edificio del teatro di quartiere è il posto giusto per farlo. Da quello che ho potuto vedere, nessuno presta molta attenzione a qualsiasi cosa che non sia il suo piccolo orticello. Un sacco di attività. E responsabilizzazione molto scarsa.»

D.D. annuì. Sembrava davvero il posto perfetto per farla franca con un omicidio. Se solo avessero avuto qualche prova... Si alzò. «Grazie per il vostro aiuto. Mi terrò in contatto.»

Il capitano e il detective si alzarono a loro volta. «Ehi, qualche novità su Roxanna Baez?» domandò il capitano Wallace. «Se quello che dici è vero e la sua famiglia è stata presa di mira, potrebbe essere ancora in pericolo.»

D.D. sorrise. Non aveva ancora cancellato l'Allarme minori scomparsi proprio per quel motivo: non voleva dare il benché minimo indizio su dove si trovava Roxanna. Inoltre, con un cecchino misterioso ancora a piede libero a sparare sulla gente, voleva tutta la partecipazione della polizia di Brighton che era in grado di ottenere.

«Fidatevi di me» disse. «È quello di cui mi preoccuperò al più presto.»

34

Roxy crollò sul divano di Sarah nel momento stesso in cui D.D. Warren se ne andò, e si addormentò nel giro di pochi minuti. Lo stress delle ultime ventiquattro ore, la fatica della vita da fuggitiva. Il riposo era ciò di cui aveva più bisogno, ed ero felice che avesse avuto il buonsenso di ricaricare le energie. A volte, dopo aver passato un periodo in uno stato di elevata agitazione, continuando a guardarsi alle spalle, è difficile tornare con i piedi per terra. Ecco spiegata la mia insonnia cronica.

Io e Sarah eravamo vicine alla porta, parlando a voce bassa, mentre i cani se ne stavano pazienti ai nostri piedi.

«Pensi che starà bene?» mi chiese Sarah.

Mi strinsi nelle spalle. «Sta come stiamo tutti noi.»

«Non credo che abbia ucciso la sua famiglia. O che abbia sparato a qualcuno» disse Sarah con convinzione. Era una persona molto leale. Era una delle tante cose che mi piacevano di lei.

«Credo che anche la polizia potrebbe iniziare a pensarla così.»

«Ma questo vuol dire che c'è qualcuno che la sta cercando...» La voce di Sarah si spense. Capii la sua domanda inespressa.

«Parlami del teatro di quartiere. C'era qualcuno nell'edificio quando sei andata a cercare Roxy?»

«No, era troppo presto e di domenica, per di più. Il posto era tranquillo. Ho effettuato una ricognizione di base, come avevi detto tu. I negozi del quartiere non erano ancora aperti.»

«Porta principale, porta sul retro?»

«Porta principale. È un teatro pubblico, giusto? Entrare di soppiatto dalla porta sul retro sarebbe sembrato sospetto. Mentre una persona che entra dall'ingresso principale...»

Sarah era la mia allieva migliore. Il trucco di base per introdursi in qualsiasi edificio era non dare l'impressione che ci stessi entrando senza averne l'autorizzazione. Indossare vestiti normali. Entrare dalla porta principale camminando normalmente. I vicini penseranno che sei un'ospite. E, se qualcuno chiama la polizia, si può sempre far finta di essersi confusi. Oh, questa non è la casa di pinco pallino, o il nascondiglio di un rapitore? Colpa mia, ho sbagliato.

«La porta era chiusa a chiave?» domandai.

«La porta principale no. Ma si apre su un piccolo foyer con una porta interna chiusa a chiave. Non sono veloce come te, ma l'ho aperta.»

Annuii. Quella disposizione era comune, a Boston. La porta esterna spesso veniva lasciata aperta, permettendo ai visitatori, o agli inquilini che cercavano la chiave per la porta vera e propria, di sfuggire al freddo. Inoltre consentiva di creare un blocco di aria per conservare il calore all'interno dell'edificio durante i mesi invernali.

«Quindi non eri in vista quando hai scassinato la serratura?»

Sarah annuì.

«Fin qui tutto bene. Dov'era Roxy?»

«Prima ho perlustrato l'edificio. Un grande spazio per le performance al centro, e tonnellate di stanzette piccole tutt'intorno. È sbalorditivo. Ti lascia un po' così. Ma, dopo aver stabilito che il posto era vuoto, ho cominciato a sussurrare il nome di Roxy. Ho immaginato che, una volta che avesse capito che ero io, si sarebbe fatta vedere.»

«E l'ha fatto?»

«Era in un magazzino, in alto. Si era fatta un nido tra alcune scatole. Davvero ingegnoso. Avrei potuto camminare all'infinito senza vederla. Specialmente in una soffitta. Quando le ho spiegato che potevamo aiutarla... Lei si fida di me, Flora.»

Sarah guardò la sagoma addormentata sul divano. E in quel momento capii qual era la sua vera paura. Non che il cecchino misterioso apparisse all'improvviso nel suo appartamento, ma che lei non riuscisse a proteggere Roxy. Perché tutti noi avevamo fallito, una volta. Era così che eravamo diventati vittime. E trovare la forza di credere che non avremmo fallito una seconda volta spesso è la parte più difficile dell'essere un sopravvissuto.

«Immagino che tu abbia prestato attenzione quando siete uscite, giusto?» la pungolai con gentilezza.

«Siamo passate dal retro. Roxy conosceva un'uscita che ci ha scaricate in un vicolo dietro il teatro. Così chiunque tenesse d'occhio l'ingresso principale...»

«Non sarebbe mai riuscito a vedervi mentre vi allontanavate da un'altra strada. Mossa intelligente.»

«Le ho dato il mio berretto da baseball e il mio giubbotto. Ho pensato che se qualcuno ci stava osservando, aveva visto una ragazza con i miei vestiti entrare dall'ingresso principale e avrebbe pensato che fosse la stessa persona che stava uscendo. Nel teatro ci sono moltissimi costumi. Mi sono tirata su i capelli, ho messo una giacca da uomo e ho modificato il modo di camminare.»

Annuii. Sarah era molto magra. Probabilmente poteva essere scambiata per un ragazzo adolescente. Notai per la prima volta una piccola pila di vestiti ammonticchiati vicino alla parete. I loro berretti e le giacche, che si erano tolte nel momento stesso in cui avevano varcato la porta. Sul fondo del mucchio c'era la sciarpa rossa e nera che Roxy aveva detto di aver comprato. La presi e poi, dopo averci pensato ancora un secondo, me la misi nella borsa. Sarah non disse nulla.

«Come siete arrivate da lì a qui?» chiesi.

«Siamo andate in un locale, dove ho chiamato una Uber. Non ho notato nessuno entrare in qualche macchina quando il nostro taxi è partito. E sono stata attenta. Per tutto il tragitto. Non ho mai visto nessuno che ci seguiva.»

«Ti sei fatta portare direttamente qui dall'autista?»

«No. Ci ha lasciate alla biblioteca pubblica. Il resto della strada abbiamo camminato.»

Annuii, impressionata. «Ben fatto. Mi sembra che tu sia stata attenta a ogni dettaglio. Non c'è niente che possa collegare te a Roxy o Roxy a te. Non abbiamo nemmeno postato niente sul gruppo, da quando è iniziata tutta questa storia.»

Sarah annuì. Non ne avevamo mai parlato in modo esplicito, ma avevamo raggiunto entrambe la decisione di oscurare il sito dopo aver visto l'Allarme minori scomparsi la mattina precedente. I gruppi di sostegno sono costruiti sulla fiducia, eppure tutti noi avevamo dei problemi proprio con quell'aspetto. Inoltre, Sarah era l'unico membro della nostra banda di disadattati che avesse mai incontrato Roxy di persona. Il fatto di aver contattato Sarah era già stato un azzardo sufficiente. Non c'era bisogno di coinvolgere anche gli altri.

«Dovrei prendere qualcosa da mangiare» stava dicendo Sarah ora, più a se stessa che a me. «Non ho nemmeno del succo d'arancia. E quando Roxanna si sveglierà probabilmente sarà affamata.»

«E vorrà tutto tranne che una barretta proteica» dissi. «Roxy dormirà per un po'. Andare di corsa al minimarket qui all'angolo quanto ti porterà via, venti minuti? Non dovrebbero esserci problemi.»

«E tu?» domandò.

«Seguirò la tua pista. Porterò i cani a passeggio alla biblioteca pubblica, dato che anche le loro fotografie erano nei notiziari, ieri. Lì prendo una Uber e torno a Brighton, a casa della consulente scolastica. Ho qualche altra domanda da farle.»

«Tipo?»

«Non lo so ancora. Ma la signorina Lobdell Cass conosce tutte le persone coinvolte. E continuo a pensare che ci sia qualcos'altro che non ci sta dicendo. Solo che non so se lo fa perché sta tentando di aiutare qualcuno oppure perché ha paura di qualcuno.»

«E di chi dovrebbe avere paura una consulente scolastica?»

«Per favore... un'intera scuola piena di adolescenti con problemi? Io avrei paura di tutti.»

Mi sentii a disagio non appena l'autista Uber attraversò il confine di Brighton. Ansiosa e oltremodo vigile. Come un sospettato che torna sulla scena del delitto. Mi chiesi cosa dovevano aver sofferto Lola e Roxy nell'ultimo anno. Nello sforzo di non rovinare la ritrovata felicità della madre, vivendo a casa del compagno di lei, a poco più di un chilometro di distanza dal posto di cui avevano giurato di non parlare mai più e di non pensarci mai, mai più per il resto della loro vita.

E poi doversi presentare in una nuova scuola nei cui corridoi camminavano i loro ex tormentatori.

Standо alle parole di Roxy, non avevano mai detto niente. Non avevano mai rivelato la verità alla madre. Il silenzio era il loro modo di proteggerla. Mentre lei aveva cominciato a scavare in quel casino perché quello era il *suo* modo, tardivo, di proteggere loro. E alla fine tutte avevano fallito.

Io e mia madre non eravamo tanto diverse. Ancora, dopo tutti gli anni che erano passati, c'erano cose di cui non parlavamo. I quattrocentosettantadue giorni non erano stati solo il mio tormento, ma anche il suo.

Una delle lezioni più grandi che avevo dovuto imparare dopo essere tornata a casa era permettere a mia madre di abbracciarmi. Capire che, anche se la cosa mi faceva sussultare, lei aveva bisogno di quel contatto. Dopo tutto quello che aveva sofferto, aveva bisogno di tenere di nuovo stretta la sua bambina.

Mi chiesi se Lola o Roxy avessero dato quella possibilità a Juanita. O se, dopo l'anno trascorso a casa di Madre Del, anche loro si erano rintanate dentro un guscio duro e impenetrabile.

Non potevo dare la colpa a mia madre del mio rapimento. Lei poteva dare la colpa a me per la mia stupidità, ma io non potevo incolpare lei. Per Roxy e Lola, quell'equazione era molto più complicata. Eppure il perdono è il perdono. Dove saremmo tutti noi senza il perdono?

Mi feci lasciare dall'autista proprio davanti a casa di Tricia Lobdell Cass. A quel punto, ci ero andata così tante volte che non era più un segreto per nessuno.

Lasciai all'autista una bella mancia per avermi permesso di far salire i cani, poi scesi sul marciapiede, tenendo Blaze e Rosie dietro di me. Loro annusarono l'aria e scodinzolarono timidamente. Per essere dei cani ciechi, riuscivano a orientarsi molto alla svelta.

Quando sollevai lo sguardo, Tricia era sulla porta. Mi stava già aspettando. E ancora una volta pensai che sembrava nervosa, che si tratteneva troppo per essere qualcuno il cui coinvolgimento avrebbe dovuto essere di natura solo professionale.

Feci un respiro profondo. Poi io e i cani ci muovemmo.

Tricia guidò me e i due breton fino al suo appartamento al pianterreno. Sul retro c'era una piccola cucina. Lei spinse due piccole ciotole di metallo con il piede e i cani immaginarono il resto per conto loro. C'era anche una gigantesca ciotola d'acqua.

«Avuto fortuna?» domandò lei.

Era di fronte a me, dall'altra parte del tavolo della cucina.

Una piccola barriera squadrata tra lei e me. Avvertii di nuovo quella piccola fitta di iperattenzione. Solo perché sei paranoico, non significa che non ci sia qualcuno là fuori che sta cercando di prenderti. La cucina aveva una porta che conduceva all'esterno. Il vetro nella parte superiore lasciava entrare la luce, ma permetteva solo una piccola visuale del cortile. Mi avvicinai ai cani, in un punto dove avrei potuto tenere lo sguardo sulla porta alla mia destra e sull'ingresso della cucina alla mia sinistra.

«Mi hanno sparato» dissi, dando un'occhiata alla consulente scolastica per valutare la sua reazione. Aveva lunghi capelli scuri. Mi chiesi perché non ci avevo mai pensato prima.

Lei sussultò. Sorpresa sincera? O una fitta di ansia?

«Stai bene?»

«Certo. E anche le Niñas Diablas stanno bene. Un po' incazzate. Non troppo collaborative con la polizia, soprattutto perché, ne sono sicura, il loro piano è dare la caccia personalmente alla donna che ha sparato, e mettere in atto il loro genere di rappresaglia. Nervosa?» domandai.

«Cosa?»

«Sembri nervosa.»

«Una famiglia che conoscevo è stata uccisa. Una delle mie studentesse non si trova. All'improvviso tutto questo quartiere sembra essersi trasformato nel selvaggio West. Certo che sono sottosopra.»

«Non sei sottosopra. Sei nervosa.»

Un movimento alla mia destra. Un uccello che passava davanti alla finestra.

Posai entrambe le mani sullo schienale in legno della sedia più vicina. Una sedia può essere un'arma meravigliosa di offesa e di difesa. Come sa bene un ammaestratore di leoni che affronta una carica ruggente, o un rissaiolo da bar che abbatte un suo avversario.

«Mi ha minacciata» disse lei all'improvviso.

Mi immobilizzai, con lo sguardo che faceva ping pong tra le due uscite. «Chi?»

«Roberto. Il giorno in cui il preside l'ha convocato nel suo ufficio per la fotografia indecente. Come consulente scolastica, prima ho parlato con Roberto. Lui era tutto atteggiato, non aveva niente da dire. Alla fine eravamo tutti e due lì seduti, aspettando il preside, quando mi è arrivata una telefonata sul cellulare. Il mio personale, non quello del lavoro. Ho aperto il cassetto della scrivania per prenderlo dalla mia borsa. Ho sollevato lo sguardo per caso, appena in tempo per vedere Roberto che trafficava con il suo telefono. Si è fatto scivolare qualcosa in mano. Non ho visto cos'era.

«Gli ho chiesto di mostrarmi il telefono. Subito. Lui ha sorriso. Ha rimesso la parte posteriore e me l'ha passato. Il telefono si è acceso, ma sapevo che gli aveva fatto qualcosa. Perché aveva tolto la parte posteriore, altrimenti? Gli ho detto che era finita. Di confessare subito, di farmi vedere cosa aveva messo in tasca, altrimenti avrei chiamato l'agente di sicurezza della scuola per farlo perquisire.»

Annuii. Un movimento dietro la porta posteriore, ancora. Il ramo di un albero che ondeggiava al vento? Solo che: quale vento? L'aria era calma solo pochi istanti prima. Strinsi la presa sullo schienale della sedia.

«Roberto si è alzato. Ha messo tutt'e due le mani sulla mia scrivania e, fissandomi, ha detto, con calma, il mio indirizzo. Mi ha detto a che ora rientravo a casa dal lavoro. Il colore delle pareti della mia camera da letto.»

Quella notizia catturò la mia attenzione. Per un attimo smisi di sbirciare nel cortile, e invece guardai la consulente. Non c'erano dubbi. Era pallida e tremante, con un velo di lacrime sugli occhi.

«Ha detto che forse era un fotografo migliore di quello che credevo. E che un'insegnante giovane e carina come me... Ha insinuato...» Trasse un respiro profondo, poi continuò. «Ha insinuato che la domanda per una fotografia del genere a scuola sarebbe stata molto alta. E che lui detestava deludere il suo pubblico.»

«Ti ha intimidita. Ti ha costretta alla sottomissione.» Proprio come aveva fatto con chiunque altro a casa di Madre Del.

Tricia annuì una volta, e si asciugò gli occhi. Respirò di nuovo, profondamente.

«Ho ventisette anni» sussurrò poi. «Questo è il mio primo lavoro come consulente scolastica. Al corso mi avevano avvertito di aspettarmi qualche molestia da parte degli studenti maschi. Fa parte del pacchetto. Bisogna mantenere il controllo. Ricordarsi che sei una figura autoritaria. Ma il modo in cui parlava Roberto...

«Non era arrabbiato. Non stava facendo una scenata. Era serio. Ed era così sicuro di sé mentre elencava le mie informazioni personali. Non potevo fare niente. Non riuscivo a muovermi. Poi hanno bussato alla porta. Il preside era pronto per vederlo.

«Roberto è uscito. Io sono rimasta lì seduta. Non mi sono mai mossa. Non ho mai chiamato la guardia di sicurezza. Più tardi, quando il preside mi ha riferito che nel cellulare di Roberto non aveva trovato niente, io non ho aperto bocca. Avrei dovuto confessare che avevo permesso a uno studente di mettermi sotto.»

«L'hai coperto» dissi in tono gelido.

«Più o meno.»

«Non esiste "più o meno". Probabilmente aveva sostituito la SIM del suo telefono. Il che vuol dire che il preside, praticamente, ha visto un cellulare nuovo di zecca, privo di qualsiasi contenuto. Roberto aveva svergognato pubblicamente una delle tue studentesse. Aveva postato pornografia infantile su un social frequentato dagli studenti. E tu l'hai aiutato a farla franca.»

«Ma non avevo ancora finito!»

Inarcai un sopracciglio.

«Davvero! Sapevo di aver incasinato tutto. Ma ci stavo lavorando. Roberto era una minaccia, e doveva essere fermato. In classe possiamo sequestrare i cellulari. Chiunque venga scoperto a mandare messaggi durante le lezioni viola le regole della scuola e perde automaticamente il cellulare per il resto della giornata. Ho messo sul chi vive gli insegnanti di Roberto. Se fossimo riusciti a sorprenderlo, a prendergli il telefono senza che lui avesse il tempo di preparare...»

«Cos'è successo?»

«È morto.» Il modo in cui lo disse era tanto piatto che mi ci volle qualche secondo per elaborarlo. «Era la fine di maggio. Avevamo solo poche settimane ancora a disposizione per prendergli il telefono prima che finisse la scuola. Non pensavo che ci sarebbe voluto così tanto, solo che, evidentemente, la visita dal preside l'aveva messo in guardia, l'aveva reso più prudente. Continuavo a pensare che prima o poi se ne sarebbe dimenticato. Gli adolescenti sono così dipendenti dai loro telefoni. Ma poi... Roberto si è suicidato. Era finita, così, in un attimo.»

«E il suo telefono?»

«Non ho mai saputo che cosa ne è stato. Ma nessun'altra fotografia è mai saltata fuori. La questione sembrava risolta. Forse non come mi aspettavo io, ma risolta.»

«Solo che Anya ha cominciato a dare pubblicamente la colpa a Lola e alle Niñas.»

«Ha affrontato Roxanna l'ultimo giorno di scuola. Strillava, l'ha chiamata assassina, oltre ad altri epiteti più volgari. Ma Anya ha sempre avuto la propensione al melodramma, e la morte di Roberto l'aveva devastata. Diceva a tutti, sempre, che lui era il grande amore della sua vita.»

«Credi che se la sia presa con la famiglia Baez per vendicare la morte di Roberto? Credi che, se tu solo avessi parlato quel giorno, se avessi fatto in modo che il preside beccasse Roberto, dando così giustizia a Lola e Roxy...»

«Lola e la sua gang non sarebbero andate da lui.»

«Stando a quanto dicono le Niñas, loro non hanno ucciso Roberto. È stato davvero un suicidio.»

Tricia mi guardò, evidentemente perplessa. Sembrava sincera. «Non ho mai sentito dire che Roberto fosse depresso o avesse pensieri suicidi. E, come consulente scolastica, è il mio lavoro quello di essere in contatto con i membri a rischio del nostro corpo studentesco. Francamente, Roberto era il classico bullo. Crudele, furbo, manipolatore. Ma autodistruttivo? Non riesco proprio a vedermelo. Inoltre...»

L'esitazione era tornata. Tricia si portò una mano allo stomaco.

«Cosa?» la spronai. Un altro movimento nel cortile. Un intero cespuglio che si scuoteva. Non poteva proprio essere il vento.

«Il biglietto» disse.

«Il biglietto?» Non sapevo più dove guardare, su cosa concentrarmi. Lei. La porta. Lei. Feci un altro passo indietro, sentendo la pressione del bancone della cucina alle mie spalle. Riducendo così il possibile campo d'attacco alla minuscola cucina di fronte a me. Ma anche chiudendomi in un angolo.

«L'ho trovato nel mio ufficio il giorno dopo che avevamo saputo della morte di Roberto. Diceva: "Adesso sei al sicuro". Era scritto a macchina. Non era firmato. Ma ho capito il messaggio. Qualcuno era al corrente delle minacce di Roberto. E si stava prendendo il merito di aver risolto la situazione.»

«Non avevi raccontato a nessuno quello che ti aveva detto Roberto?»

«No. Ma...»

Lei. La porta. Lei. «Per l'amor del cielo, dillo e basta!»

«Roxanna era fuori dal mio ufficio, quel giorno. Il preside voleva vedere anche lei. Così lei e il suo amico Mike Davis stavano aspettando fuori in corridoio. E la scuola non è esattamente insonorizzata. È possibile che abbiano sentito qualcosa.»

«Quindi Roxy potrebbe essere andata da Roberto?»

«Non lo so! Roxy era sempre molto protettiva verso la sua famiglia, e con Lola in particolare...»

«Sta' giù!»

Lo vidi arrivare con la coda dell'occhio. Diretto contro la porta posteriore. Mi stavo già buttando a terra, mentre Tricia, a cui quel giorno nessuno aveva ancora sparato addosso, sollevò le braccia per coprirsi il volto.

Clunk.

Poi, in rapida successione, due tonfi.

Non erano proiettili. Niente di tanto veloce da rompere il vetro. E questo significava...

Lentamente, andai fino alla porta. I cani erano in piedi. Quello che non erano in grado di vedere riuscivano ancora a sentirlo, ed entrambi stavano guaendo, un lamento profondo e gutturale. Sbirciai fuori dalla finestra nella parte superiore della porta.

Pietre. Tre sassi che ora erano sul gradino fuori. Erano stati lanciati per attirare la mia attenzione. Da un ragazzino che stava tentando di nascondersi dietro un cespuglio di lillà, ma che continuava a rivelare il suo nascondiglio perché non riusciva a smettere di saltellare.

«Scusami» dissi a Tricia. «Ma credo che questo sia per me.»

35

D.D. era seduta in macchina nel parcheggio di Dunkin' Donuts, uno delle decine di ristoranti della catena a Boston. Come la maggior parte degli abitanti del quartiere, ci andava per il caffè, non per le ciambelle. Quella mattina l'aveva ordinato regolare, ovvero con abbondante panna e zucchero. Di solito il caffè lo prendeva nero, ma essendosi alzata alle prime luci dell'alba per giocare a palla con un cane iperattivo, ora aveva bisogno di tutto l'aiuto che poteva ottenere.

Aveva la cartelletta azzurra di Roxanna Baez aperta davanti a sé, e aveva già sfogliato tutta la serie di temi. Ora ricominciò dall'inizio, leggendo più attentamente. Stando a quanto aveva detto Roxy, aveva consegnato soltanto i primi due temi, in cui descriveva l'allontanamento suo e dei suoi fratelli dalla custodia della madre, e l'arrivo alla casa di Madre Del.

Roxanna aveva usato i nomi veri, compresi quelli di Roberto, di Anya e del suo futuro alleato, Mike Davis. Il secondo tema terminava in un momento di grande tensione, con Roxy che si ribellava a Roberto e Anya nella casa di Madre Del. Niente di esplicitamente criminale o malvagio. Eppure...

D.D. capiva perché l'insegnante di letteratura di Roxanna si fosse preoccupata dopo aver letto i temi. Si chiese se Juanita Baez li avesse letti. Se avesse saputo il prezzo che i suoi bambini avevano pagato al suo alcolismo...

Non esiste una cosa come una famiglia perfetta, come aveva scritto Roxy. Tutte dovevano essere costruite.

Roxy vedeva la sua famiglia come un successo? Anche dopo aver letto tutta la serie di temi, D.D. rimaneva incerta. Chiaramente, Juanita aveva lottato per tornare sobria. Aveva lavorato duro per riavere indietro i suoi figli, cosa che, per Roxanna e Lola, aveva significato poter finalmente lasciare la casa di Madre Del e riunirsi con la mamma e il fratellino. Un passo verso la perfezione, tutto considerato.

Solo che Juanita poi si era innamorata di un imprenditore edile che abitava a Brighton, riportando così i suoi figli nel raggio d'azione dei loro ex tormentatori.

D.D. trovava il pezzo sul teatro di quartiere molto interessante. Quindi, tutto aveva avuto inizio da un'idea di Roxy: una buona idea, tra l'altro, per tenere lei stessa, Lola e poi anche Mike fuori dalla casa di Madre Del il più a lungo possibile. Solo che Roberto e Anya si erano presi anche quello e, a quanto pareva, non l'avevano più mollato. Anya era diventata la piccola star del teatro locale, mentre Roberto ci era morto. Forse dopo una sbronza provocata dalla sua angoscia per l'intima amicizia tra la sua ragazza e il regista, Doug de Vries?

Così tanti attori, cinque anni prima. Tutti riuniti dal trasferimento di Juanita nella casa di Charlie l'imprenditore edile. D.D. sorseggiò il suo caffè e sfogliò i temi per la terza volta. I pezzi erano lì. Se lo sentiva. Cinque anni prima, gli ultimi mesi. Ogni cosa compiva un cerchio. Una famiglia lacerata. Una famiglia rimessa insieme. Una famiglia distrutta una volta per tutte.

Da una delle persone presenti in quelle pagine. D.D. ne era sicura.

Il suo cellulare squillò. Era l'altro detective, Neil, che faceva rapporto.

«Come sta il cane?» domandò.

«Maculato.»

«Jack è al settimo cielo?»

«La felicità di Jack va oltre la luna e le stelle.»

«Quante paia di scarpe vale, tutto questo?»

«Più di quante sarò mai disposta ad ammettere.»

«Phil mi ha chiesto di seguire il lavoro della scientifica sulle impronte latenti con Ben Whitely. Immagino che tu li abbia fatti ballare ben bene, eh?»

«Ballare fa bene all'anima.»

«Quindi» continuò Neil «cosa vuoi per prima cosa, le notizie disorientanti o quelle più disorientanti?»

«Mmh. Scelgo le prime.»

«Quelli della scientifica, che erano un po' contrariati per essere stati trascinati al lavoro in un soleggiato sabato pomeriggio, non hanno avuto nessun problema a processare le foto digitali mandate dall'ufficio di Brighton. Sfortunatamente, nessun riscontro.»

«Avevano abbastanza punti per lavorarci? La bottiglia di whiskey sembrava avere un'impronta chiara, ma non ero altrettanto sicura del bossolo.»

«Mi è stato detto che, combinando due diverse angolazioni, dal bossolo sono stati in grado di "srotolare" un'immagine pressoché completa dell'impronta di un indice. Che corrispondeva all'impronta recuperata dalla bottiglia di whiskey. Quindi il problema non è la qualità delle immagini. Molto probabilmente, la persona non è nel sistema. Il che vuol dire che sia l'impronta sul bossolo sia quella sulla bottiglia di whiskey appartengono a qualcuno che non è mai stato arrestato, che non ha mai richiesto la fedina penale o che non è mai stato nelle forze armate.»

«Aspetta... pensavo che Roberto avesse una fedina penale bella piena. Un teppista *in pectore*. Di sicuro le sue impronte ci sono, nel sistema.»

«Infatti. Le sue ci sono» le assicurò Neil.

D.D. ci arrivò. «Quindi sul bossolo e sulla bottiglia non ci sono le sue impronte. Ovvero, anche se le sue impronte erano sulla pistola, non è stato lui a caricarla. Ora, si potrebbe dire che Roberto aveva portato la pistola già carica, o che fosse stata preparata un po' di tempo prima. Ma quante sono le probabilità che la persona che ha fornito a Roberto la bottiglia di whiskey sia la stessa che ha messo i proiettili nell'arma che lui ha usato per suicidarsi? Questo a me sembra sempre meno un suicidio, e sempre di più una messinscena.»

«Sarei d'accordo con te. Chi ha caricato la pistola e portato il whiskey, però, non lo sappiamo.»

«Che mi dici di Lola e Roxy Baez?»

«Nessuna impronta registrata. Ho controllato.»

D.D. ci penso su. Voleva dire che potevano essere state Roxy o Lola. Oppure... il suo sguardo tornò alla pila di temi che aveva sulle ginocchia. «E Juanita Baez?» domandò. Poteva davvero essere così semplice? Dopo aver scoperto cos'era successo alle sue due figlie, Juanita aveva deciso di prendere in mano la situazione?

«Juanita è nel sistema. L'impronta non è sua.»

«Quindi forse sono state le ragazze, non la mamma» mormorò D.D. Si accigliò e prese un altro sorso del suo caffè troppo dolce. Così tanti pezzi del puzzle. Tentò di rimettere ordine tra i personaggi nella sua mente, ma non arrivò a nessuna conclusione.

Dietro il suicidio di Roberto c'era qualcun altro: in modo abbastanza ironico, Anya aveva avuto ragione, su questo. Ma il problema resta: chi, e come, questa persona – questo evento? – si collocava nella serie di sparatorie che era seguita. Era stata una sola persona a farlo? O una persona aveva ucciso Roberto, provocando l'eccidio della famiglia Baez, il tentato omicidio di Hector e tutto il resto come atti di rappresaglia da parte di un secondo responsabile?

Quel ragionamento la portò a:

«D'accordo» disse. «Ora le altre notizie, quelle ancora più disorientanti.»

«Ben ha detto che ti aveva informata che c'erano prove che Lola avesse fatto sesso prima di morire.»

«Sì.»

«Ha trovato una corrispondenza dal DNA recuperato dal capello: Doug de Vries.»

«Il regista del teatro locale?» domandò D.D., sinceramente sconvolta. «Il nuovo amante di Anya e il suo biglietto per il successo a Broadway?»

«Se lo dici tu. De Vries ha dei precedenti, per questo il suo DNA è nel database. A quanto pare, Anya non è la sua prima stellina.»

«Merda! Aspetta un attimo: stando al detective che ha lavorato sul caso di Roberto, il ragazzo stava litigando con Anya per la sua relazione con Doug de Vries. Cosa che avrebbe dato al regista un motivo per eliminare il suo giovane rivale. Ma ora mi stai dicendo che il DNA di Doug è nel sistema. Questo significa che, se l'impronta sul bossolo fosse la sua...»

«Non è stato Doug a maneggiare la pistola.»

«Però ha avuto un rapporto sessuale con Lola?»

«Esatto. Probabilmente nelle ventiquattro ore precedenti la sua morte.»

D.D. sospirò e si massaggiò la fronte. «Roxy ha detto che Lola stava tentando di rientrare nel programma del teatro. Che aveva in mente di scalzare Anya. Questo che vuol dire? Che la tredicenne – tredici anni! – ha fatto ubriacare Roberto e poi ha inscenato il suo suicidio? E poi ha distrutto la relazione di Anya con Doug de Vries seducendo il regista?»

«Che probabilmente non ha opposto molta resistenza» le fece notare Neil.

«Maledizione.» Prese un lungo sorso dalla tazza di caffè. Quanta caffeina ci voleva per essere riconosciuta come dipendente? Facile che avesse già raggiunto la quota necessaria. «Riprendiamo tutto da capo. Con ogni probabilità, il suicidio di Roberto non è un suicidio. La nostra persona misteriosa, quella dell'impronta digitale, ha fornito un litro di whiskey a un giovane già furioso e molto instabile. Poi – quando Roberto era quasi svenuto? – ha avvolto la sua mano intorno alla pistola, gliel'ha appoggiata alla tempia e ha tirato il grilletto.»

«Movente?» domandò Neil.

«Più di uno. Doug de Vries potrebbe avere la gelosia...»

«Solo che non è stato lui.»

«Il che ci porta a Lola, Roxy e a qualsiasi ragazzo che abbia mai abitato a casa di Madre Del. Tutti sono stati vittime di Roberto, prima o poi.»

«Vendetta. Mi piace.»

«O autodifesa. C'è anche il cellulare mancante di Roberto, che è stato collegato ad almeno una fotografia indecente. Stando al detective di Brighton, non hanno mai trovato il cellulare sulla scena. La loro ipotesi migliore: l'ha preso Anya e l'ha nascosto da qualche parte in teatro.»

«Il tizio a cui piace questo genere di foto può averne scattata qualcuna alla sua ragazza. Fotografie che probabilmente lei non vuole che la polizia veda.»

D.D. annuì. «Oppure» continuò, pensierosa «un regista teatrale con la fama di sedurre stelline adolescenti potrebbe essere nel giro di questo tipo di fotografie. Scommetto che Doug de Vries ha un personal computer. Forse è questo, il nostro anello mancante. Roberto ha scattato le fotografie, ma è stato Doug a distribuirle. Questo vuol dire che il teatro locale non è solo la rampa di lancio per le ambizioni di Anya a Broadway, ma anche una società in affari. Ecco spiegato il coinvolgimento di Roberto negli ultimi cinque anni.»

«Il giovane e il vecchio maniaco che lavorano insieme» disse Neil. «Bleah.»

«Manda un'intera squadra a casa di Doug de Vries. Vista la prova che ha avuto rapporti sessuali con una ragazza di tredici anni, abbiamo indizi di colpevolezza sufficienti a buttargli all'aria la casa. Computer, camera da letto, macchina, voglio tutto. E, se siamo davvero fortunati, potremmo trovare anche un'arma del delitto.»

«Pensi che possa avere fatto fuori la famiglia Baez? Ma perché?»

D.D. esitò. Fissò la serie di temi scolastici che aveva sulle gambe. Per una sparatoria collegata a eventi vecchi di cinque anni, era stupita che ci fossero ancora tanti sospettati in gioco. Compreso Doug de Vries, che poteva o non poteva diffondere pornografia infantile, ma che era decisamente coinvolto con Anya Seton al momento e aveva fatto sesso con Lola Baez nelle ultime ventiquattro ore. Se Lola stava cercando di vendicarsi di Anya, che cosa ne aveva ricavato il regista? Una sveltina?

«Doug, Anya. Anya, Doug» mormorò. «Abbiamo eliminato Anya come sospettata dell'eccidio dei Baez perché diceva di essere stata con Doug al momento della sparatoria, e Doug l'ha confermato. Ma ecco una domanda: le impronte di Anya sono nel sistema?»

Una pausa mentre Neil controllava la risposta. «No. Pensi che abbia ucciso Roberto? Il grande amore della sua vita?»

«Visto che stiamo parlando di moventi, che ne dici dell'ambizione? Roberto era utile come protettore a casa di Madre Del, e in teatro come bullo che ha eliminato tutta la concorrenza iniziale.»

«Ha costretto Lola a smettere.»

«Mentre, nel frattempo, probabilmente dava inizio alla sua società d'affari con de Vries. E bisogna credere che Anya ne sapesse qualcosa, dati i suoi rapporti con entrambi.»

«Okay.»

«Questo ci porta al giugno di quest'anno. Quando Anya ormai è una star del teatro locale, lavorando a braccetto con il regista sulla fase successiva della sua carriera, e Roberto...»

«È il fidanzatino piagnucolone che si lamenta di quanto lei sia intima con de Vries.»

«Anya ha ancora bisogno di Roberto? De Vries ha ancora bisogno di lui?»

«Se de Vries conta sul fatto di seguire Anya a New York, probabilmente no. Come dice il saggio, tre sono una folla.»

«Roberto diventa sacrificabile. E Anya è la persona perfetta per farlo. Di sicuro Roberto non sospetterebbe mai di lei, anche se lei arrivasse con una bottiglia di whiskey in una mano e una pistola nell'altra. E, più lei piangeva con il cuore spezzato puntando il dito contro la sua rivale...»

«Come ogni attrice di talento» commentò Neil.

«... più alla svelta l'avrebbe fatta franca. Nasconde il telefono di Roberto. Probabilmente intasca pure la parte di contanti che Roberto ha messo via con il traffico di fotografie illegali per avere una base economica da cui partire una volta a New York. Ecco spiegato il motivo per cui la polizia non ha mai trovato prove di alcun guadagno finanziario da parte di Roberto. E, come colpo di grazia, fa in modo che la colpa ricada su Lola. La ragazza che ha giurato che non sarebbe stata mai più una vittima in vita sua.»

«Ma come porta tutto questo a Lola che fa sesso con de Vries?»

«Guerra tra ragazze. Anya si mette contro di lei, e Lola si vendica colpendo Anya dove fa più male: seducendo il suo inquietante futuro pigmalione che, lo sappiamo già, ama le ragazzine minorenni.»

«Stai supponendo che Anya sappia che de Vries ha fatto sesso con Lola.»

«Certo. Non sarebbe una rappresaglia, se Lola fosse rimasta zitta.»

«Lola lo dice ad Anya, gli manda una foto, qualcosa» mormorò Neil. «E, nel giro di ventiquattro ore, Lola viene uccisa.»

«Colpo ravvicinato. Personale. Un atto di vendetta.»

«Per il quale Doug de Vries *deve* fornire un alibi ad Anya. Perché, se non lo fa, Anya lo denuncerà per aver avuto un rapporto sessuale con una tredicenne.»

«Ancora una volta, Anya ha sia l'opportunità che il movente. Con una convincente performance davanti a me, Phil e Flora per finire di coprire il suo crimine.»

«E le altre sparatorie? Hector e le Niñas Diablas?» domandò Neil. «Phil mi ha detto che Anya aveva un alibi per tutta la giornata. E poi, perché sparare a Hector?»

«Non lo so. Depistaggio, melodramma. Finché noi diamo la caccia a un cecchino misterioso, di sicuro non cerchiamo lei. E, per quanto riguarda il suo alibi, mi sono appena vista con un detective che mi ha detto che il teatro è un continuo andirivieni di attori e tecnici: tutta attività e nessuna affidabilità. Quindi non è una forzatura pensare che Anya sia uscita senza che nessuno la notasse. E, anche se ha i capelli biondi, da qualche parte in quel teatro ci dev'essere una parrucca scura. Che...» D.D. si interruppe. «Merda.»

«Cosa?»

«Il teatro. Merda!»

«Cosa?»

«Roxanna Baez. Flora e la sua amica hanno trovato Roxy in teatro, stamattina. Il posto perfetto per nascondersi, dicevano, chi avrebbe mai pensato di controllare tutti i locali e via così?»

«Okay.»

«Non si stava nascondendo. Scommetto dollari contro ciambelle» D.D. sollevò la sua tazza di caffè «che Roxy sa già quello che noi abbiamo appena capito. Non ha scelto il teatro perché era facilmente accessibile. L'ha scelto per tendere un'imboscata ad Anya Seton. È questo il problema con un'informatrice che ha già un rapporto con la persona di interesse quando lavora al caso: Flora e la sua amica vedono Roxy come una vittima, ma questo non significa che non sia capace di commettere atti di violenza.»

«Dov'è Roxanna, adesso?» domandò Neil.

«In teoria, al sicuro nell'appartamento di un'amica.»

D.D. riagganciò e compose rapidamente il numero di Sarah. Ma, naturalmente, nessuno rispose.

D.D. buttò giù quello che restava del suo caffè, inserì la marcia e uscì sgommando dal parcheggio.

36

Nome: Roxanna Baez
Classe: terza superiore
Insegnante: sig.ra Chula
Categoria: narrativa personale

Cos'è la famiglia perfetta? Parte VII

Come si ritorna a essere una famiglia? Quando hai perso così tanto, come si fa a imparare a fidarsi abbastanza da riaverlo indietro?

Il nuovo appartamento di mia madre è piccolo. Più pulito di quello che condivideva con Hector, ma ha solo due camere ed è infilato in un complesso di appartamenti pieno di vecchi. Hanno acconsentito a prenderla come inquilina perché è un'infermiera, e volevano qualcuno con conoscenze mediche. In cambio, lei ha promesso agli altri inquilini che saremmo stati dei bravi bambini. Nessun rumore molesto, niente risate sguaiate o corse per i lunghi corridoi dipinti a colori neutri.

Dopo il fracasso affollato della casa di Madre Del, questo nuovo spazio accuratamente costruito sembra quasi irreale. Come una bolla in cui vaghiamo in animazione sospesa, aspettando che l'illusione di normalità ci venga portata via all'improvviso. Io e Lola dormiamo nella camera più grande. Manny ha una cameretta tutta sua. Mia madre dorme sul divano, orgogliosa di avere di nuovo i suoi bambini in camere vere. Ha trovato due vecchi cuscini color ciliegia per il piccolo divanetto. L'unica macchia di colore dell'appartamento.

A volte mi metto a fissare quei cuscini, come se potessero raccontarmi cos'è successo a tutti noi. Come se potessero indicarmi dove andremo da qui in avanti.

Manny prende tutto con entusiasmo. Ma, dopotutto, è Manny. I suoi genitori affidatari l'hanno rimandato indietro con due valigie piene di giocattoli. Statuette di Iron Man, mazzi di carte dei Pokémon, una scorta infinita di automobiline Hot Wheels. I miei momenti preferiti sono quelli che passo con lui dopo la scuola. Giochiamo a Iron Man, giochiamo con i Pokémon, facciamo una corsa? Manny chiacchiera e ci abbraccia e gioca. Riempie l'intero appartamento, troppo neutro, con il suo cuore grande e la sua allegria di bambino.

Vorrei tanto essere lui. Vorrei potermi infilare nella sua testa e passare un'ora come il sempre allegro Manny Baez. Ma non sono così fortunata, e non lo è neanche Lola.

Facciamo del nostro meglio. Andiamo a scuola. Ci sediamo dove ci dicono di sederci, teniamo la testa bassa, non attiriamo l'attenzione. E, nel momento stesso in cui torniamo nel minuscolo appartamento, senza parlare ci mettiamo al lavoro. Cucinare, pulire, aiutare Manny con i compiti. Anche se nostra madre è a casa dal suo lavoro all'ospedale. Abbiamo bisogno di tenerci occupate, abbiamo bisogno di dare una mano. E intanto studiamo nostra madre, osservando come cammina, ascoltando la cadenza delle sue parole.

Un giorno scopro Lola che fruga negli armadietti sotto il lavandino del bagno. Non dico niente perché io stessa ho appena finito di perquisire il ripostiglio dei cappotti. Tutte e due cerchiamo bottiglie e alcol. Un segno qualsiasi che il mondo sta nuovamente per finire. Questa volta vogliamo essere preparate. Per questo abbiamo gli zaini che tutt'e due teniamo pronti vicino ai nostri letti.

Ma le settimane diventano mesi. Nostra madre fa il lungo tragitto in autobus fino al St Elizabeth Medical Center a Brighton, e poi torna di nuovo a casa. Se la sua giornata lavorativa è più lunga di quanto vorrebbe a causa del tragitto, va bene lo stesso. Non c'è niente qui che io e Lola non possiamo gestire. E, naturalmente, Manny è sempre felice, sempre pronto a salutarci con un abbraccio prima di chiedere a quale nuovo gioco giocheremo oggi.

A volte mi sveglio al suono di Lola che piange. A volte è lei a scuotermi per svegliarmi, dicendomi che sto sognando di nuovo. A volte nessuna delle due si preoccupa nemmeno di dormire: ce ne stiamo semplicemente lì sdraiate al buio e fissiamo il soffitto.

Tento di non pensare alla casa di Madre Del. Mi chiedo chi sta consolando i bambini piccoli, chi sta dando loro conforto. Quale nuovo bambino viene punito da Roberto e Anya, forse proprio in questo momento. Noi siamo riuscite ad andarcene. Nostra madre, contro ogni probabilità, è venuta a riprenderci. Non è colpa nostra se la maggior parte dei bambini in affido non ha una mamma e non sognerà mai un lusso come un appartamento beige in un palazzo abitato da vecchi.

Sorprendo Lola a bere diversi mesi dopo. Una bottiglia di tequila, addirittura, che ha nascosto sotto il letto.

«Non osare!» sbotto contro di lei, tenendo la voce bassa anche se nostra madre non è ancora tornata dal lavoro e Manny sta ancora giocando con le sue action figures in soggiorno. «Si può sapere dove l'hai presa?»

Lei mi sorride in modo strano. «In che senso? I ragazzi fanno tutto quello che voglio. Non l'avevi ancora capito?» E inarca la schiena in modo allusivo.

Le do uno schiaffo. «Non sei quel genere di persona, Lola Baez» le dico. «Sappiamo bene chi è così. Non permettergli di distruggerti!»

«Troppo tardi» dice mia sorella. Poi si mette la testa tra le mani e piange, mentre io rovescio la bottiglia di tequila – quello che ne rimane – nel lavandino e poi porto la bottiglia fuori al centro di riciclaggio del palazzo perché temo che vederla possa spingere mia madre di nuovo nell'abisso.

Ma lecco il collo. Prima di buttarla via, lecco il vetro. Tento di sentire il sapore che sentiva mia madre, e che, a quanto pare, anche mia sorella ha assaggiato. Non ne ricavo niente. Solo una sensazione bruciante sulla punta della lingua che mi fa rabbrividire e poi sputare.

E la cosa, in modo perverso, mi rende gelosa. Perché almeno mia madre e mia sorella conoscono un trucco per dimenticarsi dei loro problemi. Mentre io... io posso solo continuare con il mio fardello, portandomelo appresso giorno dopo giorno dopo giorno.

Si possono riavere le cose che abbiamo perso? Tutti parlano di quanto i giovani siano resistenti. Manny di sicuro sembra essere riuscito a rimbalzare indietro bene. E forse lo prende da mia madre, perché ogni giorno lei mostra una facciata allegra e determinata. Ho fatto casino, bambini. Mi dispiace così tanto. Colpa mia. Non succederà più.

Solo io e Lola rimaniamo alla deriva. Due bambole che sembrano non riuscire a mettere le membra nel modo giusto. Certe notti posso sentire l'oscurità che si irradia a ondate da mia sorella. E, certe notti, il mio senso di vuoto sembra altrettanto profondo. La mattina ci alziamo tutte e due, disfiamo e rifacciamo le nostre borse. E poi affrontiamo la giornata.

Verso la fine dell'anno scolastico, un giorno di giugno dell'Anno Uno, come lo chiama mia madre, accade l'inaspettato. Sto tornando a casa quando mi capita di sollevare lo sguardo. Lì. Dall'altra parte della strada. Lo vedo immediatamente. Non è abbastanza vicino da poter distinguere la sua faccia, ma non ho bisogno di vedere i suoi occhi, il suo naso, la sua mascella. Il continuo, incessante movimento saltellante mi dice quello che basta.

Rimango immobile. Lo fisso. Lui si volta a guardarmi. E io capisco all'istante chi è che sta confortando i bambini piccoli. Capisco chi è che Anya e Roberto stanno torturando. E so chi non riuscirà mai a fuggire in un piccolo appartamento beige, perché lui una mamma non ce l'ha più.

Non sono mai andata a trovarlo. Non sono mai passata. Non l'ho nemmeno invitato da noi a cena, anche se io, più di ogni altro, so quanto gli servirebbe una pausa dalla casa di Madre Del. Venire al nostro appartamento non sarebbe nemmeno così difficile: potrebbe incontrarsi con mia madre al St Elizabeth e prendere l'autobus con lei alla fine del turno.

Ma non l'ho mai proposto. Non ho mai nemmeno pronunciato il suo nome, nemmeno una volta. Non posso. Ho troppa paura che qualsiasi cosa ci ricordi la casa di Madre Del rimandi Lola oltre il punto di rottura. E, come sempre, metto mia sorella davanti a tutto.

Ora sollevo la mano in un saluto.

Lui solleva la sua in risposta.

Nessuno di noi due fa una mossa per diminuire la distanza che ci separa.

C'è la famiglia che hai. E c'è la famiglia che ti costruisci. Mike Davis è la mia famiglia. Mi ha vista quando nessun altro mi vedeva. Mi ha aiutata quando nessun altro osava farlo. E mi ha lasciata andare perché sapeva che avevo bisogno di prendermi cura di mia sorella più di quanto potessi prendermi cura di lui. O di chiunque altro.

Di fronte a lui dall'altra parte della strada, ora, imbottiglio tutta la mia confusione e il dolore e la paura. E, solo per un attimo, mi impongo di trovare qualsiasi cosa che sia luminosa, felice e scintillante. Lo faccio per il ragazzo che ancora vive nel buio. Per lui immagino una sfera blu che sfrigola di buone intenzioni e di energia positiva. E poi gliela lancio sul marciapiede di fronte.

Dalla ragazza che non ti dimenticherà mai. Dalla ragazza che ancora ti considera un amico. Dalla ragazza che hai salvato, e dovresti andarne orgoglioso perché adesso lei può salvare la sua famiglia.

Tutto questo da me al ragazzo che non riesce mai a smettere di saltellare.

Quando riapro gli occhi, Mike non c'è più. Ma mi piace pensare che abbia capito.

C'è la famiglia che hai. E poi la famiglia che ti costruisci. Forse nessuna delle due è perfetta. Ma io e Mike siamo sempre stati vicini abbastanza.

37

«Lei dov'è?»

Ero appena uscita dalla porta posteriore e già Mike era di fronte a me, ondeggiando su e giù sui talloni, tamburellando con le dita, molto agitato.

«Sono andato. Lei non era lì. Ho cibo, acqua, scorte. Dovrei aiutarla. Sta bene? Lei dov'è? Lei dov'è? Lei dov'è?»

Sollevai una mano per calmarlo. All'ultimo istante, realizzai che probabilmente non dovevo mettergliela sulla spalla. Avrebbe potuto spaventarsi e scattare come un puledro dritto contro la staccionata.

«Roxy è al sicuro» dissi.

«L'hai vista? Non può andare a casa di Madre Del. Mai farsi beccare da soli a casa di Madre Del.»

«Certo che no. Mike, stai bene?»

Lui mi fissò, con gli occhi che gli scintillavano. Ancora una volta, mi chiesi se fosse fatto di qualcosa. O se invece *non* stesse prendendo qualcosa, che nel suo caso poteva essere altrettanto problematico. Trassi un respiro profondo e provai a infondergli un po' della mia calma.

«Sei un buon amico di Roxy, vero Mike? Per anni hai tentato di aiutarla. Sapevi dove era nascosta.»

Di sì con la testa. Rapido.

«Sistemarla nel teatro è stato molto intelligente» continuai in tono tranquillo. «Certo che non potevi portarla a casa di Madre Del. E tutti e due avete le vostre buone ragioni per non fidarvi della polizia.»

Le sue dita rallentarono leggermente il loro ritmo contro la parte alta delle gambe.

«Le cose cambiano, però. Visto tutto quello che è successo, Roxanna ha bisogno di avere la polizia dalla sua parte. È innocente. Tu lo sai. Io lo so. Ci serve che lo capisca anche la polizia.»

Lui si accigliò, spostando lo sguardo nel cortile, fissando qualsiasi cosa tranne me.

«Stamattina ho organizzato un incontro tra Roxy e il sergente D.D. Warren, la detective della polizia di Boston che si occupa del caso. E lei sta cominciando a credere alla storia di Roxy. Ha anche esaminato le mani di Roxy alla ricerca di residui di polvere da sparo. Roxy è risultata pulita. Non è stata lei a fare del male alla sua famiglia.»

«Roxy non farebbe mai del male alla sua famiglia.»

«E a Roberto?»

Le dita ripresero il loro tambureggiare, cosa che non mi sorprese affatto. Dopo aver parlato con la consulente scolastica, avevo qualche idea completamente nuova sull'argomento.

«Mike, tu e Roxy avete sentito quello che Roberto ha detto alla signorina Lobdell Cass quel giorno, nel suo ufficio? Quando Roberto stava aspettando di andare dal preside dopo essere finito nei guai per aver postato la foto di Roxy? Avete sentito Roberto che la minacciava?»

Mike sussultò. Mi lanciò un'occhiata di sbieco. «Mai farsi beccare da soli a casa di Madre Del» disse in tono solenne. Pensai che volesse dire sì.

«Dev'essere stato molto frustrante. Che Roberto facesse il bullo non solo con i ragazzini, ma anche con gli adulti.»

Saltellò due volte, in rapida successione.

«È stato allora che voi due avete deciso che bisognava fare qualcosa? Roberto aveva già distrutto abbastanza vite. Cinque anni dopo, stava ancora facendo del male a Lola e Roxy. E adesso se la stava prendendo con una persona gentile come la signorina Lobdell Cass.»

«Lo odiavamo» disse Mike all'improvviso. «Certe persone sono fatte per essere odiate. Roberto era fatto per essere odiato.»

«Anya pensa che Lola e la sua gang abbiano organizzato il suicidio di Roberto. Ma io ho parlato con quelle ragazze, stamattina. Loro dicono di non averlo fatto, e io ci credo. Siete stati tu e Roxy, vero? Roberto doveva essere fermato. E i lassativi e le pillole per dormire questa volta non sarebbero stati sufficienti.»

Mike non voleva saperne di guardarmi. Muoveva le gambe. Tamburellava con le dita. A suo modo, pensai, quella era la cosa più vicina a una confessione che saremmo mai riusciti a ottenere.

«Hai visto Anya, stamattina?» gli chiesi.

Lui si voltò di scatto verso di me. «Cosa?»

«Anya. Qualcuno mi ha sparato addosso mentre stavo parlando con la gang di Lola, qualche ora fa. Mi hanno mancata. Non ho avuto tempo di vederla bene prima che scappasse.»

Mike sussultò.

«Forse quando sei andato in teatro, stamattina, hai visto Anya? Che si procurava delle cose, per esempio una parrucca scura?»

Lui scosse la testa.

«Mike, Anya dà la colpa a Lola e Roxy per tutto. Nella sua mente, loro le hanno portato via l'amore della sua vita.»

Un altro movimento della testa, da una parte all'altra, come se tentasse di scacciare le mie parole.

Tentai di nuovo. «Da allora sta progettando la sua vendetta...»

«Lei non lo amava.»

«Chi? Anya? Anya non amava Roberto?»

«Lo usava. E lui usava lei. Questo non è amore.»

«A essere onesti, per qualcuno ci si avvicina abbastanza.»

«Lei adesso ha il regista. Non ha più bisogno di Roberto. Chiedilo a Lola.»

Il modo in cui lo disse mi fece sobbalzare. «Che cosa vuol dire "chiedilo a Lola"?»

«Lei sapeva che Anya stava con il regista. Li ha visti insieme. In teatro. Brutto, brutto.» Dondolò avanti e indietro sui talloni.

Pensai di aver capito. «Lola voleva vendicarsi. Voleva far pagare ad Anya tutto quello che lei e Roberto avevano fatto. Ma Roberto era morto. Così Lola ha preso di mira Doug de Vries al suo posto?»

«Lola ha fatto delle fotografie. Lola ha mandato le fotografie. Venerdì sera. Roxy le ha trovate sul computer. Lola e il regista grasso. Foto orribili. Inquietanti.» Mike si accigliò. «Roxy doveva purificare tutto. Ha chiamato me per farsi aiutare. Io sono bravo con i computer. Sono venuto per Roxy. Per Roxy, ho dato una mano.»

«Ma potevi solo cancellare la memoria del computer, giusto? Le fotografie che erano già state mandate... quello che finisce su Internet ci rimane per sempre.» Un concetto che conoscevo fin troppo bene.

Lui si strinse nelle spalle. «Roxy piangeva. Ha detto a Lola che era meglio di così. Lola le ha risposto di smettere di illudersi. Roxy le ha detto che non poteva continuare a salvarla sempre. Lola le ha detto che non voleva essere salvata. Lola se ne è andata. Roxy non ha più parlato. È rimasta seduta nella sua stanza. Sembrava così triste. Una volta, io potevo aiutarla. Adesso non più. Una volta, riuscivamo a salvarci a vicenda.» Si fermò, mi guardò. «Adesso non più.»

Capii. Cinque anni dopo, il mondo di Roxy e Lola non stava migliorando. Stava peggiorando.

Roberto e Anya e la sete di vendetta non contavano più niente. Lola aveva degradato se stessa con il regista, poi aveva distribuito fotografie compromettenti usando il loro computer di casa. Per Roxy un conto era salvare la sua sorellina più piccola da due bulli più grandi e più grossi. Ma come si poteva salvare qualcuno da se stesso?

Poi, sull'onda di quel pensiero: «Lola non ha mandato le foto solo a Doug de Vries, vero? Le ha mandate anche ad Anya».

«La vendetta deve essere vendetta, altrimenti non è dolce.»

Anya aveva lasciato intendere a me e a D.D. di essere stata in compagnia di Doug all'ora del massacro. Ma non era un alibi affidabile. Data l'esistenza di immagini incriminanti, Doug avrebbe detto qualsiasi cosa per tenere Anya dalla sua parte. Aveva bisogno del suo aiuto per nascondere tutto. Quindi Anya poteva benissimo aver indossato un costume di sua scelta preso dal teatro, essere andata alla casa dei Baez e aver aperto il fuoco.

Era veramente se stessa? mi chiesi. La donna che era passata di stanza in stanza eliminando con calma i suoi bersagli, finché non aveva raggiunto il piano di sopra e si era avventata sulla sua nemica finale? O aveva visto quell'atto come una parte da interpretare? Anya Seton nel ruolo della Spietata Assassina nella matinée di *La vendetta è mia*?

Che fosse vera un'ipotesi oppure l'altra, la cosa era meno spaventosa?

Il cellulare mi squillò nella tasca. Quasi non risposi, poi mi resi conto che era Sarah. Premetti il pulsante di accettazione della chiamata, portandomi il telefono all'orecchio con impazienza.

«Sì?»

«Se ne è andata.»

«Cosa?»

«Roxanna. Era ancora qui, addormentata sul divano, quando sono tornata con le borse della spesa. Ho preparato qualcosa da mangiare. Poi ho pensato di prendermi qualche minuto per fare una doccia. Non più di cinque. Quando sono uscita... anche la sua borsa non c'è più. Si è portata via tutto.»

«Okay. Contatta il sergente Warren...»

«Ha appena chiamato. Non ho risposto. Non sapevo cosa dire.»

«Puoi benissimo dirglielo. Ci servirà il suo aiuto.»

«Sai dove è andata, cosa sta facendo?»

«Credo di sì.» Guardai direttamente Mike Davis mentre parlavo. «Roxy sta tornando in teatro. Crede che Anya abbia ucciso la sua famiglia. E adesso Roxanna vuole pareggiare i conti.»

38

D.D. si avvicinò all'edificio del teatro di quartiere con i lampeggianti spenti. Se Roxy era già lì, preparandosi a tendere un agguato ad Anya, D.D. non voleva spaventarla. Inoltre, non aveva idea se ci fossero delle prove, se ci fossero altre persone. L'ultima cosa di cui aveva bisogno era una situazione con ostaggi che coinvolgeva l'unica sopravvissuta del massacro di una famiglia e un bersaglio ugualmente vendicativo.

Aveva diramato un bollettino per Anya Seton. Ora, D.D. rallentò, passando lentamente davanti all'edificio in cerca di segni di attività.

Non sapeva molto sul teatro comunale. Sembrava una ex chiesa, alta e priva di orpelli come lo erano molti antichi luoghi di culto. Sulla facciata bianca, un paio di porte che formavano un arco avevano la vernice scrostata. Una delle due sembrava socchiusa.

Data la giornata soleggiata e luminosa, era impossibile capire se all'interno ci fossero delle luci accese. D.D. non vedeva attori che andavano o venivano o persone davanti all'ingresso, ma questo non voleva dire nulla. Era possibile che un edificio di quelle dimensioni fosse pieno di decine di aspiranti attori, per non parlare di due ragazze ingaggiate nell'ultimo atto della loro tragedia lunga cinque anni.

Svoltò l'angolo e girò intorno all'isolato. E subito vide una Honda parcheggiata in una stradina angusta sul retro della chiesa. La targa diceva: DRAMA.

Doveva essere la macchina di Doug de Vries. Da dove si trovava, D.D. riusciva solo a distinguere qualcuno seduto al posto di guida. L'angolazione dei raggi del sole, però, bloccava il lato del passeggero, quindi Anya poteva essere in macchina con lui oppure no: non c'era modo di capirlo.

D.D. passò oltre. Sguardo fisso in avanti, le mani che si stringevano e si allargavano sul volante. Un isolato più oltre, svoltò a destra e tornò fino all'isolato successivo, parcheggiando a una strada di distanza dal vicoletto sul retro.

Usò il cellulare per chiamare Phil. «Sono al teatro. Ho gli occhi su de Vries e sulla sua macchina.»

«Okay. Io sono a casa sua con una squadra al completo. Sua moglie è qui. Dice che è uscito, ma si è rifiutata di aggiungere altro. Sta aspettando il suo avvocato.»

«Ho bisogno di sapere se ci sono delle prove programmate per stamattina.»

«D.D., ha già chiesto un avvocato.»

«Lo so, lo so. Ma chiedere un programma della giornata non è proprio come chiedere qualcosa per cui si rischia l'autoincriminazione, okay? Ho solo bisogno di sapere quante persone potrebbero esserci dentro un edificio gigantesco dove potrebbe esserci almeno una persona armata. Dille che avere un marito pervertito è già abbastanza brutto. Di sicuro non vorrà essere ritenuta responsabile anche di una presa di ostaggi.»

«Hai un modo fantastico di dire le cose.»

Un fruscio, seguito da un mormorio di voci mentre Phil riferiva il suo messaggio.

Poi: «Le prove sono fissate per questa sera. Ma a quanto pare il teatro non è molto formale. Ciò vuol dire che la gente può arrivare prima per lavorare sul palco, ripassare le battute, eccetera».

«In altre parole, non sappiamo niente?»

«Esatto. Vuoi che chieda rinforzi?»

«Non lo so» rispose D.D., e diceva sul serio. In ogni situazione pericolosa, il protocollo richiedeva la presenza della SWAT. Eppure, due ragazze adolescenti... la madre che era in lei voleva credere che ci fosse una risposta migliore per quella storia. Anche se la poliziotta sapeva che i ragazzini potevano uccidere con la stessa facilità di chiunque altro.

«Piazza la chiamata, ma nessuno si muove finché non lo dico io» decise. In altre parole, preparati al peggio ma non smettere di sperare per il meglio.

Terminò la chiamata e poi scese dalla macchina, aprendo la fondina alla cintura e obbligando il suo braccio sinistro a collaborare. Come Flora Dane poteva testimoniare, D.D. era in grado di sparare piuttosto bene a una mano sola. Ma, dal suo infortunio, non aveva più la mira e la precisione di un tempo, e lo sapeva. Un motivo in più per agire con calma e tranquillità.

Percorse la strada verso il vicolo sul retro, tenendo il corpo il più vicino possibile agli edifici e fuori dalla vista dell'auto argentea di de Vries. Il paraurti posteriore sporgeva. D.D. si fermò con la schiena contro la facciata di un negozio. Essendo una domenica pomeriggio, la maggior parte dell'isolato era tranquilla.

Lentamente, tolse la pistola dalla fondina. Strinse la mano destra sull'impugnatura, seguita dalla sinistra.

Un rapido passo verso l'esterno, un'occhiata al lunotto posteriore, la pistola ancora bassa davanti a lei.

Sedile posteriore, vuoto. Sedile del passeggero, vuoto. Quindi rimaneva solo de Vries, che era seduto immobile, rivolto in avanti.

D.D. fece un passo indietro, chiedendosi se lui l'avesse vista. Qualcosa la disturbava. La posizione della sua testa. Dritta, fissa in avanti. La stessa di quando era passata.

Chi si sedeva più così? Specialmente da solo in macchina? La persone ormai guardavano in basso, verso il display del cellulare. O magari muovevano la testa a ritmo di musica. Ma rimanere seduti così, immobili...

Provò le prime avvisaglie di una brutta sensazione mentre svoltava l'angolo, quasi accovacciata, e correva lungo la fiancata dell'automobile fino al sedile del guidatore.

«Mani in alto! Mettile sul volante! Tienile dove posso vederle» latrò, puntando l'arma su de Vries attraverso il finestrino.

Il direttore del teatro comunale fissava dritto verso di lei. Ma non mosse un muscolo.

Nastro adesivo. Le ci volle un momento per riuscire a capire cos'era quel casino argentato. De Vries era stato avvolto con quelli che sembravano chilometri di nastro adesivo. I suoi occhi erano spalancati sopra la toppa grigia che gli chiudeva la bocca. Altre strisce di nastro legavano la mano sinistra alla maniglia della portiera, mentre il suo polso destro era attaccato alla leva del cambio. Un lavoro frettoloso ma efficace. Specialmente considerando il pezzo forte, che D.D. riusciva a distinguere soltanto ora.

Un taglierino, fissato in fondo al volante e posizionato con la lama infilata tra le parti più sensibili dell'anatomia di un uomo. Sarebbe bastato un minimo movimento da parte di de Vries per rischiare la castrazione.

Sapendo quello che sapeva su di lui, D.D. non poté fare a meno di esserne impressionata.

Si guardò intorno nel vicolo. Non c'era traccia né di Anya Seton né di Roxanna Baez. O di Flora Dane, comunque, perché quello le ricordava il modo di agire di Flora. Che magari Flora aveva trasmesso al suo nuovo gruppo di sostegno, compresa Roxy? Ehi, signore, volete assicuravi che un pervertito bastardo non vi dia mai più fastidio?

D.D. annusò l'aria. E, infatti, avvertì un lieve sentore di peperoncino. Rimasugli di spray anti orso, molto probabilmente proveniente da una delle bombolette che aveva trovato nello zainetto di Roxy.

Questo voleva dire che Roxanna era arrivata per prima e poi si era presa un po' di tempo per giocare con il primo bersaglio della sua rabbia.

E adesso?

D.D. girò intorno alla macchina, aprì la portiera sul lato del passeggero e guardò de Vries. Poi allungò una mano nell'abitacolo e gli strappò il nastro adesivo dalla faccia baffuta. L'uomo sussultò per il dolore.

«Parla» gli ordinò D.D.

E lui lo fece.

Mike conosceva un ingresso laterale. Correndo, muovendosi con fretta, la sua andatura solitamente ballonzolante diventava più fluida. Le sue membra e le sue giunture sembravano ritrovarsi, lavorando insieme in una sorta di fluida efficienza che ancora Mike non riusciva a padroneggiare nella vita di tutti i giorni. Ero sorpresa da quanto dovevo faticare per stargli dietro, e di quanto fossi a corto di fiato.

Mike Davis aveva lavorato in quel teatro. Insieme a Roxanna. Alle scenografie o qualcosa del genere. Me lo ricordavo vagamente dalle cose che aveva detto Anya, o forse era stata Roxy. Ma di sicuro sapeva dove stava andando, muovendosi in linea retta dalla casa della consulente scolastica fino alla vecchia chiesa sconsacrata.

La porta cigolò quando lui la aprì di scatto. Io sussultai a quel rumore, ma lui non sembrò nemmeno accorgersene. Stavo tentando di stilare rapidamente nella mia testa un catalogo delle possibili armi di difesa. I lacci delle mie scarpe da tennis. Una forcina nei miei capelli che in realtà nascondeva una piccola lama di rasoio. Un minuscolo attrezzo di plastica nera che serviva per aprire le serrature, che sembrava un fermaglio accorciato ma che era perfetto per liberarsi dai legami ai polsi. Se a tutto questo si aggiungevano un po' di basi di combattimento corpo a corpo, i miei gomiti appuntiti e il duro palmo della mia mano, le dita dritte come rasoi, ecco che avevo molti attrezzi a mia disposizione.

La domanda era: per cosa?

La porta laterale ci condusse direttamente a una serie di scale che scendevano verso il basso. La rampa era angusta e buia e odorava vagamente di muffa. L'ingresso della cantina, mi resi conto. Ma non ero sicura di sapere perché avremmo dovuto andare direttamente nelle viscere dell'edificio, quando molto probabilmente le cose stavano succedendo di sopra.

Arrancammo nel buio. Poi, all'improvviso, Mike si fermò di scatto, facendomi segno di fare altrettanto. Mi bloccai proprio dietro di lui, lavorando per calmare il mio respiro mentre drizzavo le orecchie per ascoltare.

Un debole mormorio di voci. Una alta e stridula. L'altra bassa e rabbiosa. Anya Seton e Roxanna. Dovevano essere loro.

Di fronte a me, Mike ballonzolava silenzioso sui talloni, chiaramente concentrato sulla conversazione, tentando di comprendere le parole.

Sollevò lo sguardo, e fu allora che capii. Le voci non provenivano da un punto davanti a noi, ma da sopra. In qualche modo, eravamo arrivati sotto il palcoscenico. Ecco cosa doveva essere la porta laterale: l'uscita di sicurezza del sottopalco.

Avanzammo piano. Le voci si fecero più forti, ma le parole erano ancora difficili da capire. Roxanna e Anya dovevano trovarsi direttamente sopra di noi, ormai. Sfortunatamente, l'acustica del teatro era progettata per proiettare le loro voci verso il pubblico, non verso la fossa in basso.

Nel buio Mike mi strattonò la mano, poi indicò davanti a sé. Riuscii a malapena a distinguere la sagoma di una porta. Mike la aprì, rivelando una seconda rampa di scale. Meno ripida e buia, questa volta. Le scale sembravano condurre dietro il palco vero e proprio, dove alcune finestre poste in alto lasciavano entrare la luce naturale. Così potevamo vedere meglio, ma al tempo stesso era più facile che ci vedessero. Avanzammo con cautela, sussultando a ogni scalino scricchiolante.

«Tu sei pazza!» Ora potevo sentire chiaramente la voce di Anya Seton. «Tu e anche tua sorella. Sotto quell'aria da oh-povera-me non siete altro che spietate manipolatrici, pronte a fare qualsiasi cosa per ottenere quello che volete.»

«Lola aveva otto anni...»

«Per favore! Quella ragazza non ha mai fatto niente che non volesse fare. Compreso farti ballare come un burattino. Quand'è che ti sveglierai e capirai come stanno le cose?»

«Era mia sorella!»

«Ha ucciso il mio ragazzo. Che non aveva mai fatto male a nessuno.»

«Adesso chi è la pazza?»

«Lola ha sparato in testa a Roberto. L'ha fatto ubriacare, poi l'ha fatto fuori. E io gliel'avevo detto. Le avevo detto che gliel'avrei fatta pagare.» Io e Mike girammo lentamente intorno all'angolo delle scale. Riuscivo appena a distinguere la schiena di Roxanna. Aveva una bomboletta spray color giallo acceso nella mano sinistra: spray anti orso. Quello che mi preoccupava di più, però, era il suo braccio destro, che teneva teso dritto davanti a sé, puntando una pistola alla testa di Anya. Dove aveva preso la pistola? Non c'era alcuna arma nel suo zaino. A meno che non l'avesse nascosta in teatro, avendo già intenzione di tornarci.

Anya era tre metri di fronte a Roxy. La sua faccia era più facile da vedere, e la biondina non era un bello spettacolo. I suoi occhi erano di un rosso acceso. Il muco le colava ancora dal naso, incollandole ciocche di capelli alle guance. In confronto allo spray al peperoncino usato per la difesa personale, lo spray anti orso conteneva livelli significativamente più elevati di capsaicina, e Anya aveva l'aria di averlo appena scoperto. Molto probabilmente Roxy le aveva teso un'imboscata con lo spray per riuscire a trascinarla dentro il teatro. Il che poteva anche spiegare le mani di Anya, che erano legate davanti con strisce di nastro adesivo.

Fornisci i suggerimenti, e gli altri li useranno.

Quando avevo fondato il gruppo di sostegno, un anno prima, era davvero questo quello che avevo voluto? Quelli erano tutti miei suggerimenti, dal vivo e a colori, che ora potevo vedere messi in opera davanti ai miei occhi.

«Lola non ha ucciso Roberto!» stava dicendo Roxy. «E nemmeno le Niñas. L'avrebbero detto, se fossero state loro. Ucciderlo sarebbe stato un vanto, per loro.»

«Sta' zitta!» sputò Anya.

«È che non vuoi affrontare il fatto che Roberto si è suicidato. E che è stata la tua storia con Doug a spingerlo a farlo!»

«Sta' zitta!»

Roxy non obbedì. «Che cos'è che fa più male? Che il tuo primo fidanzato è morto per scappare via da te o che quello dopo, un grasso, vecchio regista teatrale, ha preferito Lola a te? So che ti ha mandato le fotografie. Ed è questo che ti ha fatto perdere la testa, vero? È questo che ti ha fatto uccidere tutta la mia famiglia!»

Un altro ringhio gutturale, poi Anya all'improvviso abbassò la testa e caricò.

Non avrei mai potuto prevederlo. Una donna legata davanti a una pistola e a una bomboletta di spray al peperoncino che passava all'offensiva? Di certo colse Roxanna con la guardia abbassata. Roxy sembrò dimenticare persino di avere una pistola, e invece sollevò la bomboletta gialla. Ma Anya si era mossa troppo alla svelta. Andò a sbattere contro Roxanna, con le braccia ancora intrappolate davanti a sé, mentre entrambe le ragazze cadevano a terra.

«Hai sparato alla mia famiglia!» stava gridando Roxy.

«Hai ucciso Roberto!»

«Non ti importa. Li stavi solo usando. Tutti quanti. Mia sorella. Manny. Mia madre. Brutta puttana! Come hai potuto, come hai potuto!»

Anya stava scalciando Roxy. Poi si alzò per metà e la colpì

con una violenta testata al volto. Roxy cadde a terra, in evidente stato confusionale. In quel momento, Anya si sollevò sulle ginocchia. Vide la pistola a poca distanza, sulle assi del palcoscenico, e si buttò da quella parte.

Proprio mentre io attraversavo il palco e la placcavo al volo. La pistola scivolò ancora più in là sulle assi del palcoscenico, lontana da entrambe.

Io mi alzai in piedi, gli occhi già fissi sul bersaglio. La pistola, due metri di fronte a me.

Per questo motivo fui colta completamente di sorpresa dallo sparo alle mie spalle.

39

Fuoco.

Il mio braccio. Potevo sentirlo bruciare. Il proiettile che mi scavava la sommità del braccio prima di andare a conficcarsi nel suo bersaglio previsto, Anya, che ora gemeva a terra. Sangue. La sua spalla, il mio braccio. Mi sentivo roteare via. Shock. Dolore.

Vidi Jacob. No, la prima donna, il modo in cui la lama era affondata nel suo stomaco, l'espressione sorpresa sul suo volto. O forse era lo stupratore, quello che avevo cosparso di antigelo e di permanganato di potassio prima di stare a guardarlo che prendeva fuoco.

Forse ero io, che conficcavo le dita dentro e fuori i forellini nella cassa a forma di bara, osservando il sangue che imperlava i miei polpastrelli prima di scivolare lentamente verso il basso.

La mia vita. Le mie scelte. Sangue. Dolore. Il modo in cui ero guarita. I tanti modi in cui ancora non lo ero. Mentre mi conficcavo selvaggiamente il pollice nella fasciatura sulla mia mano sinistra e usavo il dolore dolce e familiare della scheggia conficcata lì per riportarmi di nuovo nel mondo.

«Mike?» disse Roxanna dietro di me.

Battei le palpebre. Mi voltai e vidi Mike Davis, che come per magia aveva in mano una pistola e la puntava direttamente contro di me. No. Contro Anya, che gemeva sulle assi del palcoscenico ai miei piedi.

Finalmente capii. La figura smagrita che scappava via dal luogo della sparatoria di quella mattina. I capelli lunghi che fuoruscivano dal cappuccio della felpa oversize. Mike Davis, con indosso una parrucca per deviare i sospetti. Mike Davis che faceva tutto ciò che era in suo potere per proteggere la sua unica vera amica, Roxanna Baez.

«Sei tu il cecchino» mi sentii dire, come se dichiararlo a voce alta potesse aiutarmi ad accettare la verità. «Hector Alvalos, le Niñas, me. Hai sparato anche a me!»

«Mike» disse di nuovo Roxanna, la voce piena di preoccupazione. Aveva ancora in mano la bomboletta di spray anti orso, ma non fece nessun movimento per avvicinarsi.

C'era un'espressione, sulla faccia di Mike, che preoccupava anche me. Come se non fosse completamente lì. Come se fosse andato in qualche posto più buio, più desolato, dal quale non si aspettava di poter tornare mai più.

«Lei ti ha fatto male» disse piano. «Meritava di morire.»

«Le hai sparato» disse Roxy. «Adesso è finita. Per favore.»

Un cigolio di cardini; poi una porta si aprì alla nostra sinistra. Il sergente D.D. Warren comparve, entrando nell'anfiteatro. Senza dubbio aveva sentito gli spari e ora avanzava con la sua pistola in pugno. Non sapevo se essere grata per la sua presenza o ancora più preoccupata per ciò che stava per accadere.

«Flora» mi salutò a denti stretti.

«Stiamo bene. Più o meno. Quasi. Mi hanno sparato a un braccio. Anya ha una ferita alla spalla.»

Riversa sul palcoscenico, la ragazza gemette in modo teatrale.

La guardai male. «Per l'amor del cielo, il proiettile ha perso quasi tutta la sua forza colpendo me. Adesso taci e smettila di ricordare al tipo con l'arma carica che sei ancora qui.»

Mike stava ancora tentando di capire come sparare. Ma, al momento, il mio corpo bloccava Anya quasi del tutto. E, mentre mi aveva colpita accidentalmente una volta, sembrava non essere pronto a rifare lo stesso errore. Mi venne in mente che quello era il periodo di tempo più lungo in cui l'avevo visto stare fermo. Perché era quello, mi resi conto: era quel momento, quella conversazione, quell'atto, che lui considerava la fine di tutto.

«Roberto non si è suicidato» stava dicendo ora D.D., mentre girava intorno alle file di sedie del teatro, avvicinandosi e sempre tenendo Mike sotto tiro.

«No! Non è stata Lola!» disse Roxanna, in preda alla frustrazione.

«Non è stata lei, infatti» disse D.D. «Sei stato tu, Mike, vero? Tu, facendo finalmente quello che doveva essere fatto per proteggere la tua amica.»

«Mai farsi beccare da soli a casa di Madre Del» disse Mike. Il suo tono era luttuoso. E la sua espressione non era soltanto vuota. Era senza speranza. Un ragazzo che aveva visto troppo, sopportato troppo. Riconobbi quell'espressione. L'avevo vista così tante volte sulla mia faccia, giorno dopo giorno, quando ero con Jacob Ness.

«Mike?» domandò piano Roxy.

«Tu eri una luce brillante» disse lui, voltandosi finalmente verso di lei. «Una luce così brillante. Quando sei entrata in cucina quel primo giorno. Brillante, brillante, brillante. Ho visto lui che ti guardava. E poi, settimana dopo settimana, non brillavi più. Sapevo che cosa avrebbe fatto lui. Ho tentato di dare una mano. Non era abbastanza, no, ma ci ho provato. E poi te ne sei andata! Al sicuro. Di nuovo fuori, a splendere, brillante. Solo che poi sei tornata indietro.» Aggrottò la fronte. «Non avresti dovuto. Non dovevi tornare indietro. Perché sei tornata?»

Credetti di capire. Mike era con Roxanna nel corridoio fuori dall'ufficio della signorina Lobdell Cass il giorno dell'incidente della fotografia. Aveva sentito Roberto minacciare la consulente scolastica. E si era reso conto, ancora una volta, che Roberto se la sarebbe cavata. Cinque anni dopo, stava ancora tormentando Roxy e Lola. E, cinque anni dopo, gli adulti erano ancora impotenti, ancora non erano in grado di aiutarle. Così Mike aveva preso la faccenda nelle sue mani.

«Hai preso il telefono di Roberto» stava dicendo ora D.D., con voce accuratamente neutrale. «Vero, Mike? Hai preso il suo telefono per proteggere Roxy. Per liberarti delle fotografie.»

«L'ho schiacciato. Con un martello. In tanti piccoli pezzettini. Impossibile rimetterli di nuovo insieme.»

«Tu hai ucciso Roberto?» strillò Anya dal pavimento. «Sei stato tu?» Ma tutti la ignorarono.

«Sapevi di de Vries?» chiese D.D., avanzando di qualche altro passo. «Il direttore del teatro che era in combutta con Roberto?»

Per la prima volta Mike sembrava confuso. «Doug il Porco? Il vecchio, sposato Doug il Porco che sceglieva sempre recite con un sacco di attrici giovanissime?»

«Ehi...» Anya, sempre ignorata.

«Proprio lui. Ho appena avuto con lui una conversazione interessante, mentre era legato con il nastro adesivo nella sua macchina. Un buon uso di un taglierino, potrei aggiungere.» D.D. guardò Roxy, che arrossì. Riuscivo a immaginare con esattezza dove Roxanna avesse sistemato la lama. Ancora una volta, fornisci i suggerimenti e loro li useranno.

«Stando a de Vries, ha visto per caso qualcuna delle immagini che Roberto aveva scattato delle sue vittime a casa di Madre Del. Hanno organizzato insieme un'operazione in cui Roberto forniva le immagini e de Vries fungeva da distributore. Roberto in realtà ha fatto incazzare de Vries quando ha postato la foto di Roxy su Internet, rischiando di attirare troppa attenzione intorno alle loro operazioni. De Vries stava ancora tentando di capire cosa fare quando tu gli hai risolto il problema uccidendo Roberto. Puoi anche avere eliminato Roberto, Mike, ma de Vries ha ancora tutte le immagini. È de Vries il vero problema.»

Mike finalmente guardò la detective. «Brillante, brillante, brillante» disse. «La luce più brillante che avessi mai visto. Ancora non riuscite a capire.»

Poi, all'improvviso, io capii. E credo che anche Roxy dovette averlo capito, perché la sua mano scattò verso l'alto, coprendosi la bocca un attimo prima che le lacrime le allagassero gli occhi.

«Hai ucciso Roberto per eliminare la minaccia per Roxy e Lola» dissi io «perché potevi vedere che cosa stava facendo a Lola. A Roxy. Ma, anche dopo la morte di Roberto, Lola non si è tranquillizzata, vero Mike? Era ancora arrabbiata, ancora fuori controllo, e prosciugava tutte le energie di Roxy. Era soltanto questione di tempo prima che facesse qualcosa di veramente stupido. Qualcosa che Roxy non avrebbe potuto sistemare. Qualcosa che avrebbe fatto soffrire Roxy ancora di più.»

«Tu le volevi bene» disse Mike a Roxy, con voce triste. «Ma lei non ti ricambiava allo stesso modo.»

«Ho tentato di dirle di lasciar perdere» disse Roxy. «Ho tentato di farle capire che con la morte di Roberto era tutto finito.»

«Puttana!» Ancora Anya.

«Volevo che rinunciasse alla gang. Che se ne andasse. Ma lei ha detto che non poteva farlo. Loro la rendevano forte, e lei non voleva essere debole.»

«Ti avrebbe convinta a entrarci.»
«No! Mai, Mike...»
«Saresti entrata nella gang per salvarla. Roxy salva Lola, Roxy salva Lola. E Lola...»
Roxy stava piangendo forte. Mi rendevo conto che sapeva già che cosa Mike stava per dire. Nel frattempo, approfittai della distrazione di Mike per spostarmi in avanti.
Mike, quasi a bassa voce: «Lola non ti ha mai voluto bene. Non come te ne volevo io. Lei prendeva, prendeva. Non dava mai. Prendeva, prendeva, prendeva».
«No! Era smarrita. Aveva solo bisogno di una possibilità!»
«Non puoi riparare quello che non vuole essere riparato.» Mike sobbalzò sui talloni. La sua agitazione stava tornando.
«Lola ha sedotto Doug de Vries» disse ora D.D. Era arrivata fino all'area davanti al palcoscenico, a non più di sei o sette metri di distanza: un colpo facile, da lì. Solo che eravamo in tanti e tutti troppo vicini. Io toglievo a Mike la visuale per sparare ad Anya e nello stesso tempo impedivo a D.D. di sparare a Mike. Anche se era una bella sensazione avere un detective alle mie spalle, tanto più che Anya si stava lentamente rimettendo in piedi.
«Poi Lola ha mandato le fotografie del rapporto ad Anya e Doug» continuò D.D. «Voleva farti del male, Anya. Oltre a distruggere Doug con le prove che era andato a letto con una minorenne.»
«Lola non si sarebbe fermata» disse Mike. «L'ho sentita parlare: si sentiva una furia. Voleva che tutto il mondo andasse a fuoco. Odiava tutti...»
«Odiava se stessa!» sbottò Roxy.
Mike la guardò. «Lola odiava tutti. Anche te. Specialmente te. Perché Roxy salva Lola. Ma tu non l'hai fatto. Non l'hai fatto.»
Roxy singhiozzava, ora. «Che cosa hai fatto, Mike? Dimmelo. Che cosa hai fatto?»
Silenzio. Assoluto silenzio. Che valeva più di tante parole.
«Ha ucciso la tua fottuta famiglia!» ringhiò Anya, tenendosi la spalla. «Io lo sapevo. Ho detto a Roberto che c'era qualcosa che non andava in te. Stupido idiota maniaco omicida!»
Non riuscii a trattenermi. Mi voltai e mollai uno schiaffo ad Anya in piena faccia. La mia spalla si infiammò di dolore. Ma,

comunque, valeva la pena, per vederla crollare in un silenzio stordito.

«Tu hai fatto questo!» sbottai contro di lei. «Tu e Roberto e il vostro regno di terrore. Avete tormentato dei bambini. Poi loro sono cresciuti e hanno deciso di reagire!»

«Manny...» stava mormorando Roxy con voce rotta. «La mia mamma. Lola. Charlie... Mike, come hai potuto?»

«Luce, luce brillante» disse lui. «Te ne sei andata. Sei tornata. E adesso non c'è più nessuna luce. Tu li ami. Tu dai, dai, dai. Tutta quella luce data via, regalata. A una mamma a cui bastava un solo giorno di crisi per tornare alla bottiglia. A Lola, sempre a un passo dal rompersi del tutto. A Manny, che ama ma non capisce, così tu devi proteggerlo ancora di più.

«Ti ho vista, una volta.

«Una volta ti conoscevo.

«Vorrei tanto poterti vedere ancora.»

«Erano la mia famiglia!»

«E la mia famiglia sei tu! La mia unica famiglia! Quindi anch'io proteggo. Proteggo te. Roxy salva Lola. Io salvo te!»

«Uccidendo tutta la mia famiglia? E poi attaccando Hector e le Niñas... Uccidendo Roberto. E, e...» Roxanna indicò Anya, disperata. «E poi uccidendo anche Anya?»

Mi resi conto che Mike aveva rintracciato Hector fino alla caffetteria, quel giorno, forse, come me, dopo aver sentito la notizia che i cani erano stati ritrovati lì. Voleva vendetta verso l'uomo che avrebbe potuto salvare Roxy e Lola dall'affido se soltanto si fosse fatto avanti in tribunale. Proprio come poi se l'era presa con le Niñas Diablas per aver attirato Lola nella vita della gang e per aver fatto pressioni su Roxy perché facesse come lei. Così tanti torti, nella vita di Roxy. E Mike si era preso l'impegno di vendicarli tutti. Persino i crimini commessi dalla sua stessa famiglia.

«È quello che avresti voluto fare tu» disse Mike.

«No, invece! È tutto sbagliato. Tutto questo è sbagliato! Dovremmo essere migliori di loro, Mike. Dovremmo essere meglio di loro.»

«Non esiste nessun meglio. Solo il più debole. Io non voglio più essere debole.»

Il suo braccio stava cominciando a tremare. Lo sforzo di tenere la pistola, di sostenere la conversazione, di osservare la sua migliore amica dissolversi nei singhiozzi. Dovevo agire. Tre rapidi passi... sempre che non sparasse prima...

Colsi un movimento con la coda dell'occhio. D.D. che scuoteva pianissimo la testa, rivolta a me, come se mi avesse letto nel pensiero. Si era spostata verso destra, mi resi conto. Dove ora aveva una linea di tiro libera su Mike Davis.

«Sai cosa ricordo di più di questo posto?» disse Roxy all'improvviso. Stava fissando intensamente il suo migliore amico, con la bomboletta spray lungo un fianco e la mano stretta a pugno dall'altra parte.

Mike la fissava a sua volta. Persino Anya, riversa a terra con la faccia piena di lividi e la spalla insanguinata, aveva gli occhi fissi su di lei.

«Quando correvamo insieme sulla passerella, là in alto. A terra sei sempre così nervoso. Ma lassù... ti muovevi così bene, con tanta grazia. Potevi andare in ogni posto, dappertutto. Mi piaceva tantissimo correre con te sulle passerelle. Era il nostro piccolo mondo, dove eravamo quelli che comandavano, e nessuno poteva prenderci.»

Mike sorrise debolmente, triste.

«Mi hai baciata. Ricordi quel pomeriggio? Il mio primo bacio. Ero felice quel giorno, Mike. Tu mi avevi resa felice.»

«Il mio primo bacio» confermò Mike.

«Ma non l'abbiamo più fatto. Perché il mondo reale esisteva ancora. E io dovevo prendermi cura di Lola e noi tutti dovevamo tentare di sopravvivere ad Anya e Roberto. Mi sono portata dietro quel ricordo, però. I pensieri di te. Così tanti momenti passati con te. Tu facevi sì che tutto fosse okay. Eri l'unica persona che tentava di aiutarmi. L'unica persona che io abbia mai... mi dispiace, Mike.» Roxanna stava di nuovo piangendo, con la testa alta, le lacrime che le rigavano le guance. «Mi dispiace di non averti mai detto di più. Mi dispiace di non essere mai tornata da te dopo che nostra madre ci aveva portate via. Mi dispiace di non averti mai fatto sapere tutto quello che significavi per me. Mi dispiace... mi dispiace così tanto di dover fare questo, ora.»

Si mosse: puntò la bomboletta spray e premette l'ugello. E lo colpì dritto in faccia. Mike non si abbassò, non fece una mossa.

Non spostò la pistola che aveva in mano, né schiacciò il grilletto. Lo osservai addirittura voltarsi verso lo spruzzo di capsaicina, aprire la bocca, prenderlo tutto dentro di sé.

Inspirare lo spray nel profondo dei polmoni...

Un attimo dopo stavo correndo verso la nube soffocante e pungente.

«Chiamate il nove uno uno» gridai. «Chiamate il nove uno uno!»

Poi stavo spingendo Mike fuori dai fumi tossici, tentando di farlo rotolare nell'aria pulita mentre la sua faccia diventava rosso fuoco, i suoi occhi si gonfiavano fino a chiudersi e le sue labbra assumevano un terrificante colore bluastro. Tutta la forza dello spray al peperoncino direttamente nei polmoni. Mike cominciò ad annaspare, poi ebbe le convulsioni; il suo cuore già sfarfallava come un uccellino in trappola contro la sua gabbia toracica mentre io cercavo il battito.

Roxanna Baez abbassò la bomboletta. Rimase in piedi da sola mentre D.D. saltava sul palco e si univa a me nel tentativo di rianimazione cardiopolmonare.

«Perdenti di merda» disse Anya Seton. Mi resi conto troppo tardi che aveva strisciato sul palco e ora aveva le mani intorno alla pistola di Roxy. Anya sollevò le braccia legate con aria trionfante. Puntò la pistola dritta verso Roxy.

Eravamo troppo distanti. Non potevamo fare più niente.

Anya tirò il grilletto.

Clic.

La ragazza fece una smorfia. Premette il grilletto di nuovo. *Clic, clic, clic.*

«È una pistola del teatro» disse Roxy tranquillamente mentre Anya scagliava la pistola dall'altra parte del palcoscenico, poi crollava a terra con un ululato di frustrazione. «Io e Mike ci avevamo lavorato, facevano parte della scenografia. Sapevo dove tenevano quella bella, il modello quasi perfetto che usavano negli spettacoli.» Fissò Anya. «Volevo soltanto spaventarti per farti parlare, per farti finalmente confessare tutto quello che avevi fatto. Registrandolo.» Roxy indicò vagamente un lato del palco, dove ora vidi il suo cellulare che stava registrando tutto. «Tu e Roberto l'avevate sempre fatta franca. Non solo costringevate i bambini a stare zitti, ma anche gli adulti. Questa volta volevo che fosse diverso. Pensavo che avessi ucciso la mia famiglia. E volevo farti ammettere ogni minimo, orribile dettaglio. Poi avrei dato la registrazione al mio amico Mike, che l'avrebbe portata alla polizia. Anche lui si sarebbe sentito vendicato, finalmente.»

Roxy abbassò lo sguardo sul suo amico che soffocava. Le sue parole successive sembrarono infinitamente distanti.

«E poi Flora mi aveva detto di stare lontana dalle armi vere. Ha detto che ci voleva coraggio a premere il grilletto, e che non tutti ce la facevano. Mi ha detto che era più sicuro usare prodotti che ero in grado di comprendere, come lo spray al peperoncino. Mi ha insegnato che potevo essere abbastanza pericolosa anche con le cose più semplici.»

Lanciò un'occhiata a Mike, i cui occhi ora erano completamente chiusi. Le gambe e le braccia del ragazzo sbattevano frenetiche contro le assi del palcoscenico.

«Sono abbastanza pericolosa» disse.

Poi si strinse le braccia intorno alla vita e pianse.

40

Flora Dane aveva ragione, pensò D.D.: avrebbe dovuto consegnare il suo distintivo da detective e diventare una vigilante, fosse solo per evitare di compilare altre scartoffie.

Nei giorni successivi al confronto finale in teatro, aveva la sensazione di annegare nei rapporti. Liste di prove di tutti gli articoli rivenuti a casa di Doug de Vries. Computer, telecamere e, sì, centinaia di foto digitali di ragazze minorenni. Alcune di queste Doug le aveva scattate in teatro. Ma molte altre erano state fornite da Roberto Faillon, dato che diverse stanze della casa di Madre Del comparivano sullo sfondo. De Vries era stato arrestato. Sua moglie anche, una volta stabilito che non solo si occupava del lato finanziario dell'operazione, ma che faceva anche la cresta sui guadagni sporchi di suo marito per rimpolpare un conto offshore tutto suo.

Stando alla signora de Vries, era solo questione di tempo prima che suo marito si desse alla fuga con una delle sue stelline. E lei non aveva nessuna intenzione di rimanere con un pugno di mosche.

Madre Del aveva giurato e spergiurato di non aver mai visto le fotografie, di non avere idea che Roberto le scattasse, tantomeno che poi le vendesse a qualche pervertito del teatro di quartiere. La squadra antifrode aveva passato al setaccio i suoi libri contabili senza trovare nessuna prova di guadagni finanziari illeciti. Ma la verità, nella mente di D.D., era saltata fuori mentre osservava la donna guardare le fotografie per la prima volta. Era impallidita. Il suo triplo mento aveva cominciato a tremare. Era inorridita. Aveva il cuore spezzato. E, se D.D. non si sbagliava, era rimasta traumatizzata nel vedere immagini troppo vicine a una storia personale che la donna non avrebbe mai raccontato a nessuno.

Madre Del era stata messa in libertà vigilata, le sue deroghe revocate, diversi bambini – e tutti i più piccoli – tolti dalla sua casa. Ne aveva solo due in affido, ora, ragazzi giovani che riuscivano a cavarsela. Sembrava non sapessero cosa fare di tutte quelle stanze per loro e di pasti che ora comprendevano carne e frutta e verdura fresca. Forse li avrebbe aiutati. Forse Madre Del avrebbe voluto fare di meglio. Ma D.D. non poteva evitare di pensare ai bambini che erano stati portati via per essere sistemati... dove? Il sistema rimaneva sovraffollato. La soluzione di oggi non era altro che il problema di domani.

Anya Seton era stata curata alla spalla. La ferita da arma da fuoco non era grave. Era entrata e uscita dal pronto soccorso nel giro di poche ore. D.D. l'aveva trascinata in centrale e l'aveva tenuta lì diversi giorni per interrogarla. Ma, alla fine, non erano stati in grado di dimostrare che Anya fosse al corrente che Roberto producesse e distribuisse pornografia infantile, più che altro perché Mike Davis aveva fatto a pezzi il cellulare di Roberto, distruggendo un elemento di prova. D.D. era anche pronta a scommettere che Anya si era servita a piene mani dei profitti illeciti di Roberto dopo la sua morte, ma non erano riusciti a trovare nessuna traccia dei fondi. Molto probabilmente Roberto trattava solo contanti, banconote che Anya aveva trasformato in primi piani, book fotografici, lezioni di recitazione, vestiti... qualsiasi cosa le servisse per far progredire la sua carriera a Broadway.

Dopo averci riflettuto molto, D.D. aveva accusato la ragazza del tentato omicidio di Roxanna Baez. La legge si basava sull'intenzionalità del reato: ciò che importava era la volontà di commettere un crimine. Anche se la pistola si era rivelata un semplice oggetto di scena, Anya non ne era al corrente quando aveva premuto il grilletto. La sua intenzione, in quel momento, era quella di sparare a Roxy Baez: la mancanza di una pistola vera aveva soltanto reso vani i suoi sforzi.

D.D. era soddisfatta di quell'accusa, anche se, in realtà, dato che Anya era stata aggredita e immobilizzata da Roxy nei momenti che avevano preceduto il suo atto, un buon avvocato difensore avrebbe invocato la legittima difesa e molto probabilmente avrebbe ottenuto l'assoluzione di Anya da tutti i capi di imputazione. In sostanza, l'unica cosa che potevano provare davvero al di là di ogni ragionevole dubbio era che la ragazza era una stronza. Ma purtroppo per questo non si è perseguibili per legge, così D.D. non aveva avuto altra scelta che formulare le accuse che poteva formulare e andare avanti per la sua strada.

Roxanna era un caso più complicato. Non aveva ucciso la sua famiglia. Né aveva sparato a Hector Alvalos o alle Niñas Diablas. Alla fine, avevano addirittura trovato una registrazione video di Roxy che comprava la sciarpa rossa, come aveva dichiarato, nei minuti successivi al ferimento di Hector.

Ma aveva aggredito Mike Davis, Doug de Vries e Anya Seton con lo spray, che, come era scritto chiaramente su tutte le bombolette, in Massachussetts era un reato. Mentre le azioni contro Doug de Vries e Anya Seton potevano essere ridimensionate a reati minori, Mike Davis era morto in seguito all'aggressione, e quindi la faccenda era molto più grave.

La legittima difesa era una delle zone grigie della legge. Roxanna Baez aveva motivi concreti di temere che la sua vita fosse in pericolo imminente? Mike Davis le aveva puntato contro la pistola per dieci minuti buoni senza premere il grilletto. Ma aveva usato quel lasso di tempo per confessare l'omicidio di altre quattro persone. Naturalmente, il suo bersaglio dichiarato era Anya, non Roxy. Ma stava guardando direttamente Roxy, non Anya, alla fine. Il che significava che Roxanna avrebbe potuto ritenersi in pericolo...

Era in quei casi che le scartoffie erano importanti. Una detective in gamba che scriveva il suo rapporto. Che comprendeva anche la dichiarazione testimoniale della sua nuova informatrice confidenziale.

Come spiegò a Alex quella sera, dopo che Jack era stato finalmente messo a letto, con Kiko che danzava ai loro piedi nel cortile sul retro.

«Sai quand'è che il lavoro di polizia diventa oscuro e nebbioso? Quando da una parte c'è quello che è successo agli occhi della legge e dall'altra quello che è importante in termini di giustizia.»

Alex annuì, sollevò il braccio sinistro e fece volare la pallina da tennis. Lanciava come un lanciatore della major league. D.D. era già invidiosa.

«Allora, io e Flora Dane siamo due persone molto diverse. Eppure, soltanto oggi, siamo riuscite a consegnare due resoconti degli eventi che hanno portato alla morte di Mike Davis, resoconti preparati in modo individuale e indipendente, che includono entrambi le parole giuste per far sì che il procuratore distrettuale arrivi alla stessa conclusione: Roxanna Baez stava agendo per salvarsi la vita, quando ha usato la bomboletta spray. In effetti, Mike Davis si è gettato nello spruzzo di sostanze chimiche, inalando deliberatamente la capsaicina nei suoi polmoni per aumentare il danno.»

«La sua versione di quelli che si suicidano facendosi sparare dalla polizia» mormorò Alex. Kiko era già tornata. Questa volta fu D.D. a lanciare la palla. Fece del suo meglio.

«Triste» commentò poi. «Era solo un ragazzo, per non parlare del fatto che, in questa storia, era vittima almeno tanto quanto Roxy e Lola. Penso che credesse davvero di stare facendo quello che doveva essere fatto per salvare Roxy. Che la sua famiglia, lungi dall'essere un sostegno per lei, era più un'ancora che la trascinava giù.»

«Dura.»

«Già. E troppo crudele. Perché Juanita Baez poteva anche aver commesso i suoi errori, ma era davvero sulla strada giusta. E stava lottando per le sue bambine. Se fosse riuscita ad andare un po' più avanti con la sua indagine, forse l'avvocato sarebbe riuscito a mettere insieme una causa, e a fare davvero giustizia.»

«I ragazzi non pensano agli adulti in questo modo» disse Alex. «Specialmente gli adolescenti.»

Kiko guaì. Alex si impegnò.

«Sparare a Roberto» disse D.D. «e poi uccidere l'intera famiglia di Roxy prima di prendersela con Hector, che una volta l'aveva abbandonata, e poi aggredire le Niñas Diablas, che l'avevano minacciata. Così tanti torti commessi in nome della giustizia. Povero ragazzo. Madre Del si è offerta di pagare il suo funerale.»

Alex le lanciò un'occhiata. «È il meno che potesse fare, quella donna.»

«Esatto.»

«E Roxy?» domandò lui.

Kiko era tornata. Era di nuovo il turno di D.D. Non aveva il braccio di suo marito, ma aveva l'entusiasmo di suo figlio. Chi avrebbe mai immaginato che era esattamente questo, ciò di cui aveva bisogno: Alex, Jack, e ora il miglior cane maculato di tutta la terra?

«Roxy è andata a vivere con Hector, che tu ci creda o no. Immagino che si aiuteranno a guarire a vicenda. E poi ha ancora Flora e Sarah. Non sono sicura di ciò che penso di questa allegra banda di sopravvissute. Eppure, dopo tutto quello che Roxy ha dovuto passare, sono contenta che abbia quel genere di sostegno. Di sicuro non posso immaginare di poter stare nei suoi panni, ora, e di dover affrontare tutto da sola.»

«Quindi Flora Dane è davvero utile?»

«Di tanto in tanto» concesse D.D.

«E Phil e Neil?»

«Se ne faranno una ragione» dichiarò, in modo tutt'altro che convincente.

Alex sogghignò. «Proprio quello di cui hai bisogno: un po' più di caos nella tua vita.»

«In realtà» disse D.D. mentre Kiko tornava ancora una volta con il suo trofeo tra i denti «credo che sto gestendo questo caos più che bene.»

«E lavorare con una vigilante non ti dà fastidio per niente?»

«Ti piacerebbe saperlo.» D.D. strizzò l'occhio a suo marito, poi lanciò in aria un'altra pallina da tennis.

Trovai Sarah quasi esattamente dove me l'aspettavo: in piedi al centro della storica piazza del college, con lo sguardo fisso su qualche mostruosità gotica che doveva essere costata una fortuna costruire ai suoi tempi e che, da allora, era durata secoli. Con indosso una giacca di pelle marrone, Sarah aveva le braccia strette intorno alla vita e stava guardando gli edifici con un'espressione di cupa determinazione.

«Lo farò» disse quando mi avvicinai, senza mai distogliere lo sguardo dall'ingresso dell'università.

«Okay.»

«È come rimontare su un cavallo, giusto? Tutti devono farlo, prima o poi.»

«Se lo dici tu.»

«E poi, non è che sono stata aggredita al campus. Non c'è niente, in queste aule, nella biblioteca, che dovrebbe scatenare le mie ansie. Appartamenti affollati, certo. Coinquiline, okay. Ma adesso ho il mio monolocale. Non proprio qui vicino, ma va bene. Lunghi viaggi in autobus e metropolitana sono un piccolo prezzo da pagare per la pace mentale.»

«Io mi terrei l'appartamento» assentii. «È la tua zona sicura.» Poi aggiunsi: «Per ora».

Lei finalmente mi guardò. «Pensi che possa farcela?»

«Credo che tu non sia più la persona che ho conosciuto un anno fa. Penso che tu abbia già dimostrato di poter fare praticamente qualsiasi cosa.»

Il suo viso si rilassò un po', mentre un velo lucido le copriva gli occhi. «Flora, ho paura.»

«Lo so.»

«Sono qui ferma già da mezz'ora. Un passo. Poi un altro. Ho bisogno di farli. Eppure...»

«È okay avere paura, Sarah. Proprio tu, tra tutti, sai quanto il mondo sia davvero spaventoso.»

«E se lo faccio» disse all'improvviso «e scopro che non è poi così difficile? Mi laureo. Trovo un lavoro. Mi innamoro. Sono felice. E poi?»

«Poi credo che le tue coinquiline sarebbero molto orgogliose di te.»

Sarah cominciò a piangere, lacrime silenziose che le scorrevano sul volto. «Ho paura» disse di nuovo.

«Lo so.»

«Perché tu non l'hai fatto? Tornare a studiare? Qualcosa.»

«Io *sto* facendo qualcosa.» Mi strinsi nelle spalle, le tolsi la mano dalla vita e la tenni stretta. «Sto facendo questo. Forse non fa per tutti, ma per me funziona. E poi, devo comunicarti che ora sono un membro autentico delle forze di polizia, un'informatrice confidenziale dello stimato sergente detective D.D. Warren in persona.»

Sarah fece roteare gli occhi. «Sul serio?»

«Sul serio. E mi piace. È un altro modo per dare una mano. Un altro modo per...»

Per non essere più rinchiusa tutta sola in una cassa grande

come una bara. Non lo dissi a voce alta, ma Sarah annuì come se avesse capito. Da una sopravvissuta all'altra, penso che avesse capito davvero.

«Fammi vedere le mani!» ordinò.

Mollai la stretta sulle sue abbastanza a lungo per mostrarle entrambi i palmi.

«Non porti più la benda.»

«Sto facendo anch'io dei passi avanti.»

Lei mi guardò seria. «Se io lo faccio, se entro, non ci vedremo più molto spesso.»

«Sarò tua amica finché tu lo vorrai» dissi. Ma sapevo cosa intendeva dire. Il nostro rapporto era più simile a quello che c'è tra insegnante e allieva. Io a mostrarle gli aspetti della sopravvivenza; e lei a imparare come rifiorire. Il che, se avesse proseguito su quella strada, era una missione compiuta. «Sappi questo: alla tua laurea, sarò quella che applaudirà più forte di tutti.»

Altre lacrime. Cominciai a sentire un bruciore agli occhi anch'io, cosa che mi sorprese. Quattrocentosettantadue giorni dopo, spesso avevo la sensazione di non avere più lacrime dentro di me. Eppure quell'emozione non era poi così brutta. Sembrava... giusta. Orgogliosa per la mia amica, per il suo coraggio, e per un lavoro ben fatto.

«Roxy?» disse poi.

«Tristemente, il nostro gruppo non rimane mai a corto di membri.»

«Ma tu ci sarai per lei.» Un'affermazione, non una domanda.

«Anche tu.»

«Farò del mio meglio. Ma sai, tornare all'università...»

«Roxy starà bene. Ci sei passata anche tu. Sai com'è. Non si sentirà meglio come per magia domani o dopodomani, ma giorno dopo giorno, dopo giorno... prima ancora che ce ne accorgiamo sarà anche lei in un campus universitario. È troppo intelligente, troppo determinata per non farlo.»

Sarah trasse un respiro profondo. Questa volta allungò la mano di sua spontanea volontà.

Io sorrisi. Presi la sua mano e gliela strinsi.

«Insieme?» domandò lei.

«Assolutamente. Contiamo fino a tre. Uno, due...» e la spinsi in avanti prima che lei se lo aspettasse, cogliendola fuori equilibrio e costringendola ad avanzare. Lei rise, un po' a corto di fiato, e insieme attraversammo il prato del college.

Ripensai di nuovo a quella prima notte. Alla giovane donna impaurita che se ne stava nel suo appartamento, ricoperta di sudore, armata di spray anti orso, con gli occhi fuori dalle orbite. E vidi Sarah adesso, composta, a testa alta, mentre avanzava camminando decisa.

Ecco la verità della mia vita: se Jacob Ness non mi avesse mai rapita, non avrei mai saputo come ci si sente ad essere affamata e terrorizzata e violata e isolata. Eppure, se Jacob non mi avesse mai presa, non avrei mai nemmeno vissuto quell'istante. Aiutare questa persona. E avere una giornata come quella, quando tutto sembra al posto giusto.

Era sufficiente? Ne era valsa la pena? Aveva importanza? Ormai il prezzo era già stato pagato. Almeno ero stata capace di trovare questa strada, di costruirmi questa vita dalle rovine. E forse questo era il meglio che ognuno di noi poteva fare.

«Grazie, Flora» stava dicendo Sarah.

Scossi la testa. «No. Grazie a te.»

Epilogo

Nome: Roxanna Baez
Classe: terza superiore
Insegnante: sig.ra Chula
Categoria: narrativa personale

Cos'è la famiglia perfetta?
Parte VIII, ultima puntata

Questa è la mia famiglia:

Avevo una mamma, Juanita Baez. Quando sono nata, ero tutto ciò che aveva. Nessun marito, nessun compagno di cui scrivere il nome sul certificato di nascita. Solo lei e io. Mi piace pensare che mi abbia tenuta stretta. Mi piace pensare che mi amasse tantissimo, e che la prima volta che mi ha sentita piangere mi abbia promesso il mondo, le stelle, la luna.

So che in seguito avrebbe infranto quella promessa. Ma so che, dopo, ha fatto tutto ciò che era in suo potere per rimediare. E questo è amore, sì? Non è essere perfetti, ma è lavorare duro per rimediare ai propri errori.

Avevo una mamma, Juanita Baez, e lei mi voleva bene.

Avevo una sorella, Lola Baez. Avevo tre anni quando è nata. Ricordo mia madre che la portava a casa dall'ospedale e me la faceva tenere sul divano. Ricordo di aver pensato che era la bambina più bella che avessi mai visto. E allora le promisi, dal profondo del mio cuore di bambina di tre anni, che le avrei dato il mondo, le stelle, la luna.

Ho lavorato duramente per mantenere quella promessa. Ma, proprio come mia madre, ho commesso alcuni errori. E la mia bellissima sorellina, anche lei ha fatto degli errori. Ha scelto di cadere quando avrebbe potuto scegliere di alzarsi. Ha scelto l'odio quando avrebbe potuto scegliere l'amore. Ha scelto di non credere affatto nella nostra famiglia, ma di prendere al suo posto una specie di gang.

Ma quando la violenza è entrata a casa nostra, quando ha capito cosa sarebbe successo, ha scelto anche di prendere tra le braccia il nostro fratellino piccolo. L'ha tenuto stretto. Gli ha premuto la faccia contro il suo petto così che lui non fosse costretto a guardare negli occhi la sua morte.

In quell'istante, ha scelto di nuovo la nostra famiglia. Ed è stata la sorella e la figlia che tutti sapevamo poteva essere. E questo è amore, sì? Non prendere tutte le volte la decisione giusta, ma essere presenti quando è più importante.

Avevo una sorella, Lola Baez, e so che mi voleva bene.

Avevo un fratello, Manny Baez. Avevo sette anni quando mia madre l'ha portato a casa, e già avevo paura per lui. A quel tempo a mia madre piaceva bere tanto. Il suo nuovo compagno, Hector, beveva anche lui. Io mi prendevo cura della mia sorellina, e adesso avrei avuto anche questo bambino a cui badare. Ma la prima volta che Manny mi ha afferrato il dito con la sua manina minuscola e mi ha guardato con quei suoi occhi scuri, ho capito che gli avrei voluto bene per sempre, e gli ho promesso il mondo, le stelle, la luna.

In cambio, Manny offriva sorrisi e risate e pura gioia che proveniva dal fondo del suo cuore di bambino. Era la luce delle nostre vite, e nulla di ciò che è accaduto dopo ha mai attenuato la forza della sua devozione verso di noi.

E questo è amore, sì? Dare con generosità, senza pensare a se stessi, senza fine. Manny non ha dovuto imparare nessuna lezione nei nove anni che ha passato con noi. Invece è stato lui il nostro maestro. Un memento di quello che il resto di noi poteva raggiungere, se solo ci fossimo aperti.

Avevo un fratello, Manny Baez, e lui mi voleva tanto, tanto bene.

Avevo un amico. Mike Davis. Ci siamo conosciuti quando avevamo undici anni. Lui mi ha vista quando nessun altro mi vedeva. Ha tentato di aiutarmi quando nessun altro poteva farlo. Mi ha definita una luce brillante, brillante quando io mi sono sempre sentita solo la sorellastra brutta, persa nell'ombra.

Mi avrebbe amata, ma io non gliel'ho mai permesso.

Ha ucciso per me. Ha tolto di mezzo il ragazzo che una volta faceva del male a me e a mia sorella. Ma mi ha anche portato via la famiglia che mi amava.

È morto per me. Aprendo la sua bocca, ingoiando lo spray al peperoncino. Il ragazzo senza genitori, il ragazzo che era sempre stato solo, non credeva che io l'avrei perdonato. Non capiva che io, proprio io, tra tutti, so che l'amore è imperfetto, ed è provarci che è davvero importante.

Avevo un amico, Mike Davis, e l'ho ucciso.

Ho due cani, Rosie e Blaze. Sono vecchi e ciechi e preferiscono passare lunghe giornate a sonnecchiare ai raggi del sole. Scodinzolano quando mi avvicino. Mi posano la testa in grembo e lasciano che io accarezzi loro le lunghe orecchie setose. Mi sono di consolazione nei giorni in cui non riesco a fare altro che piangere. Mi danno forza, perché so che anche loro ricordano la nostra famiglia e ne sentono la mancanza.

Ho delle amiche. Flora, Sarah. Le sto ancora conoscendo. Loro capiscono la perdita e il dolore. Mi dicono che non mi sentirò sempre così. Mi ricordano che ho la forza per sopravvivere. Mi promettono che un giorno imparerò a vivere di nuovo. Mi hanno presentato altre persone che sanno com'è non essere capaci di dormire la notte. E, a volte, parlando con tutti questi altri pazzoidi, mi sento di nuovo quasi sana.

Ho un guardiano, Hector Alvalos. Il padre di Manny, l'ex compagno di mia madre. Abitava con noi quando è nato Manny, e una volta era la cosa più vicina a un padre che io abbia mai avuto. Doveva uscire la sera per combattere i suoi demoni per un po'. E sì, anche lui ha commesso la sua dose di errori.

Ma è tornato. E questo è amore, sì? È tornato per Manny, e per fare pace con mia madre, e per ricominciare a conoscere di nuovo me e mia sorella. Ora, lui e io siamo una famiglia. Abitiamo nel suo piccolo appartamento con Rosie e Blaze e così tante fotografie sulle pareti. Manny quando era appena nato. Mia madre che volteggia felice nel suo nuovo vestito rosso il giorno in cui ci ha riportati a casa dal tribunale. Lola che alza gli occhi al cielo per qualcosa di stupido. Tutti noi insieme stretti su un divano.

Momenti catturati per aiutare me e Hector a superare le brutte notti. Immagini congelate per ricordarci dei bei tempi.

Le fotografie della nostra famiglia perfetta.

Ringraziamenti

Le persone mi chiedono sempre dove vivo. Sì, è una piccola cittadina del New England nelle montagne del New Hampshire, con un ponte coperto dipinto di rosso, una chiesetta bianca con il campanile e panorami mozzafiato. "Perfetto come una cartolina", credo sia la definizione. È anche piena delle persone più gentili e interessanti del pianeta e, per la realizzazione di questo romanzo, sono in debito con molte di loro.

Per prima, Darlene Ference. Dopo essere andata in pensione come insegnante, ha deciso di lavorare per la CASA come difensore dei bambini. Poi ha fatto l'errore di raccontarmi tutto in proposito durante un barbecue del vicinato. Sono sempre stata affascinata dalla CASA e dal grande lavoro che i volontari fanno per conto dei bambini. Immediatamente ho voluto saperne di più e, ovviamente, la cosa ha portato a questo romanzo. La storia di Roxy è interamente immaginaria e non si basa su nessun caso particolare, ciò nonostante molto di ciò che accade alla sua famiglia è tutt'altro che insolito. I miei più grandi apprezzamenti vanno a Darlene per aver condiviso con me le sue esperienze, e a tutti i volontari della CASA per il loro duro lavoro e la loro dedizione. Per favore, sappiate che ogni errore nel romanzo è da attribuirsi a me e a me soltanto.

Poi c'è il tenente Michael Santuccio dell'ufficio dello sceriffo della contea di Carroll. Nel corso degli anni, il tenente Santuccio è diventato esperto nel gestire i miei numerosi, bizzarri messaggi. "Ehi, considereresti un'adolescente scomparsa una sospettata o una vittima?" "Indiresti una ricerca per dei cani scomparsi?" E, naturalmente: "Se volessi inscenare una morte che sembri un suicidio, che cosa faresti?". Grazie, tenente Santuccio, per aver ancora una volta reso più incisivi i miei crimini immaginari e, naturalmente, per aver reso il sergente D.D. Warren sempre in grado di beccare il suo uomo. Ancora una volta, ogni errore è mio e soltanto mio.

La mia più profonda gratitudine va a Dave e Jean Mason. A una raccolta fondi per sostenere il locale rifugio per animali, hanno offerto sempre più soldi all'asta di beneficenza per il diritto di avere i loro épagneul breton, Blaze e Rosie, in questo romanzo. Entrambi salvati, i due cani ora vivono le loro vite in un paradiso canino, in compagnia di due persone fantastiche. Grazie, Dave e Jean, per tutto quello che fate per la nostra comunità. E Rosie e Blaze, congratulazioni di nuovo per la casa che vi siete trovati.

Il che ci porta a Kiko, il nuovo cane di D.D. Warren. Il miglior cane maculato di tutta la terra, Kiko era l'amata cucciola della direttrice esecutiva della Humane Society dell'Area di Conway, Virginia Moore, e della sua compagna, Brenda Donnelly. Purtroppo, Kiko è morta l'anno scorso, ma i racconti del suo amore, della sua lealtà e della sua malizia le sopravvivono. Virginia e Brenda, spero che vi godiate le nuove avventure di Kiko nel mondo della finzione letteraria.

Gli abitanti locali riconosceranno anche il nome della barista Lynda Schuepp. Grazie, Lynda, per il tuo sostegno alla nostra agenzia per la protezione dell'infanzia, la Children Unlimited Inc., e spero che tu senta il fermento.

Nella sezione "Tanto per ridere" congratulazioni a Kaytlyn Krogman, vincitrice del concorso "Uccidi un amico, ferisci un compare" su LisaGardner.com. Ha vinto il diritto di includere sua madre, Tricia Lobdell Cass, in questo romanzo. Heidi Raepuro, invece, è la vincitrice dell'edizione internazionale, "Uccidi un amico, ferisci un compagno", e si è scelta la sua grandiosa fine. Il concorso è sempre un grande successo. Spero che a tutti sia piaciuto il libro!

L'idea di riportare indietro Flora Dane è stata proposta per primo dal mio ex editor, Ben Sevier. Ben poi è passato a un'altra posizione, lasciando me e il mio nuovo editor, Mark Tavani, a capire come fare. Grazie per tutti gli anni di idee brillanti,

Ben. E grazie anche a te, Mark, per aver raccolto le redini senza sforzo apparente. Che questo possa essere l'inizio di una splendida amicizia.

Dall'altra parte dello stagno, sono stata molto triste di perdere la mia editor britannica di lunga data, Vicki Mellor. Ma non vedo l'ora di lavorare con Selina Walker, i cui commenti brillanti hanno decisamente aiutato a rendere questo libro un libro migliore.

Riavvicinandomi a casa, un grosso grazie alla mia schiera di primi lettori. Sì, tutti quegli errori erano davvero miei. Ancora! Grazie per avermi fatta sembrare meglio di quella che sono. E alla mia bellissima figlia che ora è diventata la mia compagna di brainstorming, l'aggiustatrice di trame e la mia socia nel crimine. Grandissima lettrice, è anche un'eccellente editor, e ce l'ho in casa. Grazie, amore mio.

E, infine, al vero Mike Davis. Come dice la consulente scolastica, tutto ciò di cui una persona ha bisogno per sopravvivere alla scuola superiore è qualcuno che ti copre le spalle.

mentre altre quattro ragazze le gravitavano intorno. Stavano tutte borbottando qualcosa in spagnolo a bassa voce.

Progetti di vendetta, molto probabilmente, immaginò D.D. Contro un cecchino che non avrebbero mai identificato per la polizia, ma a cui avrebbero dato la caccia per conto proprio.

Sentiva già la mancanza di Kiko e la sua palla da tennis. Per non parlare dello sguardo di assoluta adorazione che aveva visto sul viso di Jack quella mattina quando si era svegliato e si era reso conto che il cane era ancora lì. Alex aveva ragione: Jack era in grado di fare un'imitazione perfetta del *ruu ruu ruu* di Kiko.

«Bossoli?» domandò a Phil.

«La scientifica ne ha recuperati una mezza dozzina dall'altra parte della strada. Tutti coerenti con una nove millimetri. Ora stanno estraendo i proiettili dal portico per esaminarli e confrontarli con quelli recuperati da casa dei Baez e dalla scena della sparatoria contro Hector Alvalos.»

«Testimoni?»

«Mmh... intendi testimoni che potrebbero parlare sul serio con la polizia?»

Lei gli lanciò un'occhiata di fuoco.

Lui si strinse nelle spalle. «Il porta a porta ha rivelato un sacco di vicini che non sanno niente di nessuno. Per quanto riguarda le Niñas, qui, immagino che sappiano un sacco di cose, ma ci diranno ancora meno. Il cecchino era dalla parte opposta della strada, nascosto dietro un palo del telefono, quando lui-barra-lei-barra-chissàchi ha aperto il fuoco. Non una grandiosa linea di tiro, cosa che può spiegare la mancanza di successo nel colpire il bersaglio. O forse stava solo tentando di spaventarle. Chi può saperlo?»

D.D. si guardò intorno. «Dubito che ci siano telecamere in questo quartiere.»

«C'è una *bodega* a due isolati da qui che potrebbe avere un sistema di videosorveglianza. Manderò un agente di pattuglia a chiedere. Ma nessuno sa dire con certezza da che parte sia scappato il cecchino, dal momento che la maggior parte delle vittime a quel punto era sdraiata a terra.»

«Ieri, dopo la sparatoria di Alvalos, una femmina con indosso una felpa blu con cappuccio è stata vista andarsene.»

Phil annuì.

30

«Che cosa diavolo ti è saltato in mente? Andare ad affrontare un gruppo di note gangster per conto tuo?»

«Mi sono portata i cani...»

«Oh, certo, come no, due anziani cani da guardia ciechi. Chiedo scusa.»

«Stavamo avendo una conversazione perfettamente civile...»

«Ti hanno sparato addosso!»

«Tecnicamente parlando, Carmen Rodriguez...»

«Smettila! Smettila di trovare scuse per la tua stupidità, smettila di darti tutte queste arie da superiore e, per l'amor di Dio, smettila di guardare il cellulare o giuro che te lo spacco io stessa con le mie mani!»

Flora roteò gli occhi ma, obbediente, si infilò il telefono in tasca. D.D. poteva sentire un ringhio formarsi nella sua gola. Si allontanò a grandi passi e andò da Phil.

«Sei colpi sparati» disse lui prontamente, riconoscendo il suo umore. «Il bersaglio sembra essere Carmen Rodriguez, membro conosciuto delle Niñas Diablas, e/o alcune delle sue amiche gangster. Nessun centro, solo ferite minori causate da detriti volanti, visto che è stato il portico in legno a subire la maggior parte dei danni.»

D.D. lanciò un'occhiata all'ambulanza parcheggiata sul marciapiede. Una ragazza con capelli corti scuri e il neo rivelatore era seduta sul retro del mezzo di soccorso. Un paramedico stava applicando della garza al suo avambraccio sanguinante. La ragazza fissava dritta davanti a sé, apparentemente incurante,

«Mi sono messa al riparo» rispose Carmen in tono piatto.

«Davvero? Una ragazza di città come te. Quante volte hai sentito sparare, ormai?»

«Abbastanza.»

«Abbastanza da non farti prendere dal panico? Abbastanza da non spaventarti?»

«Io non mi faccio prendere dal panico. E non ho mai paura.»

«In altre parole, non ti sei messa al riparo e basta. Hai guardato.»

Carmen la fissò. Il paramedico le diede una pacca sulla spalla e le disse che aveva finito. Carmen non lo degnò di uno sguardo; tenne gli occhi fissi su D.D.

«Mi sono riparata e ho guardato.»

«Dimmi cos'hai visto.»

«Solo una sagoma. Dall'altra parte della strada. Felpa scura. Cappuccio alzato. Poteva essere chiunque.»

«Capelli lunghi scuri?»

Carmen sorrise e si passò la mano del braccio sano tra i capelli corti. «Mi sa che, per una volta, questo mi esclude.»

«Colore della felpa?» ordinò piano D.D.

«Blu scuro.»

«Qualche scritta? Un logo?»

«Non lo so. Forse i Patriots? Non mi guardare così.»

«Pantaloni?»

«Jeans. Blu chiaro. Gambe magre.» Carmen si accigliò: una delle sue prime manifestazioni di emozione. «Il cappuccio lo faceva sembrare più grosso. Ma le gambe... decisamente un magrolino.»

«O una magrolina.»

Un'altra stretta di spalle. Di nuovo la faccia da poker.

«Scarpe?»

«Non stavo guardando così in basso. Tenevo gli occhi sulla pistola.»

«Colore?» insistette D.D. «Ovunque intorno al cecchino. Una macchia di erba verde, lo sfondo grigio dei palazzi. Pensa a chi ha sparato. Che colori vedi?»

Carmen non rispose subito. Perché stava sinceramente pensando alla domanda? Oppure stava fabbricando la sua prossima bugia?

«Stamattina, stando a Flora, chi ha sparato indossava una felpa blu con cappuccio» continuò D.D. «Pistola dello stesso calibro, stesso guardaroba. A me sembra un po' più di una coincidenza.»

«Roxy Baez?» domandò Phil.

«Sappiamo da Hector che in passato aveva avuto motivo di dubitare della sua lealtà. Hector avrebbe potuto intervenire in tribunale quando Juanita aveva perso la custodia dei figli, ma non l'ha fatto. Presumibilmente, Roxy era anche contrariata dal fatto che sua sorella si fosse unita a una gang, e potrebbe anche pensare che loro hanno qualcosa a che fare con la morte di Lola. Forse il motivo per cui non si è fatta viva con la polizia, nonostante l'Allarme minori scomparsi, è che ha deciso di farsi giustizia da sola.»

«Anche la sua famiglia è stata uccisa con una nove millimetri» le fece notare Phil. Questo significava che non potevano ancora escludere che a ucciderli fosse stata Roxy.

D.D. annuì. «Già. E dire che sappiamo cosa sta succedendo qui, o con Roxanna Baez, sarebbe decisamente un'esagerazione. Ecco un'idea: ieri Flora ha detto che Roxy si porta dietro uno zainetto azzurro. Abbiamo anche recuperato delle fibre coerenti con una borsa simile dall'ufficio sfitto di fronte alla caffetteria. Flora ha suggerito che controllassimo le videocamere nella zona della caffetteria per vedere se la famigerata ragazza con la felpa blu portava uno zaino come quello quando è fuggita dalla scena di Alvalos. Qualche risultato in questo senso?»

«Abbiamo due detective che stanno esaminando i nastri» riferì Phil. «Ma non ho ancora avuto notizie. Fammeli chiamare.»

D.D. annuì. Guardò di nuovo l'ambulanza. Il gruppetto di ragazzine ispaniche, che bisbigliavano e sussurravano tra loro. E che diavolo. Si avvicinò.

«Zaino. Azzurro. Chi di voi ce l'ha?»

Le ragazze in piedi furono le prime a voltarsi, fissandola confuse. D.D. sapeva riconoscere i galoppini quando ne vedeva uno, quindi spostò la sua attenzione su Carmen Rodriguez, che stava aspettando che il paramedico finisse di fasciarle il braccio.

«Roxy ha sempre avuto uno zainetto azzurro» disse la leader delle Niñas Diablas.

«Il primo colpo che è stato sparato. L'hai sentito. Che cosa hai fatto?»